Ingrid Hedström

Die Gruben von Villette

Kriminalroman

Aus dem Schwedischen von
Angelika Gundlach

Suhrkamp

Die Originalausgabe erschien 2010 unter dem Titel
Under jorden i Villette
im Alfabeta Bokförlag, Stockholm

suhrkamp taschenbuch 4218
Erste Auflage 2011
Deutsche Erstausgabe

Druck: CPI – Ebner & Spiegel, Ulm
Printed in Germany
Umschlagfoto und Umschlaggestaltung:
HAUPTMANN & KOMPANIE Werbeagentur, Zürich
ISBN 978-3-518-46218-8

1 2 3 4 5 6 – 16 15 14 13 12 11

Die Gruben von Villette

»Sie waren am Ende schon mit fünfzehn.
Gleich am Anfang war's um sie geschehen.
Das ganze Jahr war nun Dezember.«

Jacques Brel, ›Jaurès‹

PROLOG

7. August 1956
Foch-les-Eaux, Villette

Er wußte sofort, daß er in Schwierigkeiten war, als er die Augen aufschlug und von einem Sonnenstrahl, der durch die schmutzige Scheibe hereinfiel, geblendet wurde. Wenn die Sonne so hoch stand, daß sie direkt auf sein Bett schien, hätte er schon auf dem Weg zur Arbeit sein, ja, am besten schon im Umkleideraum sitzen und sich die Stiefel schnüren müssen.

Er rollte aus dem Bett und riß die Kleider, die auf dem Boden lagen, an sich, die Hose und das verschlissene Hemd, das schlechteste von den dreien, die er besaß. Er zog sich in Rekordgeschwindigkeit an, zog sich mit einer Hand das Hemd über den Kopf, während er gleichzeitig mit der anderen die Hose zuknöpfte, und stürzte durch die Tür hinaus.

Er hielt dennoch auf dem Stein, der an der Haustür als Treppe diente, einen Augenblick inne, nicht um in der klaren Morgenluft die Aussicht über das Tal zu genießen, sondern um mit blinzelnden Augen auf die Uhr am Kirchturm unten im Dorf zu schauen. Fünf nach halb sechs – ja, jetzt war es wirklich kritisch!

Die kleine Annunziata Paolini, das älteste der drei Kinder der Familie Paolini, war allein draußen vor der Baracke auf dem Hof und versuchte, mit einem viel zu kurzen Stück Seil Springseil zu springen.

– *Ti sei svegliato in ritardo?* fragte sie und sah durch die Gardine dunkler Haare, die ihr übers Gesicht hing, noch ohne die Haarspange, mit der ihre Mutter Giovanna es so genau nahm, mitleidig zu ihm auf.

– Sprich französisch, Nunzi, sagte er und schwang das Bein über die Fahrradstange, ja, klar habe ich verschlafen!

Die Straße zum Dorf fiel so steil ab, daß er kaum zu treten brauchte, um Fahrt aufzunehmen, aber er tat es trotzdem, fuhr im Stehen und trat den ganzen Weg hinunter wie rasend, bis er beim Café angekommen war, wo er vor dem Eingang scharf bremste und an die Glasscheibe klopfte.

Suzanne machte sofort auf. Obwohl er es so eilig hatte, konnte er es nicht lassen, zu ihrem Körper zu schielen. Ihre Taille war wespenschmal und der Bauch unter der eng zugebundenen Schürze flach. Sie hatte sich vielleicht geirrt, hoffen konnte man ja immer.

– Mein Gott, bist du spät dran, sagte sie, als sie ihm das Paket mit belegten Broten und die Flasche mit Milchkaffee reichte.

– Ich habe verschlafen, das siehst du doch, sagte er, kannst du mir noch ein Stück Brot geben, ich muß unterwegs frühstücken.

Sie verschwand ins Café, und er zündete sich schnell eine Zigarette an, die er aus dem Mund nahm, als Suzanne mit einem belegten Brot zurückkam. Ihm lief das Wasser im Mund zusammen, als er unter der knusprigen Kruste des Baguette die Wurstscheiben herausragen sah, und er biß ein paar große Happen ab. Mit dem Brot in der linken Hand ergriff er mit der rechten, in der er zwischen Zeige- und Mittelfinger die Zigartte hielt, den Lenker und wollte losradeln.

– Warte, sagte Suzanne, ich habe deine Wäsche hier!

Sie brachte ein großes Paket, eingeschlagen in braunes Papier, und legte es auf den Proviant im Fahrradkorb. Er lächelte ihr pflichtschuldigst zu und radelte auf der staubigen Landstraße weiter aus dem Dorf hinaus.

Er hatte sich am Tag zuvor mit seinem Onkel gestritten, deshalb hatte ihn der schmollende Alte nicht geweckt. Später sollte er oft daran denken, wie ein trivialer Streit um eine Fahrradpumpe sein ganzes Leben entschieden hatte, und sich fragen, ob es nur der blinde Zufall war, der über Leben und Tod entschied, oder ob es eine höhere Macht gab, die die Fäden zog und entschied, wie die menschlichen Figuren auf dem Spielbrett des Lebens bewegt wurden. Die Frage eines Kindes, eine Begegnung an einer Bartheke, ein verspäteter Zug – man wußte immer erst danach, daß man vor einer entscheidenden Wegscheide im Leben gestanden hatte.

Und nichts ließ ihn ahnen, daß er sich einer solchen Wegscheide näherte, als er auf seinem rostigen Fahrrad durch die Gittertür hineinspurtete. Er warf das Fahrrad hin, lief die Treppe hinauf, rannte an den Duschen vorbei in den Umkleideraum, wo er in rasender Geschwindigkeit den Blaumann anzog und seine eigenen Kleider hochzog, so daß sie mit denen der anderen oben an der Decke hingen, wo Hemden und Hosen und Jacken baumelten, makaber wie die Körper nach einer Massenhinrichtung.

Mit dem Helm im Nacken rannte er weiter zur Lampenausgabe, lieferte seine Personalmarke ab und bekam von der hochnäsigen Ginette Marceau, die mißbilligend schnaubte, als sie seine Marke an den Haken hängte, eine Lampe.

In drei langen Sprüngen überwand er die Treppe und lief zum hohen Turm des Fördergerüstes, jetzt beinah sicher, daß er den letzten Fahrkorb noch erreichen würde. Aber als er zur Winde kam, sah er das Oberteil des Korbs in den Schacht hinunter verschwinden. Er rief hinterher, aber niemand hörte im Lärm der Werke und dem Dröhnen der Dieselmotoren seine Stimme. Guy Huytgens guckte in letzter

Sekunde hoch und sah ihn enttäuscht dort stehen, aber er lächelte ihm nur höhnisch zu. Typisch Guy!

Was sollte er jetzt machen? Wenn er es sich hätte leisten können, einen Tageslohn zu verlieren, hätte er gern den Job geschwänzt, aber er war sowohl Suzanne als auch anderen schon viel zuviel Geld schuldig, und er wollte die Schuldenlast nicht vergrößern. Nicht jetzt.

Er trat ein paar Meter zurück, um zu überlegen, stellte sich mit dem Rücken an einen Stapel Holz für Stollenstützen und sah über das Tal hinaus. Die Sonne wärmte sein Gesicht, und er schloß die Augen. Vor sich sah er eine trostlose Zukunft mit einer unendlichen Reihe gleicher Tage mit derselben Fahrradfahrt, demselben Knochenjob, denselben Vorarbeitern und demselben erbärmlichen Lohn. Dazu kam jetzt die Vision eines Zuhauses mit einer immer nörgeligeren und immer dickeren Suzanne und einer zu versorgenden, wachsenden Familie.

Es muß ein anderes Leben geben, dachte er und sah zum Himmel hinauf. Hoch, hoch da oben flog in weiten Kreisen ein Raubvogel. Er folgte ihm träge mit dem Blick und sah, wie er plötzlich geradeaus zum Boden niederstieß, ein tödlicher, lotrechter Pfeil zu einer Beute unten auf dem Feld, die der kalte Raubvogelblick erspäht hatte.

Genau da hörte er das Dröhnen, ein dumpfes und erschreckendes Grollen aus dem Inneren der Erde, so tief im Ton, daß es sich mehr wie eine Vibration im Körper als ein Geräusch anfühlte, eine Vibration, die jeden Knochen im Körper erschütterte, als würde er sich gleich von seinem Haltepunkt lösen. Es war ein Geräusch, an das sich sein Körper erinnerte und das angsterregende Bilder aus den dunklen Winkeln des Gedächtnisses aufsteigen ließ – zerschossene Häuser, eine Brücke, die es nicht mehr gab, eine

Straße mit fliehenden Menschen, ein Pferdekörper ohne Kopf.

Seine erste Reaktion war, sich auf den Boden zu werfen und hinter den Holzstapel zu rollen, ein kindisches Gefühl, dessen er sich sofort schämte, denn er war jetzt erwachsen und begriff, daß es an einem sonnigen Augusttag in einem Land, wo der Krieg seit langem zu Ende war, kein Artilleriefeuer war, was er hörte.

Seine zweite Reaktion war, zum Schacht zu laufen und zu sehen, womit er helfen könnte. Er dachte an die hundertsiebzig Mann, die unten in der Grube waren, an Roberto, Angelo, Pierre und die anderen. Aber dann sah er aus allen Richtungen, von der Sortieranlage und den Werkstätten und dem Büro, Menschen angerannt kommen und fragte sich, was er unter so vielen tun könne.

Seine dritte Reaktion war die Einsicht, daß das, was vor einer halben Stunde wie ungewöhnliches Pech ausgesehen hatte, ein Glückstreffer in der Klasse mit dem Hauptgewinn im Lotto war und daß er etwas daraus machen sollte. Und plötzlich war ihm der Plan klar, tauchte in seinem Gehirn auf wie eine Offenbarung, ebenso rein und perfekt wie der Schlag des Raubvogels auf seine Beute.

Er hielt sich im Schatten des Holzstapels und zog sich vorsichtig vom Fördergerüst zurück. Keiner beachtete ihn. Alle sahen zum Schacht, wo jetzt eine dünne, unglückverheißende Rauchsäule aufzusteigen begonnen hatte.

Das Büro war leer. Er ging hinein und nahm, was er brauchte. Dann kroch er am Zaun entlang zum Fahrradständer und nahm Suzannes Paket vom Fahrradkorb, wo er es vergessen hatte, als er zum Umkleideraum gerannt war.

Wenn er jetzt nur noch unbemerkt rauskommen könnte … Doch das schien kein Problem zu sein, das Häuschen des Wachmanns an der hinteren Gittertür war leer, und er konnte ruhig durch das Drehkreuz schlendern und mit dem Paket unter dem Arm den Pfad hinunter in den Wald nehmen, gerade als die Sirene zu heulen begann, ein abgrundtiefes Heulen, das ihn, obwohl es klang wie die Luftangriffssirenen, an die er sich erinnerte, jetzt unberührt ließ.

Das war eine dieser entscheidenden Wegscheiden im Leben, und in den Jahren, die kamen, zweifelte er fast nie daran, daß er den richtigen Weg gewählt hatte. Fast nie.

KAPITEL 1

Mittwoch, 21. September 1994
Villette

Die Sonne war schon hinter dem Horizont versunken, aber der orangefarbene Schein der Halogenlichter beleuchtete den Prahm, der am Kai lag. Außerhalb des Lichtkreises der Scheinwerfer verdichtete sich das Dunkel, und der Fluß war dunkel, beinah schwarz. Die Feuchtigkeit, die vom Wasser aufstieg, bildete Nebelschleier darüber, magische Finger aus Dunst, die orange leuchteten, wenn sie über die schwarze Erzladung glitten und das Halogenlicht in den mikroskopischen Wassertropfen reflektiert wurde.

Jérôme arbeitete gern in der Abendschicht. Er konnte schlafen, solange er wollte, und wenn er den Dienst verließ, war es immer noch nicht zu spät, um mit den Kumpeln auszugehen. Eine schnelle Dusche im Umkleideraum, ein Kamm durch die dunkelblonden Haare und vielleicht etwas zusätzliches Frisiergel, ein Anruf bei einem der Freunde, und er war bereit, sich zu amüsieren.

Und der September war gut, nicht wie die Sommermonate, in denen es meistens eine Qual war, Helm und Overall zu tragen.

Er betrachtete den Prahm, der vor dem Hintergrund des dunklen Flusses, auf dem das Heck im Nebel verschwand, gigantisch aussah. Mit seiner Länge von fast hundert Metern und seiner Ladung von zweitausend Tonnen Eisenerz war er einer der größten, die diesen Teil der Meuse befuhren. Jérômes Job an diesem Abend bestand darin, genug Kondition aufzubringen, um die halbe Nacht im Le Garage zu tanzen, wenn die Kumpel immer noch dort hingehen wollten. Die Löschung von Eisenerz aus dem Prahm war fast komplett automatisiert. Er mußte lediglich darauf achten, daß alles reibungslos ablief, daß nichts steckenblieb und daß die Waggons des Zuges, der das Erz zum Sinterwerk brachte, davonrollten, um in dem Tempo, in dem sie gefüllt wurden, neuen Platz zu machen. Wenn etwas schiefging, mußte er natürlich eingreifen, aber das passierte selten.

Ein neuer Waggon rollte heran, um gefüllt zu werden, und er gab Guido Leone am anderen Ende des Zuges ein Zeichen, während er gleichzeitig ein paar Takte von »Mr. Vain« pfiff, einem Teenagersong, der seiner sechzehnjährigen kleinen Schwester gefiel, der aber trotzdem seine Füße immer zum Kribbeln brachte, wenn er ihn in einem rauchigen Kellerlokal auf einer vollgepackten Tanzfläche hörte.

Etwas ließ ihn innehalten, und er hörte mitten in einem Takt auf zu pfeifen. Der Baggerlöffel leerte noch eine Ladung Erzschlich aus dem Prahm, die mit einem dumpfen Schmatzen auf den Boden des leeren Waggons traf. Aber es war noch etwas anderes darin gewesen, etwas, das mit einem ganz anderen Geräusch als das Erz landete …

Er dachte eine Sekunde, er habe nicht richtig gesehen, obwohl er wußte, daß das nicht so war. Wie auch immer, er mußte die Löschung sofort abbrechen, der Baggerlöffel hatte schon ein paar Ladungen Schlich über Das Da geleert.

Er lief zum Baggerlöffel und drückte auf den Halteknopf, während er gleichzeitig den holländischen Besatzungsmitgliedern, die rauchend an Deck standen, das Stopzeichen gab.

– Stop! rief er sicherheitshalber.

– *Wat gebeurt?* sagte einer der Holländer und stoppte gleichzeitig die Maschinerie.

Jérôme begriff, daß sein niederländischer Wortvorrat nicht ausreichte, um das Unfaßbare zu sagen.

– Ich meine, ich hätte eine Leiche gesehen, sagte er mißmutig auf französisch.

– *Je zag een lijk?* wiederholte das ältere Besatzungsmitglied, während der Jüngere von ihnen den Kopf schüttelte und lachte.

– Was hast du geraucht, Junge, das muß starker Tobak gewesen sein, sagte er.

Jérôme machte sich nicht die Mühe, ihm zu antworten. Er kletterte auf den Waggon und sah hinunter, während gleichzeitig Guido Leone das Gleis entlang angelaufen kam und etwas rief, das Jérôme nicht hörte.

Der Boden des Waggons lag im Schatten, und auf dem schwarzen Boden bildete die Erzladung einen Hügel von noch tieferem Schwarz, aber etwas leuchtete weiß da unten.

Es war eine einsame Hand an einem Arm in einem Jeanshemd, die wie der letzte Hilferuf eines Ertrinkenden aus dem Schlichhaufen aufragte.

Jérôme hatte einen Augenblick das Gefühl, daß das Blut aus seinem Gehirn wich, und er klammerte sich an der Seite des Waggons fest, um nicht zu fallen. Er guckte hinunter. Die Holländer waren an Land gegangen und standen zusammen mit Guido da und sahen zu ihm herauf.

– Nein, nein, ich habe nichts geraucht, sagte Jérôme und sprang hinunter.

Etwas später saß er auf einem der harten Stühle im Pausenschuppen, eingehüllt in eine Decke, die Guido aus dem Schrank mit dem Verbandskasten und anderer Ausrüstung für Unfälle und Notsituationen genommen hatte, und mit einer Tasse heißem Milchkaffee aus Guidos Thermoskanne vor sich.

– Nimm viel Zucker, sagte Guido, das soll man, wenn man einen Schock gehabt hat.

– So schlimm ist es wohl nicht, protestierte Jérôme, aber eher der Form halber, er spürte, wie der Schwindel ihn beinah überwältigte, sobald er daran dachte, wie es sich angefühlt hatte, diese kalte, starre, leblose Hand anzufassen.

Denn jemand hatte ja in den Waggon hinaufklettern müssen, damit sie ganz sicher sein konnten, daß das, was unter dem Erz begraben lag, nicht eine lebendige Person war, die noch gerettet werden konnte, und weil Jérôme am jüngsten und beweglichsten war, war es selbstverständlich, daß er es tun würde, er mußte sich hinunterschwingen und vorsichtig über die feuchten Haufen aus schimmerndem, feinkörnigem Erz steigen, auf das Unheimliche zu, das dort lag.

Er mußte sich zusammenreißen, um die Hand zu berühren. Es war eine linke Hand mit einer Swatchuhr um das Handgelenk, ein trendgerechtes, neues Modell, das sich Jérôme vielleicht selbst hätte kaufen wollen. Er umfaßte vorsichtig das Handgelenk und legte den weichen Teil des Daumens an die Stelle, wo man den Puls hätte fühlen sollen, falls es noch ein Herz gegeben hätte, das in dem Körper da unten unter dem Erz schlug. Er sah auf seine eigene Uhr und wartete drei ewigkeitslange Minuten, obwohl er wußte, daß es unnötig war. Die Hand war eiskalt, steif, als wäre sie tiefgefroren gewesen, und ganz offenkundig sehr, sehr tot.

– Du mußt jetzt die Polizei anrufen, sagte Guido, während Jérôme in der Tasse umrührte, damit der dritte Teelöffel Zucker sich auflöste.

– Das kannst du doch machen, sagte Jérôme, du bist ja der Ältere.

– Nein, sagte Guido bestimmt, du hast die Leiche gefunden, du rufst an.

Jérôme schielte zu dem altmodischen Bakelittelefon, das in einer Ecke des Schuppens stand.

– Kriegt man überhaupt eine Leitung mit dem da, sagte er, das geht jetzt wohl nur zum Wachmann beim Westtor?

– Dann ruf den Wachmann an und erzähl ihm, was passiert ist, der kann dann die Polizei anrufen.

Das klang doch weniger beängstigend, dann mußte ein anderer die Verantwortung übernehmen. Jérôme hob den Hörer ab und wählte 11, die Nummer, unter der man abends, wenn die Telefonistinnen von der Zentrale nach Hause gegangen waren, den Nachtwächter erreichte. Der Nachtwächter klang beruhigend und väterlich, als er versprach, sofort dafür zu sorgen, daß Polizei und Staatsanwaltschaft benachrichtigt wurden.

– Das war das, sagte Guido, und jetzt rufst du den Vorarbeiter an und erzählst, was passiert ist, und daß wir die Löschung abgebrochen haben, es dauert bestimmt lange, bis wir damit weitermachen können.

Jérôme sah den älteren Mann bittend an.

– Kannst du nicht zumindest das machen? Heute abend hat Polese Dienst, du kennst ihn doch, wenn ich versuche, es zu erklären, wird er es nur so hindrehen, daß es meine Schuld ist.

Guido murrte ein wenig, nahm aber das Telefon und wählte die Nummer des Werkmeisterbüros, wo er offenbar den Schichtvormann Tony Polese erreichte, und erklärte konzis die Lage.

– Jetzt fehlt nur noch eines, sagte Guido, als er aufgelegt hatte. Jetzt mußt du nur noch Becker anrufen.

– Becker, sagte Jérôme nervös, warum soll ich den da reinziehen? Ich habe ja nichts falsch gemacht.

Er begann, trotz der Decke zu frieren, und seine Zähne klapperten, aber gleichzeitig waren seine Handflächen feucht von Schweiß. Er dachte sehnsuchtsvoll an die Gang, die sich jetzt langsam in der Bar versammelte, um dann gegen Mitternacht zum Le Garage weiterzuziehen. Er hatte im Gefühl, daß er heute abend die Füße nicht auf die Tanzfläche setzen würde, und tat sich selbst leid. Aber dann dachte er an den Toten da draußen und schämte sich. Er war sicher, daß es die Hand eines jungen Mannes war, die er gehalten hatte, glatt und muskulös, ein Junge in seinem eigenen Alter, der nie mehr tanzen oder ein Bier in sich hineinschütten oder mit einem Mädchen schlafen würde.

– Ich kapiere nicht, was mit euch jungen Leuten los ist, sagte Guido irritiert, es ist wohl selbstverständlich, daß du Becker bittest hierherzukommen. Ist man in eine Teufelei geraten, soll man dafür sorgen, die Gewerkschaft an seiner Seite zu haben, und was Teuflerisches als das hier kann man sich schwer vorstellen. Die Oberklasse hat ihre Rechtsanwälte, wir haben die Gewerkschaft. Du hast ja selbst gesagt, daß jemand sagen könnte, daß es deine Schuld war. Ruf jetzt ihre Geschäftsstelle an, sie haben das Telefon weitergeschaltet, das weiß ich.

Sie mußten eine gute halbe Stunde in dem Schuppen warten, dreiunddreißig Minuten, die Jérôme als unendlich empfand. Über den Job hinaus hatten Guido und er nicht viel miteinander zu reden. Es lagen vierzig Jahre zwischen ihnen, und manchmal hatte Jérôme das Gefühl, daß sie von verschiedenen Planeten kamen. Wenn Guido von seiner Kindheit in irgendeinem gottverlassenen italienischen Provinznest während des Krieges erzählte, klang es, als erzähle er Erinnerungen aus der dritten Welt.

Nach siebenundzwanzig Minuten legte Jérôme die Dekke weg und trat aus dem Schuppen, um etwas frische Luft zu schnappen. Er stellte sich mit dem Rücken zu den Eisenbahnwaggons, um nicht an das denken zu müssen, das da lag, und zündete eine seiner immer selteneren Zigaretten an, er dachte tatsächlich ernsthaft darüber nach, mit dem Rauchen aufzuhören.

Geradeaus vor ihm, aber weit hinten auf dem riesigen Werksgelände von Forvil war die flatternde blaue Flamme des Hochofenkranzes vor dem Abendhimmel zu sehen.

Er hatte die halbe Zigarette geraucht, als plötzlich alles auf einmal passierte. Drei Polizeiwagen kamen mit eingeschaltetem Blaulicht, aber ohne Sirenen langsam das Eisenbahngleis entlang angerollt, während gleichzeitig der Gewerkschaftsvorsitzende Jean-Claude Becker mit langen Schritten von rechts kam, als sei er durch das Südtor hereingekommen. Fünfzig Meter hinter den drei Polizeiwagen rollte fast lautlos ein schwarzer BMW heran.

Der BMW hielt zuerst an. Ein Mann im hellen Mantel und mit einem blauen Schutzhelm auf dem Kopf stieg an der Beifahrerseite aus. Jérôme erkannte ihn. Es war Michel Pirot, stellvertretender Geschäftsführer von Forvil und bekannt als derjenige in der Unternehmensleitung, der ausrückte, wenn unerwartete Probleme zu lösen waren. Er und Jean-Claude Becker erreichten im selben Moment die Reihe der Eisenbahnwaggons und schüttelten einander feierlich die Hand, während gleichzeitig aus den Polizeiwagen Leute auszusteigen begannen.

– Wartet, rief Pirot und ging auf sie zu, keiner darf sich hier auf dem Gelände ohne Schutzhelm bewegen, ich habe genug mit, daß es für alle reicht!

Pirots Chauffeur schleppte einen großen Pappkarton mit Besucherhelmen an, und Pirot ging zum Auto und nahm noch einen Karton heraus. Inzwischen schlenderte Jean-Claude Becker zu Jérôme, von dem bis jetzt niemand Notiz genommen hatte.

– Hallo, Jérôme, sagte er freundlich, das hier war nicht so lustig, ist mir klar. Wie geht es dir, das muß ein Schock für dich gewesen sein?

Er trug Jeans und eine abgewetzte braune Wildlederjakke. Sein Schutzhelm war voller Aufkleber, Gewerkschaftsabzeichen und hatte einen schmucken Kranz Schlümpfe um die Helmkante. Über seinem Namensschild thronte ein Aufkleber mit Papa Schlumpf, weißbärtig und rotbehost.

– Schon okay, sagte Jérôme schneidig, für den da drüben ist es schlimmer.

Er machte mit dem Kopf eine Geste Richtung Eisenbahnwaggon.

– Hast du eine Ahnung, wer das sein kann, sagte der Gewerkschaftsvorsitzende leise, ich meine, glaubst du, daß es jemand von Forvil ist oder jemand von draußen?

– Ich weiß nicht, sagte Jérôme zögernd, es ist nur eine Hand, die herausragt, eine Männerhand, ich glaube, es ist ein ziemlich junger Typ.

– Sieht man Kleidung? Overall oder …?

– Jeanshemd, sagte Jérôme, mit aufgeknöpfter Manschette.

– Und die Hand selbst, fuhr Becker unerbittlich fort, wenn man dich fragen würde, was würdest du sagen, gehört sie einem Dichter oder einem Hafenarbeiter?

Jérôme erschauerte. Er hatte während der drei viel zu langen Minuten, in denen er versucht hatte, der Leiche den Puls zu fühlen, reichlich Gelegenheit gehabt, die Hand zu studieren.

– Es ist kein Schwerarbeiter, sagte er langsam, die Nägel sind gleichmäßig und völlig sauber, und die Hand ist glatt, und ich glaube, er hat einen Tintenfleck am Zeigefinger, aber es kann auch etwas anderes sein.

Beckers graue Augen blickten nachdenklich.

– Ein junger Mann um die zwanzig, sagte er langsam, einer, der schreibt, lässig gekleidet, wie klingt das?

Es klang, als ob er eher laut dachte, als daß er mit Jérôme sprach, und Jérôme machte sich nicht die Mühe zu antworten.

– Hallo, Jean-Claude, sagte hinter ihm eine Frauenstimme in leichtem Ton, fragst du hier meinen Zeugen aus?

Jérôme drehte sich um und sah eine schlanke, blonde Frau mit schnellen Schritten auf sie zukommen. Er erkannte sie – es war die Untersuchungsrichterin Martine Poirot, Promi in Villette, nachdem sie im letzten halben Jahr zwei spektakuläre Mordermittlungen geleitet hatte. Jérôme betrachtete sie neugierig. Er hatte aus irgendeinem Grund eine Schwäche für Frauen, die etwas älter waren als er selbst, und er hatte Martine Poirot recht appetitlich gefunden, als er sie im Fernsehen gesehen hatte, ein wenig wie Debbie Harry, die ihm gefiel. So aus der Nähe war sie kleiner, als er sich vorgestellt hatte, aber ebenso hübsch wie im Fernsehen, trotz des viel zu großen Schutzhelms, den sie auf die blonden Haare gedrückt hatte. Sie trug hohe schwarze Stiefel und ein schwarzes Ledersakko, das teuer aussah, über einem dunkelgrünen Kleid.

Und sie schien den Gewerkschaftsvorsitzenden zu kennen.

– Hallo, Martine, sagte Jean-Claude Becker, ist lange her. Ich bin natürlich nur hier, um meine Gruppenmitglieder zu fragen, ob sie nach ihrem erschütternden Erlebnis heute abend Unterstützung brauchen.

Sie verzog den Mund und wandte sich Jérôme zu.

– Jérôme Vandermeel, nicht wahr, sagte sie und streckte die Hand aus, Sie waren es, der den Toten entdeckt hat, stimmt's? Ich heiße Martine Poirot und bin Untersuchungsrichterin, ich soll die Voruntersuchung in diesem Todesfall leiten. Wir werden uns gleich hinsetzen und darüber reden, aber zuerst hätte ich gern eine Schnellversion, damit wir beurteilen können, wieviel vom Gelände wir absperren müssen.

Jérôme erklärte rasch, wie er den toten Körper zusammen mit dem Erz aus dem Baggerlöffel hatte fallen sehen.

– Hmm, sagte Martine Poirot, die Leiche kam also von dem Prahm da …

Sie sah über den Fluß.

– Dafne 3, Heimathafen Dordrecht, sagte Michel Pirot, der mit einer Plastikmappe in der Hand zu ihnen kam, verließ den Hafen von Antwerpen letzten Dienstag, beladen mit Eisenerz aus der Grube von Hanaberget in Schweden, im übrigen die allerletzte Ladung von dort, legte hier an unserem Kai gegen drei heute nachmittag an. Eigentlich ist es also nur der Prahm, den Sie absperren müssen, und vielleicht den Eisenbahnwaggon mit der Leiche, ansonsten kann die Arbeit hier weitergehen.

Er lächelte Martine Poirot zufrieden an, als sei das letzte Wort in der Frage gesprochen. Jean-Claude Becker grinste hochachtungsvoll.

– Immer langsam, sagte Martine Poirot, ganz so leicht geht das nicht, Monsieur Pirot. Der Prahm liegt hier seit ein paar Stunden, und noch können wir ja nicht wissen, ob der Körper hier oder unterwegs oder schon in Antwerpen an Bord gebracht worden ist. Übrigens, wo ist die Besatzung?

– Sie waren vorhin hier, sagte Jérôme, sie müssen wieder an Bord gegangen sein.

Sie nickte und ging zu den Polizisten und Kriminaltechnikern, die an den Eisenbahnwaggons standen und debattierten. Jérôme war niedergeschlagen und stand da ganz allein mit der Gewerkschaft und der Unternehmensleitung. Der verflixte Guido versteckte sich immer noch im Pausenschuppen.

– Tja, sagte Pirot zu Becker, es liegt wohl in unser aller Interesse, daß das hier so schnell wie möglich geklärt wird. Alle Karten auf den Tisch, keine Obstruktion, umfassende Zusammenarbeit mit der Polizei, damit wir sie bloß schnell loswerden.

– Klar, sagte der Gewerkschaftsvorsitzende. Eines noch, Pirot – ich gehe davon aus, daß Vandermeel und Leone unter dieser Sache wirtschaftlich nicht leiden müssen. Es war ja nicht ihre Schuld, daß die Arbeit unterbrochen wurde.

Jérôme hatte nicht einmal daran gedacht, daß er durch seinen Leichenfund Geld verlieren könnte. Der Lohn bei Arbeitsausfall war lausig, und daß es nicht seine Schuld war, daß die Arbeit vorläufig eingestellt wurde, spielte dafür keine Rolle, was Becker natürlich sehr wohl wußte.

– Der Lohn bei Arbeitsausfall wird vereinbarungsgemäß gezahlt, wenn die Arbeit ausfällt, sagte Pirot, ohne Rücksicht auf die Ursache. Stromausfall, Auftragsmangel, Leichenfund, Heuschreckenschwärme, das spielt keine Rolle. Wie du weißt.

– Aber es geht ja nur um zwei Männer, sagte Becker überredend, und hast du daran gedacht, daß Vandermeel die Leiche hätte übersehen können, um den Akkord nicht zu versauen? Mit etwas Pech hätte sie direkt in den Hochofen wandern können, ohne daß jemand etwas geahnt hätte. Und du weißt, was die Jungs von der Polizei halten, zumindest die älteren. Etwas Entgegenkommen von der Leitung würde die Kooperationsbereitschaft sicher erhöhen.

Die Blicke der beiden Männer begegneten sich, Beckers aus grauen und Pirots aus dunkelblauen Augen. Jérôme sah, daß sie einander respektierten. Pirot war der, der den Blickkontakt zuerst unterbrach. Er lächelte schwach.

– Der menschliche Körper besteht aus verschiedenen Kohlenstoff-, Stickstoff- und Wasserstoffverbindungen, sagte er, wüßte gern, welchen Effekt das auf die Schmelze gehabt hätte? Das wäre ein Zusatz, den ich in meiner Doktorarbeit nicht behandelt habe. Ja, ich sorge dafür, daß der Vormann über Vandermeel und Leone informiert wird. Und dann heißt es Zusammenhalten.

Am Eisenbahnwaggon hatte die Polizei eigene Scheinwerfer montiert, die mit starkem weißem Licht auf die Ladung leuchteten. Jemand war an der Außenseite des Waggons hochgeklettert und guckte jetzt hinunter auf die Hand, ebenso, wie es vorher Jérôme getan hatte, aber jetzt mit besserer Beleuchtung. Er schrie auf.

– Etwas klemmt in der Daumenfalte, es sieht aus wie ein Stück Papier! Bringt eine Pinzette und einen Umschlag, es ist besser, wir kümmern uns darum, bevor wir das hier unten durcheinanderbringen.

Jérôme wurde neugierig und ging auf den Waggon zu, gefolgt von Becker und Pirot. Er kam dort an, als gerade ein Mann in einer Art Schutzanzug vom Eisenbahnwaggon heruntersprang und einen durchsichtigen Zellophanumschlag zu Martine Poirot hinüberreichte.

– Sieht aus wie Zeitungspapier mit Blutspritzern darauf, ein paar Wörter sind leserlich, aber der Teufel weiß, was da steht, es ist keine Sprache, die ich kenne.

Martine Poirot nahm den Umschlag, glättete ihn an der Handfläche und stellte sich unter den Scheinwerfer, so daß das starke Licht direkt auf das Papier fiel.

– Aber ich weiß es vielleicht, sagte sie langsam, seht hier, ein »a« mit zwei Punkten darüber, das gibt es in mehreren Sprachen, aber hier ist auch ein »a« mit einem runden Ring darüber, viel ungewöhnlicher. Aber ich habe es oft gesehen, mein Mann liest schwedische Zeitungen, und im Schwedischen gibt es diesen Buchstaben.

Sie drehte sich zu Pirot um und runzelte die Stirn.

– Sagten Sie nicht, daß das Erz aus Schweden gekommen ist? Das ist vielleicht ein Zufall. Aber es scheint tatsächlich so, als hätte der tote Mann in der Erzladung ein abgerissenes Stück Papier aus einer schwedischen Zeitung in der Hand.

KAPITEL 2

Mittwoch, 21. September 1994
Granåker

– Du mußt wissen, daß ich viele Männer gehabt habe, murmelte die Bischöfinwitwe. Sie sank zurück auf die Kissen, schloß die Augen und schlief wieder ein. Ihr Atem war schnell und leicht wie bei einem sehr kleinen Kind, und als Thomas Héger ihre Hand nahm, fühlte sie sich dünn und spröde an, als wären die Knochen hohl geworden, mit Haut, die sich fältelte wie ein etwas zu großer Wildlederhandschuh. Er drückte sie vorsichtig, und seine Großmutter schlug die Augen wieder auf.

– Aber Aron, bist du da, sagte sie erstaunt.

– Nein, Großmutter, ich bin Thomas, Evas Sohn, sagte er sanft. Er wußte, daß er seinem Großvater ähnlich war, aber Bischof Aron Lidelius war vor mehr als zwanzig Jahren gestorben und hatte seine Frau Greta zurückgelassen, eine recht lustige Witwe, die in den Jahren nach dem Tod des Gatten Englisch studiert und Kurse geleitet hatte und um die halbe Welt gereist war. Ihren neunzigsten Geburtstag hatte sie in Paris gefeiert. Aber jetzt war sie fünfundneunzig, und eine Lungenentzündung während des Winters hatte an ihren Kräften gezehrt. Sie wirkte substanzlos, dachte Thomas, im Begriff, sich von allem Irdischen zu verabschieden, eine schwach flackernde Kerze, die ganz einfach am Verbrennen war.

– Eva will Malerin werden, wußtest du das? sagte Greta Lidelius.

– Ja, Großmutter, sagte Thomas. Seine Mutter Eva Lidelius war seit den sechziger Jahren eine international anerkannte Künstlerin, deren Gemälde in Museen in New York und Tokio ebenso wie in Europa hingen.

– *À Paris on m'appelait Margot*, murmelte die Bischöfin und sank mit einem verträumten Lächeln zurück auf die Kissen. In ihrer Jugend hatte Greta Lidelius, geborene Herou, an André Lhotes Kunstschule in Paris studiert. Aber nach der Verlobung mit Aron Lidelius, den sie kennengelernt hatte, als er Pastor in der schwedischen Kolonie in Paris war, während er gleichzeitig an der Sorbonne an seiner Dissertation in Theologie arbeitete, hatte sie die Künstlerträume abgelegt.

Der Atem der alten Dame wurde schwerer, und der spröde Körper schien sich unter der Decke zu entspannen. Thomas stand vorsichtig auf und sah sich im Raum um. Es war eine Bibliothek mit Wänden in Englischrot und eingebauten Bücherregalen bis an die Decke, die in den letzten Wochen auch Greta Lidelius' Schlafzimmer gewesen war, weil sie mit ihren Doppeltüren der einzige abgetrennte Raum war, in den man das höhenverstellbare Krankenbett hineinbekam.

Seit dem Tod ihres Mannes hatte Greta Lidelius allein in dem alten Pfarrhof von Granåker gewohnt, den das Paar Lidelius gekauft hatte, als die schrumpfende Provinzgemeinde 1962 dem Pastorat der expansiven Grubenortschaft Hanaberget einverleibt worden war. Aron Lidelius war in den dreißiger Jahren Pastor in Granåker gewesen, und dorthin wollte er zurück, als ihm 1955 ein Herzanfall klargemacht hatte, daß er als Bischof abtreten mußte, wenn er noch ein paar Jahre auf der Erde erleben und Zeit finden wollte, sein großes Werk über die frühe christliche Lehre im Licht der Schriftrollen vom Toten Meer zu vollenden.

Damals war schon klar, daß die Gemeinde von Schließung bedroht war, und das Bistum hatte den Wunsch des früheren Bischofs, dort in den letzten Jahren arbeiten zu dürfen, bevor er sich zurückzog, enthusiastisch bewilligt.

Für Thomas und seine drei älteren Geschwister war der gelbe Pfarrhof das Sommerparadies ihrer Kindheit gewesen, mit Tagen voll von Walderdbeerenpflücken, Touren auf Heufuhren, Badeausflügen zu dem kleinen Binnensee und Streifzügen im harzduftenden Wald, wo das Sonnenlicht ganz anders durch die Kiefernkronen und dichten Tannen sickerte als in den Laubwäldern zu Hause in Belgien. Eva Lidelius und ihr belgischer Ehemann waren sich einig gewesen, daß ihre Kinder fließend Schwedisch sprechen lernen sollten, und deshalb hatten die vier Kinder Héger nacheinander ihre Sommer bei den Großeltern verbringen dürfen.

Thomas betrachtete nostalgisch die beiden geräumigen Ohrensessel vor dem offenen Kamin. Hier hatten ihm die Großeltern an Sommertagen, wenn Regenschleier es unmöglich machten, durch die drei hohen Fenster in der Bibliothek bis zur Kirche zu sehen, abwechselnd »Mio, mein Mio« vorgelesen. Er konnte die metallisch klingende Stimme seines Großvaters, angepaßt an Kanzeln und Katheder, fast hören: »Greta, Liebes, ich finde, der junge Mann hier sieht schon ganz ausgehungert aus. Das erfordert wohl einen raschen Einsatz von Himbeersaft und Gugelhupf!«

Über dem offenen Kamin hing ein Porträt von Greta Lidelius, gemalt von ihrer Tochter 1945, ein paar Monate bevor sie zum Studium hinunter zum Kontinent reiste und dort blieb. Eva Lidelius war damals sehr jung gewesen, aber es war leicht, die Kontinuität zwischen ihren Jugendgemälden und ihren späteren reifen Werken zu sehen. Thomas wußte, daß seine Großmutter viele Anfragen bekommen hatte, diejenigen von Evas Gemälden, die im Pfarrhof hingen, zu verkaufen, aber sie war nicht interessiert gewesen.

Er meinte, ein Klopfen an der Tür zu hören, und ging in die Diele. Doch, es klopfte wieder. Er machte auf und stand Auge in Auge mit einer Frau um die vierzig. Sie war feingliedrig und klein, hatte rote Haare und eine Pagenfrisur, und ihr Gesicht hellte sich auf, als sie ihn sah.

– Nein, Thomas, wie schön! Gott, ist das lange her, daß ich dich gesehen habe, das müssen mindestens zwanzig Jahre sein!

Angesichts eines solchen Enthusiasmus empfand er es als ziemlich peinlich, daß er die Besucherin nicht unterbringen konnte, aber er wußte wirklich nicht, wer sie war. Er öffnete die Tür und forderte sie auf, in die Glasveranda einzutreten, während er fieberhaft versuchte, die roten Haare und die grünblauen Augen einzuordnen.

Sie sah seine Qual und lachte.

– Du erkennst mich nicht, stimmt's? Birgitta Janols, inzwischen Matsson.

– Birgitta! sagte er erfreut. Ja, jetzt sehe ich, daß du es bist, die Haare haben mich in die Irre geführt, ich bin sicher, daß du nicht rothaarig warst, als wir uns das letzte Mal gesehen haben!

Sie lächelte ganz genauso, wie sie es vor dreißig Jahren getan hatte, ein bezauberndes, weit offenes Lächeln, das zwei leicht schiefe Schneidezähne zeigte.

– Tja, du, die Natur ist erstaunlich, sagte sie und strich sich mit einem Funkeln im Auge über die Haare, so wurde es 1978, und so ist es seitdem geblieben.

Den Sommer bevor er in die dritte Klasse kam, hatte Thomas im Pfarrhof verbracht, und als er gerade angefangen hatte, Heimweh nach Geschwistern und Eltern und Freunden in Belgien zu bekommen, hatte seine Großmutter sich mit ihm an den großen Tisch in der Küche gesetzt und ihm ernst erklärt, daß entschieden worden sei, daß er das ganze Schuljahr in Granåker bleiben und in Hanaberget in die Schule gehen sollte. Er wußte immer noch nicht genau, warum, aber es hatte etwas mit einer langen USA-Reise, die seine Eltern gemacht hatten, und, das war sein Verdacht, einer Ehekrise zu tun, zu der sich keiner von beiden je bekennen wollte.

Die erste Zeit in der neuen Schule war mühsam für Thomas gewesen, der von den Schulkameraden mit Mißtrauen betrachtet wurde, weil er im Pfarrhof wohnte, Ausländer war und ein akademisch geprägtes Uppsala-Schwedisch statt der breiten Dalarna-Mundart der Gegend sprach. Es war ihm komisch vorgekommen, das Schwedische, die Sprache der intimsten Gespräche zwischen ihm und seiner Mutter, von harten kleinen Jungen mit weißblonden Stoppelhaaren und Schürfwunden an den Knien gesprochen zu hören. Er hatte schon da begriffen, daß er besser darauf verzichtete, das liebe Fräulein Persson zu korrigieren, wenn sie beim Aufrufen seinen Namen »Thomas Häger« aussprach.

Zwei Dinge hatten die Situation verbessert. Erstens stellte sich heraus, daß Thomas der Beste der Schule im Hochsprung und ein akzeptabler Fußballspieler war, und zweitens gelang es ihm schnell, sich den richtigen Dialekt zuzulegen.

Und daß er das getan hatte, war zum großen Teil Birgitta Janols' Verdienst. Sie war damals fünfzehn gewesen, gerade nach der achten Klasse abgegangen und hatte für vier Stunden am Tag einen Job als Haushaltshilfe im Pfarrhof bekommen. Für Thomas war sie ein Ersatz für die Schwestern geworden, die er vermißte, ein fröhliches Mädchen mit einem unerschöpflichen Vorrat an lokalen Gespenstergeschichten und einem absoluten Mangel an Respekt vor Autoritäten. Sie hatte keine Sekunde gezögert, den Bischof zurechtzuweisen, wenn die Situation es verlangte – »Aber Aron, jetzt bist du wieder mit den Galoschen an den Füßen reingegangen, was denkst du eigentlich?« Und der Bischof hatte schuldbewußt zu den nassen Fußspuren auf dem hellen Knüpfteppich geschielt und entschuldigend gemurmelt: »Ja, aber die kleine Birgitta versteht, ich war so in Gedanken.«

– So was, daß du hier bist, sagte Birgitta, das ist wirklich eine Überraschung. Ich hatte gedacht, daß deine Mutter vielleicht kommen würde, jetzt, wo es Greta schlechter geht.«

– Mama ist in Japan, antwortete Thomas auf die unausgesprochene Frage. Sie arbeitet an einem Wandgemälde für ein neues Universitätsgebäude. Sie würde mehrere Tage brauchen, um hierherzukommen, deshalb fanden wir es besser, daß ich fahre. Du möchtest sicher Kaffee? Ich bin gestern abend gekommen, deshalb weiß ich nicht genau, was ich anbieten kann, aber es gibt sicher etwas im Brotkasten oder im Gefrierschrank.

Birgitta zögerte.

– Ich habe nicht soviel Zeit, sagte sie, ich bin eigentlich gekommen, um ein paar Worte mit Greta zu wechseln. Wie geht es ihr, ich habe gehört, es geht ihr schlechter?

– Sie ist schwach, sagte Thomas, es sieht so aus, als wäre sie dabei zu verschwinden. Sie ist gerade eingeschlafen, aber sie schläft nie sehr lange. Laß uns eine Tasse Kaffee trinken, vielleicht wacht sie auf, bevor du gehst.

– Also eine schnelle Tasse, sagte Birgitta, dann können wir auch ein bißchen reden.

Sie gingen in die Küche, und Birgitta ließ sich auf dem dalarnablauen Küchensofa nieder, während Thomas Kaffee aufsetzte und aus dem Brotkasten ein paar Wecken nahm.

– Erzähl jetzt, sagte Thomas, nachdem er Kaffee eingeschenkt hatte, was machst du zur Zeit?

– Ich bin Kommunalrat in Hammarås, sagte Birgitta und schielte mit einer Miene zu Thomas, die ihm sagte, daß sie irgendeine Reaktion erwartete, sich das aber nicht direkt anmerken lassen wollte.

Das Problem war, daß »Kommunalrat« ein Wort war, das ihm nichts sagte, was mit zusammengesetzten Wörtern im heutigen Schwedisch oft vorkam. Hammarås war die Stadt mit Hüttenindustrie, die zwanzig Kilometer südlich von Hanaberget lag. Birgitta war vielleicht eine Art Beraterin der Kommunalverwaltung dort, ungefähr wie Jean-Pierre Santini zu Hause in Villette, dachte er unsicher.

Noch einmal sah Birgitta seine Verwirrung.

– Bürgermeister, sagte sie, ich nehme an, ihr habt Bürgermeister da unten, wo du wohnst, aber hier nennen wir das Kommunalrat.

– Oj, sagte Thomas, wirklich beeindruckt, gratuliere, Birgitta! Bist du das schon lange?

– Bald drei Jahre, sagte Birgitta. Der alte Kommunalrat ist kurz nach der vorigen Wahl Knall auf Fall gestorben, und die Kollegen, die übernehmen wollten, haben sich gewissermaßen gegenseitig ausgeschaltet, und da bin ich eine Art Kompromißkandidat geworden. Aber es ist gutgegangen, wir haben bei der Kommunalwahl letzten Sonntag siebenundsechzig Prozent der Stimmen bekommen, das ist das beste Ergebnis seit dem Krieg.

Sie lächelte ihn an, ein Lächeln, in dem berechtigter Stolz die falsche bescheidene Attitüde durchbrach, über die sich Thomas bei Leuten hier in der Gegend, wo es Brauch und Sitte war, sich nicht zu überheben, oft geärgert hatte. Zum ersten Mal nahm er ihre ganze Erscheinung auf. Sie trug eine schwarze lange Hose und eine gerade geschnittene Jerseytunika mit Rollkragen in gedeckten Farben. An den Ohrläppchen baumelten kleine Frauenzeichen aus Silber, und neben ihr auf dem Sofa lag eine dreiviertellange lila Wildlederjacke mit so etwas wie Applikationen. Seine Schwester Sophie hätte sicher eine Totalanalyse von Birgitta Matsson vornehmen können, allein durch den Blick auf die Kleider. Aber Sophie kannte Birgitta ja auch. Hatten sie nicht sogar eine Weile die Wohnung geteilt, als Sophie in den Siebzigern ein paar Jahre Mitglied einer freien Theatergruppe gewesen war und in Hammarås gewohnt hatte?

– Jetzt bin ich noch mehr beeindruckt, sagte er. Es war wohl nicht so leicht, eine Industriekommune wie Hammarås in Krisenjahren wie diesen hier zu regieren?

Birgitta guckte auf den Tisch und rührte den Kaffee um. Als sie wieder aufsah, waren die Linien um ihren Mund sichtbarer, und die grünblauen Augen hatten sich verfinstert.

– Nein, sagte sie, es war kein Zuckerschlecken, in den letzten Jahren Kommunalrat in einer Grubenortschaft zu sein. Gott sei Dank bekommen wir jetzt ja einen Regierungswechsel, aber ehrlich gesagt weiß ich nicht, wieviel das helfen wird. Die Grube hat vorige Woche dichtgemacht, die allerletzte Grube in Bergslagen, und dem Eisenwerk geht es seit mehreren Jahren schlecht. Ich habe vielleicht eine Ersatzaufgabe für Hanaberget, aber die Verhandlungen sind nicht abgeschlossen, und was die Hamra-Hütte angeht …

Sie beendete den Satz nicht und saß eine Weile mit nachdenklicher Miene da.

– Ach ja, Thomas, sagte sie schließlich, du wohnst doch in Villette, oder? Was weißt du über Stéphane Berger?

Thomas wunderte sich. Stéphane Berger war ein umstrittener französischer Geschäftsmann, der vor zwei Jahren einen Teil von Forvil, dem krisengeschüttelten Stahlunternehmen in Villette, gekauft hatte, um es in eigener Regie weiterzuführen.

– Berger, sagte er, ich weiß nichts Genaues über ihn, nicht mehr, als alle anderen wissen.

– Und das wäre, sagte Birgitta, es ist sicher mehr, als wir hier oben wissen. Erzähl, sei so gut!

– Er ist Geschäftsmann, sagte Thomas, ist reich geworden, indem er Unternehmen mit Problemen gekauft und sie nach einer Weile weiterverkauft hat, an eine Fahrradfabrik erinnere ich mich und an einen Schuhhersteller, unter anderem. Davor war er mäßig bekannt als B-Schauspieler, er hatte eine Rolle in einer französischen Polizeiserie, die Ende der Sechziger äußerst populär war, »Die Bullen von Saint-Tropez«. Ja, und hin und wieder hört man, daß er politische Ambitionen hat und der französischen Regierung nahesteht. Gleichzeitig geht das Gerücht, daß er an der Riviera Kontakte zu Kriminellen pflegt. Viele lieben ihn, mindestens ebenso viele hassen ihn.

– Wo kommt er her? fragte Birgitta.

– Marseille, glaube ich, sagte Thomas, auf jeden Fall hat er seine Karriere in Südfrankreich begonnen.

Er erinnerte sich nostalgisch an »Die Bullen von Saint-Tropez«, eine Serie, für die er lächerlich geschwärmt hatte, als er dreizehn, vierzehn gewesen war. Jede Folge enthielt mindestens eine Wettfahrt zwischen Rennbooten und mindestens eine Autojagd auf lebensgefährlichen Bergstraßen oberhalb des Mittelmeers sowie mindestens fünf schöne

Mädchen im Bikini, die ausgestreckt auf Bootsdecks lagen oder sich am Strand räkelten. Stéphane Berger hatte in unten ausgestellten Hosen, engen Hemden und mit gewaltigen Koteletten den Herzensbrecher Inspektor Bruno gespielt. Gott, was für ein Schund war das gewesen!

– Und er hat das Feinwalzwerk von Forvil in Villette gekauft, fuhr Birgitta fort, hast du was gehört, wie das läuft?

Thomas erinnerte sich an den Rummel, als Berger sich bei Forvil eingekauft hatte. Offenbar waren die Eigentümer von Forvil überglücklich gewesen, die verlustbringende Anlage loszuwerden, denn Berger hatte sie für einen symbolischen Ecu, lumpige vierzig belgische Francs, übernehmen können. Er hatte den Betrag in Form einer alten französischen Ecu-Münze dem Aufsichtsratsvorsitzenden des Stahlunternehmens, Arnaud Morel, bei einer Zeremonie auf der Grande Place in Villette übergeben, mit Blasorchester und Freibier für alle. Viele von denen, die auf den Platz gekommen waren, hatten Plakate mit Texten wie »Willkommen, Inspektor Bruno« und »Inspektor Bruno rettet unsere Jobs« bei sich.

Und merkwürdigerweise schien es gleich bessergegangen zu sein, nachdem Berger den Betrieb übernommen hatte. Thomas erinnerte sich an Zeitungsartikel über zunehmende Verkaufserfolge und neue Großbestellungen. Er erzählte es Birgitta.

– Aber warum interessierst du dich eigentlich so für Stéphane Berger? fragte er neugierig.

Sie schüttelte den Kopf.

– Kann ich nicht sagen, leider, aber du kannst es dir wohl fast ausrechnen. Hat Greta nichts gesagt?

– Nein, warum hätte sie das tun sollen? sagte Thomas erstaunt.

– Ach, sagte Birgitta, sie hat zufällig einen Teil eines Gesprächs gehört, das ich mit Daniel, deinem Neffen, meine ich, hatte, er arbeitet ja mit der Umweltaufsicht für die Stahlunternehmen zusammen. Hör mal, stimmt es, daß deine Frau Polizistin ist? Irgend jemand hat das gesagt.

– Nicht ganz, sagte Thomas, aber beinah. Martine ist Untersuchungsrichterin.

Birgitta sah verständnislos aus, so verständnislos, wie Thomas wahrscheinlich aussah, als sie erzählt hatte, sie sei Kommunalrat.

– Das bedeutet, daß sie Ermittlungen nach schweren Verbrechen leitet, erklärte Thomas, obwohl sie nicht Polizistin, sondern Richterin ist und das Recht hat, über Inhaftierungen und Hausdurchsuchungen und so etwas zu entscheiden.

– Aha, sagte Birgitta, ungefähr wie dieser Italiener, den sie dieses Jahr auf Sizilien in die Luft gesprengt haben? Verzeihung, das war vielleicht nicht so taktvoll. Aber jetzt muß ich mich wohl auf den Weg machen. Wollen wir erst bei Greta reingucken und sehen, ob sie wach ist? Sonst kann ich später in der Woche wieder vorbeikommen, bevor ich nach Brüssel fahre.

– Brüssel? sagte Thomas.

– Ja, sagte sie, ein Kurs für Kommunalräte vor der EU-Mitgliedschaft. Wenn wir nun reinkommen, was ich stark hoffe.

Greta Lidelius saß aufrecht im Bett, den Kopf dem offenen Kamin zugewandt. Es sah aus, als betrachte sie das Porträt, das dort hing. Aber obwohl ihre braunen Augen weit offen waren, gab es etwas in ihrem Blick, das sagte, daß sie ganz woanders war.

– Guten Tag, Greta, sagte Birgitta, ich wollte mal reingucken und hören, wie es geht.

Greta Lidelius wandte ihr das Gesicht zu.

– Wie nett von dir, Birgitta, Liebes, sagte sie warm, sag Eva Bescheid, daß sie dir etwas anbietet. Eva ist meine Tochter, sie wird Malerin, verstehst du.

Sie wandte den Blick wieder dem Gemälde zu.

– Er hat es genommen, sagte sie. Ich wußte, daß er es genommen hatte, aber ich wollte Aron nichts sagen.

Sie sah die beiden ängstlich an.

– Hätte ich sagen sollen, daß er es genommen hat? Aron hätte sich so aufgeregt, versteht ihr, und deshalb habe ich ihn angelogen. Meint ihr, das war ein Fehler?

Sie legte sich hin, schloß die Augen und schlief wieder ein.

KAPITEL 3

Mittwoch, 21. September 1994
Villette

Martine ließ sich dabei helfen, den Eisenbahnwaggon hinaufzuklettern. Es hatte angefangen zu regnen, und sie wurde naß im Nacken, als Tropfen vom Schutzhelm unter den Kragen liefen. Sie sah düster auf den feuchtglänzenden Haufen aus fein zerkleinertem Eisenerz hinunter, der den Körper bedeckte. Das hier mußte der mit Abstand am schwersten handhabbare Fundort einer Leiche sein, auf den sie je getroffen war. Wie sollte man den toten Körper herausbekommen, ohne die Spuren zu zerstören, die es eventuell geben konnte?

Sie wandte sich dem weißgekleideten Tatortspezialisten zu, der gerade vom Waggon hinuntergeklettert war und jetzt dastand und zu ihr aufsah.

– Was meinst du, sagte sie, man muß eine Art Bürste benutzen und die Leiche damit gewissermaßen freilegen, oder?

Er nickte zustimmend.

– Ja, das ist die einzige Möglichkeit, und das wird Zeit brauchen, mindestens eine Stunde, wenn es ordentlich gemacht werden soll, also mach inzwischen gern etwas anderes.

Sie sprang vom Eisenbahnwaggon hinunter. Durch treibende Wolken aus Regen sah sie Kommissar Christian de Jonge mit Jean-Claude Becker reden. Ihre Rechtspflegerin Julie Wastia stand bei ihnen und hörte ihnen zu, die Hände tief in den Taschen des roten Trenchcoats.

Martine ging zu Michel Pirot, der an seinen BMW gelehnt dastand, mit verschränkten Armen und den Blick fest auf den Eisenbahnwaggon gerichtet, wie um darüber zu wachen, daß die Interessen von Forvil nicht zu Schaden kamen.

– Ich brauche einen Raum, sagte sie, wo ich die Besatzung des Prahms und die Arbeiter, die den Toten gefunden haben, verhören kann.

Pirot runzelte die Stirn.

– Das einfachste ist wohl, wenn Sie zum Westtor rauffahren, da sind jetzt Leute, sagte er. Es gibt dort ein paar kleine Büroräume, die einigermaßen sauber sind. Ich rufe an und sage Bescheid, daß sie einen Raum für Sie aufschließen.

Er öffnete die Autotür und hob den Hörer seines Autotelefons ab. Martine fiel ein, daß es das beste war, wenn sie der Gerichtsmedizinerin Alice Verhoeven mitteilte, daß sie sich nicht zu beeilen brauchte, und sie ging zu den Polizeiwagen, um jemanden zu bitten, Alice anzurufen. Auf dem Weg zurück zu Christian und Julie trat sie mit einem der extravaganten Louboutin-Stiefel, die sie gerade gekauft hatte, in eine Pfütze und fluchte still vor sich hin. Sie hätte die Gummistiefel aus ihrem eigenen Auto holen sollen.

Christian versprach, die mühsame Arbeit, den toten Körper herauszubekommen, zu organisieren, während Julie sich auf den Weg hinauf zum Westtor machte, um einen Blick auf ihren provisorischen Verhörraum zu werfen. Martine ging hinunter zum Prahm, wo der holländische Skipper und seine beiden Besatzungsmitglieder, gekleidet in Ölmäntel, auf das regennasse Deck gekommen waren und die Aktivität um die Eisenbahnwaggons betrachteten. Sie teilte kurz mit, daß sie mit ihnen reden wolle, und bat den Kapitän, sofort mit ihr zu kommen. Auf dem Weg zum Tor guckte sie in den Pausenschuppen, wo zusammen mit einem mürrischen Italiener um die sechzig der junge Vandermeel saß und den Kopf hängen ließ, und bat sie, in einer Stunde hinauf zum Tor zu kommen.

Der Verhörraum, den Michel Pirot für sie besorgt hatte, war ein fensterloses Kabuff, das muffig roch und eher eine Abstellkammer für ausrangierte Möbel zu sein schien als ein Büro. Er enthielt ein leeres Bücherregal, einen Schreibtisch mit abgeschabtem Furnier, vier stapelbare Stühle mit geraden Rückenlehnen und einen Schreibtischstuhl mit zerrissener Polsterung.

Julie machte eine Grimasse.

– Hätte er nicht was Besseres finden können, sagte sie, hat er Angst, wir würden in Forvils geheimen Papieren schnüffeln, wenn er uns in das richtige Büro läßt?

Mit vereinten Kräften schafften es Martine und Julie, den schweren Schreibtisch mitten in den Raum zu schleppen. Martine stellte den Schreibtischstuhl auf eine Seite des Schreibtischs und ließ sich darauf nieder. Er wackelte. Julie rief den holländischen Kapitän herein und setzte sich auf einen der geraden Stühle neben Martine, den Notizblock in Bereitschaft.

Sie standen sofort vor einem Problem. Martine, die in einer zweisprachigen Brüsseler Kommune aufgewachsen war, sprach gut genug Niederländisch, um die holländischen Besatzungsmitglieder in ihrer Muttersprache befragen zu können, aber Julies Niederländisch reichte absolut nicht aus, um das Verhör protokollieren zu können. Und keiner der Holländer sprach mehr als ein paar wenige Worte Französisch. Die provisorische Lösung bestand darin, daß Martine nach jedem Einzelverhör der Holländer das Gespräch zusammenfaßte und Julie das dann niederschrieb.

Nicht, daß es viel gewesen wäre. Der holländische Kapitän Frans van Dijk und seine beiden Besatzungsmitglieder versicherten wie aus einem Mund, daß keiner von ihnen eine Ahnung gehabt habe, daß sie mit einer Leiche in der Ladung unterwegs gewesen waren. Sie wußten nichts darüber, wann, wo und wie der tote Mann im Prahm gelandet war. Sie hatten den Hafen von Antwerpen am Dienstag morgen gegen acht mit ihrer Erzladung verlassen und waren durch den Albertkanal hinunter nach Liège und weiter durch die Meuse gefahren. Sie waren bei mehreren der Schleusen unterwegs aufgehalten worden. In Genk, wohin sie am Abend gekommen waren, gab es so etwas wie eine gewerkschaftliche Bummelaktion des Schleusenpersonals, was dazu geführt hatte, daß sie so lange hatten warten müssen, daß sie alle drei zusammen an Land gegangen waren, um zu Abend zu essen. In Ivo-Ramet war ihre Fahrt durch Arbeiten an der Schleusenmaschinerie weiter verzögert worden. Sie hatten am Kai von Forvil erst gegen drei Uhr nachmittags angelegt, aber noch ein paar weitere Stunden warten müssen, um ihre Ladung löschen zu dürfen, weil andere Prahme vor ihnen lagen. Da hatten sie ein Taxi ins Zentrum genommen, wo sie sich getrennt hatten. Frans van Dijk war losgegangen, um ein Bier zu trinken und ein Sandwich zu essen, Kees Molenaar hatte nach einem Spielzeuggeschäft gesucht, um sich nach Geburtstagsgeschenken für seine fünfjährige Tochter umzusehen, und Johannes Peeters behauptete, er sei einfach nur herumgebummelt. Sie waren jeder für sich zum Prahm zurückgekommen, ungefähr eine Stunde bevor sie mit dem Löschen beginnen konnten. Während sie darauf warteten, hatten sie in der Kajüte Karten gespielt.

Jérôme Vandermeel hatte jetzt nicht mehr zu sagen als

bei seinem ersten Schnellbericht. Er hatte den toten Körper aus dem Baggerlöffel mit Erz fallen sehen, und das war es dann. Mehr wußte er nicht. Sein Arbeitskollege Guido Leone wußte noch weniger. Er hatte gesehen, wie Jérôme das Stopzeichen gab, war angelaufen gekommen, um zu sehen, was los war, und hatte gehört, wie Jérôme etwas davon faselte, daß eine Leiche im Baggerlöffel liege, was sich unglaublicherweise als wahr erwies. Sie hatten die ganze Schicht am Kai gearbeitet, seit sie um zwei Uhr angefangen hatten. Die Dafne 3 war der zweite Prahm, den sie löschten.

– Tut mir leid, das mit dem Niederländischen, sagte Julie, als sie zum Kai zurückgingen.

– Nicht deine Schuld, sagte Martine, es gehört nicht zu deinem Job, Niederländisch zu können, und ich bin wohl eigentlich auch nicht qualifiziert, Verhöre in einer anderen Sprache als Französisch durchzuführen. Wir brauchen einen Dolmetscher, wenn wir sie nächstes Mal befragen.

Es hatte aufgehört zu regnen, und die Pfützen auf dem Kai spiegelten das orangefarbene und weiße Licht der vielen Scheinwerfer. Alice Verhoeven stand jetzt am Eisenbahnwaggon und dirigierte die Arbeit, gekleidet in einen hellen Regenmantel und weiße Gummistiefel, die aussahen, als kämen sie aus einem Operationssaal. Mit dem weißen Schutzhelm sah sie aus wie ein Champignon.

– Hallo, Mädels, sagte sie zu Martine und Julie, ihr kommt gerade recht. Wir haben jetzt den Körper freigelegt, und ich muß wohl rauf in den Waggon und ihn an Ort und Stelle untersuchen, bevor wir ihn rausholen.

Jemand hatte an die Seite des Eisenbahnwaggons eine Leiter gestellt. Alice kletterte die Leiter hinauf, und zwei der drei Polizisten, die dort schon waren, hoben sie ganz einfach hinein. Sie untersuchte rasch den Toten und kletterte dann wieder hinunter. Martine, Julie und Christian eilten ihr eifrig entgegen.

– Nicht viel, was ich sagen kann, leider, sagte sie. Er hat Quetschungen am Hinterkopf, aber wie er gestorben ist, weiß ich erst nach der Obduktion. Der Körper ist völlig starr mit gut entwickelten Leichenflecken, was darauf hindeutet, daß er heute früh oder gestern nacht gestorben ist, mehr kann ich darüber im Moment nicht sagen. Der linke Arm ist in einer hochgereckten Position erstarrt, und das deutet darauf hin, daß der Körper in einem Raum gelegen hat, wo der Arm von der Unterlage in diese Haltung gebracht worden ist. Vermutlich ist der Körper nach dem Tod nicht bewegt worden, das würde ich annehmen, nicht bevor er im Baggerlöffel gelandet ist, meine ich. Aber morgen wissen wir mehr. Wollt ihr noch einen Blick auf ihn werfen, bevor wir ihn transportieren?

Zum zweiten Mal stieg Martine in den Eisenbahnwaggon hinauf. Der Körper, der freigelegt worden war, gehörte einem jungen Mann mit lockigen braunen Haaren, gekleidet in schwarze Jeans und Jeanshemd. Das Scheinwerferlicht war so stark, daß sie deutlich Details in dem blauweißen toten Gesicht sah – ein Muttermal an der rechten Wange, ein Flaumstreifen auf der Oberlippe. Reste des zerkleinerten Erzes waren in den Wimpern und an den Nasenlöchern hängengeblieben. War der Junge schon tot gewesen, als er in den Prahm geworfen worden war, oder war er unter dem Erz erstickt, hatte er nach Luft geschnappt und nur den schwarzen Sand in die Atemwege bekommen? Martine atmete tief ein und füllte ihre Lungen mit regennasser, gesegnet frischer Luft.

– Okay, sagte der Polizeifotograf, der im Waggon stand, jetzt könnt ihr ihn umdrehen.

Der Hinterkopf wurde sichtbar, als die beiden Polizisten

den Körper, soweit es mit dem hochgereckten Arm, der im Wege war, ging, umgedreht hatten. Der Schädel war deformiert, und die braunen Locken klebten durch getrocknetes Blut an der Kopfhaut, als hätte jemand den Hinterkopf des jungen Mannes wütend mit mehreren harten Schlägen zertrümmert.

Martine kletterte wieder hinunter und trat noch einmal in eine Pfütze. Michel Pirot, der jetzt seine Zuflucht in dem lederduftenden Komfort des Autos gesucht hatte, steckte den Kopf durch das offene Autofenster auf der Fahrerseite und winkte sie zu sich. Offenbar hatte er seinen Chauffeur nach Hause geschickt. Sie ging zu ihm, und er hielt ihr durch das Fenster den Hörer des Autotelefons hin.

– Ich habe den Aufsichtsratsvorsitzenden in der Leitung, sagte er leise, ich glaube, er kann ebensogut mit Ihnen direkt sprechen.

Martine nahm den Hörer und sagte ihren Namen. Die Stimme, die sie hörte, war kühl und präzise, eine Stimme, gewöhnt, Befehle auszusprechen, denen man gehorchte.

– Arnaud Morel hier, sagte der Aufsichtsratsvorsitzende, wir müssen wissen, wie Sie diesen Todesfall sehen. Nach dem, was Pirot sagt, gehe ich davon aus, daß er mit Forvil absolut nichts zu tun hat, daß es ein reiner Zufall war, daß die Leiche auf dem Werksgelände von Forvil gelandet ist. Es hätte einen gewissen Nutzen, wenn Sie das offiziell bestätigen könnten, Madame Poirot, vielleicht in einer Erklärung.

Die Worte fielen wie Tropfen unterkühlten Regens. Martine konnte förmlich hören, wie sie klirrten, wenn sie als Eis auf dem Boden landeten.

– Das kann ich absolut nicht, sagte sie, wir wissen nichts darüber, wie der Tote umgekommen ist oder wie er dort, wo er gefunden wurde, gelandet ist. Und im übrigen gebe ich keine Erklärungen ab. Meine Voruntersuchung wird unter Geheimhaltung betrieben, wie Sie sicher wissen.

Die Stimme des Aufsichtsratsvorsitzenden wurde noch frostiger.

– Ihnen ist vielleicht bekannt, daß der Betrieb von Forvil für Villette eine gewisse Bedeutung hat? Finden Sie, daß wir Sensationsschreibereien in Kauf nehmen müssen, die unserem Renommee schaden können, weil irgendein Trunkenbold in einen Prahm plumpst und sich den Hals bricht, oder was da passiert ist?

– Wie ich schon sagte, die Voruntersuchung wird unter Geheimhaltung betrieben, und außerdem wissen wir noch nichts, sagte Martine. Wir haben also nichts mehr zu besprechen, Monsieur Morel.

Die Verbindung wurde unterbrochen. Der Aufsichtsratsvorsitzende hatte aufgelegt, ohne sich zu verabschieden. Martine reichte den Hörer Michel Pirot, der sie anlächelte.

– Besser, er hört es von Ihnen als von mir. Wollen Sie reinkommen und sich setzen? Die Luft wird langsam etwas kühl.

Er reckte den Arm über die Rückenlehne und öffnete die Fondtür. Martine stieg ein.

– Wie konnten Sie so schnell herkommen? fragte sie neugierig.

Er drehte den Kopf, so daß sie im Dunkeln sein Gesicht im Profil sah. Sie empfand es als merkwürdig intim, mit ihm zusammen hier in der komfortablen Wärme des Autos zu sitzen. Sie roch den Duft seines Eau de Cologne, etwas Exklusives in Zitrusrichtung, Acqua di Parma vielleicht.

– Oh, wir haben in der Unternehmensleitung einen Krisenbereitschaftsdienst, sagte er, wir sind ja in einem Betrieb tätig, in dem es zu schweren Unfällen kommen kann, wenn etwas schiefgeht, und der Wachmann weiß, daß der Krisenbereitschaftsdienst informiert werden muß, wenn etwas Ernstes und Unerwartetes passiert. Und ich habe dann den Aufsichtsratsvorsitzenden angerufen, es würde ihm nicht gefallen, morgens aufzuwachen und ohne Vorwarnung von einem Mord in Verbindung mit Forvil zu lesen.

– Aber warum den Aufsichtsratsvorsitzenden und nicht Ihren geschäftsführenden Direktor? fragte Martine.

Pirot lächelte sie wieder an. Er war ein attraktiver Mann, das hatte sie schon vorher registriert.

– Raymond Claessens? Sie waren beide auf einem Essen von Industriellen, da habe ich sie erreicht, aber irgendwie hat Arnaud die Sache übernommen.

Sein Lächeln war vielsagend. Martine las selten Nachrichten aus der Wirtschaft, aber sogar sie wußte, daß der geschäftsführende Direktor von Forvil Raymond Claessens nicht als Aß galt. Arnaud Morel war in den erfolgreichen achtziger Jahren ein dynamischer geschäftsführender Direktor gewesen, und böse Zungen sagten, er habe nach einem Nachfolger gesucht, der ihm nicht den Rang ablaufen würde. Sie fragte sich, ob Pirot darauf abzielte, Claessens' Nachfolger zu werden. Das würde erklären, warum er ihn überging, als er über den Todesfall bei Forvil berichten wollte.

– Ich muß wissen, wann wir die Arbeit hier wiederaufnehmen können, sagte Pirot.

– Das dauert eine Weile, sagte Martine, wir müssen sowohl den Baggerlöffel als auch den Prahm untersuchen, bevor es hier weitergehen kann.

Er trommelte mit den Fingern ans Lenkrad und sah bekümmert aus.

– Dann schlage ich einen Kompromiß vor, sagte er, wir

koppeln den Waggon mit der Leiche ab und fahren die Waggons, die schon gefüllt sind, zum Sinterwerk. Man kann ja einen Hochofen nicht abstellen, wissen Sie, er muß gefüllt werden.

Martine dachte eine halbe Minute nach und nickte dann zustimmend. Pirot hob den Hörer des Autotelefons ab, wählte eine Nummer und gab ein paar kurze Anweisungen. Dann wandte er sich wieder ihr zu.

– Ich hoffe jedenfalls, daß Sie es schnell aufklären, sagte er, und daß Sie keine Probleme bekommen, wenn Sie Leute hier auf dem Gelände befragen. Es gibt viele, die in der Polizei seit dem Generalstreik 1961 immer noch den FEIND sehen, groß geschrieben, Sie hätten meinen Vater zu dem Thema hören sollen.

Er lächelte schief. Martine wußte, daß Michel Pirot aus einet der Grubenortschaften außerhalb von Villette kam.

Etwas schien drüben am Eisenbahnwaggon zu passieren. Martine stieg aus dem Auto und hörte aus der Tiefe des Eisenbahnwaggons eine Stimme.

– Er hat eine Brieftasche in der Gesäßtasche. Soll ich sie rausnehmen?

– Unbedingt, rief Christian de Jonge, und wirf sie hierher, dann erfahren wir vielleicht endlich was!

Eine abgenutzte Brieftasche aus braunem Leder kam durch die Luft geflogen. Christian fing sie mit seinen behandschuhten Händen auf und öffnete sie vorsichtig. Sie enthielt eine Mischung aus französischen und belgischen Geldscheinen, eine EC-Karte und eine Visakarte, ausgestellt von einer französischen Bank, einen französischen Paß und einen französischen Presseausweis.

– Ein französischer Journalist, konstatierte Christian, Fabien Lenormand, sechsundzwanzig. Wie ist er in einem holländischen Prahm in einer Stadt in Belgien gelandet?

Er untersuchte weiter die Brieftasche und machte zwei weitere Funde. Der eine war eine Visitenkarte einer Frau namens Nunzia Paolini, Sekretärin des »Gedenkvereins für Foch-les-Eaux«. Der andere war ein handgeschriebener Zettel mit zwei Telefonnummern, die beide zu einer Frau namens Nathalie zu führen schienen.

– Darf ich mal sehen, guckt mal, die eine Nummer ist von der Gazette de Villette, stimmt's? Arbeitet er da?

Sie sah auf die Uhr – zwei Minuten nach elf. Die Lokalzeitung war noch nicht in Druck gegangen.

– Wir fahren hin, sagte sie.

Der Nachtredakteur bei der Gazette de Villette sah freudig überrascht aus, als Martine und Julie durch die Tür zur Redaktion eintraten.

– Was für ein Service! sagte er. Ich bin gerade mit meinen Routineanrufen bei den Bullen durch, und jetzt kommen Sie her, um mir persönlich die Details über den geheimnisvollen Leichenfund draußen bei Forvil mitzuteilen. Stimmt's, Madame Poirot?

– Leider, sagte sie, kann ich damit nicht dienen. Ich komme, um zu fragen, ob Sie oder jemand anders in der Redaktion einen französischen Journalisten namens Fabien Lenormand kennen.

Der Nachtredakteur sah nachdenklich aus, aber der junge Redigierer, der am Schreibtisch ihm gegenüber saß, sah von seinem Bildschirm auf.

– Fabien Lenormand, sagte er, das ist doch Bonnaires Typ, stimmt's?

Der Nachtredakteur warf ihm einen vorwurfsvollen Blick zu, als wolle er ihm sagen, daß man Informationen niemals leichtfertig herausgibt, ohne sich etwas im Austausch zu sichern.

– Nathalie Bonnaire? fragte Martine. Nathalie Bonnaire war eine junge Reporterin, mit der sie bei einem ihrer letzten Fälle viel zu tun gehabt hatte.

– Ja, sagte der Nachtredakteur widerwillig, aber Lenormand ist nicht ihr Freund, das glaube ich nicht, ich glaube, er ist nur ein guter Bekannter.

– Arbeitet er hier bei der Zeitung? fragte Martine.

– Nein, nein, sagte der Nachtredakteur, er ist Freiberufler, aber ich glaube, er hatte eine Art Projektjob in Villette bekommen, nicht bei einer Zeitung, sondern etwas anderes. Hören Sie, warum kommen Sie um diese Zeit hierher und stellen Fragen nach Fabien Lenormand? Ist *er* auf dem Gelände von Forvil tot aufgefunden worden?

– Der Tote ist offiziell nicht identifiziert, sagte Martine, das kann ich also absolut nicht bestätigen. Aber es stimmt, daß dort ein junger Mann tot aufgefunden worden ist, und er scheint auf einem mit Erz beladenen Prahm dort hingekommen zu sein. Das dürfen Sie gern schreiben.

Jemand konnte etwas gesehen haben, dachte sie, die Prahme fuhren an den Ufern entlang und unter Brücken. Vielleicht waren spielende Kinder oder jemand, der seinen Hund spazierenführte, auf einer Brücke stehengeblieben und hatten in der Ladung eines Prahms, der vorbeifuhr, etwas Sonderbares bemerkt.

– Dürfen wir mal telefonieren, ein Ortsgespräch? fragte sie.

– Bitte sehr, sagte der Redakteur flott, telefonieren Sie nur, wir schicken die Rechnung an den Justizpalast. Wählen Sie die Null für eine Amtsleitung.

Martine schielte zu Julie, die nickte und zu einem Telefon außer Hörweite der beiden Journalisten ging. Sie sahen enttäuscht aus.

– Aber Sie sind Fabien Lenormand offenbar begegnet, sagte Martine.

Julie wählte eine Nummer, und der Teilnehmer schien abzuheben.

– Ein paarmal, sagte der Redigierer, er kam ein paarmal mit Bonnaire mit, wenn wir nach der Arbeit ein Bier trinken waren. Netter Typ, interessiert sich sehr fürs Radfahren.

Julie sprach leise mit jemandem, legte auf und nickte Martine zu.

– Ja, sagte sie mit unterdrückter Stimme, die zweite Telefonnummer in der Brieftasche war die von Nathalie Bonnaire, ich habe gesagt, wir würden sofort zu ihr nach Hause kommen. Ich habe nicht gesagt, was passiert ist, nur, daß es um Fabien Lenormand geht, aber sie rechnete mit dem Schlimmsten. Er war anscheinend ein paar Tage mehr oder weniger verschwunden.

Nathalie Bonnaire wohnte in einem alten Industriegebiet zwischen dem Fluß und der Eisenbahn am südlichen Rand von Villette, wo mehrere leere Gebäude zu Wohnungen umgebaut wurden. Irgendwann in der Zukunft würde es sicher ein Ort werden, der die Trendigen und Wohlhabenden anlockte, aber im Moment war Martine froh, daß sie im Polizeiwagen kam, als sie vorsichtig über die Pfützen auf dem unaufgeräumten Industriegrundstück stieg, wo der Wind durch die Baugerüste heulte und schlecht befestigte Planen unglücksverheißend im Dunkel knallten. Nathalie Bonnaires Adresse war ein Speichergebäude aus dem 19. Jahrhundert, eines der ersten, in denen die Wohnungen bezugsfertig geworden waren. Aber mit der Renovierung des Hauses war man noch nicht fertig. Die Eingangshalle war immer noch voller Leitern und Malereimer, und der Fahrstuhl war ein alter Industrieaufzug mit braunem Papier auf dem Boden.

Nathalie Bonnaire machte augenblicklich auf, als sie klingelten, als habe sie hinter der Tür gestanden und gewartet. Sie trug eine schwarze Jogginghose und ein weißes T-Shirt, und ihre braunen Augen sahen unter dem dunklen Pony besorgt aus.

– Kommen Sie rein, sagte sie, ich habe Tee gemacht.

Die Wohnung bestand aus einem großen Raum mit hohen Fenstern zum Hof, einer Küchenabteilung, die durch eine Bartheke vom Wohnzimmer getrennt war, und einem winzigen Schlafzimmer am Ende der breiten Halle.

Sie ließen sich auf einem Sofa vor einem niedrigen Couchtisch nieder, wo Nathalie Bonnaire Teekanne und Tassen gedeckt hatte.

– Sagen Sie es jetzt, sagte sie, Fabien ist tot, stimmt's? Stimmt's?

Ihre Stimme wechselte die Lage, ging auf und ab, als habe sie keine Kontrolle darüber.

– Warum glauben Sie das? fragte Martine.

Nathalie Bonnaire sah sie vorwurfsvoll an.

– Verstellen Sie sich nicht, Madame Poirot, sagte sie, es ist klar, daß er tot ist, warum sollten Sie sonst um diese Zeit hierherkommen? Oder ist er verletzt? Liegt er im Krankenhaus?

Martine zögerte, aber es wäre grausam, die junge Frau zappeln zu lassen.

– Ja, sagte sie, wir haben einen toten Mann gefunden, der allem Anschein nach Fabien Lenormand ist, er hatte Fabien

Lenormands Papiere bei sich und scheint dieselbe Person zu sein wie auf den Bildern im Paß und im Presseausweis. Wie gut kennen Sie ihn, ist er jemand, der Ihnen nahesteht?

Nathalie Bonnaire biß sich in die Unterlippe und blinzelte, um die Tränen, die plötzlich ihre Augen füllten, wegzudrücken. Sie verschränkte die Arme und drückte die Hände an den Körper, wie um sie zu wärmen.

– Er ist mein Cousin, sagte sie, seine Mutter ist meine Tante mütterlicherseits, und ich kenne ihn schon mein ganzes Leben. Was ist denn passiert, ein Verkehrsunfall? Nein, dann wären Sie nicht hier. O Gott, er ist ermordet worden, so muß es sein. Fabien ermordet! Wie kann ich das Tante Josiane erzählen?

Sie sah Martine und Julie flehend an, als könnten sie ihr bei der Trauerbotschaft an die Tante helfen. Tränen tropften still aus ihren Augen auf das weiße Shirt, wo sie tropfenförmige kleine feuchte Flecken hinterließen.

– Ja, sagte Martine vorsichtig, wir glauben, daß er Opfer eines Gewaltverbrechens wurde, und deshalb ist es wichtig, daß Sie mir alles erzählen, was Sie über ihn wissen, so schnell wie möglich. Können Sie jetzt reden?

Die junge Journalistin nickte, und Julie nahm ihren Notizblock heraus. Nathalie Bonnaire hob ihre Teetasse, aber ihre Hände zitterten so sehr, daß sie sie nicht zum Mund führen konnte, sondern sie mit einem Knall auf der Untertasse absetzte.

– Ich habe ja dieses Jahr im Mai den Job bei der Gazette de Villette bekommen, und Fabien hat mich im Juni besucht. Er hat freiberuflich gearbeitet, wollte aber gern eine Anstellung haben und hat mich gefragt, ob ich glaube, daß er auch eine Chance hätte, eine Vertretung bei der Gazette zu bekommen oder etwas anderes in Villette. Aber damals war nichts frei. Dann sah ich im Juli eine Stellenanzeige, es ging um ein Projekt, ein Verein suchte einen Journalisten, der irgendeine Schrift über ein Grubenunglück 1956 zusammenstellen sollte. Nicht wirklich das, was Fabien suchte, aber ich habe ihm davon erzählt, und er kam her und hat sich beworben und den Job gekriegt. Er fing in der ersten Septemberwoche an zu arbeiten und zog als Untermieter bei mir ein, die Miete ist wirklich recht hoch, deshalb war es gut, da Hilfe zu bekommen.

Sie machte mit dem Kopf eine Geste zu einem Bücherregal, das im rechten Winkel zur Wand in den Raum hineinragte. Dahinter war eine Schlafcouch zu sehen.

– Da hat er geschlafen, sagte sie, es funktionierte sehr gut. Ja, und er fing an, an dieser Schrift zu arbeiten, und schien das richtig interessant zu finden, er interviewte Leute und las alte Papiere und so. Aber der Grund dafür, daß er so gern nach Villette kommen wollte, das habe ich von Anfang an geahnt, war, daß er mit einer großen Arbeit über Stéphane Berger beschäftigt war. Er wollte herausfinden, wo Berger seinen letzten großen Einsatz hatte. Ehrlich gesagt, ist Fabien wohl etwas von ihm besessen.

Sie merkte, daß sie ein falsches Tempus benutzt hatte, und kniff den Mund zusammen, um zu verbergen, daß ihre Unterlippe zitterte. Ihre Augen flossen plötzlich über, aber sie hielt die Teetasse mit den hohlen Händen, um sie zu wärmen, trank einen Schluck und fuhr fort, ohne die Tränen, die ihr die glatten Wangen hinunterliefen, zu beachten.

– Fabien kommt, kam, meine ich, aus diesem Ort etwas südlich von Lille, wo es eine Fahrradfabrik gab, die Berger kaufte und abwickelte, Vélo Éclair. Sein Vater, mein Onkel Denis, arbeitete da und viele andere, die er kannte, und sie wurden arbeitslos, und Onkel Denis war so gebrochen, daß er sich totfuhr, vielleicht mit Absicht. Berger verkaufte das Warenzeichen an eine Firma irgendwo in Osteuropa, glaube ich. Und so was passiert ja, aber das Schreckliche war, daß alle so froh gewesen waren, als Berger das Unternehmen übernahm, und er ließ sich darauf ein, tat so, als würde er kommen, um da im Ort die Jobs zu retten, ließ den ganzen »Inspektor Bruno«-Zirkus ablaufen. Fabien machte eine Reportage über Vélo Éclair, die er an eine französische Zeitschrift verkaufte, und Berger soll darüber unheimlich sauer gewesen sein, besonders über den Titel, es war etwas mit »Ein Wolf als Hirte«. Aber Berger hatte ja mit Vélo Éclair nichts Ungesetzliches getan, zumindest konnte Fabien es ihm nicht nachweisen. Aber er war überzeugt davon, daß es in Bergers Tätigkeit etwas Anrüchiges zu enthüllen gab, und damit hat er sich beschäftigt. Er versuchte, Leute bei Berger Rebar in Villette zu interviewen, aber alle weigerten sich, mit ihm zu sprechen, das war wohl nach dem Wolf-Artikel.

Martine runzelte die Stirn.

– Aber, Nathalie, entschuldigen Sie, hat das etwas mit Fabiens Tod zu tun? Ich brauche konkrete Fakten, wie zum Beispiel, wann Sie ihn zum letzten Mal gesehen haben, was er da tun wollte, solche Dinge.

– Das kommt, sagte Nathalie Bonnaire, ich bin gleich soweit. Es war nämlich so, daß er am Montag abend von Brüssel aus anrief und erzählte, daß er die größte Entdeckung seines Lebens gemacht habe. Er tat geheimnisvoll und wollte nicht erzählen, worum es ging, aber ich habe gemerkt, daß er ganz außer sich war. Er versprach, alles zu erzählen, wenn er am Dienstag abend nach Hause kommen würde.

Sie hob die Teetasse, betrachtete Martine starr über deren Rand und sagte dramatisch:

– Aber er ist nie nach Hause gekommen!

– Wann haben Sie ihn zum letzten Mal gesehen? wiederholte Martine.

Nathalie Bonnaire seufzte.

– Ja, das war Montag morgen. Er hat mich zum Job gefahren, ich habe kein Auto, aber er hat einen alten Renault, und dann fuhr er weiter nach Brüssel.

– Was wollte er in Brüssel? fragte Martine.

– Da war eine Art Journalistenseminar über die Länder, die neu in die EU sollen, sagte Nathalie Bonnaire. Es gab ein bißchen Information, und dann konnten sie Diplomaten und Kulturschaffende und Leute aus der Wirtschaft und so weiter treffen.

Martine dachte an das blutbefleckte Fragment aus einer schwedischen Zeitung, das bei dem toten Körper gefunden worden war. Schweden war eines der neuen Mitgliedsländer.

– Hat er beim Seminar seine große Entdeckung gemacht? fragte sie.

Nathalie Bonnaire sah unsicher aus.

– Ich weiß nicht, sagte sie zögernd, das hat er nicht gesagt, ich glaube, das Seminar hat nicht den ganzen Tag gedauert, so daß er danach jemanden getroffen haben kann.

– Und was hat er am Dienstag in Brüssel gemacht?

– Ich glaube, er wollte in die Nationalbibliothek, die Bibliothèque Royale, sagte Nathalie Bonnaire, und für die Schrift, an der er arbeitete, alte Zeitungen lesen. Aber reden Sie mit Nunzia Paolini, die ihm den Job gegeben hat, sie weiß bestimmt mehr darüber.

– Und diese Enthüllung, sagte Martine, Sie haben keine Ahnung, worum es da ging?

Nathalie Bonnaire sah ihr direkt in die Augen.

– Ja und nein, antwortete sie, ich meine, es ist klar, daß es Berger betraf, sonst könnte ich nicht verstehen, warum er so aufgeregt war. Was es war, weiß ich nicht. Aber ich bin sicher, daß Fabien tot ist, weil er etwas über Stéphane Berger rausgefunden hat.

Martine stand auf.

– Wollen wir einen Blick auf seine Sachen werfen? Sie können vielleicht sehen, ob etwas fehlt.

Die Schlafcouch in der Ecke hinter dem Bücherregal war nicht gemacht, und ein Haufen Kleidung lag über einem kleinen Sessel im Sechziger-Jahre-Stil. Auf einem Tisch hinter dem Bücherregal lagen ein Stapel Bücher und ein paar Pappmappen.

– Darum kümmern wir uns, sagte Martine. Können Sie sehen, welche Sachen er anhatte?

– Schwarze Jeans, sagte sie, und ein ziemlich dunkles blaues Jeanshemd, das fehlt hier. Und eine Jacke, er hatte eine dunkelblaue Seemannsjacke, die er anzog, wenn es für die Jeansjacke zu kalt war, die hatte er an, als wir uns am Montag getrennt haben.

Der tote Mann hatte in der Tat Jeans und Jeanshemd angehabt. Aber die Jacke fehlte.

– Er hat eine Tasche, sagte Nathalie Bonnaire, so eine große braune Schultertasche, die aussieht wie eine Briefträgertasche, die hat er immer bei sich. Haben Sie die gefunden? Er hat darin meistens auch seinen Laptop, einen Compaq Contura, völlig neu.

– Nein, die haben wir nicht gesehen, was hatte er da noch drin, abgesehen vom Laptop?

– Arbeitsmaterial, sagte Nathalie Bonnaire, Notizbücher und Papier und Stifte, manchmal eine Kamera. Die Tasche wiegt eine Tonne, ich sage immer, daß er sich den Rücken ruinieren wird, bevor er dreißig ist …

Sie hielt inne, schluckte und wischte sich bei dem Gedanken an den Cousin, der es nie schaffen würde, dreißig zu werden und sich den Rücken zu ruinieren, die Augenwinkel.

– Übrigens, es gibt da etwas, sagte sie zögernd, ein Notizbuch, nach dem er am Montag gesucht hat, ein kleines, schwarzes, das er ständig bei sich hatte. Er konnte es hier nicht finden, und da dachte er, er hätte es im Auto vergessen, aber da war es auch nicht, er war deswegen ziemlich irritiert. Soll ich es suchen?

– Machen Sie das, sagte Martine, und um alles in der Welt, rufen Sie mich sofort an, wenn Sie es finden!

Sie nahm ein gerahmtes Foto, das auf dem kleinen Tisch stand, in die Hand. Es war ein Hochzeitsfoto aus den späten sechziger oder frühen siebziger Jahren – der Bräutigam mit langen Haaren und Koteletten, die Braut mit Pony und toupierter Hochsteckfrisur.

– Tante Josiane und Onkel Denis, sagte Nathalie Bonnaire leise, und sehen Sie, da sind Fabien und ich, als wir klein waren.

Sie zeigte auf ein kleineres Bild, das in den Rahmen des Hochzeitsfotos gesteckt war, ein braungelockter Junge und ein Mädchen mit glatten dunklen Haaren, beide in Badekleidung. Mit dem Meer im Hintergrund zeigten sie mit ihren Spaten stolz auf eine stattliche Sandburg.

– Ich erinnere mich an diese Ferien, sagte sie, wir hatten einen Wohnwagen gemietet und wohnten zusammen auf einem Campingplatz am Meer, wir hatten so viel Spaß. Und jetzt sind Onkel Denis und Fabien tot!

Sie setzte sich auf das ungemachte Bett des Cousins und

fing ernstlich an zu weinen und schluchzte tief und vernehmlich. Martine reichte ihr unbeholfen ein Papiertaschentuch, das Nathalie Bonnaire benutzte, um Augen und Nase abzuwischen. Nach einer Weile sah sie wieder auf, rotäugig, aber gefaßt.

– Ich muß mich wohl jetzt um alles Praktische kümmern, wollen Sie, daß ich komme und ihn identifiziere?

– Gern, sagte Martine dankbar, können Sie morgen früh zur Leichenhalle kommen? Was haben Sie jetzt im übrigen selbst vor?

In Nathalie Bonnaires Blick lag etwas Ausweichendes.

– Ja, ich muß jetzt Tante Josiane anrufen und anfangen, die Beerdigung vorzubereiten. Dann werde ich wohl arbeiten wie gewöhnlich und einen neuen Mieter suchen, was sonst?

Ihr Tonfall ließ in Martine ein leises Warnsignal ertönen. Nathalie Bonnaire war Journalistin, gut darin, Informationen auszugraben, und sie schien zu wissen, was hinter dem Tod des Cousins steckte. Das beunruhigte Martine.

– Ich hoffe nur, daß Sie nicht vorhaben, einen privaten Kreuzzug gegen Stéphane Berger zu starten, sagte Martine warnend, als sie die Wohnung verließen.

Nathalie Bonnaire antwortete nicht. Als sie auf den dunklen Hof kamen, sahen sie ihre Silhouette in den erleuchteten Fenstern der Wohnung. Sie stand da und guckte zu ihnen hinunter.

Der Regen hatte aufgehört, und der Himmel hatte aufgeklart. Ein bleicher Vollmond spiegelte sich in den Pfützen, und die Planen knallten im Wind.

Martine entschloß sich, im eigenen Auto nach Hause zu fahren, und das Polizeiauto lieferte sie am Justizpalast auf der Île Saint-Jean ab, der Insel, auf der die Kathedrale von Villette, Saint Jean Baptiste, ihre beiden Türme über mittelalterliche Häuser und Gassen erhob.

– Soll ich dich fahren? fragte Martine auf dem Weg hinunter in die Garage. Röte stieg auf Julies sonnenverbrannten Wangen auf, sichtbar sogar im schwachen Schein der Garagenbeleuchtung.

– Nein, ich gehe nach Hause zu Dominic, er wohnt ja ganz in der Nähe, sagte sie. Sie versuchte, nonchalant zu klingen, aber es gelang ihr nicht ganz.

Julie Wastia hatte seit mehreren Jahren ein Auge auf Dominic di Bartolo, Verwaltungschef am Justizpalast, geworfen, und im letzten halben Jahr war er sie schließlich gewahr geworden. Im August waren Dominic und Julie zusammen nach Rom in Urlaub gefahren.

– Aber was heißt denn das, sagte Martine, seid ihr dabei zusammenzuziehen?

– Wir werden sehen, sagte Julie mit einem Mona-Lisa-Lächeln, gute Nacht, Martine!

Sie spazierte los auf die Brücke zu und verschwand um die Ecke, ein Streifen Rot unter den Straßenlaternen.

Martine kam nach Hause zu Dunkel und Stille. Die kleinen Straßen in Abbaye-Village waren im Mondlicht regennaß und menschenleer, und sie roch das nasse Laub im Garten, als sie die Tür ihres leeren Hauses aufschloß.

Sie machte die Lampen in allen Räumen im Erdgeschoß an, aber nichts half gegen die düsteren Bilder, die sie nicht aus dem Gehirn bekam – Fabien Lenormands junges totes Gesicht, blauweiß im Scheinwerferlicht, Nathalie Bonnaire in Tränen über den Cousin, mit dem sie früher Sandburgen gebaut hatte. Konnte sie Thomas in Schweden anrufen? Nein, es war zu spät, das Risiko zu groß, eine kranke

Fünfundneunzigjährige zu wecken. Statt dessen duschte sie, zog den Morgenmantel an und schenkte sich ein Glas Wein ein, das sie mit ins Wohnzimmer nahm.

Sie ließ sich auf dem Sofa nieder. Über einem Stuhl hing ein Kleid, das ihre Nichte Tatia geschickt hatte. Es war am Morgen mit der Post gekommen, und sie hatte noch keine Zeit gehabt, es anzuprobieren, aber als sie es vor dem Spiegel vor sich gehalten hatte, hatte sie doch gesehen, daß es etwas vom Schönsten war, was Tatia je für sie genäht hatte, ein Traum aus schwerem schwarzem Seidencrêpe, den das Mädchen bei einer ihrer Einkaufstouren über Flohmärkte und durch Secondhandboutiquen gefunden hatte. Das drapierte Mieder war gewickelt, und die Taillenpartie und die Schultern waren dicht mit schwarzen Steinkohleperlen bestickt. Martine liebte schöne Dinge, und das Kleid war ein Kunstwerk. Allein zu wissen, daß es im Kleiderschrank hing, würde sie glücklich machen, selbst wenn sie es nie tragen würde.

Aber trotzdem. Sie schloß die Augen und sah sich selbst mit Thomas an ihrer Seite in einen hohen Raum mit Kristallkronen an der Decke schweben, in dem schwarzen Kleid, mit sehr hohen Absätzen, perfekt aufgesteckten Haaren und den antiken Diamantohrringen ihrer Mutter. Die Vision war deutlich wie ein Film, glitzernd und glamourös, weit weg von ihrem Alltag mit Polizeiberichten, verschüttetem Kaffee und jähem Tod.

Was für ein Leben lebte sie eigentlich? Im Regen stehen und Leichen in Eisenbahnwaggons angucken, war es das, wovon sie geträumt hatte?

Auf dem Tisch vor dem Sofa lag ein Entwurf für das Cover von Thomas' neuem Buch. Über dem offenen Kamin hing das Bild, das sie von Thomas' Mutter zur Hochzeit bekommen hatten, eine Vorstudie zu ihrem großen Gemälde »Die neue Anbetung des Lammes«. Auf dem Stuhl schimmerten die Perlen an Tatias Kleid auf der matten Oberfläche des Crêpestoffes. Zwischen den Familienfotos im Bücherregal stand das sechzehn Jahre alte Bild ihres Bruders Philippe, dunkel und filmstarschön, mit der neugeborenen Tatia auf dem Arm.

Ein Buch, ein Bild, ein Kleid. Ein Kind. Andere Menschen schufen etwas, aber was tat sie? Und was würde sie hinterlassen?

Ich habe mich dafür entschieden, für die Gerechtigkeit zu arbeiten, dachte sie, Gerechtigkeit für die Ermordeten und Mißhandelten und Betrogenen. Und das war wahr, aber es gab viele Möglichkeiten, sich für Gerechtigkeit einzusetzen. Sie hatte sich dafür entschieden, Richterin zu werden. Keine Journalistin, die Korruption und Machtmißbrauch aufdeckte, keine politische Aktivistin, die Demonstrationen gegen Unterdrückung und Ungerechtigkeiten organisierte, sondern eine Richterin mit den Machtmitteln des Staates in ihren Händen.

Wie alle anderen in ihrem Berufsstand hatte sich Martine bis zum Überdruß Balzacs Kommentar zum Untersuchungsrichter anhören müssen – »die mächtigste Person in Frankreich«. Und da war etwas Wahres dran, im heutigen Belgien ebenso wie im Frankreich des 19. Jahrhunderts. Von ihrem Kabuff im Justizpalast aus konnte Martine mit ein paar Federstrichen mächtige Männer arretieren oder Polizisten schicken, die deren Wohnungen und Büros durchsuchten. Und keiner konnte sie absetzen, keiner konnte ihr Befehle erteilen.

Sie wußte sehr wohl, wann sie sich dafür entschieden hatte, daß sie lieber Macht als keine Macht haben wollte.

Als sie zehn war, war ihr Vater, Polizeikommissar Gustave Poirot, verdächtigt worden, Bestechungsgelder angenommen zu haben. Er war unschuldig gewesen, aber der Verdacht hatte mehrere Monate seinen Schatten über ihre Familie geworfen. Ihre Schulkameraden hatten hinter ihrem Rücken geflüstert, die Nachbarn hatten angefangen, ihren Eltern auszuweichen, und in den Geschäften im Viertel waren die Gespräche verstummt, wenn jemand aus der Familie Poirot hereingekommen war. Der Vater, der von seiner Arbeit suspendiert worden war, versuchte, einen zusätzlichen Job zu finden. Nach mehreren trostlosen Wochen hatte ein entfernter Bekannter der Familie sich erbarmt und Gustave Poirot als Sicherheitsverantwortlichen in einem Hotel in Knokke-Heist angestellt. Lange Zeit brach er im Morgengrauen zur flämischen Küste auf und kam abends erst nach Hause, wenn Martine schon ins Bett gegangen war. Immer öfter übernachtete er im Hotel. Seine Abwesenheit am Eßtisch wurde zum schwarzen Loch, das ebensoviel dunkle Energie freisetzte wie seine grübelnde und immer bitterer werdende Anwesenheit.

Aber Gustave Poirot war zu Hause gewesen an dem Tag, als der interne Ermittlungsbeamte der Polizei morgens um sechs mit einem Hausdurchsuchungsbeschluß an die Tür geklopft hatte. Martine war von erregten Stimmen im Erdgeschoß geweckt worden und in ihrem neuen rosa Frotteemorgenmantel in die obere Diele geschlichen. Sie würde nie vergessen, was sie sah, als sie über das Treppengeländer hinunterguckte. Ihre Mutter Renée lag ohnmächtig auf dem Boden, während ihr Vater, weiß vor Wut, mit drei fremden Männern stritt. Sie hatte geglaubt, daß es Einbrecher seien, daß alle in der Familie ermordet würden, und solche Angst bekommen, daß sie sich zunächst im Kleiderschrank versteckt hatte.

Da hatte Martine noch nicht gewußt, daß ihre Mutter schon einmal im Morgengrauen von hartem Hämmern an der Tür geweckt worden war. Viele Jahre früher im Krieg war Renée von der Gestapo verhaftet und in ein Konzentrationslager gebracht worden, ein Familiengeheimnis, von dem Martine erst vor ganz kurzer Zeit erfahren hatte und aufgrund dessen sie Renées Entsetzen und Gustaves hilflose Wut an diesem Tag besser verstand; weitere Tropfen Eiter und Galle für den dunklen Ort in ihrer Seele, wo ihre schwärzesten Erinnerungen immer noch brodelten und siedeten.

Philippe hatte sie dazu gebracht, aus dem Kleiderschrank herauszukommen, und ihr erklärt, was da passierte. Auch er war weiß im Gesicht gewesen, hatte Angst gehabt, daß seine Geheimnisse entdeckt würden, als die Polizisten in seinen Schubladen kramten und unter seiner Matratze suchten. Martine hatte Brechreiz empfunden, als die fremden Männer ihre Kommodenschubladen herauszogen, zwischen ihren Slips herumwühlten, ihre Briefe durchsahen.

Aber es gab nichts zu finden, und sie hatten nichts gefunden. Nachher hatte Gustave Martine erklärt, ein Untersuchungsrichter hätte entschieden, daß die Polizisten ihr Zuhause durchsuchen durften und daß nur Untersuchungsrichter solche Dinge entscheiden durften. Sie hatte sich vorgestellt, wie er aussah, und versucht, ein Bild von einem Mann in schwarzer Robe mit kleinen, stechenden Augen und einem grausamen Lächeln zu zeichnen, ein Bild, in das sie mit der scharfen Spitze der Feder hineingehackt hatte. Dann hatte sie gedacht, daß es auch gerechte Richter geben müsse und daß sie so einer werden würde.

Und sie hatte ihr Ziel erreicht, obwohl ihre Eltern, die andere Vorstellungen davon hatten, was Mädchen tun sollten, sich dem widersetzten. Sie dachte oft an Macht und Machtlosigkeit, wie sie als Mädchen gespürt hatte, daß andere ihr Leben und ihre Zukunft lenkten, sogar ihren Körper. Jetzt hatte sie Macht, und es gefiel ihr, sie zu haben. Das erstaunte sie manchmal.

Aber sie rang ständig mit ihrem Gewissen. Die Rolle des Untersuchungsrichters besteht darin, als Ankläger und als Verteidiger zu agieren, die Interessen der Verdächtigten ebensosehr wie die der Gesellschaft zu beachten. Nicht selten sagte sie nein zu Polizisten, die einen Hausdurchsuchungsbeschluß von ihr wollten, ohne hinreichend starke Gründe zu haben, während sie zugleich manchmal Entscheidungen treffen mußte, die die Mächtigen in der Gesellschaft herausforderten.

Sie hatte selbstverständlich Feinde. Und manchmal hatte sie das Gefühl, daß sie selbst hinter der Rolle verschwand, daß die Martine, die sie eigentlich war, unter der schwarzen Richterrobe in Vergessenheit geriet. Es gab eine Distanz um sie, viele, mit denen sie schon lange arbeitete, nannten sie immer noch Madame.

Aber trotz allem fand sie nach wie vor, daß sie die richtige Wahl getroffen hatte. Und eines Tages, gelobte sie sich selbst, würde sie nach Uccle zurückkehren, ins Polizeiarchiv gehen, die Voruntersuchung gegen ihren Vater lesen und in Erfahrung bringen, was eigentlich passiert war.

Sie stellte den Fernseher an. Sie mußte sich entspannen, um schlafen zu können. Mit etwas Glück würde sie eine Sendung finden, die nicht die geringste intellektuelle oder gefühlsmäßige Anstrengung erforderte, am besten eine Wiederholung. Nachdem sie eine Weile gezappt hatte, fand sie auf einem der flämischen Kanäle eine uralte Folge der »Bullen von Saint-Tropez«, mit niederländischen Untertiteln, und sie hoffte, sich durch ein wenig nostalgisches Fernsehen entspannen zu können. Philippe hatte die Serie hingebungsvoll verfolgt, als er dreizehn, vierzehn gewesen war. Sie fragte sich, was ihn gereizt hatte – die bikinibekleideten Schönheiten, die in jeder zweiten Szene herumtrippelten, waren es definitiv nicht.

Das Telefon an ihrer Seite klingelte, als Inspektor Bruno gerade mit harter Miene einen Nachtklub in Saint-Tropez betrat, um den Klubbesitzer über das geheimnisvolle Verschwinden einer australischen Millionärstochter zu befragen.

Es war Thomas.

– Oh, wie schön, daß du anrufst, seufzte Martine, ich fühle mich so einsam hier. Wie geht es Greta? Wann kannst du zurückkommen?

– Greta geht es ziemlich schlecht, leider, sagte Thomas, und deshalb weiß ich nicht, wann ich nach Hause komme. Wo bist du gewesen? Ich habe heute abend mehrere Male angerufen.

Er hörte sich aufmerksam ihre Erzählung über die Leiche in der Erzladung an. Martine erinnerte sich plötzlich, daß Michel Pirot gesagt hatte, das Erz komme aus Hanaberget in Schweden, genau da, wo Thomas sich jetzt aufhielt.

Im Fernsehen zog der Nachtklubbesitzer einen riesigen Revolver unter der Bartheke hervor. Er richtete ihn auf Inspektor Bruno, der sich auf die Seite warf, so daß die Kugel durch seine dezimeterdicke Kotelette pfiff. Gleichzeitig stürzten Kommissar Colonna und Inspektor Aymard mit gezogenen Waffen durch die Hintertür herein. Ein heftiges Feuergefecht brach aus.

– Was machst du, sagte Thomas verdutzt, es klingt, als wärst du mitten in einer Schießerei der Drogenmafia gelandet.

– In gewisser Weise, aber nur im Fernsehen, sagte Martine, ich gucke eine alte Folge der »Bullen von Saint-Tropez«.

– Was für ein Zufall, sagte Thomas, ich habe heute gerade darüber geredet, jemand hat gefragt, ob ich etwas über Stéphane Berger wisse.

Martine horchte auf.

– Erzähl, sagte sie, ich habe heute auch etwas über Berger gehört.

– Ach was, sagte Thomas, es war eine lokale Bürgermeisterin, die das aus irgendeinem Grund wissen wollte, aber können wir jetzt nicht über was Netteres reden? Was du anhast, zum Beispiel …

Seine Stimme veränderte sich, wurde tief und warm.

Martine lehnte sich auf dem Sofa zurück und stellte alle Gedanken an Mordopfer, Erz, manipulierende Geschäftsleute und die Rolle des Untersuchungsrichters in der Gesellschaft ein.

KAPITEL 4

Donnerstag, 22. September 1994
Granåker / Villette

Greta Lidelius wachte am Morgen klarblickend und munter auf und beharrte darauf, aufzustehen und sich anzuziehen, um zu frühstücken.

– Ich werde hier nicht herumliegen wie ein altes Weib, wenn mein fescher Enkel den ganzen Weg von Belgien hergekommen ist, um mich zu besuchen, sagte sie zwinkernd zu Anna-Karin und Ulla von der ambulanten Altenbetreuung, die gekommen waren, um ihr bei den morgendlichen Verrichtungen zu helfen.

– Dann sorgen wir dafür, daß Gretas Haare richtig gut aussehen, sagte Anna-Karin munter und bürstete sorgfältig die kurzen weißen Haare der Bischöfinwitwe, während ihre Kollegin die Fenster zum Lüften weit aufriß und eine schnelle Runde mit dem Staubsauger machte.

Thomas leistete seiner Großmutter Gesellschaft, als sie in der frischgelüfteten Bibliothek frühstückte. Er trug das Tablett mit Tee, geröstetem Brot und Rührei herein und stellte es auf den kleinen, höhenverstellbaren Tisch aus Chrom und Glas, der in dem alten Pfarrhof hätte fremd aussehen müssen, der aber irgendwie hineinpaßte. Er schwenkte die Tischplatte über den Sessel, auf dem Greta mit einem Extrakissen hinter dem Rücken saß.

– Der ist so praktisch, dieser Tisch, sagte sie zufrieden. Ich habe ihn von meiner Freundin Eileen in Paris zur Hochzeit bekommen, sie hatte ihn selbst entworfen. Sie wollte, daß ich mich für Möbeldesign und Architektur interessierte statt für Malerei, und ich habe darüber nachgedacht. Aber dann habe ich deinen lieben Großvater kennengelernt und hatte dann andere Pläne. Er war ein fescher Kerl, Aron, alle schwedischen Mädchen in Paris waren ganz verrückt nach ihm, aber er hat mich gewählt. Ja, ja, so kann es gehen. Aber Eva ist wenigstens Malerin geworden.

Heute wirkte seine Großmutter völlig klar im Kopf, dachte Thomas erleichtert. Vielleicht stand es mit ihr doch nicht so schlecht. Er erzählte, daß Birgitta Matsson zu Besuch gewesen sei und mit Greta etwas habe diskutieren wollen.

– Ja, die tüchtige Birgitta, sagte die Bischöfinwitwe, ich erinnere mich schon, daß sie gestern hereingeguckt hat, aber ich war zu müde, um etwas Sinnvolles zu sagen. Deine Oma wird langsam alt, weißt du. Du weißt wohl noch, was für ein Wildfang Birgitta war, als sie hier im Haushalt gearbeitet hat, aber sie ist ein wirklicher Kraftmensch geworden. Die stehen in Habtachtstellung vor ihr, alle Männer, und sie hat so viel für die Kommune getan.

Nach dem Frühstück wollte Greta Lidelius einen Spaziergang zum Friedhof machen. Thomas half ihr in den Mantel und reichte ihr seinen Arm, als sie die kurze Strecke unter den gelben Birken entlang der Auffahrt zum Pfarrhof gingen, über den Kiesweg und hinein durch die Öffnung in der Friedhofsmauer. Es raschelte und schnaufte unter den Laubhaufen im Graben.

– Hörst du, ein Igel, sagte die Bischöfin zufrieden. Ich habe eine Igelfamilie im Garten, die sind so gut gegen Mäuse und Schnecken.

Sie gingen zum Familiengrab, wo Aron Lidelius zusammen mit dem Sohn Johan, der 1935, erst sieben Jahre alt, an Scharlach gestorben war, ruhte. Eine späte Rose blühte in dem kleinen Rosenbusch auf dem Grab, und jemand hatte einen Strauß farbenprächtiger Astern dorthin gestellt.

– Mein kleiner Johan, wie ich ihn vermißt habe in all diesen Jahren, sagte Greta Lidelius traurig, aber es wird wohl nicht lange dauern, bis wir uns wiedersehen.

Sie streichelte zärtlich den roten Granit. Aus den Wäldern nördlich der Kirche war das dunkle Rufen eines Uhus zu hören.

– Wie geht es euch, dir und deiner Martine? fragte sie plötzlich und schielte zu Thomas. Sie ist ein liebes Mädchen, ich mochte sie sehr, als ich sie in Paris kennengelernt habe. Aber ich glaube, sie möchte gern was Kleines und sich nicht nur die ganze Zeit mit Mord und Elend beschäftigen.

Thomas biß die Zähne zusammen, daß es in den Kiefern weh tat. Es gab Dinge, die er mit niemandem diskutieren wollte, nicht einmal mit seiner Großmutter.

Nach dem Spaziergang brauchte Greta Lidelius Ruhe. Sie legte sich aufs Bett, und Thomas breitete ein Plaid über sie. Danach rief er ein paarmal in der Universität in Villette an, um neue Beratungszeiten für einige seiner Doktoranden zu organisieren und um sich zu vergewissern, daß seine Kollegen am Institut jemanden gefunden hatten, der die Vorlesungen übernehmen konnte, die er so kurzfristig hatte absagen müssen. Dann setzte er sich mit einer Tasse Kaffee und der Korrektur seines neuen Buches zufrieden an den Küchentisch. Auf dem Weg nach Granåker hatte er in Stockholm haltgemacht, um mit seinem alten Mentor Einar Bure, inzwischen Professor emeritus in mittelalterlicher Geschichte, ein paar Punkte zu diskutieren. Einar hatte ihm wie immer wertvolle Hinweise gegeben.

Er hatte gut eine Stunde gearbeitet, als er das Geräusch eines Autos auf dem Hof hörte. Er guckte aus dem Fenster und sah ein Taxi, das gerade auf dem Hofplatz wendete. Gleichzeitig hörte er aus der Diele eine wohlmodulierte Altstimme mit erlesener Diktion:

– »Der Wind von Wäldern und Heiden der Heimat sei mein Reisekamerad und führe mich durch Kampf und Frieden als ein singender Soldat.« Gott, wie ich all diese Flugplätze hasse und Charles de Gaulle am allermeisten! Wie steht es mit Großmutter?

Seine ältere Schwester Sophie fegte in die Küche, eine Pariser Vision in wadenlangem lila Mantel und hohen schwarzen Stiefeln.

– Hej Fia, sagte Thomas, Großmutter liegt in der Bibliothek und ruht sich aus, aber sie wirkt heute ganz munter.

Durch die offenen Türen zwischen Küche, Eßzimmer, Saal und Bibliothek war die spröde Stimme der Bischöfin zu hören:

– Sophie, Liebes, ich höre, daß du hier bist. Komm rein, ich will dich begrüßen!

Greta Lidelius hatte immer eine besondere Schwäche für ihr älteres Enkelkind gehabt. Als Sophie, erst neunzehn Jahre alt, den zwanzig Jahre älteren Regisseur Eskil Lind geheiratet hatte, war sie von ihrer Großmutter rückhaltlos unterstützt worden. Als sich Sophie fünf Jahre später von Eskil Lind hatte scheiden lassen und in die freie Theatergruppe in Hammarås eintrat, hatte Greta Lidelius dafür gesorgt, daß die Schauspieler in dem leeren Gemeindehaus in Granåker arbeiten konnten, und sich tagsüber um Sophies Sohn Daniel gekümmert. Als Sophie nach drei Jahren Dalarna und die Theatergruppe verlassen hatte, um eine Regieausbildung in Paris zu beginnen, war die Bischöfin noch enthusiastischer gewesen.

Jetzt saß Greta Lidelius aufrecht im Bett und sah lebendiger aus, als Thomas sie in den letzten zwei Tagen gesehen hatte.

– Hübsch siehst du aus, sagte sie zu Sophie, diese Farbe steht dir. Und den ganzen Weg von Paris bist du gekommen, um deine alte Großmutter zu besuchen. Was machst du zur Zeit?

Sophie ließ sich auf der Bettkante nieder.

– Oh, sagte sie, ich bin dabei, meine alte Inszenierung von »Tosca« aufzufrischen, die wollen, daß ich sie im Dezember in der Oper in Bratislava mache. Außerdem haben wir gerade »Das Massaker in Mougins« fertiggeschnitten, das ist ein Fernsehfilm, der auf Thomas' neuem Buch basiert.

– Was für tüchtige Enkelkinder ich habe, sagte Greta und strahlte die beiden an. Aber jetzt muß ich mich wohl noch etwas ausruhen.

Sie legte sich hin, und Sophie glättete mit nachdenklicher Miene das Plaid über ihr.

Thomas hatte gerade für Sophie Kaffee eingeschenkt, als er noch einmal das Geräusch von Rädern auf dem Kies des Hofes und das Quietschen von Türangeln hörte, als die Haustür geöffnet wurde. Er folgte Sophie in die Diele und sah Birgitta Matsson in der Tür stehen und seine Schwester anstarren.

– Frau Lind! rief sie aus.

– Frau Matsson! schrie Sophie.

Sie fielen einander in die Arme und stießen begeisterte Rufe aus. Da sie beide lila gekleidet waren, mußte Thomas an Bischöfe denken, die sich auf einer ökumenischen Konferenz umarmten.

– Komm rein, sagte Sophie eifrig, oh, ist das lange her! Du mußt alles erzählen, was du seit dem letzten Mal gemacht hast und was Maria und Jonas zur Zeit machen.

– Birgitta ist Kommunalrat in Hammarås, sagte Thomas, um zu zeigen, daß er auf dem laufenden war. Er war sich nicht ganz darüber klar gewesen, daß Sophie und Birgitta so enge Freundinnen waren.

Sophie, die gerade noch eine Kaffeetasse herausnahm, drehte sich um und starrte Birgitta an.

– Kommunalrat? Du?

Ihre Altstimme stieg beim letzten Wort um eine halbe Oktave, und ihr Erstaunen war so theatralisch übertrieben, daß es unhöflich hätte wirken müssen. Aber Birgitta Matsson schien es nicht übelzunehmen. Sie lächelte.

– Doch, Fia, ich bin seit Oktober 1991 Kommunalrat in Hammarås.

– Ich muß schon sagen, sagte Sophie langsam, in dieser Kommune müssen große Dinge passiert sein.

– Sicher, nicht nur in Berlin ist die Mauer gefallen, sagte Birgitta trocken. Ich trinke gern eine Tasse Kaffee, wenn ihr mir eine anbietet, aber ich kann nicht lange bleiben. In einer halben Stunde kommt ein Taxi und holt mich ab, ich muß nach Brüssel zu einem Kurs. Wie geht es Greta heute? Eigentlich müßte ich sie sehen.

Sophie ging, um nachzusehen. Sie kam zurück und erzählte, daß Greta jetzt tief schlief. Birgitta sah bekümmert aus.

– Gestern, als ich hier war, wirkte sie etwas abwesend, sagte sie, hat es überhaupt Sinn, noch mal zu kommen?

– Heute morgen war sie völlig klar und präsent, sagte Thomas, es geht wohl nur darum, zum richtigen Zeitpunkt zu kommen.

Während des Kaffeetrinkens tauschten Sophie und Birgitta im Schnelldurchgang Resümees ihrer Leben in den letzten Jahren aus. Sophie berichtete von Opern, bei denen sie Regie geführt hatte, Birgitta von Komvux und Gewerkschaftskarriere. Sophie erzählte von ihrer Ehe mit einem italienischen Schauspieler und ihrem Verhältnis mit einem französischen Dramatiker. Birgitta erzählte, daß sie nach zwanzig Jahren im Begriff war, wieder mit ihrem früheren Mann Christer Matsson zusammenzuziehen.

– Er ist jetzt trocken, sagte sie, und ein Licht leuchtete in ihren blaugrauen Augen auf, doch, er ist es wirklich, Sophie, mach nicht so ein skeptisches Gesicht. Er hat im Handwerksdorf ein Atelier aufgemacht und näht Kleidung aus Leder. Maria hat eine Designausbildung absolviert und wird mit ihm arbeiten.

Sie wandte sich an Thomas.

– Ich überlege, ob ich am Samstag, wenn der Kurs zu Ende ist, nach Villette fahre. Ich würde gern mit jemand in der Kommunalverwaltung dort ein paar Worte wechseln. Weißt du jemanden, mit dem ich Kontakt aufnehmen könnte?

Thomas nahm sein Adreßbuch heraus und suchte die Telefonnummer der Vizebürgermeisterin von Villette, Annalisa Paolini, die er oft getroffen hatte.

– Und du mußt in der Blinden Gerechtigkeit essen, sagte Sophie, das ist ein phantastisches Restaurant gegenüber der Kathedrale, und es gehört Tony, meinem neuen Mann. Grüß ihn von mir, dann lädt er dich zum Essen ein! Warte mal, ich habe irgendwo eine Karte mit Stadtplan und Telefonnummer, aha, hier ist sie! Bitte sehr, jetzt hast du alles, was du für einen gelungenen Besuch in Villette brauchst.

Die Sonne verzog sich hinter Wolken, und es wurde dunkel in der Küche, während gleichzeitig die marmeladengelbe Pfarrhofkatze durch die Katzenluke im Kücheneingang kam und auffordernd miaute, drei gellende Miaus mit weit offenem Maul über spitzen Eckzähnen.

– Was will sie denn? fragte Birgitta.

– Unheil verkünden, natürlich, sagte Sophie, wie Katzen es immer machen.

»Dreimal hat die gelbe Katz miaut.
Ja, und einmal der Igel quiekt'
Die Harpye schreit: 's ist Zeit!«

Birgitta sah unangenehm berührt aus.

– Das ist aus »Macbeth«, stimmt's, sagte sie, ich erinnere mich, wie ihr es in Hammarås gespielt habt, und ich erinnere mich an diese Szene, ich hatte euch meine Trauerschürze dafür geliehen. Das ist da, wo die Hexen sagen, daß etwas Böses kommen wird.

Sophie schob den Stuhl zurück und lachte, ein Lachen, das die Pfarrhofküche mit dem Krächzen der Raben, dem Brodeln der Zauberkessel und dem Pfeifen des Windes über die Heide füllte. Ihre Theaterstimme schwoll im Raum an, rauh und scharf am Ohr wie eine nicht geölte Tür in einem verlassenen Haus.

– »Ha! mir juckt der Daumen schon,
Sicher naht ein Sündensohn:
Laßt ihn ein, wer's mag sein.«

– Sei still, Sophie, sagte Birgitta heftig, es läuft mir kalt den Rücken runter – als ob jemand über mein Grab geht!

Sophie sah Birgitta erstaunt an und streckte über den Tisch die Hand nach ihr aus.

In diesem Moment sahen sie durch das Küchenfenster das Taxi auf den Hofplatz rollen. Birgitta stand auf, umarmte Sophie, schüttelte Thomas die Hand, nahm ihre Tasche und ging zum Taxi hinaus. Sie hielt inne, bevor sie ins Auto stieg, und drehte sich nach ihnen um. Der Himmel war kühl blau, und die Septembersonne, die durch die Wolken gebrochen war, bildete um ihre hennaroten Haare unter dem gelben Birkenlaub der Allee einen Heiligenschein.

– Wenn es Greta bessergehen sollte, sagte sie, oder wenn mir was passieren sollte, fragt sie doch bitte, was aus dem anderen Bild, das in der Bibliothek hing, geworden ist!

Wie immer, wenn sie an einem Mordfall arbeitete, fuhr Martine am frühen Morgen zum Justizpalast. Alice Verhoeven hatte versprochen, im Laufe des Vormittags die Obduktion durchzuführen. Danach würden sie hoffentlich ungefähr wissen, wann Fabien Lenormand gestorben war und ob sein Körper direkt oder erst im nachhinein in den Prahm gelegt worden war. Aber noch waren alle Möglichkeiten offen.

– Er kann in Antwerpen ermordet und schon da in den Prahm gekippt worden sein, summierte Christian de Jonge mutlos, oder er kann in Villette gestorben und in den Prahm gelegt worden sein, um uns zu verwirren, oder der Körper kann unterwegs in die Ladung geworfen worden sein, an einer der Schleusen oder von einer Brücke.

Sie hatten eine Sitzung in Martines Konferenzraum, Christian, Martine und Julie zusammen mit den Kriminalinspektoren Serge Boissard und Annick Dardenne, die an dem Fall arbeiten sollten.

– Wie viele Schleusen sind es? fragte Serge.

– Zehn, sagte Annick, die ihre erste Morgenstunde Telefongesprächen mit den Wasserstraßenbehörden gewidmet hatte, sechs im Albertkanal und vier in der Meuse. Normalerweise dauert es ungefähr eine Dreiviertelstunde, durch eine Schleuse zu fahren, aber vorgestern und gestern gab es offenbar in einigen der Schleusen Verspätungen.

Nathalie Bonnaire hatte ihre Überzeugung geäußert, daß Fabien Lenormand aufgrund einer Entdeckung, die er bei seiner Arbeit als Journalist gemacht hatte, ermordet worden war, und das war sicher eine Möglichkeit, die man ins Kalkül ziehen mußte, aber nicht die einzige.

– Es kann als ein gewöhnlicher Kneipenkrach angefangen haben, sagte Christian, der die Protokolle von Martines Verhören am Mittwoch abend las. Die Jungs von der Dafne 3 gingen in Genk an Land und aßen was, einer von ihnen geriet da vielleicht mit Lenormand in Streit, schlug ihn eher aus Versehen tot und kippte ihn aus reiner Panik in den Prahm.

– Dann wäre es wohl besser gewesen, die Leiche in den Kanal zu werfen, wandte Serge ein, und wenn es so war, was machte dann Lenormand in Genk? Aber wenn er in Stéphane Bergers Geschäften herumgeschnüffelt hat, war er vielleicht auf das Gelände von Forvil eingedrungen und ist dort gestorben.

– Lenormand hatte ein Auto, sagte Christian und sah vom Protokoll auf, einen in Frankreich zugelassenen dunkelgrünen Renault 19 mit einigen Jahren auf dem Buckel, sagt Nathalie Bonnaire hier. Wo ist der abgeblieben?

– Gute Frage, sagte Martine, den müssen wir suchen. Er kann uns vielleicht einen Hinweis geben, wo Lenormand gestorben ist. Und ich habe beschlossen, Gesprächslisten von Fabien Lenormands Arbeitsplatz und von Nathalie Bonnaire, bei der er wohnte, anzufordern, damit wir sehen, ob er interessante Telefonkontakte hatte.

Sie trennten sich. Serge sollte zu Forvil hinausfahren und versuchen, in Erfahrung zu bringen, ob dort jemand Fabien Lenormand im Laufe des Mittwochs gesehen hatte. Christian, der fließend Niederländisch sprach, sollte erneut die holländischen Besatzungsmitglieder verhören. Annick sollte weiter am Telefon und am Computer arbeiten, um zu sehen, ob es etwas über die drei Holländer herauszufinden gab. Sie versprach auch, mit der Telefongesellschaft Belgacom Kontakt aufzunehmen und zu versuchen, das Eintreffen der Telefonlisten zu beschleunigen. Martine und Julie brachen auf, um mit Nunzia Paolini, Fabien Lenormands Arbeitgeberin, zu reden.

Sie hatte sich mit ihnen an der stillgelegten Kohlengrube in Foch-les-Eaux verabredet und stand vor dem Gittertor und wartete auf sie, eine ziemlich füllige Frau um die fünfundvierzig mit dicken dunklen Haaren in einer Madonnenfrisur mit Mittelscheitel und Knoten im Nacken. Sie trug einen geraden graukarierten Rock, der gleich unterhalb der Knie endete, einen grauen Jumper mit rundem Ausschnitt und vernünftige Schuhe.

– Wir haben ein kleines Büro da auf dem Gelände, sagte sie, ich dachte, wir können dort sitzen und reden, und ich erkläre Ihnen, womit sich Fabien beschäftigt hat. Ist er wirklich tot? Und Sie glauben, daß er ermordet wurde? Das kann nicht wahr sein!

Sie öffnete eine schmale Tür, die in das große Gittertor eingelassen war, und führte sie auf das alte Grubengelände. Rußige Ziegelgebäude türmten sich über einem unkrautbewachsenen Innenhof auf, und die beiden rostigen Metalltürme der Förderanlagen zeichneten sich vor dem Himmel ab. Der ganze Ort mit seinen zugewachsenen Eisenbahngleisen und Stapeln von verrottendem Holz atmete Verfall.

– Es sieht hier entsetzlich aus, nicht wahr, sagte Nunzia Paolini, aber wir haben große Pläne. Es soll ein Museum und eine Gedenkstätte werden, wir hoffen auf Fördergelder aus Brüssel, um es instand zu setzen, es ist ein Teil von Villettes Einsatz für die Kulturhauptstadt.

Sie schloß die Tür zu einem Gebäude auf, das, wie Martine annahm, das alte Grubenbüro war, und führte sie in einen ziemlich großen Büroraum, der mit zwei Schreibtischen, einer Handvoll Stühlen unterschiedlichen Alters, einem Archivschrank, einem durchgesessenen Sofa und einem Couchtisch möbliert war. Zwischen den Fenstern stand ein altertümlicher elektrischer Heizkörper.

– Müssen wir vielleicht die Heizung anstellen, sagte Nunzia Paolini, nein, ich glaube nicht. Sie können sich ja umsehen, und ich mache etwas Wasser für Kaffee heiß, leider habe ich nur Instantkaffee hier.

Es gab nicht viel zu sehen. An einer der schmutziggelben Wände hing ein Plakat, das eine kräftig vergrößerte Zeitungsseite zu sein schien, mit der Schlagzeile: »Die 162 Toten der Katastrophe in Foch-les-Eaux«. Die 162 Gesichter auf dem Plakat waren ursprünglich briefmarkenklein gewesen, aber als sie vergrößert worden waren, waren die Rasterpunkte des Zeitungsdrucks so groß geworden, daß man kaum noch etwas erkennen konnte. Aber Namen und Geburtsdaten waren zu lesen, und Martine studierte sie fasziniert. Die meisten Namen schienen italienisch und die übrigen vor allem französisch und flämisch zu sein. Aber es fanden sich dort auch Namen, die auf einen entfernteren Ort hindeuteten.

– Sieh mal hier, sagte Martine zu Julie, es scheinen Menschen aus ganz Europa gekommen zu sein, um in dieser Grube zu arbeiten: Christopoulos, Juhász, Németh, Nowak …

– Genauso war es, sagte Nunzia Paolini, die mit drei dampfenden Bechern in den Händen in den Raum kam, Ende der vierziger Jahre kamen Menschen aus ganz Europa hierher. Der Krieg war zu Ende, der Kontinent lag in Ruinen, alles sollte aufgebaut werden, und alle Länder riefen nach Kohle für die Industrie. Zuerst schickten sie deutsche

Kriegsgefangene in die Gruben hier, und als die zurück nach Deutschland geschickt wurden, versuchte die Regierung, belgische Arbeiter zu zwingen, Grubenjobs anzunehmen. Aber das ging nicht, obwohl sie mit Bußgeldern und Gefängnis drohten. Da schloß die belgische Regierung ein Abkommen mit Italien, daß sie Arbeiter hierherschicken sollten, gegen billige Kohle. So kam meine Familie her und alle anderen Italiener in Villette. Außerdem vereinbarte Belgien mit den Siegermächten, daß sie unter den Flüchtlingen und Vertriebenen, die nach dem Krieg in Europa herumzogen – es waren Massen von Menschen geflohen oder ausgewiesen worden –, zwanzigtausend Arbeiter für die belgischen Gruben auftreiben würden. Deshalb sehen Sie ungarische, polnische und griechische Namen da auf dem Plakat.

Sie stellte die Tassen auf den Couchtisch und lächelte ihnen zu.

– Jetzt rede ich wohl zuviel, wie gewöhnlich, sagte sie, meine Schwester sagt, daß ich immer zu gesprächig werde, wenn ich auf dieses Thema komme. Ich könnte ein Buch über die belgischen Kohlengruben nach dem Krieg und die Katastrophe von 1956 schreiben, aber keiner würde es lesen, es würde nur langweilig werden. Deshalb haben wir Fabien angestellt …

Martine und Julie ließen sich auf dem Sofa nieder, und Nunzia Paolini setzte sich auf einen Stuhl.

– Erzählen Sie, sagte Martine, woran arbeiten Sie hier, warum haben Sie Fabien Lenormand angestellt, wie haben Sie ihn gefunden, und was war seine Aufgabe?

Nunzia Paolini erklärte, sie sei Sekretärin eines Vereins für die Angehörigen der Opfer der Grubenkatastrophe von 1956. Anfang des Jahres hatte die Kommune einen prinzipiellen Beschluß gefaßt, aus dem alten Grubengelände ein Museum zu machen, und Geld für eine vorbereitende Studie bewilligt. Da hatte sich Nunzia Paolini von ihrem Lehrerinnenjob beurlauben lassen, um in Vollzeit an dem Projekt zu arbeiten. Es war ihre Idee, ein Buch über die Grubenkatastrophe herauszugeben, um das Interesse für die Museumspläne zu vergrößern.

– Kein dickes Buch, sagte sie, ich dachte mir eine Schrift von höchstens hundert Seiten, etwas mit vielen Bildern, Interviews mit Leuten, die 1956 dabei waren, etwas Starkes und Engagierendes. Und deshalb wollte ich einen professionellen Journalisten dafür anstellen.

Sie hatte im Juli Anzeigen geschaltet, und vier Bewerber hatten sich gemeldet. Sie hatte sich schnell für Fabien Lenormand entschieden, vor allem aufgrund der Reportage über die Stillegung der Fahrradfabrik Vélo Éclair, die er mit seinen Arbeitsproben mitgeschickt hatte.

– Man merkte, daß er sich engagierte, sagte sie, der Artikel kochte zwischen den Zeilen vor Wut, und das war genau das, was ich gesucht habe. Ich wollte jemanden haben, der sachlich schreiben kann, aber so, daß der Text vor unterdrückter Wut glüht. Wut ist gut. Ich mag Wut.

Nunzia Paolinis Stimme hatte einen tieferen Klang bekommen. Martine sah sie überrascht an. Die Frau saß vornübergebeugt auf der Kante ihres Stuhls, und ihre dunklen Augen loderten. Es war, als sei die Lehrerin mit Madonnenfrisur und dem vernünftigen grauen Jumper in den Engel mit dem bloßen, hauenden Schwert verwandelt worden. Martine revidierte ihren ersten Eindruck von Fabien Lenormands Arbeitgeberin. Diese Frau war ein harter Bursche.

– Hatten Sie selbst Angehörige, die bei der Grubenkatastrophe umkamen? fragte sie vorsichtig.

Nunzia Paolini nickte.

– Mein Vater, sagte sie. Sie stand auf, ging zur Wand und zeigte auf eines der unscharfen Porträts auf dem Plakat:

– Angelo Paolini, geboren am 12. August 1923, Vater von drei Kindern, überlebte den Krieg, aber nicht den Frieden. Fand nie Gerechtigkeit. Keiner wurde vor Gericht für die Katastrophe verurteilt. Das Feuer in der Grube wütete mehrere Tage lang, und für einige von uns ist es noch nicht erloschen.

– Wie alt waren Sie, als es passierte? fragte Julie.

– Acht, sagte Nunzia Paolini kurz.

Martine spürte einen Stich im Herzen, eine sekundenschnelle Erinnerung an den Schrecken, den sie damals empfunden hatte, als sie in ihrem rosa Morgenmantel am Treppengeländer stand und Gustave mit den fremden Männern streiten sah. Noch eine Frau, die ihr Leben der Aufgabe geweiht hatte, Gerechtigkeit für ihren Vater zu erlangen, dachte sie. Sie sah Nunzia Paolini mit einem plötzlichen Gefühl der Zusammengehörigkeit an.

– Wenn wir nun auf Fabien Lenormand zurückkommen, sagte sie. Er bekam also den Job hier. Wann hat er angefangen?

– Am ersten August, sagte Nunzia Paolini, das war ein Montag, es paßte also gut. Er bekam den zweiten Schreibtisch hier drinnen, und er hatte einen eigenen Laptop bei sich, auf dem er schrieb.

– Und was machte er an den ersten Tagen?

Nunzia Paolini lächelte.

– An den ersten Tagen mußte sich der arme Junge wohl vor allem meine Predigten anhören. Er wußte ja anfangs nichts von dem Unglück, und er mußte ein Bild davon bekommen, was passiert war, um mit seiner Arbeit beginnen zu können. Ich zeigte ihm unser Archiv hier und wie es aufgebaut ist, und er verbrachte ein paar Wochen damit, sich einzulesen.

Sie machte eine Geste zu dem grauen Archivschrank.

– Wir haben Zeitungsausschnitte von 1956, wir haben Kopien der Gerichtsprotokolle vom Prozeß 1959, und vor fünf Jahren habe ich Leute gebeten, ihre Erinnerungen an diese Tage niederzuschreiben. Es sind ziemlich viele Erzählungen hereingekommen, und die haben wir auch im Archiv, manche handgeschrieben, manche maschinengeschrieben. Außerdem gibt es noch anderes Material, das ich im Laufe der Jahre gesammelt habe. Ja, Fabien las sich zunächst einmal ein, wie ich gesagt habe. Dann machte er eigene Interviews mit einigen von denen, die Erzählungen abgeliefert hatten, drei oder vier hat er wohl geschafft. Er war bei der Gazette de Villette, um in deren Bildarchiv nach Fotos zu suchen, und er fing an, darüber nachzudenken, wie er das Buch anlegen sollte. Aber noch war es ganz formlos. Etwas, was starken Eindruck auf ihn machte und worüber er schreiben wollte, war, daß viele von denen, die starben, so jung waren, noch Teenager. Die beiden Jüngsten waren erst siebzehn, können Sie sich das vorstellen!

Sie ging wieder zu dem Plakat an der Wand. Martine und Julie folgten ihr mit dem Blick. Sie zeigte auf zwei der unscharfen Bilder.

– Roberto Sazzo, geboren am 3. Mai 1939, und Pisti Juhász, geboren am 5. Januar 1939. Fabien wollte ihre Geschichte aufschreiben. Sie kamen als Kinder aus vom Krieg verheerten Ländern hierher, und sie waren immer noch fast Kinder, als sie in der Grube, die ihnen das Leben nehmen sollte, anfingen zu arbeiten.

Martine ging zur Wand, trat aber wieder zurück, weil das

Bild auf dem Plakat weniger undeutlich war, wenn sie ein paar Meter entfernt stand. Sie sah zwei sonntäglich gekleidete junge Männer mit pomadisierten und zurückgekämmten Haaren, der eine mit Schlips, der andere mit offenem weißem Hemd. Aber die Gesichtszüge waren immer noch schwer zu unterscheiden.

– Ich erinnere mich an Pisti, sagte Nunzia Paolini, wir waren Nachbarn in derselben Baracke. An dem Morgen, als es passierte, war ich auf dem Hof und versuchte, mit einem Stück einer kaputten Wäscheleine Seil zu springen. Da kam Pisti herausgestürzt, als hätte er Feuer im Hintern, er hatte wohl verschlafen. Er sprang auf sein altes Fahrrad und trampelte wie ein Wirbelwind runter ins Dorf. Nach einer Weile kam meine kleine Schwester raus, und wir beschlossen, daß wir lieber Himmel und Hölle spielen wollten. Ich hatte gerade mit einem Stöckchen das Hüpffeld aufgezeichnet, als wir die Sirenen hörten, die brüllten und brüllten und brüllten. Ich denke oft an Pisti, der überlebt hätte, hätte er etwas länger verschlafen oder wäre er etwas langsamer geradelt. Übrigens, wollen Sie sehen, wo wir gewohnt haben? Die Baracken stehen noch, ich habe gedacht, man sollte eine von ihnen als Teil des Museums instand setzen, so daß man sehen kann, wie die eingewanderten Grubenarbeiter wohnten. Ich habe Fabien dorthin mitgenommen und ihm Pistis Zimmer gezeigt. Er war ziemlich schockiert darüber, wie elend wir gelebt hatten, und am Tag darauf fuhr er noch einmal hin und fotografierte. Das könnte für Sie vielleicht interessant sein? Wenn Sie wissen wollen, womit sich Fabien beschäftigt hat?

– Ja, warum nicht, sagte Martine. Nunzia Paolinis Intensität war ansteckend, und auch wenn die Ereignisse von 1956 kaum etwas mit Fabien Lenormands Tod zu tun haben konnten, konnte es nicht schaden, mehr darüber zu erfahren, woran er gearbeitet hatte.

Sie folgten Nunzia Paolinis kleinem roten Renault durch das Dorf und vorbei an einer grauen Steinkirche. Direkt nach der Kirche bog sie nach rechts ab. Die Abzweigung ging steil aufwärts, und hohes Gras von dem überwachsenen Mittelstreifen strich am Chassis des Autos entlang, als sie die Anhöhe hinaufholperten. Wo die Straße endete, duckte sich eine Ansammlung von Gebäuden – eine lange, niedrige Baracke aus Holz mit Blechdach und im Winkel dazu drei gewölbte Baracken aus Wellblech mit Giebeln aus Ziegeln.

Martine stieg aus dem Auto und sah sich um. Von der Anhöhe aus sah sie goldgelbe Waldpartien, frisch abgeerntete Felder und den Dunst über dem Flußtal ein paar Kilometer entfernt. Das Dorf da unten sah schmuck und saubergeschrubbt aus, wie etwas, das ein Kind aus seiner Spielzeugkiste zusammengesucht hat. Aber um die rostigen Baracken wuchsen nur Soden aus hartem Gras und üppige Büschel von Nesseln.

– Das sieht ja aus wie ein Gefangenenlager, sagte Julie, als Nunzia Paolini zu ihnen kam, meinen Sie, daß hier Grubenarbeiterfamilien wohnten? Mit kleinen Kindern?

– Es war ein Gefangenenlager, sagte Nunzia Paolini finster, es war ursprünglich ein Lager für deutsche Kriegsgefangene. Aber sobald die nach Hause geschickt worden waren, wurden daraus Wohnungen für die Grubenarbeiter, die aus Italien hierhergelockt worden waren. Ihnen waren gute Wohnungen versprochen worden, aber sie bekamen Kriegsgefangenenbaracken. Erst nach dem Unglück 1956 wurden sie geräumt, da entstand eine Debatte über die Verhältnisse der Grubenarbeiter, und da bekamen die meisten ordentliche Wohnungen.

Sie stand da, die Hände versenkt in den Taschen ihres blauen Popelinemantels und die dunklen Augenbrauen zusammengezogen.

– Aber ich selbst habe doch vor allem schöne Erinnerungen an diesen Ort, sagte sie, hier wohnte ich mit meiner Mutter und meinem Vater und meinen kleineren Geschwistern, und ich habe mich oft hierhergesehnt ... danach.

– Danach? fragte Julie.

Nunzia Paolinis Augen waren dunkel von altem Schmerz.

– Ja, sagte sie, meine Mutter wußte nicht, wie sie sich und ihre Kinder versorgen sollte, als Papa starb. Sie hatte eine Art psychischen Zusammenbruch und war eine Weile im Krankenhaus. Es endete damit, daß ich und meine kleine Schwester im Kinderheim untergebracht wurden, Mama durfte nur unseren kleinen Bruder Tonio zu Hause behalten. Sie besuchte uns manchmal, es waren ein paar Kilometer, und so fuhr sie mit Tonio im Kindersitz auf dem Gepäckträger mit dem Rad. An einem Freitag abend wollte sie uns besuchen kommen. Sie hatte Geld gespart und ein paar leckere Sachen gekauft, wir wollten ein kleines Fest feiern. Aber sie ist nie aufgetaucht. Später fand man sie an der Straße. Sie war angefahren worden und mit dem Kopf aufgeschlagen, wahrscheinlich starb sie sofort. Tonio lebte, als man ihn fand. Er war erst zwei und schaffte es nicht allein aus dem Kindersitz, er rief nach seiner Mama. Man glaubte, daß er dort ein paar Stunden mit unserer toten Mutter festgesessen hatte. Dann starb er im Krankenhaus.

Martine und Julie sahen einander an. Martine schluckte.

– Hat man denjenigen, der Ihre Mutter angefahren hat, je gefunden? fragte sie.

Nunzia Paolini zuckte die Achseln.

– Ich weiß nicht, wie genau sie gesucht haben, nein, sie haben niemanden gefunden.

Sie nahm die Hände aus den Taschen und strich sich eine Haarsträhne aus dem Gesicht.

– Ich und meine Erinnerungen, sagte sie, wie um Entschuldigung bittend, die überwältigen mich immer, wenn ich hierherkomme, und trotzdem kann ich es nicht lassen. Aber was Sie jetzt interessiert, ist ja der Tod des armen Fabien. Wollten Sie noch weitere Fragen stellen?

Martine schob mit Mühe das sich aufdrängende Bild eines weinenden kleinen Jungen, angeschnallt auf dem Fahrrad neben seiner toten Mutter, beiseite.

– Wir gehen davon aus, daß Fabien Lenormand eines gewaltsamen Todes starb, sagte sie. Ist während seiner Zeit hier etwas passiert, was im Zusammenhang damit stehen könnte? Hat er mit jemandem gestritten, hat er jemanden irritiert, wurde er von jemandem bedroht?

Nunzia Paolini wandte sich ihr mit glänzenden Augen zu.

– Stellen Sie sich vor, wenn er etwas gefunden hätte, das die Wahrheit über das Unglück beweist, sagte sie.

– Die Wahrheit über das Unglück, sagte Martine erstaunt, ist daran etwas unklar? Sie sagten, es habe einen Prozeß gegeben?

– Ja, sagte Nunzia Paolini, 1959 kam es zu einem Prozeß, damals war ich elf. Ich nahm den Bus nach Villette, um an den Prozeßtagen dabeizusein. Ich verstand natürlich nicht sehr viel, aber ich sah die Angeklagten an und dachte, daß sie verantwortlich waren für Papas Tod und all das Schreckliche, das danach passierte. Der Betriebsleiter, Monsieur Dewez, war in den Vierzigern, und wenigstens er schien ein schlechtes Gewissen zu haben wegen der Versäumnisse und der Pfuschereien, die 162 Männer das Leben gekostet hatten. Der Grubenvogt, Monsieur Bogaert, hatte wohl sein

Bestes getan, aber eine Verantwortung gehabt, die seine Kompetenz überstieg, das habe sogar ich kapiert, so jung, wie ich war. Aber die jungen Bergingenieure, Dekeersmaeker, Morel und Briot, die sahen die ganze Zeit nur arrogant und unberührt aus.

– Wie ging es aus? fragte Julie.

– Oh, sagte Nunzia Paolini, alle wurden freigesprochen, der Betriebsleiter und die Ingenieure und die Vorarbeiter. Sie hatten eine Reihe von Fehlern gemacht und manches falsch eingeschätzt, aber das Gericht war nicht der Meinung, daß die Fehler an sich schwer genug waren, um sie zu verurteilen. Aber es gab Dinge, die nicht herauskamen. Es war eine Explosion von Grubengas, die den ganzen Ablauf auslöste, und sie sagten vor Gericht, daß sie nicht gewarnt worden seien, daß es in den Örtern Gas gab. Aber ich weiß, daß das nicht wahr war. Ich habe gehört, wie mein Vater und die anderen am Abend direkt vor dem Unglück darüber geredet haben. Mama hatte es auch gehört, wir haben danach darüber gesprochen. Die Männer wußten, daß es Gas gab, ihre Lampen hatten geflackert und waren sogar mehrmals ausgegangen, und sie hatten Angst. Aber keinen interessierte es, wenn sie davon sprachen. Deshalb sagten sie, daß sie etwas schreiben würden, und ich weiß, daß sie es getan haben. Aber dieses Papier kam nach dem Unglück nie zum Vorschein. Stellen Sie sich vor, wenn Fabien es gefunden hat!

– Aber gibt es etwas, das darauf hindeutet? fragte Martine überrascht. Jetzt opferte Nunzia Paolini die Vernunft ihrem Engagement, dachte sie.

– Nein, sagte diese jetzt stiller, das gibt es wohl nicht. Aber etwas hatte er gefunden. Er fuhr am Montag nach Brüssel, um an einem Seminar teilzunehmen. Es hatte nichts mit seinem Job hier zu tun, aber das war mir egal, er durfte seine Arbeit organisieren, wie er wollte, solange er bis Dezember ein Manuskript fertig hatte. Außerdem wollte er in die Bibliothèque Royale in Brüssel gehen und Zeitungen aus dieser Zeit durchsehen, das, was ich im Archiv habe, ist nicht komplett. Und letzten Dienstag vormittag rief er von Brüssel aus an und klang aufgeregt. Er deutete an, daß er etwas Wichtiges gefunden hatte, aber er wollte nicht sagen, was es war.

Nunzia Paolini runzelte die Stirn.

– Aber er fragte nach Pisti, sagte sie, er bat mich, seinen Namen zu buchstabieren, damit er sicher war, daß es der richtige war.

Als Thomas gesehen hatte, wie Birgittas Taxi durch die Allee hinunterbog, kehrte er zu seiner Korrektur zurück, während Sophie ihre Reisetasche ins Obergeschoß trug, um auszupacken. Nach einer halben Stunde hörte er die Stimme seiner Großmutter aus der Bibliothek und ging hin, um nach ihr zu sehen. Greta Lidelius saß aufrecht im Bett, hatte aber denselben abwesenden Blick wie am Tag zuvor, als Birgitta dagewesen war.

– Haben wir Besuch, fragte sie, ich meine, ich hätte aus der Küche Stimmen gehört?

Sie klang ängstlich.

– Das war nur Birgitta Matsson, sagte Thomas beruhigend, sie wollte nach Brüssel und vor der Reise reinschauen und sehen, wie es dir geht.

Er fragte sich, ob er etwas von dem Gemälde erwähnen sollte, nach dem Birgitta gefragt hatte, entschied aber, daß es Greta, die erneut ziemlich verwirrt wirkte, absolut nicht so klar im Kopf wie heute morgen, nur beunruhigen würde.

– Aha, sagte die Bischöfinwitwe bekümmert, ich dachte, vielleicht ist Istvan vorbeigekommen, jetzt, wo Sophie hier ist. Er war immer so hingerissen von ihr. Sag Sophie, daß sie eine ganze Kanne Himbeersaft mischen soll, wenn sie ihn zum Kaffee einladen will!

Sie sank zurück auf die Kissen und schloß die Augen.

Es war viele Jahre her, daß Himbeersaft Sophie Linds Lieblingsgetränk gewesen war. Thomas ging ins Obergeschoß hinauf und fand seine Schwester damit beschäftigt, saubere Bettwäsche in das alte Doppelbett der Großeltern zu legen.

– Ich dachte, ich könnte dieses Zimmer nehmen, sagte sie, Großmutter schläft ja doch nicht hier. Ist sie schon aufgewacht?

– Ja, sagte Thomas, und wieder eingeschlafen. Sie hat gesagt, du sollst Himbeersaft hinstellen, wenn du Istvan zum Kaffee einladen willst.

Sophie zog die Augenbrauen hoch.

– Oh, Istvan, sagte sie amüsiert, den hatte ich ganz vergessen. Dabei war ich ein bißchen verliebt in ihn, als ich zehn, elf war. Aber warum redet Großmutter jetzt von ihm? Das ist doch komisch!

Vielleicht nicht sehr komisch, dachte Thomas, nicht, wenn Istvan jemand war, der in Sophies Kindheit in den fünfziger Jahren im Pfarrhof verkehrt hatte. Er wußte, daß die Vergangenheit für alte Menschen wie seine Großmutter oft deutlicher und lebendiger war als das Jetzt. Aber er wurde trotzdem neugierig. Der Name »Istvan« klang für das Granåker der fünfziger Jahre sehr exotisch.

– Jetzt brauche ich noch Kaffee, sagte Sophie, als sie mit dem Bett fertig war, komm mit in den Saal und leiste mir Gesellschaft, Thomas. Deine alte Korrektur kannst du dir heute nachmittag angucken.

– Okay, sagte Thomas, unter der Bedingung, daß du erzählst, wer Istvan war.

Sie ließen sich im Saal auf dem graulackierten gustavianischen Sofa nieder, und Sophie faltete mit in die Ferne gerichtetem Blick die Hände hinter dem Nacken. Das Licht von den beiden Fenstern an der Längsseite fiel mild auf ihre dunkelgoldenen Haare und das reine Profil, das mit dem von Simone Signoret und Ingrid Bergman verglichen worden war.

– Istvan, ja, sagte sie, das ist eine Geschichte, die in dem wichtigen Jahr 1956 anfängt. Dem Jahr, in dem du geboren wurdest, Thomas, mein Kleiner, aber auch dem Jahr von Chruschtschows Entstaliniesierungsrede, der Suez-Krise und dem Ungarn-Aufstand. Na ja, in diesem bemerkenswerten Jahr wurde entschieden, daß ich allein mit Großmutter und Großvater in Granåker Weihnachten feiern sollte. Du warst zu klein, um zu reisen, und da mußte ja Mama mit dir zu Hause bleiben. Papa wollte nicht ohne sie nach Schweden fahren, und da mußten auch Stina und Oscar in Belgien bleiben. Aber die große Schwester Sophie wurde für reif und verständig genug gehalten, die Reise allein zu schaffen.

– Aber du warst doch erst zehn! sagte Thomas.

– Man sah damals solche Dinge etwas anders, sagte Sophie. Sie setzten mich im Gare Centrale in den Zug und redeten mit dem Schaffner, der versprach, nach mir zu sehen und dafür zu sorgen, daß ich in Hamburg in den richtigen Zug kam. Da saß ich in meinem weißen Teddymantel mit einem kleinen roten Lackkoffer und fühlte mich sehr erwachsen und kultiviert. Das Gepäck hatte man natürlich aufgegeben. Ich habe es geschafft, sowohl in Hamburg als auch in Kopenhagen im richtigen Zug zu landen, und in Stockholm holte mich Großvater im Centralen ab.

Es war ja erst ein paar Monate her, daß der Aufstand in Ungarn niedergeschlagen worden war. Ich hatte viel darüber in den Zeitungen gesehen, Bilder von sowjetischen Panzern und zerschossenen Häusern, und das machte Eindruck auf mich. Ich dachte an die Kinder in Ungarn und hatte Angst, daß auch in Belgien Krieg ausbrechen würde. Deshalb fand ich es äußerst spannend, als sich herausstellte, daß Hanaberget voller ungarischer Flüchtlinge war.

– Ungarische Flüchtlinge in Hanaberget? wiederholte Thomas verblüfft.

– Mm, sagte Sophie, sie brauchten Leute, die in der Grube arbeiten konnten, das war so in dieser Zeit. Denk nach, Thomas, du bist ja in Hanaberget zur Schule gegangen! Deine Klassenkameraden hießen nicht nur Andersson und Pettersson, stimmt's?

– Nein, sagte Thomas zögernd, nein, du hast recht. Da waren Peter Kainz und Ilona Nagy und andere ...

– Genau, sagte Sophie, zuerst waren es Sudetendeutsche, glaube ich, und 1956 gabelte die Grubengesellschaft eine Gruppe ungarischer Flüchtlinge auf. Das war damals ein Riesenwirbel in Hanaberget, und Großmutter war in ihrem Element, sie fand es spannend, als es etwas Leben und Bewegung und internationale Atmosphäre gab. Sie führte Studienkreise in Schwedisch für ungarische Einwanderer, sie trafen sich im Folkets Hus in Hanaberget. Ich durfte ein paarmal mit ihr hinfahren, während Großvater über seinen Schriftrollen vom Toten Meer brütete. Und da hatte sie Istvan kennengelernt. Wie er mit Nachnamen hieß, weiß ich nicht mehr, so ein komplizierter ungarischer Nachname mit jeder Menge Konsonanten. Er war nach Hanaberget gekommen, um in der Grube zu arbeiten, wie alle anderen, die dorthin gelockt worden waren. Aber es stellte sich heraus, daß er zu jung war, um direkt anzufangen, erst im Jahr darauf war er alt genug. Und da organisierte Großmutter für ihn vorübergehend einen Job als Gehilfe des Kirchendieners in Granåker, und er mußte am Pfarrhof Schnee schaufeln und Holz reintragen und so weiter. Großmutter lud ihn in der Küche zum Kaffee ein, und wir saßen da und redeten und hatten viel Spaß. Es war ein unglaublich charmanter Junge, alle Menschen weiblichen Geschlechts fielen wie die Kegel, inklusive Bischöfin und Klein Sophie.

– Du meinst doch nicht, daß zwischen ihm und Großmutter etwas war? sagte Thomas, ein wenig schockiert.

– Nein, natürlich nicht, sagte Sophie, aber es war schon ein kleiner, kleiner Flirt. Großmutter hatte immer eine Schwäche für fesche Männer, das habe ich viel später begriffen. Damals fand ich natürlich, daß sie uralt war, aber sie war erst etwas über fünfzig und hübsch und adrett. Und sie langweilte sich tödlich in Granåker, bis sie mit ihren Studienkreisen anfing. Großvater hatte sich wohl in seiner Unschuld eingebildet, es wäre schön für sie, in einer kleinen Provinzgemeinde zur Ruhe zu kommen und in Vollzeit am Grab des kleinen Johan herumzupusseln. Zuerst widmete sie sich der Einrichtung des Pfarrhofs, und das machte sie phantastisch, mischte Gustavianisches und Bauernmöbel mit Avantgarde aus den zwanziger Jahren und Swedish Modern und kriegte es hin, daß es selbstverständlich aussah. Hemmets Veckotidning machte eine Reportage, erinnere ich mich, »Bischöfin Greta Lidelius hat mit ihrem unkonventionellen und sicheren Geschmack den alten Pfarrhof zu einem charmanten Heim gemacht …« Aber wieviel Spaß macht es, Granåkers Karin Larsson zu sein? Also saß sie in der Küche mit mir als Anstandswauwau und unterhielt sich mit Istvan, anstatt Würste zu stopfen und Schmalzkringel zu backen und was sonst noch von Pfarrersfrauen vor Weihnachten erwartet wird, ich erinnere mich, daß sie einen Haufen solcher ekligen Wurstdärme auf der Arbeitsplatte liegen hatte. Istvan sprach Französisch, verstehst du, und Großmutter hat es immer geliebt, Französisch zu sprechen und sich nach Paris zurückzuträumen.

– Ein Grubenarbeiter, der Französisch sprach?

– Ja, sagte Sophie, wir haben uns ein bißchen darüber gewundert, Großmutter und ich. Wir kamen zu dem Ergebnis, daß Istvan vermutlich aus einer Gutsbesitzerfamilie kam, die alles verloren hatte, als die Stalinisten in Ungarn die Macht übernahmen. Aber wir waren zu feinfühlig, um zu fragen. Ja, das war Weihnachten 1956. Im Sommer 1957 fuhr ich wieder nach Granåker, und da half Istvan immer noch im Pfarrhof. Er hatte einen Job in der Grube bekommen, wollte aber wohl zusätzlich etwas Geld verdienen, und Großmutter half ihm weiter bei seinem Schwedisch. Und das tat ich auch. Istvan und ich saßen im Garten und lasen Illustrierte Klassiker, erinnerst du dich an die? »Krieg der Welten« und »Der Graf von Monte Christo« und »Macbeth« und alles mögliche, sehr gut, um den schwedischen Wortvorrat aufzubessern. Ich erinnere mich besonders an einen mit dem Titel »Unter zwei Fahnen«, eine ergreifende Geschichte über einen englischen Edelmann, der die Schuld für etwas Anrüchiges, das sein Bruder getan hat, auf sich nimmt, die Identität wechselt und in die Fremdenlegion eintritt, um als einfacher Soldat in Nordafrika zu leben. Istvan war fasziniert davon. Romantisch, wie ich in der Zeit war, dachte ich, das liege daran, daß er selbst ein Edelmann war, der vom Familiengut vertrieben worden war und als einfacher Grubenarbeiter im Exil leben mußte, und ich sah mich selbst in dem goldgelockten kleinen Mädchen, das den Helden in seiner schwersten Stunde unterstützt.

Sophie verstummte.

– Was ist denn aus Istvan geworden? fragte Thomas.

– Weiß ich nicht, sagte Sophie, ich habe ihn nach diesem Sommer nie wieder gesehen. Wir müssen Großmutter fragen, wenn sie etwas munterer wirkt.

– Schrecklich, nicht, sagte Julie, als sie unterwegs zurück in den Justizpalast waren. Martine brauchte nicht zu fragen, was sie meinte. Sobald sie die Grube verlassen hatten, waren ihre Gedanken zu der Landstraße mit dem umgestürzten Fahrrad, der toten Frau und dem weinenden, verletzten Kind zurückgekehrt.

Ihre Blicke begegneten sich voller Einverständnis.

– Ja, sagte Martine, und irgendwie will ich mehr wissen. Aber ich kann kein Motiv sehen, die kostbare Zeit der Polizei darauf zu verwenden, in einem vierzig Jahre alten Verkehrsunfall zu wühlen.

Julie wußte eine Alternative.

– Ich habe eine Idee, sagte sie, ich würde einen Privatdetektiv darauf ansetzen, wenn es für dich okay ist, natürlich.

Martine starrte ihre Rechtspflegerin an. Sie erinnerte sich, wie ihre Eltern mit Papier und Stift am Küchentisch gesessen und flüsternd darüber konferiert hatten, wie sie es finanziell schaffen sollten, einen Privatdetektiv zu engagieren, um die Versorgung und die Ehre der Familie zu retten.

– Entschuldige, sagte sie, kannst du dir das leisten? Und wenn ja, warum solltest du das tun?

Julie schüttelte den Kopf.

– Es würde nichts kosten, sagte sie, er würde es gratis machen. Ich denke an Dominic. Er braucht etwas zu tun. Seine Ärztin will ihn noch nicht arbeiten lassen, den ganzen Tag auf einem Bürostuhl zu sitzen würde seine Rehabilitierung behindern, sagt sie. Aber Dominic geht fast die Wände hoch.

Dominic di Bartolo, Topbeamter am Justizpalast und selbst Sohn eines eingewanderten italienischen Grubenarbeiters, war nach einem Verkehrsunfall im April Rekonvaleszent. Julie hatte insofern recht, als er, wenn überhaupt jemand, ideale Voraussetzungen hatte, um private Ermittlungen in bezug auf einen Verkehrsunfall im Revier zu betreiben.

– Sag ja, sagte Julie überredend, er kann alte Zeitungen lesen und sich die polizeiliche Untersuchung von damals ansehen und Leute befragen. Das wäre so gut für ihn!

– Aber wir wissen nicht, wie die Mutter hieß, sagte Martine.

– Doch, sagte Julie, ich bin zurückgegangen und habe Nunzia Paolini gefragt, als du schon im Auto gesessen hast. Sie hieß Giovanna. Giovanna Paolini, dreiunddreißig Jahre, und ihr Sohn Antonio, zwei Jahre, kamen am Freitag, den 11. Oktober 1957, um. Willst du wissen, was passiert ist? Ich rede heute abend mit Dominic.

– Professor Verhoeven war hier und hat einen Bericht für Sie hinterlassen, sagte der Wachmann am Empfang, als sie zum Justizpalast zurückkamen, und sie bat mich, Ihnen zu sagen, daß sie bis ungefähr ein Uhr in der Blinden Gerechtigkeit ist, falls Sie mit ihr reden wollen.

Martine sah auf die Uhr. Halb eins.

– Wie wär's mit einem frühen Lunch? fragte Julie.

– Oder eine Tasse Kaffee, das reicht wohl für mich, sagte Martine. Der Wachmann gab ihr den Umschlag mit dem Obduktionsbericht, und sie überquerten die schmale Rue des Chanoines zu Tony Deblauwes Restaurant an der Straßenecke.

Alice Verhoeven saß an einem der Tische direkt am Fenster zur Straße, versunken in ein dickes Fachbuch auf deutsch, mit einem Perrier und einem Krabbensandwich vor sich. Martine und Julie ließen sich ihr gegenüber nieder, und Martine wedelte mit dem Bericht.

– Faß es zusammen, sei so gut, sagte sie.

Alice schlug das Buch zu und zog die Hand durch die zerzausten, graumelierten Haare.

– Jaja, sagte sie, euer junger Mann starb an mehreren kräftigen Schlägen auf seinen Nacken, mit einem schweren Gegenstand. Ich würde auf einen Typ von Werkzeug tippen, etwas Schmales, Schweres, ziemlich glatt an der Oberfläche, einen großen Schraubenschlüssel. Einer der Schläge traf sehr unglücklich oder vielleicht, vom Standpunkt des Mörders aus, glücklich, durch ihn ging die kleine Spitze am obersten Wirbel der Wirbelsäule ab und drang ins Atemzentrum ein, so daß das Opfer aufhörte zu atmen. Daran ist er gestorben. Aber er hat auch mehrere kräftige Schläge an den Hinterkopf bekommen, die meisten, nachdem das Herz aufgehört hatte zu schlagen, zur Sicherheit, darf man annehmen.

– Kannst du etwas darüber sagen, in welcher Haltung ihn die Schläge trafen, ob er stand, lag oder saß?

Alice sah nachdenklich aus.

– Es gibt keine Anzeichen dafür, daß er versucht hätte, sich zu wehren, sagte sie, er ist vermutlich überrumpelt worden. Aber der Junge war groß, 183 Zentimeter, und es ist nur schwer vorstellbar, wie jemand unbemerkt so einen Schraubenschlüssel, einen Engländer, oder was es nun war, herausholen und ihn mit einem nach oben gerichteten Schlag überrumpeln könnte, ohne daß er reagieren würde. Was ich mir vorstellen kann, ist, daß er mit dem Mörder zusammengesessen hat, sich vielleicht vorgebeugt hat, um etwas aufzuheben, und einen unerwarteten Schlag in den Nacken bekommen hat. Ja, und es gibt eine kleinere Verletzung im Gesicht, als wäre er vornüber gefallen und mit dem Kopf irgendwo aufgeschlagen, als er den Schlag in den Nacken bekam.

Julie erschauerte. Es war ein unangenehmes Bild, das Alice Verhoeven heraufbeschwor. Martine mußte plötzlich an Fabien Lenormands verschwundene Tasche denken. Wollte er etwas herausnehmen, etwas, das den Mörder in Panik versetzte?

– Wann ist er gestorben? fragte sie.

Alice seufzte.

– Du weißt, wie schwer es ist, in diesem Punkt ganz sicherzugehen, sagte sie. Aber definitiv vor Mitternacht an dem Tag, als er gefunden wurde, vermutlich früher. Wenn du mich nicht zitierst, würde ich sagen, gegen sieben. Die Leichenflecken waren gut entwickelt, und es gab sie nur in einem Bereich, also ist der Körper nicht bewegt worden. Er hat die ganze Zeit auf dem Rücken gelegen, aber mit hochgerecktem linkem Arm. Er ist vielleicht an etwas hängengeblieben.

– Hat er die ganze Zeit in dem Prahm gelegen? fragte Martine.

– Ja, sagte Alice, der Körper war stark ausgekühlt, auf eine Weise, die darauf schließen läßt, daß er in einem offenen Laderaum in einem Wasserfahrzeug, das nachts auf dem Wasser fuhr, gelagert worden war. Und der Körper hat ganz oben in der Ladung gelegen, ich meine, er war nicht unter mehreren Tonnen Eisenerz begraben.

– Und der Mageninhalt, wann hatte er zuletzt gegessen?

Alice nahm Martine den Bericht ab und blätterte zu einer Seite, die sie schnell durchlas.

– Die letzte Nahrung, die er zu sich genommen hat, waren ein Kaffee und ein Käsebrot, sagte sie, und das geschah weniger als zwei Stunden bevor er starb. Keine größere Mahlzeit also. Das kann ja möglicherweise darauf hindeuten, daß er getötet wurde, bevor er zu Abend essen konnte, aber das ist nur eine Vermutung. Der Junge war ja jung, vielleicht hat er aufs Abendessen verzichtet. Meine jungen Leute machen das oft.

Hatte Nathalie Bonnaire etwas darüber gesagt, wann Fabien am Dienstag abend zu Hause erwartet wurde? Martine erinnerte sich nicht daran. Sie fragte Julie, die sich auch nicht erinnerte, und nahm sich vor, da noch einmal nachzuhaken.

– Hat er stark geblutet? fragte Martine.

– Keine Ströme von Blut, sagte Alice, aber es ist etwas Blut aus der Nase gekommen, und es spritzte etwas von der Rückseite des Kopfes. Wenn ihr die Stelle findet, wo er getötet wurde, werdet ihr dort Blutspuren finden.

Sie sah auf ihre Armbanduhr, eine hübsche und teure Cartieruhr, deren Eleganz von dem Kleidungsstil, für den sie bekannt oder eher berüchtigt war, abstach. Im Augenblick trug sie ein kurzärmeliges lila Crimplenekleid mit einer gelben Strickjacke darüber. Über dem Stuhl hing ein türkiser Steppmantel.

– Ich muß jetzt aufbrechen, sagte sie, ich soll morgen auf einer Konferenz in London sprechen. Schade, daß man nicht den Zug unter dem Ärmelkanal nehmen kann, ich hatte darauf gehofft, aber es dauert offenbar noch ein paar Monate, bis die damit zu Potte kommen. Wenn ihr noch etwas fragen wollt, ich habe dem Bericht Kontaktadressen beigelegt. Aber das meiste steht ja drin.

Sie legte Geld auf den Tisch, winkte Tony Deblauwe hinter der Theke zu, stand auf und ging.

– Wollt ihr etwas bestellen? fragte Tony und kam zu ihnen. Julie bestellte Muschelsuppe, Martine begnügte sich mit einer Tasse Kaffee.

– Kein Appetit, sagte Tony. Vermißt du vielleicht deinen Mann? Ich habe von Sophie gehört, daß er in Schweden ist. Sie wollte heute auch hinfahren.

Im Juni hatten Tony und Martines Schwägerin Sophie zu Martines großer Verblüffung ein Verhältnis angefangen. Sophie, international bekannte Regisseurin und Schauspielerin, und Tony, Kneipenbesitzer und bekehrter Geldschrankknacker, sahen nach einem ungewöhnlich ungleichen Paar aus. Aber inzwischen ging es schon fast drei Monate gut. Sie sahen sich natürlich nicht sehr oft, weil Sophie in Paris wohnte und nicht die leiseste Absicht hatte, nach Villette zu ziehen.

Wenn Martine ehrlich sein sollte, war sie nicht uneingeschränkt begeistert über Tonys und Sophies Liebesaffäre. Sie mochte ihre Schwägerin, jedenfalls war es das, was sie sich einredete, aber Sophie beanspruchte in gewisser Weise viel Platz. Wenn sie einen Raum betrat, war es, als würde alles Licht auf sie gerichtet und als würde sie den ganzen Sauerstoff beanspruchen. Thomas wurde wie ein Schuljunge, mit dem seine große Schwester Schlitten fahren konnte. Und jetzt hatte sie auch Tony, Martines Jugendfreund, mit Beschlag belegt.

– Ach was, sagte sie, ich habe nie Appetit, wenn ich an einem Mordfall arbeite. Ich komme heute abend zum Essen.

– Mach das, sagte Tony, ich lade dich ein, dann können wir die Geschwister Héger gemeinsam vermissen.

Thomas arbeitete an seiner Korrektur weiter, während Sophie die Provinzialregierung in Falun anrief, um mit ihrem Sohn Daniel zu sprechen. Es stellte sich heraus, daß er in Hammarås auf einer Sitzung mit dem Umwelt- und Gesundheitsschutzausschuß war, und Sophie entschloß sich sofort, dort hinzufahren. Da das Personal von der ambulanten Altenbetreuung soeben wieder aufgetaucht war, um den Lunch für die Bischöfin zuzubereiten, erbot sich Thomas, Sophie in seinem Mietwagen zu fahren.

– Warum findest du es so komisch, daß Birgitta Kommunalrat in Hammarås geworden ist? fragte er, als sie auf die Straße nach Hanaberget gekommen waren. Während seines Jahres in Schweden war Thomas diese Straße jeden Morgen mit dem Schulbus gefahren. Er erinnerte sich an das Gefühl im Magen, wenn der Bus sich durch die steilen Steigungen und scharfen Kurven der schmalen Straße schlängelte, und wie die dichten Tannenstämme sogar an schönen Sommertagen das Sonnenlicht aussperrten. Er erinnerte sich an das Wasserschimmern von stillen Waldseen und die Dunstschleier über dem Bredemossen auf halbem Wege nach Hanaberget. Und alles war sich gleich, es war, als hätte die Zeit seit den sechziger Jahren stillgestanden.

– Aber mein Lieber, sagte Sophie, als ich mich Anfang der siebziger Jahre in Hammarås aufhielt, war Birgitta praktisch der Gesellschaftsfeind Nummer eins! Sie war Kranführerin in Hamra und war mit einem Justitiar von Beklädnads, Christer Matsson, der jetzt offenbar aufgehört hat zu saufen, verheiratet gewesen und hing trotzdem mit Mädels von der Linken und Sozialbetreuerinnen und Schauspielerinnen und anderen verdächtigen Personen herum, die die Frauengruppe in Hammarås gegründet hatten. Die Gewerkschaftsbonzen und die Kommunalheinis haßten sie! Aber allmählich wurde sie doch Teil der sozialdemokratischen Ortsgruppe, und das war gut so. Birgitta ist die geborene Führerin, das fand ich schon damals, es ist gut, daß sie etwas Größeres führen kann als einen gewerkschaftlichen Studienkreis.

Sie fuhren an Sutarhyttan vorbei, dem alten Werk aus dem 19. Jahrhundert mit seinen Schlackensteinhäusern und den Hüttengebäuden am Teich.

– Daß sich Gittan an unsere »Macbeth«-Inszenierung erinnert hat, sagte Sophie, die war tatsächlich richtig gut. Wir haben sie im 19. Jahrhundert angesiedelt, mit Macbeth und den anderen Größen als konkurrierende Hüttenbesitzer. Aber das Beste waren die drei Hexen, sie trugen Volkstrachten, Trauertrachten mit schmutzigen Schürzen, man sollte sie sich als Witwen und kluge Alte vorstellen.

– Wie diese Frauen, die man im 17. Jahrhundert in Dalarna verbrannt hat? fragte Thomas interessiert. Er hatte sich in die Akten der staatlichen Zaubereikommission des 17. Jahrhunderts vertieft, als er eine Zeitlang darüber nachgedacht hatte, das Forschungsgebiet zu wechseln und auf die schwedische Großmachtzeit zu setzen.

– Genau, sagte Sophie, und sie sprachen Dialekt, Rättviksdialekt.

Sie lehnte sich zurück und ließ genießerisch die Worte rollen, für Thomas klang das wie absolut passable Rättviksprache:

– »Dreemol hew dee gelbe Katzl miau.

Ja, un eenmol dee Igel quekt.

Dee Arpee schreet: 's is Zeet!«

Thomas sah die Bewegung und den dunklen Schatten neben der Straße den Bruchteil einer Sekunde, bevor es zu spät war. Er trat auf die Bremse und schaffte es gerade noch rechtzeitig, einen Bogen nach links zu fahren, um nicht mit dem Elchbullen, der auf die Straße lief, zu kollidieren. Mit klopfendem Herzen sah er die graubraune Flanke über der Motorhaube vorbeihuschen, so nahe, daß er sehen konnte, wie sich die Muskeln unter dem Fell hoben, dann hörte er das Krachen in den Büschen, als der Elch auf der anderen Seite in den Wald lief.

Jetzt standen sie auf der falschen Seite der Straße, einen Millimeter vor dem Graben und, für den entgegenkommenden Verkehr unsichtbar, vor einer steilen Steigung. Thomas' Hände klebten vor kaltem Schweiß am Lenkrad, und er lenkte den Wagen wieder auf die Straße und hinüber auf die richtige Seite.

– Bringt es nicht Unglück, »Macbeth« zu zitieren? sagte er vorwurfsvoll zu Sophie.

– Ach was, sagte sie, um Theateraberglauben habe ich mich nie gekümmert. Und das hier war auch kein Unglück, im Gegenteil, uns ist nichts passiert!

Aber sie war ebenso erschüttert wie er. Sie saß den ganzen Weg schweigend da, bis er sie vor dem Rathaus in Hammarås, wo sie Daniel treffen wollte, aussteigen ließ. Bevor sie aus dem Auto ausstieg, hielt sie inne.

– Ich habe Istvan ein paar Jahre lang Weihnachtskarten geschickt, sagte sie, so verschossen war ich tatsächlich. Dann bekam ich andere Interessen, aber er stand immer noch auf Mamas Weihnachtskartenliste, du weißt, ihre lange Liste, für die wir Umschläge schreiben mußten. Aber in einem Jahr kam die Karte an Istvan zu uns zurück. »Adressat unbekannt« stand auf dem Umschlag.

Annick Dardenne hatte Wunder gewirkt. Die Gesprächslisten von Belgacom waren per Boten herübergebracht worden und lagen schon auf Martines Schreibtisch, als sie in ihr Dienstzimmer im dritten Stock hinaufkam, etwas, was für die Telefongesellschaft ein historischer Geschwindigkeitsrekord gewesen sein mußte.

Sie zog die Listen aus dem Umschlag und sah sie eilig durch. Eine Nummer kam auffallend oft vor, eine Nummer in Villette, die zu einer Telefonzentrale zu gehören schien. Martine nahm das Telefonbuch vom Bücherregal und schlug Berger Rebar, Stéphane Bergers Stahlunternehmen, auf. Ja, dort hatte Fabien Lenormand so oft angerufen, manchmal mehrere Male am Tag.

Es klopfte an der Tür, und Annick steckte den Kopf herein.

– Phantastische Arbeit, Annick, sagte Martine, die Telefonlisten sind schon hier! Wie haben Sie das angestellt?

Annick lächelte.

– Ludo de Kooning, sagte sie, erinnern Sie sich an den, das höchste Tier bei Belgacom in Villette? Ich habe ihn angerufen und mich darüber verbreitet, wie wertvoll sein schnelles und unbürokratisches Agieren bei der Demaret-Untersuchung für uns gewesen ist, und als ich ihm eine Viertelstunde lang geschmeichelt hatte, war er so hingerissen, daß er versprach, die Listen vor dem Lunch vorzulegen. Aber jetzt habe ich etwas anderes für Sie.

Die Kriminaltechniker hatten mit dem blutbefleckten Stück Zeitungspapier gearbeitet, das Fabien Lenormand in der Hand gehalten hatte, und alle Buchstaben, die darauf standen, zum Vorschein gebracht. Annick zeigte Martine eine unscharfe Kopie. Es war nicht viel – ein dreieckiges Stück Papier, zwei Zeilen mit kursiver Schrift, beide mit zwei Wörtern, wovon das letzte unvollständig zu sein schien. Alle drei Kanten waren offenbar abgerissen.

– Wir hielten es für das beste, es Ihnen zu zeigen, sagte Annick, Sie sind ja sozusagen unsere Expertin für Schwedisch.

Sie betrachteten das Papier zusammen mit Julie, die gerade hereingekommen war.

– Fabien hat einen Artikel aus einer Zeitung gerissen, sagte Martine, was meint ihr? Deshalb haben alle drei Seiten des Papiers Reißkanten.

– Genau, sagte Annick eifrig, und er hat ihn dem Mörder gezeigt …

– … der ihm ein Ding in den Nacken verpaßte und ihm das Papier aus der Hand riß, fuhr Julie fort.

– Und weil die Kanten schon ungleichmäßig waren und weil es eine fremde Sprache war, merkte der Mörder nicht, daß ein Stück fehlte, schloß Annick triumphierend.

– Was darauf hindeutet, daß der Mörder kein Schwede war, sagte Martine, das ist ja großartig! Da haben wir schon acht Millionen Menschen von den Ermittlungen ausgeschlossen.

– Aber was steht da? fragte Julie.

Sie und Annick sahen Martine erwartungsvoll an.

– Ich weiß es nicht, gab sie verlegen zu, ich kann nur wenige Worte Schwedisch, und von denen steht hier keines. Aber die Worte in der zweiten Zeile deuten auf einen Eigennamen hin, oder? Seht ihr, da sind zwei versale Anfangsbuchstaben. Ich muß wohl Thomas um Rat fragen.

Sie schlug ihr Adreßbuch auf und suchte die Nummer des Pfarrhofs in Granåker heraus. Eine unbekannte Frauenstimme meldete sich. Martine schaffte es, auf schwedisch zu sagen, daß sie Thomas Héger sprechen wolle, aber verstand nicht ein Wort von dem schwedischen Wortschwall, der sich aus dem Hörer ergoß.

– Madame Lidelius, sagte sie hilflos und ohne größere Hoffnungen. Thomas' Großmutter war ja krank. Aber zu ihrem Erstaunen hörte sie nach kurzer Zeit Greta Lidelius' spröde Stimme im Hörer.

– Guten Tag, Madame Greta, sagte sie, hier ist Martine, Thomas' Frau, ich rufe aus Villette an.

– Martine, Liebes, wie reizend, sagte Greta Lidelius warm in ihrem gepflegten und etwas altertümlichen Französisch. Sie klang viel munterer, als Martine erwartet hatte.

– Wie geht es dir? Thomas ist leider im Augenblick nicht hier, er und Sophie sind nach Hammarås gefahren. Kann ich dir mit etwas helfen?

Martine zögerte. Sie hatte Greta Lidelius die drei Male, die sie sie seit ihrer Heirat mit Thomas gesehen hatte, sehr gern gemocht, und sie wollte nicht einer kranken Fünfundneunzigjährigen einen Schreck einjagen, indem sie anfing, über einen Mordfall zu reden. Aber sie entschloß sich trotzdem, ihr Problem zu erklären.

– Jetzt sehen wir mal, sagte Greta Lidelius und klang ganz aufgeräumt, in der oberen Zeile hat sicher gestanden »Von links«, obwohl der Text mitten in »links« abgerissen ist. In der unteren Zeile steht »Tore«, das ist ein Name, und dann »Myrå«, das ist der Anfang eines Nachnamens. Und jetzt, Martine, Liebes, kannst du dich freuen, daß du mit Oma Lidelius und nicht mit deinem feschen Mann geredet hast, denn ich weiß, was das für ein Name ist, verstehst du? Ich kenne Tore Myråsen, er war viele Jahre lang Gewerkschaftsvorsitzender der Bergarbeiter in Hanaberget. Er ist jetzt Rentner, aber als die Grube vor ein paar Wochen für immer stillgelegt wurde, gab es in den Zeitungen viele Reportagen und Bilder, auf denen auch alte Leute wie Tore zu sehen waren. Dein Papier stammt sicher aus einer solchen Reportage.

Martine fuhr vor Erregung fast vom Stuhl hoch. Fabien Lenormands toter Körper hatte in einem Prahm, beladen mit Eisen aus Hanaberget, gelegen, und sein Mörder hatte ihm einen Zeitungsartikel, der von der Grube bei Hanaberget gehandelt hatte, weggenommen. Das zeigte, das mußte zeigen, daß es kein Zufall war, daß der Körper des jungen Journalisten in dem Erzprahm gefunden worden war und daß der Mord mit etwas zusammenhing, das er gerade untersuchte.

Sie bedankte sich eilig bei Greta Lidelius und legte den Hörer auf, nachdem sie ein paar verspätete Fragen nach der Gesundheit der alten Dame gestellt hatte.

Annick und Julie hörten eifrig zu, als Martine erzählte, was sie erfahren hatte.

– Es muß eine Bildunterschrift sein, sagte sie, oder? »Von links« klingt danach. Und das ist logisch – Fabien Lenormand konnte sicher kein Schwedisch, aber mit einem Bild konnte er etwas anfangen. Es war vermutlich ein Bild mit Bildunterschrift, das er aus einer schwedischen Zeitung gerissen hat.

– So ein Gruppenbild, sagte Annick, »die Bergarbeiter feiern das hundertjährige Jubiläum der Grube« oder so was. Aber was war so gefährlich an einem Bild aus einem Artikel über eine Grubenstillegung in einer schwedischen Zeitung, daß Fabiens Mörder es ihm aus der Hand reißen mußte?

Das war eine Frage, die niemand auch nur annähernd hätte beantworten können.

Während seiner fünfzig Tage in Villette hatte Fabien Lenormand neunzehnmal bei Berger Rebar angerufen, manchmal morgens, manchmal nachmittags, manchmal mehrere Male am Tag. Einige Gespräche waren so kurz, daß Fabien vermutlich nicht weiter gekommen war als bis zur Zentrale des Unternehmens, aber andere Gespräche hatten bis zu zehn Minuten gedauert. Das war so bemerkenswert, daß Martine sich entschloß, zu Berger Rebar hinauszufahren und in Erfahrung zu bringen, mit welcher Person oder welchen Personen er gesprochen hatte.

Berger Rebar lag auf dem Gelände von Forvil, wo am Mittwoch abend Fabiens toter Körper gefunden worden war. Schon von weitem sahen sie das wohlbekannte Logo der Berger-Unternehmen, eine rote Linie mit einem Haken im »B« des Unternehmensnamens, aus dem Wirrwarr aus Rohren, Dächern und Schornsteinen des Eisenhüttenwerks aufragen.

Der Wachmann am Haupttor von Forvil war unschlüssig, ob er sie einlassen sollte, sah aber rasch ein, daß er es nicht verweigern konnte.

– Aber Sie können nicht allein hineinfahren, sagte er zu Martines Fahrer, aus Sicherheitsgründen. Sie müssen kurz warten, während ich anrufe, damit sich jemand um Sie kümmert.

Ihre Eskorte tauchte nach weniger als fünf Minuten auf, ein junger Mann, lässig in Jeans, Polohemd und Cordsakko gekleidet. Er stieg aus seinem kleinen Renault und schüttelte Martine und Julie freundlich die Hand.

– Jean-Denis Quemard, sagte er, Informator bei Berger Rebar. Ich fahre voraus, und Sie müssen mir dicht auf den Fersen bleiben, hier auf dem Werksgelände kann einem leicht etwas passieren.

Sie rollten in sittsamen dreißig Stundenkilometern dahin, zwischen Bürogebäuden aus rußigen Ziegeln und Werksgebäuden mit qualmenden Schornsteinen, vorbei an dem hohen Hochofen mit seinen gewundenen Rohren und der blauen Flamme oben auf dem Hochofenkranz, der jetzt nur als ein Hitzeflimmern vor dem blaueren Himmel zu ahnen war. Es dröhnte und schepperte und rasselte und zischte von kräftigen Motoren, von Blechen, die auf den Betten der Walzwerke dahinrutschten, vor Hitze von Öfen und Schmelzen, von schweren Ketten, vom Löschen von Koks und Erz, von riesigen Elektrokarren, die beschleunigten, von schwer beladenen Lastzügen auf dem Weg zur Autowaage und zur Ausfahrt. Es roch nach Ruß und Schwefel und Diesel und verbranntem Eisen.

Berger Rebar lag ein Stück weiter hinten auf dem Gelände, ein einziges langes Gebäude aus dunkel gewordenen Ziegeln, bei den sich drei Stockwerke mit länglichen Bürofenstern ganz hinten am äußersten Ende zusammendrückten. Dorthin führte sie Jean-Denis Quemard.

– Wir haben es ziemlich spartanisch hier, sagte er und klang eher stolz als entschuldigend, das ist ein Teil von Stéphanes Philosophie. Das Geld soll nicht in schicke Büros und anderen Schnickschnack gesteckt werden, sondern in die Produktion. Nein, fassen Sie das Geländer nicht an, das ist ziemlich dreckig!

Julie riß eilig die Hand weg. Die Handfläche war tatsächlich schwarz von Ruß und Staub. Martine grub in ihrer Handtasche nach einem Papiertaschentuch, und Julie versuchte ohne größeren Erfolg, den Schmutzfleck wegzuwischen.

– Wir gehen rauf in den zweiten Stock, sagte Quemard, da sitzt die Direktion. Sie werden unseren Betriebsleiter, Louis Victor, kennenlernen.

– Sie sind also Informator, sagte Martine, was bedeutet das? Ich meine, wen informieren Sie und worüber?

– Ich kümmere mich um Pressekontakte, sagte Quemard, und ich halte die Kontakte zur Kommune. Und ich informiere darüber, ja, wie die Geschäfte gehen und welche Kunden wir haben und so.

– Wenn Sie sich um Pressekontakte kümmern, haben Sie vielleicht mit Fabien Lenormand gesprochen?

Jean-Denis Quemard blieb mitten auf der Treppe stehen und sah Martine erstaunt an.

– Diesen französischen Journalisten, der eine Kampagne gegen Stéphane betreibt, meinen Sie? Ja, er ist ein paarmal bei mir gelandet, er ruft ja jeden zweiten Tag an und versucht, Leute auszufragen und Interviews zu buchen. Einmal hat er so getan, als ob er von der Kommission in Brüssel aus anruft, und wollte einen Bericht darüber, wie wir die Umweltschutzfördergelder verwenden. Aber ich habe ihn ja an der Stimme erkannt.

Quemard lachte herzlich bei der Erinnerung, runzelte dann aber die Stirn.

– Warum fragen Sie nach ihm? erkundigte er sich.

Martine antwortete nicht.

Sie waren in der Direktionsetage angelangt, und Quemard öffnete ohne Zeremonien eine der vier panzergrauen Türen. Sie kamen in ein fensterloses Vorzimmer, in dem mit knapper Not ein Schreibtisch, ein Schreibtischstuhl und ein Bücherregal Platz hatten. Ein wenig Tageslicht sickerte durch ein Paneel aus Gußglas in der Wand, die das Vorzimmer vom nächsten Raum trennte. Der einzige Wandschmuck war ein Kalender mit einem Bild von zwei Katzenjungen, die sich lebhaft mit einem Garnknäuel tummelten. Hinter dem Schreibtisch saß eine vollschlanke junge Frau mit krausen braunen Haaren und ernster Miene.

– Hallo, Caroline, sagte Jean-Denis Quemard, wir wollen zu Lou, er erwartet uns.

Caroline öffnete den Mund, brachte aber kein Wort über die Lippen, bevor Quemard die Tür aufgerissen hatte, die zum Betriebsleiter hineinführte. Sein Büro hatte schmutziggelbe Wände, zwei Fenster, die seit langem nicht geputzt worden waren, und einen Schreibtisch aus billigem Furnier. Es sah aus wie ein provisorisches Lager in der Wüste, dachte Martine, ein Platz für jemanden, der nicht plante, lange zu bleiben. Es gab keine Bilder an den Wänden, keine Bücher in den Regalen, keine Schmuckgegenstände auf dem Schreibtisch, nicht einmal einen Teppich auf dem Boden. Das einzige Persönliche im Raum war ein gerahmtes Foto, das mit der Rückseite zu Martine auf dem Schreibtisch stand. Sie hätte viel gegeben, um zu sehen, was es zeigte.

– Unser Betriebsleiter, Monsieur Victor, stellte Jean-Denis Quemard vor. Lou, hier kommen Madame Poirot, Untersuchungsrichterin, und ihre Rechtspflegerin, Mademoiselle Wastia.

Louis Victor stand hinter dem Schreibtisch halb auf und hielt Martine die Hand hin.

– Angenehm, Madame Poirot, sagte er mit rollendem südfranzösischem »r«, willkommen, Mademoiselle Wastia.

Sein Handschlag war fest, eigentlich zu fest. Er hatte lange, schmale Poetenfinger, aber die kräftigen Arme eines Schwerarbeiters, hungrige, dunkle Augen, aber die schmalen, zusammengekniffenen Lippen eines Wirtschaftsprüfers. Er war in den Fünfzigern, mit lockigen, dunklen Haaren, die auf dem Oberkopf dünn zu werden begannen, der Schlips hing schief über einem aufgeknöpften weißen Hemd. Er lächelte Martine zu, ein Lächeln, das die dunklen Augen nicht erreichte.

– Setzen Sie sich, sagte er und machte eine Geste zu zwei

mäßig bequemen Besucherstühlen, Jean-Denis muß stehen, das tut ihm nur gut. Sie beschäftigen sich mit dem Fall des ermordeten jungen Mannes, der letzten Mittwoch hier auf dem Gelände gefunden wurde, wenn ich recht verstehe. Aber womit, glauben Sie, können wir hier bei Berger Rebar Ihnen helfen?

– Mit vielem, hoffe ich, sagte Martine, es hat sich nämlich herausgestellt, daß der Ermordete in den Wochen vor seinem Tod Berger Rebar oft angerufen hat, und ich würde gern wissen, worum es dabei ging.

Louis Victor sah verständnislos aus.

– Sie haben vielleicht den Namen des Mordopfers noch nicht gehört, sagte Martine, wir haben ihn gerade veröffentlicht. Er hieß Fabien Lenormand.

– Verdammt, sagte Louis Victor, er war das, der tot in diesem Prahm lag? Ja, er hat hier mehrmals in der Woche angerufen, er war für uns wie eine verdammte Klette. Aber Sie wollen doch nicht andeuten, daß das etwas mit seinem Tod zu tun hatte?

– Sie sagten, er hat hier mehrmals in der Woche angerufen, sagte Martine, ohne die Frage zu beantworten. Haben Sie selbst mit ihm gesprochen?

Louis Victor begegnete ihrem Blick mit gerunzelter Stirn. Er nahm einen Kugelschreiber vom Schreibtisch und drehte ihn in einer rastlosen Bewegung zwischen den langen Fingern, so daß das unruhige Hantieren mit dem Stift eine andere Botschaft vermittelte als der ruhige Körper und das bewegungslose Gesicht.

– Ja, ein paarmal, sagte er.

– Und worüber haben Sie gesprochen, sagte Martine, welche Fragen stellte er, und warum gingen Sie darauf ein, mit ihm zu reden?

Louis Victor zuckte die Achseln.

– Er log und trickste herum. Beim ersten Mal sagte er, daß er an einer Reportage darüber arbeitet, wie die Unternehmen ihre soziale Verantwortung für die Angestellten sehen, er erwähnte eine angesehene Zeitschrift. Aber er hatte keinen Auftrag von denen, das erfuhren wir, als wir es überprüften. Und was er fragte, ja, ob wir eine soziale Verantwortung gegenüber dem Ort empfinden, wo wir unseren Betrieb haben, etwas in diesem Stil. Als ich zum zweiten Mal mit ihm sprach, habe ich das Gespräch nur angenommen, um ihm zu sagen, daß er das Ganze lassen soll. Er betreibt ja eine Art Vendetta gegen unseren Eigentümer, Stéphane Berger, wie Sie sicher gehört haben.

– Er soll gefragt haben, wie Sie die Umweltschutzfördergelder aus Brüssel verwenden, sagte Martine mit neutralem Tonfall.

Der Kugelschreiber, den Victor zwischen den Fingern drehte, fiel auf den Schreibtisch, und er warf ihn irritiert in den Papierkorb.

– Wer behauptet das? fragte er.

Martine ahnte, wie Jean-Denis Quemard hinter ihrem Rücken erstarrte.

– Oh, sagte sie vage, das ist nur ein Gerücht, das ich gehört habe. Sie wissen, wie in Villette geredet wird. Aber stimmt es?

– Es stimmt nicht, soviel ich weiß, sagte Louis Victor.

– Aber er hat oft angerufen, sagte Martine, also muß er noch mit anderen im Unternehmen geredet haben. Wie geht das, wenn man hier anruft, gehen alle Anrufe über die Zentrale?

– Ja, im Prinzip, sagte Victor.

Er sah Martines Blick auf die beiden Telefone auf seinem Schreibtisch und fügte eilig hinzu:

– Ich habe auch eine private Leitung, eine Direktleitung, die nicht über die Zentrale geht.

– Ich will die Telefonistin von der Zentrale sprechen, sagte Martine.

Louis Victor bedachte sie mit einem taxierenden Blick ganz ohne Wertschätzung und drückte auf einen Knopf am Telefon.

– Caroline, mein Engel, sagte er mit lauter Stimme, kannst du einen Augenblick hereinkommen?

Die Tür zum Vorzimmer ging verdächtig schnell auf, und Caroline kam herein, die Wangen rosig vor Neugier.

– Ja? sagte sie atemlos.

Ihr Chef lächelte sie an, ein Hundert-Watt-Lächeln, das seine Augen und sein ganzes Gesicht aufhellte und zeigte, daß Louis Victor ziemlich charmant sein konnte, wenn er nur wollte.

– Ich will, daß du Odile in der Zentrale eine Weile ablöst und sie bittest hierherzukommen, sagte er. Caroline sah enttäuscht aus, trabte aber folgsam los. Ein paar Minuten später kam eine Frau in den Fünfzigern in den Raum. Sie blickte mit ihren blauen Augen leicht resigniert hinter runden Brillengläsern hervor, und ihre graue Strickjacke war sorgfältig über einer Rüschenbluse aus Nylon geknöpft.

– Und hier haben wir Madame Favreau, unsere unschätzbare Dame von der Zentrale, sagte Louis Victor, den Charme immer noch angeknipst, sie weiß mehr darüber, was hier passiert, als ich selbst. Odile, Madame Poirot muß Ihnen ein paar Fragen stellen, ich hoffe, das geht in Ordnung?

Martine dachte gar nicht daran, ihr Verhör mit Odile Favreau in Hörweite des Betriebsleiters zu halten. Er hob die Augenbrauen, als Martine ihn bat, einen Raum zu organisieren, in dem sie ungestört mit Odile Favreau reden könnte, bat aber ohne weitere Kommentare Jean-Denis Quemard, sie in ein leeres Büro im ersten Stock zu führen.

– Ach ja, sagte Odile Favreau, als sie sich in einer verblaßten und unbequemen Sitzgruppe niedergelassen hatten, inzwischen gibt es hier reichlich leere Schreibtische, es mußten so viele gehen vor Bergers Übernahme. Es sind nur noch so wenige im Büro, daß ich mich manchmal frage, wie sie die Arbeit überhaupt schaffen können.

Odile Favreau wußte sehr wohl, wer Fabien Lenormand war. Er hatte so oft angerufen, daß sie fast Bekannte geworden waren, sagte sie. Er hatte mit ihr geplaudert, sie nach ihrem Namen gefragt, sich beklagt, wenn er abgewiesen worden war, und um Vorschläge gebeten, wie er weiterkommen könnte. Deshalb wußte sie ganz genau, mit wem er geredet hatte. Den Betriebsleiter hatte er tatsächlich ein paarmal erreicht und Jean-Denis Quemard vier-, fünfmal. Der Marketingdirektor, nach dem er ein paarmal gefragt hatte, hatte sich geweigert, seinen Anruf anzunehmen, ebenso wie der Umweltchef, den er in der letzten Zeit mehrfach zu erreichen versucht hatte. Einige Male hatte Odile Favreau Fabien zur Zentrale von Forvil weitergeleitet. Dort, glaubte sie, hatte er Kontakt mit dem Aufsichtsratsvorsitzenden Arnaud Morel aufnehmen wollen, ebenso wie mit dem Gewerkschaftsvorsitzenden Jean-Claude Becker.

– Was glaubst du? fragte Martine Julie, als Odile Favreau in ihre Zentrale zurückgekehrt war.

– Der arme Fabien scheint bei all seinen Anrufen nicht sehr viel herausbekommen zu haben, sagte Julie nachdenklich. Aber die Sache mit den Umweltschutzfördergeldern, nach denen er in den letzten Wochen gefragt hat? Kann das was sein?

– Genau, was ich gedacht habe, sagte Martine, das ist etwas, womit wir weitermachen müssen. Aber ich glaube, es ist besser, ein paar Hintergrundinformationen zu besorgen, bevor ich Monsieur Victor dazu befrage.

Louis Victor saß noch hinter seinem Schreibtisch, als sie hinaufkamen, um ihre Eskorte abzuholen. Er streckte nicht einmal die Hand aus, um sich zu verabschieden, sondern nickte nur kurz.

– Ich möchte mit Stéphane Berger sprechen, sagte sie, wo finde ich ihn?

Er sah sie an, als habe sie ihn darum gebeten, die persönliche Telefonnummer des Papstes herauszusuchen.

– Weiß ich nicht, sagte er, Stéphane bereist die ganze Welt, ich habe keine Ahnung, wo er im Moment ist. Sie müssen wohl Kontakt mit seiner Sekretärin in Paris aufnehmen.

Seine Abschiedsreplik kam, als sie halb aus der Tür waren:

– Seien Sie vorsichtig, wenn Sie hier rausfahren, Madame Poirot. Hier auf dem Gelände können sehr leicht Unfälle passieren.

Etwas in seiner Art, dies zu sagen, bewirkte, daß sich die Muskeln in Martines Nacken zusammenzogen.

Birgitta Matssons Flugzeug war auf dem Weg zu Brüssels Flugplatz Zaventem, als die Puzzleteile anfingen, sich zusammenzufügen. Sie hatte nach dem bizarren Zusammentreffen, das sie veranlaßt hatte, nach einem Gemälde zu fragen, an das sie seit Jahren nicht mehr gedacht hatte, die ganze Zeit ein unangenehmes Gefühl im Magen gehabt, und von ihrem letzten Besuch im Pfarrhof in Granåker war sie aufgebrochen, während das Adrenalin durch ihre Adern strömte, als machte sie sich bereit, vor einer Gefahr zu fliehen.

Das konnte nicht daran liegen, daß Sophie »Macbeth« zitiert hatte, dachte Birgitta. Sie wußte, daß das Stück von Aberglauben belastet war, aber um so etwas kümmerte sie sich nicht. Dennoch waren es Sophies Worte, die ihr das Gefühl drohender Gefahr eingeflößt hatten. Sie hatte versucht, auf dem Weg nach Arlanda eine Erklärung dafür zu finden, und dachte weiter darüber nach, als sie auf ihrem Platz im Flugzeug nach Brüssel saß.

Irgendwo über Dänemark kam sie darauf. Das »Macbeth«-Zitat hatte sie zurück zum Gemeindehaus in Granåker geführt, wo sie die Proben von Sophies Theatergruppe verfolgt hatte, und die Erinnerung an die Probenabende zusammen mit ihren Grübeleien über das verschwundene Gemälde hatten eine andere und viel ältere Erinnerung an eine Walpurgisnacht im Gemeindehaus aufsteigen lassen wie ein unerwarteter Wrackrest von einem seit langem vergessenen Schiffbruch.

Wann war das Gemälde eigentlich verschwunden? Sie erinnerte sich, daß sie Aron Lidelius danach gefragt hatte, und sie erinnerte sich an seine Antwort, aber wann war es?

Birgitta hatte den Bischof gern gehabt. Lange bevor sie anfing, im Pfarrhof zu arbeiten, hatte sie es geliebt, in der Pfarrhofsbibliothek zu sitzen, still wie ein Mäuslein, mit einem Buch, das sie aus den hohen eingebauten Regalen genommen hatte. Da hatte sie Dumas und Selma Lagerlöf und die Schwestern Brontë, Karlfeldt und Strindberg und Guy de Maupassant verschlungen. Aron Lidelius arbeitete oft in der Bibliothek, aber er hatte nie Einwände dagegen gehabt, daß das Mädchen vom Nachbarhof dort saß und las. Manchmal hatte sie ihn nach einem Wort gefragt, das sie nicht verstand, und er hatte immer freundlich und interessiert geantwortet, manchmal mit einer kleinen, gelehrten, akademischen Erläuterung als Zugabe.

Sie erinnerte sich, daß sie einen Strauß Schlüsselblumen für den Pfarrhof bei sich gehabt hatte. Als sie die kleine Vase auf den Kaminsims stellen wollte, hatte sie bemerkt, daß das Gemälde weg war, und den Bischof gefragt, wo es abgeblieben war. Aber in welchem Jahr war das? Sie hatte einen Petticoat angehabt, erinnerte sie sich, der so weit abstand, daß sie ihn zwischen die Knie klemmen mußte, um bis zum Sims hochzufassen, wo sie die Blumen hinstellen wollte. Oder war das ein andermal?

Der Bischof hatte erklärt, was mit dem Gemälde passiert war, aber vielleicht war seine Erklärung nicht die richtige. Was hatte Greta Lidelius am Mittwoch, als sie so verwirrt wirkte, noch gesagt? Sie habe ihren Mann angelogen, damit er sich nicht aufregte, genau, das hatte sie gesagt. Konnte es das Gemälde sein, von dem sie gesprochen hatte?

Birgitta sah durch das kleine Fenster hinaus und versuchte, an etwas anderes zu denken. Vielleicht würden sich die Teile zusammenfügen, wenn sie nicht soviel grübelte. Und sie mußte sich wirklich auf den Kurs konzentrieren. Sie zog die Mappe heraus, die sie in die Vordersitztasche gesteckt hatte, und sah das Programm des ersten Tages durch: Willkommensdrink im Hotel, Besuch in den Brüsseler Büros einiger schwedischer Kommunen, Abendessen mit Lobbyisten aus schwedischen Regionen und Kommunen. Es würde interessant werden zu sehen, wie sie arbeiteten, dachte sie. Sie hatte sich schon in die Regeln für Regionalfördergelder eingelesen und gesehen, daß für Hammarås einiges zu holen sein müßte. Sie wußte viele Projekte, die mit etwas Starthilfe am Anfang in einigen Jahren florieren könnten.

Der Druck in den Ohren begann sich zu ändern. Das Flugzeug war beim Landeanflug. Als es aus den Wolken auftauchte, sah sie jenseits des Fensters das Meer und einen langen Streifen weißen Strand, wo die Nordsee auf Land traf, und während das Flugzeug hinunter nach Brüssel sank, fiel das letzte Puzzleteil an seinen Platz, legte sich säuberlich zurecht und machte das ganze Motiv sichtbar.

Das, was sie plötzlich klarsehen ließ, war die plötzliche Erinnerung an eine Ansichtskarte, die ihr Bruder Börje einmal vor langer Zeit bekommen hatte, ein Foto von einem sonnigen Sandstrand mit einem kryptischen Gruß auf der Rückseite. Börje hatte gelacht, als sie gefragt hatte, wer sie geschickt habe. Und sie konnte ihn nicht noch einmal fragen. Ihr Bruder war vor der Zeit gestorben, gebrochen von Alkohol und Heimweh, als er als Dauerpendler in Stockholm angefangen hatte, nachdem er den Job in der Grube losgeworden war.

Aber Fragen war nicht nötig. Sie sah jetzt alles deutlich, ein Bild, so beunruhigend und unwahrscheinlich, daß sie sich fragte, wie sie sich überhaupt zwei Tage lang auf den Kurs konzentrieren sollte.

Und was sollte sie tun, um ihren unglaublichen Verdacht entweder zu bestätigen oder zu entkräften, ohne in einer Situation, in der in Hammarås Jobs auf dem Spiel standen, unnötige Probleme zu schaffen? Sie sah mehrere mögliche Vorgehensweisen, und sie wog sie gegeneinander ab, während das Flugzeug landete und anfing, auf die Flugplatzgebäude zuzurollen. Direkt zur Sache kommen oder sich drumherummogeln? Es war wichtig, sich richtig zu entscheiden.

Sonst konnte es sehr übel ausgehen.

Eine Telefonnotiz wartete auf Martine, als sie in den Justizpalast zurückkam. Jean-Claude Becker hatte sie sprechen wollen. Sie rief die Gewerkschaftsgeschäftsstelle bei Forvil an und bekam sofort den Gewerkschaftsvorsitzenden an die Strippe.

– Hallo, Martine, sagte er, darf ich dich heute abend zum Essen einladen, oder wäre das unangebracht?

– Besonders unangebracht, antwortete sie erstaunt, ich bin ja mit einem Mordfall beschäftigt, der auch dich tangiert, wenn auch nur ganz peripher. Aber wir können uns vielleicht trotzdem treffen. Du willst wohl über etwas reden, das mit dem Mord zu tun hat?

– Vielleicht, sagte er, allerdings nichts, was ich im Moment zu Protokoll geben möchte. Aber du hättest Nutzen davon, mit mir über einem Happen ein paar Worte zu wechseln.

Sie verabredeten sich für sieben in der Blinden Gerechtigkeit. Der Gedanke an ein Abendessen mit Jean-Claude hob Martines Stimmung ebensosehr, wie sie der Gedanke an noch einen einsamen Abend im Haus in Abbaye-Village deprimiert hätte.

Ein paar Stunden später stand sie vor dem schlecht beleuchteten Spiegel neben dem Aktenschrank und betrachtete kritisch ihr Bild. Sie bürstete die Haare aus, korrigierte den Lippenstift, formte mit den Fingerspitzen die Augenbrauen und sprayte sich eine Parfümwolke über die Haare. Aus Gründen, denen sie besser nicht allzu viel Gewicht beimaß, wollte sie gut aussehen, wenn sie Jean-Claude Becker traf.

Jean-Claude war Sohn eines Stahlarbeiters aus Esch-sur-Alzette in Luxemburg. Martine war ihm zum ersten Mal 1979 in Liège begegnet, wohin sie gegen den Protest ihrer

Eltern gezogen war, um als Serviererin zu arbeiten und Geld für ihr Jurastudium zu sparen. Jean-Claude studierte Jura an der Universität von Straßburg, arbeitete aber im Sommer als Berater für die Stahlarbeitergewerkschaft in Liège. Sie hatten sich in dem Restaurant, in dem Martine servierte, kennengelernt, und Jean-Claude hatte sie recht bald eingeladen. Sie war gern mit ihm zusammen. Er hatte einen trockenen Humor, der sie immer zum Lachen bringen konnte, etwas, das sie nach den aufreibenden Konflikten mit der Familie brauchte, und eine selbstverständliche innere Sicherheit, die sie ruhig machte und bewirkte, daß er sich überall gut einfügte, ohne einen Augenblick seinen Hintergrund zu vergessen. Sie hatten auf der Schwelle zu einer tieferen Beziehung gestanden, als Jean-Claude Chantal Lemoine, eine hübsche Brünette aus Villette, kennengelernt und sich Hals über Kopf in sie verliebt hatte, auf eine Weise, wie es bei Martine nie der Fall gewesen war. Gleichzeitig hatte der Lièger Politiker Jean-Louis Lemaire ein Auge auf Martine geworfen und angefangen, ihr leidenschaftlich den Hof zu machen, und sie hatte mit der Zeit nachgegeben, teilweise, glaubte sie manchmal, weil sie sich von Jean-Claude zurückgewiesen gefühlt hatte. Er war seiner Geliebten nach Villette gefolgt, hatte das Universitätsstudium an den Nagel gehängt und einen Job bei Forvil angenommen. Dort hatte er sich bald als tüchtiger gewerkschaftlicher Unterhändler erwiesen, einen Vertrauensauftrag nach dem anderen bekommen und war geblieben. Seit fünf Jahren war er Gewerkschaftsvorsitzender bei Forvil. Chantal und er hatten zwei Söhne, acht und zehn Jahre alt. Er und Martine begrüßten einander herzlich, wenn sie sich sahen, hatten aber keinen näheren persönlichen Kontakt gehabt, seit sie nach Villette gezogen war.

Bis jetzt. Sie wickelte sich ihren grünen Schal um den Hals, nahm die Schultertasche vom Schreibtisch und zog die Tür zum Dienstzimmer hinter sich zu. Anstatt wie gewöhnlich den Fahrstuhl hinunter zur Straße zu nehmen, wählte sie den Durchgang, der vom Annex zum alten Bischofspalast führte, der jetzt der Justizpalast von Villette war, ging mit klappernden Absätzen die abgenutzen Stufen der Treppe hinunter und überquerte den schachfeldkarierten Marmorboden, wo noch Gruppen von Anwälten standen, vertieft in Unterhaltungen über Rechtsfälle, über Fußballspiele oder darüber, wo sie zu Abend essen sollten.

Sie blieb auf der Treppe des Justizpalastes stehen und sah über die Place de la Cathédrale. Ihr gegenüber auf der Insel erhob die Kathedrale Saint Jean Baptiste ihre mächtigen Türme, und die schrägen Strahlen der sinkenden Sonne ließen das helle Gestein der Kathedrale glühen. Obwohl die Touristensaison vorbei und die Kühle des nahenden Herbstes in der Luft zu ahnen war, saßen noch viele Menschen in den Straßencafés auf dem Platz. Die Straßenlaternen wurden gerade angezündet. Rechts glitt ein langer Prahm, beladen mit Steinen, auf dem Fluß vorbei. Aus dem offenen Fenster seines Ruderhauses waren einige Takte Rockmusik mit dumpfen Baßrhythmen zu hören, bevor er vom Dunkel zwischen den Ufern verschluckt wurde.

Die Tür zur Blinden Gerechtigkeit stand offen, und Licht und Wärme strömten aus dem vollbesetzten Lokal auf den Platz, zusammen mit Stimmengewirr. Eine große Gruppe Anwälte hatte zwei Tische mitten im Lokal zusammengestellt und saß jetzt da und argumentierte lauthals über ein kontroverses Urteil. Ihre schwarzen Roben hingen über den Stühlen oder lagen nachlässig zusammengeknüllt auf dem Boden.

Jean-Claude war schon da. Tony führte Martine an den Tisch, den er für sie reserviert hatte, ein Tisch für zwei in einer versteckten Nische, wo sie ungestört reden konnten.

Jean-Claude stand auf, als sie kam, und beugte sich hinunter, um sie auf beide Wangen zu küssen. Er hatte die Jeans und die Wildlederjacke gegen eine dunkle Hose, ein beiges Cordsakko und ein hellblaues offenes Hemd ausgetauscht. Er trug keinen Schlips. Seine aschblonden Haare hingen ihm in die Stirn, genau wie damals, als sie zum ersten Mal zusammen ausgegangen waren.

– Ich habe schon eine Karaffe von dem roten Hauswein bestellt, sagte er, möchtest du etwas anderes?

– Nein, das ist gut, sagte Martine und sank dankbar auf den Stuhl, den Tony für sie hervorzog.

– Hast du einen neuen Koch, Tony, fragte Jean-Claude, ich sehe, daß du Luxemburger Hausmannskost auf der Karte hast?

– Ja, sagte Tony, ein junger Typ aus Wasserbillig, er ist gut.

– Dann nehme ich *judd mat bounen*, sagte Jean-Claude, das habe ich seit Ewigkeiten nicht gegessen. Martine?

– Mach etwas Gutes für mich, sagte sie bittend zu Tony, hast du Pilze? Ein Omelett mit viel Pilzen, und einen Salat dazu, und vielleicht etwas Carpaccio als Vorspeise.

– Einen grünen Salat als Vorspeise für mich, sagte Jean-Claude.

Tony nickte und ließ sie allein.

– Lange her, sagten sie beide wie aus einem Munde, und das Lachen brach das Eis. Obwohl – welches Eis, dachte Martine, das hier war ja kein romantisches Rendezvous, sondern eine Verabredung mit einem Zeugen.

Sie nippte an ihrem Wein und entschloß sich, direkt zur

Sache zu kommen, um zu zeigen, daß sie das hier als ein rein professionelles Zusammentreffen sah.

– Du hattest etwas zu erzählen, sagte sie.

Jean-Claudes graue Augen blickten bekümmert. Er strich sich ungeduldig die Haare aus der Stirn, ebenso, wie er es vor fünfzehn Jahren getan hatte.

– Ja, sagte er, aber zuerst muß ich dich etwas fragen. Es geht das Gerücht, daß der tote junge Mann in der Erzladung ein französischer Journalist war, stimmt das?

– Ja, das stimmt, sagte Martine vorsichtig, wir haben das nur deshalb noch nicht veröffentlicht, weil wir zuerst sicher sein wollten, daß all seine nächsten Angehörigen informiert sind.

– Hieß er Fabien Lenormand?

Martine sah ihn erstaunt an.

– So hieß er, ja. Woher wußtest du das?

– Ich hätte ihn treffen sollen, sagte Jean-Claude langsam, morgen abend in einem Café am Bahnhof. Er hat mehrmals angerufen und genervt, ich habe gesagt, ich hätte nichts zu sagen, aber er gab einfach nicht auf. Schließlich bin ich darauf eingegangen, ihn zu treffen, um dem Generve ein Ende zu machen.

– Und worüber wollte er reden? fragte Martine.

– Das kannst du dir sicher denken, sagte Jean-Claude, du mußt schon etwas davon gehört haben, daß er eine Vendetta gegen Stéphane Berger betrieb, und reden wollte er über Bergers Geschäfte. Aber ich weiß darüber nicht mehr als alle anderen, zumindest nichts, was ich einem Journalisten sagen könnte …

Der Satz hing unvollendet und vielversprechend zwischen ihnen. Martine hob ihr Weinglas und nippte wieder daran.

– Aber einer Untersuchungsrichterin ... sagte sie versuchsweise.

– Ja, sagte Jean-Claude und sah aus, als habe er sich zu etwas entschlossen. Was weißt du von Bergers Geschäften in Villette, Martine? Ich habe gehört, daß du heute nachmittag draußen bei Berger Rebar warst.

– Ja, sagte sie mit einem Seufzer, aber von Bergers Geschäften weiß ich nichts. Ich bin vermutlich gezwungen, mich da jetzt einzulesen. Alles, was ich weiß, ist, daß er vor ein paar Jahren einen Teil von Forvil gekauft hat. Für einen Ecu, oder?

– Genau, sagte Jean-Claude, er kaufte das Feinwalzwerk von Forvil, das unter dem Namen Berger Rebar als eine eigene Gesellschaft ausgegliedert wurde. *Rebar* oder *reinforcing bar* bedeuten Armierungseisen, Bewehrungsstahl, und das ist es, was sie bei Berger Rebar herstellen. Armierungseisen sind die Hamburger der Stahlindustrie, kann man sagen, ein einfaches Produkt, es erfordert keinerlei größere Finesse oder hochtechnologisches Können, um sie herzustellen. Man kann Armierungseisen aus jedem beliebigen Rosthaufen von Eisenwerk heraushauen, und das tut man an viel zu vielen Stellen, besonders jetzt, nachdem die Krise die Nachfrage ruiniert hat. Forvils Abteilung für lange Produkte, die vor allem Armierungseisen macht, lief in den ersten Jahren der Neunziger mit Riesenverlusten, und die Unternehmensleitung hatte sich im Prinzip entschieden, das Elend stillzulegen. Die Strategie der Gewerkschaft sollte so aussehen, daß wir für die Angestellten die bestmögliche Vereinbarung erzielen wollten, während wir natürlich gleichzeitig wütend gegen die Stillegungspläne protestiert und betont haben, wie hochproduktiv und effektiv das Werk ist.

Sie bekamen ihre Vorspeisen. Martine preßte Zitrone über ihren Teller und wickelte eine der laubdünnen, mürben Ochsenfiletscheiben um die Gabel.

– Es gab eine Besetzung, oder? sagte sie.

– Genau, sagte Jean-Claude und lächelte zufrieden bei der Erinnerung, die Angestellten besetzten ein paar Tage im April 1992 das Walzwerk, sperrten ein paar Chefs, die zufällig vorbeigeschaut hatten, ein und zogen mit symbolischen Särgen in der Stadt herum. Hübsche kleine Aktion. Es gab keine Chance, daß das die Stillegung hätte aufhalten können, aber als politischer Druck gegen die Eigner und die Unternehmensleitung war es besonders effektiv.

– Und da tauchte Stéphane Berger auf?

– Da tauchte Stéphane Berger auf, stimmte Jean-Claude zu, im Juni 1992 kam er nach Villette und bot sich mit viel Klamauk an, das Feinwalzwerk zu übernehmen und es als eigene Gesellschaft weiterzubetreiben. Du erinnerst dich vielleicht an seine Pressekonferenz?

Martine erinnerte sich zumindest an den Beitrag in den Fernsehnachrichten, besonders an die Bilder von Berger, der mit seinem Bentley zur Hauptverwaltung von Forvil angefahren kam, passenderweise mit der Erkennungsmelodie von »Die Bullen von Saint-Tropez« als Hintergrundmusik.

– Er hatte sich schwere politische Rückendeckung beschafft, fuhr Jean-Claude fort, vor allem den alten Guy Dolhet und einen später tragisch verstorbenen Politiker, dessen Namen wir hier vielleicht nicht nennen sollten. Du weißt, die Leute, die gewöhnlich die Messières-Mafia genannt werden. Berger war im Mai 1992 mehrmals in Villette gewesen und hatte ihnen seine Idee verkauft. Ich hatte auch die Ehre, er lud mich in sein schickes Haus unten am

Fluß zum Essen ein und versuchte zu erreichen, daß ich in den Jubelchor einstimme und an der Pressekonferenz teilnehme. Aber ich traue Berger nicht, auf mich hat er immer wie ein Pferdehändlertyp gewirkt, und Vélo Éclair und noch ein paar Fälle machen die Sache nicht besser, deshalb blieb ich auf Distanz. Viele Mitglieder waren deshalb sauer auf mich. Der Aufsichtsratsvorsitzende Arnaud Morel, der in seinen lichteren Augenblicken einen gewissen Sinn für industrielle Logik hat, protestierte auch etwas. Er fand ebenso wie ich, daß das Konzept windig war. Aber es endete jedenfalls damit, daß Berger bekam, was er wollte, er kaufte den ganzen Laden für einen symbolischen Ecu.

Ihre Hauptgerichte wurden aufgetragen. Jean-Claude nahm prüfend eine Kostprobe von etwas, das wie geräucherter Schweinerücken mit Bauernbohnen in weißer Sauce aussah.

– Phantastisch, sagte er, meine Mutter machte öfter *judd mat bounen*, aber ich habe es seit mehreren Jahren nicht gegessen. Bist du auf dem laufenden bei dem Hin und Her um Berger?

– Ich glaube schon, sagte Martine und spießte ein paar rundliche kleine Pfifferlinge auf die Gabel, aber ich verstehe nicht ganz, was der Witz des Ganzen für Berger war, wenn diese Armierungseisen ein solches Verlustgeschäft sind?

Jean-Claude lächelte sie voller Hochachtung an.

– Auf den Punkt, Frau Richterin, diese Frage haben wir uns alle gestellt, wir, die wir nicht den Kopf verloren hatten, als Inspektor Bruno als der neue Erlöser nach Villette hereindonnerte. Die offizielle Antwort ist, daß das Werk zu den besten seiner Art in Europa gehört, was an und für sich wahr ist, und daß sich mit Bergers Riecher für Geschäfte und Kontaktnetze phantastische Möglichkeiten eröffnen, von denen die alten Knacker in der Leitung von Forvil keine Ahnung hatten. Und zweitens kommt Berger Rebar um eine Menge teure Bürokratie herum, indem es von Forvil gelöst wird, nicht die Kosten für schicke Hauptverwaltungen und Direktorenvillen und so weiter tragen muß. Das ist ein Argument, das immer ankommt. Aber ich für meinen Teil glaube, daß Berger Rebar an der Spitze viel zu dünn ist. Ihre Verkaufsorganisation ist ein Witz. Der Betriebsleiter, Lou Victor, ist ein dubioses Subjekt aus Marseille, ein Kumpel von Berger, und sehr viel mehr ist da nicht.

– Aber sie haben voriges Jahr jede Menge Aufträge gekriegt, das habe ich in der Zeitung gelesen.

Jean-Claude beugte sich vor über den Tisch und strich sich wieder die Haare aus der Stirn.

– Ja, und das, Martine, macht mir wirklich Sorgen. Ein Jahr nachdem die Stahlpreise am Boden sind, schaffen sie es, in neue Märkte einzudringen, Türkei und Polen und was es noch war, ist das normal? Die einzige denkbare Erklärung ist, daß sie die Ware verschleudern, Dumpingpreise verlangen, um Klartext zu reden. Das sieht im Augenblick gut aus, hält aber auf die Dauer nicht.

– Und während alle ihren Geschäftserfolgen applaudieren, macht Stéphane Berger im Hintergrund ... was? fragte Martine.

– Ich habe da so meinen Verdacht, sagte Jean-Claude finster, aber es ist schwer, ihn zu beweisen, weil der Einblick in das Unternehmen extrem schlecht ist. Berger Rebar ist Eigentum von Berger Holdings, was seinerseits zu hundert Prozent Eigentum von Stéphane Berger selbst ist. Aber Berger Rebar soll voriges Jahr eine saftige Ausschüttung an den

Eigner vorgenommen haben, die fast der ganzen Kasse entsprach, die Forvil mitschickte, als Berger übernahm.

– Ich war nie gut in Gesellschaftsrecht, sagte Martine, aber das ist wohl nicht ungesetzlich?

– Ich war gut in Gesellschaftsrecht, sagte Jean-Claude, und du hast recht, es ist nicht ungesetzlich. Aber es deutet nicht direkt auf ein langfristiges Engagement in Villette hin. Es gibt aber anderes, was man sich ansehen sollte. Berger Rebar hat nämlich hohe Beträge an Fördergeldern aus Brüssel für Umweltinvestitionen und zusammen mit der kommunalen Ausbildungsgesellschaft in Messières für Investitionen in die Weiterbildung des Personals bekommen, und hartnäckige Gerüchte besagen, daß nicht sehr viel Geld wirklich für Umwelt und Ausbildung verwendet worden ist. Nach dem, was ich erfahren habe, kümmert sich um die Ausbildung eine separate Entwicklungsgesellschaft, deren Eigner Berger Holdings ist. Und jetzt fängt die Sache an zu stinken, oder?

– Ja, ich verstehe, sagte Martine, Berger Rebar geht in Konkurs, und Berger verduftet mit den Fördergeldern, die auf die Entwicklungsgesellschaft übertragen worden sind …

– Nachdem die Messières-Mafia ihren Anteil bekommen hat, sagte Jean-Claude, vergiß das nicht. Mein Problem ist, daß eine totale Überprüfung der Unterlagen von Berger Rebar nötig ist, um Klarheit in das Ganze zu bringen, und dazu habe ich keine Möglichkeit. Aber du als Untersuchungsrichterin kannst im Morgengrauen einen überraschenden Besuch machen …

Seine grauen Augen strahlten sie an.

Sie erinnerte sich an einen recht anstrengenden Kavalier, den sie kurze Zeit während ihres Studiums gehabt hatte. »Eine Frau, die über Hausdurchsuchungen entscheiden kann, ist unglaublich sexy«, hatte er gesagt, als sie ihm erzählt hatte, daß sie Untersuchungsrichterin werden wolle.

– Aber ich leite eine Morduntersuchung, sagte sie, ich arbeite nicht an einer Untersuchung über Wirtschaftsverbrechen. Meinst du, daß Fabien Lenormand darüber etwas entdeckt haben kann, über die Umweltschutzfördergelder zum Beispiel?

Jean-Claude zögerte.

– Eigentlich nicht, es klang mehr so, als ob er auf Informationen aus war. Aber Berger kann ja trotzdem geglaubt haben, daß er etwas rausgefunden hatte, und dafür gesorgt haben, daß dagegen etwas unternommen wurde. Du weißt, es heißt, er hat Kontakte zu Kriminellen in Südfrankreich.

– Jean-Claude, ich kann nicht über Morgengrauenrazzien bei Berger aufgrund vager Mutmaßungen entscheiden, daß er etwas mit dem Mord zu tun gehabt hat, auch wenn du der zweite bist, der auf ihn hinweist. Und reinstürmen und in seinen Büchern suchen kann ich nur, wenn ich Grund habe zu glauben, daß er das blutige Mordwerkzeug zwischen den Kassenbüchern oder so versteckt hat. Das müßtest du übrigens genauso gut wissen wie ich.

Er lächelte.

– Ich war nie so gut im Strafrecht. Aber wenn du im Zusammenhang mit der Morduntersuchung zufällig Beweise für wirtschaftlichen Schwindel findest …

– … übergebe ich sie dem Staatsanwalt. Der eine Voruntersuchung unter Leitung eines Untersuchungsrichters anordnet.

– Du?

Sie zuckte die Achseln.

– Oder jemand anders. Aber ja, wenn der wirtschaftliche Schwindel in engem Zusammenhang mit meiner Morduntersuchung steht, gibt es schon eine gute Chance, daß ich es wäre.

Sie fragte sich, worauf er hinauswollte.

Er sah aus, als denke er nach, um dann eine Entscheidung zu treffen.

– Dann habe ich ein Papier, das dich, glaube ich, interessieren dürfte, ein Papier, das mit Bergers Geschäften zu tun hat. Aber wenn du es sehen willst, mußt du jetzt mit zum Werk rauskommen, das ist die einzige Chance.

– Jetzt, wiederholte Martine, warum denn?

– Weil ich es nicht haben sollte und weil es morgen wieder an der richtigen Stelle sein muß, bevor jemand anfängt, Verdacht zu schöpfen. Bist du interessiert?

Selbstverständlich war sie interessiert. Sie zahlten und gingen, ohne nach dem Essen noch einen Kaffee zu trinken.

Über Forvil schimmerte der Abendhimmel in Orange, aber die Halogenscheinwerfer reichten nicht, um das Dunkel auf dem riesigen Gelände aufzulösen. Außerhalb ihrer Lichtkreise gab es Streifen von Dunkel und Flecken von tieferem Schwarz im Schatten hoher, im Dunkeln liegender Gebäude. Es roch nach Nacht, und Schwalle rauher Feuchtigkeit vom Fluß dämpften die scharfen Gerüche des Werks nach Ruß und Schwefel.

Der Wachmann am Tor hatte von seinem Kreuzworträtsel aufgesehen und Jean-Claude wiedererkennend zugenickt, als sie hineingingen. Martine hatte er kaum einen Blick gegönnt, wie sie an Jean-Claudes Seite ging, mit gesenktem Kopf unter dem Schutzhelm, den er für sie herausgenommen hatte, als sie vor dem Tor geparkt hatten.

Es war hier jetzt stiller, als es am Tag gewesen war, als schlüge das Herz des Werks mit einem langsameren Puls. Aber trotzdem hörte man das Scheppern von Metall und das Dröhnen schwerer Motoren, und als sie am Hochofen vorbeigingen, sah Martine, wie sich Gestalten in silberfarbigen Schutzanzügen mit präzise choreographierten Gesten um eine weißglühende Schlange aus geschmolzenem Eisen bewegten, die träge aus dem Spundloch ganz unten im Ofen hervorquoll.

Sie hielt Jean-Claude am Arm und versuchte, mit seinen langen Schritten mitzukommen, als er sich zwischen den Gebäuden einen Weg suchte. Manchmal überquerten sie breite, scheinwerferbeleuchtete Fahrwege, manchmal gingen sie durch schmale Durchgänge, wo das Dunkel kompakt war. Einmal überquerten sie ein Eisenbahngleis, und einmal gingen sie schräg durch eine hohe Halle, wo eine Gruppe Arbeiter beim Warten auf etwas Karten spielte.

Plötzlich kannte sie sich wieder aus. Sie waren beim Gebäude von Berger Rebar angekommen, wo sie früher am Tag gewesen war. Es sah im Dunkeln anders aus, höher und bedrohlicher. Aber in der obersten Etage, der Direktionsetage, brannte Licht.

Jean-Claude guckte hoch zu den beleuchteten Fenstern.

– Komisch, sagte er, wer kann jetzt hier sein?

Er sah einen dunklen Lieferwagen, der am Eingang geparkt war, und zuckte die Achseln.

– Die Reinigungsfirma, sagte er, ich hätte nicht gedacht, daß sie so spät arbeiten.

Er öffnete die unverschlossene Tür zum Büro und ging auf eine Tür ganz hinten im Erdgeschoß zu.

– Die Gewerkschaft hat hier ein kleines Büro, erklärte er, die Angestellten von Berger Rebar sind immer noch in der

Gewerkschaftsgruppe von Forvil. Das habe ich zumindest erreicht. Aber wenn Berger Rebar zumacht, verlieren sie den ganzen Schutz, den sie als Forvil-Angestellte gehabt hätten.

Er zog die Tür hinter ihnen zu, und Martine hörte, daß sie ins Schloß fiel. Das Büro war klein und fensterlos, möbliert mit einem Schreibtisch, einer Ansammlung unterschiedlicher Stühle und einem Bücherregal voller Ordner.

Sie ließ sich auf einem Stuhl nieder, während Jean-Claude in einem Stapel Papiere auf dem Schreibtisch zu suchen begann.

– Warum machst du das hier eigentlich, fragte sie, ist es so gut für deine Gruppenmitglieder, wenn Berger als Gauner entlarvt wird?

Er sah sie erstaunt an.

– Aber Martine, das ist vielleicht eine komische Frage für eine Richterin! Nun, ich mache es, weil ich sicher bin, daß Berger Rebar ein Kartenhaus ist, das früher oder später einstürzen wird, und es ist besser, jetzt die Initiative zu ergreifen, als auf den Tag zu warten, an dem wir plötzlich entdecken, daß die Kasse leer ist und Berger und seine Handlanger sich abgesetzt haben, dann ist es zu spät für die Mitglieder. Übrigens haben mir meine Eltern beigebracht, daß man ehrlich sein soll, wir sind so, wir Luxemburger.

Er lächelte.

– Du hast gesagt, daß der Aufsichtsratsvorsitzende dagegen war, daß Berger sich einkaufen durfte, sagte Martine, wie kam es, daß er es trotzdem geschafft hat? Ich meine, das Wort des Aufsichtsratsvorsitzenden wiegt doch schwer?

– Ja, aber das der Eigner wiegt schwerer, sagte Jean-Claude trocken. Wie du weißt, besitzen der Staat und ein paar Banken etwas mehr als drei Viertel von Forvil. Die

Banken waren froh, eine Verlustmaschine loszuwerden, und der staatliche Besitzer, vertreten durch Guy Dolhet und seine Gang, jubelten darüber, die Jobs retten zu können. Da gab Arnaud Morel schließlich nach. Ah, hier haben wir es, komm, sieh's dir an!

Er machte die Schreibtischlampe an, so daß der Lichtkegel auf zwei Papiere fiel, die er nebeneinander auf den Schreibtisch gelegt hatte. Das eine war eine zerknitterte Datenliste, befingert von vielen öligen Händen, das zweite war sauber und fleckenlos. Aber beide schienen Namenslisten zu enthalten.

– Sieh mal, sagte Jean-Claude, hier hast du die Dienstliste für die Morgenschicht am 6. Juni diesen Jahres. Und hier hast du eine Anwesenheitsliste mit demselben Datum für einen Ganztagskurs in Datenverarbeitung, der von Berger Development und dem kommunalen Ausbildungsunternehmen in Messières gemeinsam veranstaltet worden sein soll. Und wie du siehst, haben hier an diesem Tag im großen und ganzen dieselben Kollegen Armierungseisen gebogen oder das Walzwerk bedient, die gleichzeitig auf der Schulbank in Messières gesessen haben sollen. Aber ich weiß mit Sicherheit, daß sie tatsächlich hier waren. Und deshalb waren sie nicht im Kurs.

Martine ließ den Finger die Zeilen mit Namen entlanglaufen. Bis auf einige Ausnahmen waren die Listen identisch.

– Und sie bekommen Geld aus Brüssel für die Kurse? fragte sie.

– Yes, sagte Jean-Claude grimmig, Geld aus dem europäischen Sozialfonds, und hat man das Ganze systematisiert, kann es um Millionenbeträge gehen, die sie sich erschwindelt haben.

– Dann nehme ich die falsche Liste mit, sagte sie und streckte die Hand nach dem Papier aus.

Jean-Claude sah erschrocken aus.

– Nein, das darfst du absolut nicht, deswegen solltest du doch herkommen und es mit eigenen Augen sehen. Ich habe das hier heute morgen in einem Umschlag mit der Hauspost bekommen, zusammen mit einem anderen Papier, das ich kriegen sollte. Entweder war es ein Irrtum, oder jemand meinte, daß ich es sehen sollte, ich tendiere zu letzterem. Aber ich muß es zurückgeben, bevor es jemand vermißt, sie benutzen die Anwesenheitslisten, um Geld zu beantragen.

Er nahm einen Block mit gelben Post-it-Zetteln und kritzelte ein paar Zeilen darauf: »Liebe Caroline, bekam das hier irrtümlich mit dem Memo über den Weihnachtsaufenthalt, J-C B«, befestigte den Zettel auf der Anwesenheitsliste und steckte sie in einen braunen Hauspostumschlag.

– Kannst du nicht eine Kopie machen, sagte Martine, es ist besser, wenn ich ein Papier habe, das ich dem Staatsanwalt geben kann.

Er sah sich um.

– Siehst du hier ein Kopiergerät? Nein, denn es gibt keines. Und das Büro ist jetzt abgeschlossen.

– Aber in der Direktionsetage? Wir haben ja gesehen, daß da Licht brennt, du hast gesagt, daß die Putzkolonne hier ist.

Jean-Claude schnitt eine Grimasse.

– Ja, sicher, und die wissen, wer ich bin, ich glaube nicht, daß das so gelungen wäre.

Aber er öffnete trotzdem die Tür und guckte vorsichtig in das schwach beleuchtete Treppenhaus, in dem die Schatten schwarz in den Winkeln lagen. Martine hörte, wie die schwere Eingangstür geöffnet wurde, und eine Stimme, die etwas zu Jean-Claude sagte. Er trat ins Treppenhaus und machte eine warnende Geste zu Martine hin, während er gleichzeitig die Tür zuschob. Aber er ließ einen Spalt von ein paar Millimetern offen, genug, damit Martine hörte, was gesagt wurde, wenn sie sich vorsichtig an die Wand bei der Tür drückte.

– Oh, du bist's, sagte Jean-Claude, du arbeitest spät heute?

Die Worte hallten zwischen den Wänden im Treppenhaus wider.

– Ebenso, sagte eine zweite Männerstimme, die Gewerkschaft ruht nie, sehe ich.

Martine erkannte die Stimme und die rollenden südfranzösischen Rs wieder. Es war Louis Victor, der da stand.

– Nein, sagte Jean-Claude lässig, die Kollegen von der Nachtschicht im Stahlwerk hatten ein paar Dinge, über die sie reden wollten, und dann fiel mir ein, daß ich hier ein Buch vergessen habe.

– Und ich hatte im Büro das Mobiltelefon vergessen. Grüß Chantal!

Sie hörte, daß Louis Victor schon auf dem Weg die Treppe hinauf war, als er die letzten Worte sagte. Jean-Claude kam herein und zog wieder die Tür hinter sich zu. Er runzelte die Stirn.

– Jetzt war ich dumm, sagte er, man soll sich nie erklären, damit zeigt man nur, daß man etwas zu verbergen hat. Ich bin wohl nicht zum Spion geboren, ich habe kein Talent für solche Konspirationen.

– Aber er hat sich auch erklärt, sagte Martine, völlig überflüssigerweise, er ist ja hier der Chef. Warum hat er dich gebeten, Chantal zu grüßen, kennt er sie?

Jean-Claude grinste.

– Ja, er ist eine der dreiundvierzig Personen, die ihre Platte gekauft haben, er war völlig hingerissen, als er hörte, daß ich mit ihr verheiratet bin, und hat uns zum Essen ins Aux Armes de Verney eingeladen. Das hat viel bedeutet für die gewerkschaftlichen Beziehungen.

Chantal Lemoine, die Jean-Claude kennengelernt hatte, als sie in einem obskuren Klub in Liège sang, war in Villette geboren, hatte aber einen großen Teil ihrer Kindheit in Nordafrika gelebt, wo ihre Hippieeltern sich Ende der sechziger Jahre niedergelassen hatten. Ihre Musik war eine Art moderner Folkjazz, stark beeinflußt von tunesischem Malouf und algerischem Raï. Sie hatte eine Schallplatte eingespielt und trat fleißig bei Musikfestivals auf, verdiente ihr Geld aber als kommunale Jugendpflegerin.

– Die Platte war also kein Verkaufserfolg, sagte Martine und versuchte, nicht schadenfroh zu klingen.

– Nicht direkt, sagte Jean-Claude und grinste wieder, es muß an den Dudelsäcken liegen, die stoßen die Leute ab. Aber Lou Victor gefällt sie, wie gesagt, ich weiß nicht, wie ich das interpretieren soll. Sie erinnert ihn vielleicht an die Wüste, es heißt, daß er in der Fremdenlegion war.

– Wie ist er, fragte Martine neugierig, als Mensch, meine ich.

– Meinem Freund, dem Gewerkschaftsgruppenvorsitzenden bei Vélo Éclair, zufolge ist er »wie Attila, aber ohne Charme«, sagte Jean-Claude, aber ich bin nicht ganz seiner Meinung. Er hat eine ganze Menge Charme, wenn er es darauf anlegt. Aber er ist Bergers Mann fürs Grobe, gar keine Frage, und bei Vélo Éclair tauchte er auf, als sie sich gerade entschlossen hatten, den Betrieb zu schließen, und es nur noch um Brennen und Plündern ging. Hier ist er schon etwas länger, und manchmal kann man mit ihm ganz vernünftig verhandeln, vor allem, wenn es um Arbeitsschutz geht. Ich nehme an, daß Berger ihm da freie Hand läßt. Er ist smart, aber seine Möglichkeiten sind begrenzt, vor allem, weil er so extrem an Berger gebunden ist. Entweder steht er in Dankesschuld zu Berger, oder Berger hat ihn in der Hand.

– Er hat ein Foto auf seinem Schreibtisch, sagte Martine, was ist darauf?

– Ein sehr hübsches Mädchen mit leicht asiatischem Aussehen, scheint in den siebziger Jahren aufgenommen worden zu sein, quer darüber hat jemand geschrieben »Immer Deine Li«. Ich habe ihn einmal gefragt, wer das ist, und er hat nur die Achseln gezuckt und gesagt, daß er sie früher einmal gekannt hätte.

– Und Berger, wie ist der?

– Ihm bin ich nur zweimal begegnet, sagte Jean-Claude, aber das reicht an und für sich. Der hat Charme; wenn du mit ihm redest, hast du das Gefühl, daß du der interessanteste Mensch bist, den er je kennengelernt hat, und genau in diesem Augenblick, glaube ich, findet er das auch. Aber wenn du ihm die Hand geschüttelt hast, ist es besser, nachher zu kontrollieren, ob die Hand noch da ist.

Er stand auf und schob vorsichtig die Tür ein paar Zentimeter auf.

– Jetzt ist er weg, glaube ich. Okay, ich schleiche rauf und sehe, ob ich das Papier kopieren kann, ohne daß mich jemand sieht. Aber du wartest hier.

Sie hörte seine Schritte die Treppe hinauf verschwinden. Sie setzte sich an den Schreibtisch, drehte den Stuhl um und dachte lange und ernst darüber nach, wie ihr Leben geworden wäre, wenn Jean-Claude nicht genau an dem Abend, an dem Chantal dort sang, in diesen Klub gegangen wäre. Vielleicht wäre alles ganz anders gekommen.

Sie sah auf ihre Armbanduhr. Der Sekundenzeiger kroch im Schneckentempo voran. Sie hatte das Gefühl, daß Jean-Claude schon eine Ewigkeit weg war. Wie lange konnte es dauern, ein einziges Papier zu kopieren?

Sie stand auf und gesellte sich zu der Stille und den Schatten im Treppenhaus. Unter der Stille waren wie ein dumpfes Vibrieren, ein langgezogener Baßton, die Geräusche vom Werkgelände zu ahnen.

War die Putzkolonne aufgebrochen, oder war sie noch da? Sie schob vorsichtig die Eingangstür auf und guckte hinaus. Nein, der dunkle Lieferwagen stand noch da. Sie hoffte, daß Jean-Claude keine Probleme bekommen hatte.

Plötzlich hörte sie hoch oben auf der Treppe Schritte. Aber das war nicht Jean-Claude. Er hatte beim Essen gewöhnliche Halbschuhe angehabt, aber das, was sie jetzt hörte, war das Geräusch schwerer, stahlbeschlagener Arbeitsstiefel.

Sie wollte nicht, daß sie hier jemand sah. In ihr hallten Louis Victors Worte früher am Tag wider – »hier auf dem Gelände können sehr leicht Unfälle passieren, Madame Poirot«. Sie versuchte, schnell und lautlos die Eingangstür zuzuziehen, aber der Türschließer hielt dagegen. Und die Schritte auf der Treppe näherten sich. Sie ließ die Tür los und lief, auf Zehenspitzen, damit ihre hohen Absätze nicht auf den Boden knallten, zur Gewerkschaftsgeschäftsstelle. Aber die Tür war ins Schloß gefallen und ließ sich nicht öffnen.

Sie sah sich auf dem Treppenabsatz um, ihre Hände begannen, vor Panik schweißnaß zu werden. Neben ihr war eine hohe, graulackierte Stahltür. Sie drückte auf die Klinke und spürte mit Erleichterung, daß die Tür nicht verschlossen war. Als sie gerade durch die Öffnung glitt, hörte sie, wie mit einem Knacken, das wie ein Pistolenschuß durch das Treppenhaus zu hallen schien, die Eingangstür zufiel.

Sie kam in eine hohe, stille Fabrikhalle, schwach beleuchtet von gedämpftem Nachtlicht. Es roch nach Öl und verbranntem Eisen. Ein gewaltiger Haken baumelte von einem Kran hoch oben an der Decke. Rechts sah sie eine Batterie hoher, grünlackierter Walzwerke, und weiter hinten in der Halle waren Maschinen zu sehen. Sie wußte nicht, wozu man sie brauchte, aber allein durch ihre Größe wirkten sie bedrohlich.

Wo sollte sie jetzt hin? Das einfachste wäre, einfach zu warten, bis Jean-Claude zurückkam, aber etwas brachte sie dazu, sich mit dem Rücken zur Wand tiefer in die Halle zu bewegen. Sie wollte etwas finden, wohinter sie sich verstecken konnte. Hier drinnen können sehr leicht Unfälle passieren, Madame Poirot. Sie stand im Schatten der Walzenpaare, als sie hörte, wie die Tür zur Geschäftsstelle geöffnet wurde. Jean-Claude? Nein, das hier war jemand, der die Tür ebenso verstohlen öffnete und schloß wie sie selbst, jemand, der nicht gesehen werden wollte. Sie zog die Schuhe aus und schlich im Schatten der Walzwerke weiter. Derjenige, der durch die Tür hereingekommen war, gab keinen Laut von sich, aber sie konnte die Anwesenheit eines anderen Menschen wie eine unbestimmte Veränderung in der Luft spüren, vielleicht waren es ihre von Angst geschärften Sinne, die auf Absonderungen von Schweiß und Adrenalin reagierten.

Plötzlich stand sie an einer steilen Treppe, die zu einem Gang hoch oben unter der Decke hinaufführte. Sie lag im Schatten, und ohne zu überlegen, begann sie, die Schuhe in der Hand, hinaufzusteigen.

Sie bereute es sofort, als sie spürte, wie das Metallgitter

der Treppe unter ihren Füßen vibrierte. Hatte sie Pech, würde die Treppe einen Klang wie ein E-Baß von sich geben, wenn sie darankam. Sie hielt auf halbem Weg nach oben inne und versuchte, sich, die Arme über dem Kopf, auf einer Treppenstufe zusammenzukauern. In ihrem schwarzen Kostüm würde sie in den Schatten unsichtbar werden.

Sie hörte da unten auf dem Zementboden langsame Schritte, sah aber niemanden. Der, der dort ging, war von den Walzwerken verdeckt, und das war gut, dann konnte er auch sie nicht sehen. Sie hielt den Atem an.

Nach einer Weile waren die Schritte nicht mehr zu hören, und sie hörte, wie die Tür geschlossen wurde. Er war gegangen – oder war das ein Trick, um sie hervorzulocken? Sie saß weiter auf der Treppe wie auf einem Rettungsfloß. Hier drinnen können sehr leicht Unfälle passieren, Madame Poirot.

Die Tür wurde erneut geöffnet. Die Schritte waren diesmal leichter, nicht mehr die schweren Arbeitsstiefel. Sie hörte eine Stimme, leise, aber unter der widerhallenden hohen Metalldecke dennoch durchdringend:

– Tina?

Es war Jean-Claude. Tina war einmal vor langer Zeit sein Name für sie gewesen. Sie begriff, daß er ihn jetzt benutzte, um sie nicht zu verraten, falls sie jemand hörte. Aber es schickte trotzdem eine kleine Welle von Wärme durch ihren Körper.

Sie stieg eilig hinunter und begegnete ihm mitten im Raum.

– Es war jemand hier, sagte sie, hast du jemanden gesehen?

Er schüttelte den Kopf.

– Nein, ich habe jemanden gehört, aber nichts gesehen. Vielleicht war es nur einer von der Putzkolonne, der kontrollieren wollte, wer sich hier eingeschlichen hat, technisch gesehen hast du hier ja nichts zu suchen.

Er hatte selbstverständlich recht. Sie schämte sich etwas für ihre Panik eben. Was hatte sie eigentlich gedacht?

– Konntest du die Kopie machen? fragte sie.

Er verzog den Mund.

– Nein, leider nicht. Lou war nicht gegangen, er war noch da und wühlte in seinen Aktenordnern herum. Ich mußte in aller Eile das Märchen zusammendichten, daß ich mich zur Einteilung der Männer am Ofen mit ihm verabreden wollte, nachdem er schon mal hier war. Der Staatsanwalt muß sich mit deinem Bericht über das Dokument begnügen.

– Oder deinem vielleicht, sagte sie und setzte sich auf die Schuhe, du mußt zumindest zum Justizpalast kommen und über deine Kontakte mit Fabien Lenormand berichten, das verstehst du doch?

Er nickte, den Blick zum hinteren Ende der Halle gerichtet. Er nahm ihren Arm und bewegte sich dorthin. Ganz hinten, in der Nähe von etwas, das wie ein hoher Ofen aussah, lagen viereckige lange Stahlstücke säuberlich gestapelt wie Holz.

– Billets, sagte Jean-Claude, Rohlinge für Armierungseisen, und ich meine, daß es hier beunruhigend wenige zu geben scheint, wird bei denen das Geld knapp? Es gehörte zur Vereinbarung, daß Berger Rebar, nachdem Berger das Werk gekauft hatte, einen Langzeitvertrag bekam und so die Stahlrohlinge zu sehr günstigen Bedingungen von Forvil kaufen konnte. Und das bedeutet, daß wir, wenn Berger Rebar das Handtuch wirft, plötzlich mit Überkapazitäten beim Hochofen dastehen. Das war eines der Dinge, gegen die Morel Einwände hatte, er hatte die Idee, die Rohlinge statt dessen an Unternehmen zu verkaufen, die ihre Rohstahlkapazitäten reduziert hatten. Er hatte eine Menge vielversprechende Kontakte mit Unternehmen, die erheblich zuverlässigere Kunden zu sein schienen als Berger.

Die Telefonistin in der Zentrale von Berger Rebar hatte gesagt, daß Fabien Lenormand versucht habe, sowohl Jean-Claude als auch Arnaud Morel anzurufen, erinnerte sich Martine. Er hatte also die beiden Personen erreichen wollen, die in Stéphane Berger nicht den Retter des Feinwalzwerks von Forvil sahen.

Als habe er ihre Gedanken gelesen, sagte Jean-Claude:

– Übrigens, du möchtest vielleicht ein Plauderstündchen mit Stéphane Berger, nach allem, was ich erzählt habe? Ich weiß zufällig, daß er im Augenblick in aller Heimlichkeit in Villette ist, in seiner kleinen Villa am Fluß. Und außerdem habe ich zufällig die Nummer seines Mobiltelefons!

Er nahm aus der Tasche seines Sakkos einen Zettel und übergab ihn ihr mit einer flotten Geste:

– Bitte sehr, Frau Richterin! Und jetzt darf ich mich für einen ganz bezaubernden Abend bedanken!

Schon wieder hatte Martine vergessen, die Außenbeleuchtung einzuschalten, als sie am Morgen von zu Hause weggegangen war, und das Haus in Abbaye-Village sah dunkel und ungastfreundlich aus, als sie nach Hause kam. Die Straßenlaterne vor dem Haus war erloschen. Sie fluchte vor sich hin, während sie in der Tasche nach dem Schlüssel suchte, ohne im Dunkeln etwas zu sehen. Aus dem Garten hörte sie ein Miauen, und die Katze des Nachbarn kam lautlos über das feuchte Laub angeschlichen. Martine fand den Schlüssel, fummelte eine Weile herum, bis sie ihn ins Schlüsselloch bekam, schloß auf und machte die Lampe über der Haustür an. Deren Lichtkreis reichte bis aufs Trottoir, und sie sah, daß dort zerbrochenes Glas lag. Das müssen die Jungen der Nachbarn gewesen sein, die sich damit amüsiert hatten, Straßenlaternen zu zerteppern, dachte sie.

Die Katze glitt auf dem Gartenweg heran, unter dem Lichtkegel herbstlaubfarben. Sie betrachtete Martine und miaute noch einmal.

– Nein, sagte Martine, ich will heute abend keine Gesellschaft, jedenfalls nicht deine.

Sie hörte ein letztes vorwurfsvolles Miauen, als sie die Tür hinter sich zuzog.

Wie am Abend zuvor duschte sie, schenkte sich ein Glas Wein ein und hoffte, daß Thomas von sich hören lassen würde. Als sie sich gerade auf dem Sofa niedergelassen hatte, klingelte auch das Telefon.

– Hallo, Liebling, sagte sie eifrig, wie schön, daß du anrufst. Ich hoffe, Greta war durch meinen Anruf heute nicht zu gestreßt.

Sie hörte im Telefon schwere Atemzüge.

– Hallo, Thomas, hallo, rief sie.

Aber die langsame, tiefe und offenbar verstellte Stimme im Hörer gehörte nicht Thomas.

– Öffnen Sie die Tür, Madame Poirot, sagte sie, da draußen ist ein Geschenk für Sie.

Sie hörte das Klicken, als die Verbindung unterbrochen wurde. Mit heftig klopfendem Herzen ging sie in die Diele. Sollte sie es wagen, die Haustür zu öffnen? Sie guckte durch die kleine Glasscheibe in der Tür hinaus. Es schien zumindest niemand da draußen zu stehen.

Sie ging zurück ins Wohnzimmer und holte den schweren Feuerhaken. Mit ihm in der Hand schloß sie die Haustür auf und öffnete sie vorsichtig, Millimeter für Millimeter.

Nichts passierte. Sie schob die Tür ganz auf und sah hinaus.

Es lag etwas auf der Außentreppe, etwas Kleines und Rotgelbes. Ihr Magen reagierte zuerst. Ihr drehte sich in trockenem Brechreiz der Magen um, während ihr Gehirn noch verständnislos versuchte, den Gegenstand, der vor ihrer Tür lag, zu identifizieren. Spitze Ohren, leer starrende gelbe Augen, der Pelz verfilzt von Blut, wo einmal der Körper gewesen war.

Es war der abgeschnittene Kopf der rotgelben Nachbarskatze.

KAPITEL 5

Freitag, 23. September 1994
Brüssel / Villette / Granåker

Am frühen Freitagmorgen fuhr Christian de Jonge nach Brüssel, um sich Fabien Lenormands verschwundenes Auto anzusehen.

Es war mehr als Glück, daß es gefunden worden war. Christian hatte im Laufe des Donnerstags eine Anfrage nach dem in Frankreich zugelassenen grünen Renault des französischen Journalisten abgeschickt, ihm war klar, daß die Chance, ihn zu finden, nicht besonders groß war. Er sah düster vor sich, wie das Fax aus Villette in dem Haufen eiliger Fahndungsmeldungen und administrativer Anordnungen, die jeden Eingangskorb bei jedem Polizisten in Chefposition überschwemmten, unterging. Aber als er und seine Frau am Donnerstag abend ihr Essen in der Brasserie in der Nähe des Bahnhofs beendet hatten, entschloß er sich trotzdem, im Justizpalast vorbeizuschauen, für den Fall, daß wider Erwarten neue Informationen gekommen sein sollten. In dem Augenblick, als er hereinkam, klingelte das Telefon auf seinem Schreibtisch, und er hob ab.

– Christian, sagte eine heisere Stimme, Alain Desmets in Brüssel hier. Du hast doch einen in Frankreich zugelassenen grünen Renault gesucht? Wir haben ihn für dich gefunden.

Deshalb fuhr Christian am Freitag nicht zur Arbeit, sondern wurde am frühen Morgen zu Hause von einem Polizeiwagen abgeholt, der ihn direkt nach Brüssel fuhr. Er verabschiedete sich von Claudine, die an ihrem kleinen Schreibtisch saß und einen Stapel Rechnungen durchging, die Stirn über der kurzen Nase konzentriert gerunzelt. Sie strich eine Strähne der dunklen Haare, die ihr ins Gesicht hing, beiseite und lächelte ihn an.

– Du kommst vermutlich spät nach Hause, sagte sie, oder kann ich mit dem Abendessen warten, bis du zurück bist?

– Du kannst wohl warten, bis ich komme, sagte er, die Sache dürfte nicht den ganzen Tag dauern.

Er winkte Claudine zu und stieg neben den jungen Fahrer ins Auto.

Christian glaubte, daß viele in ihm den schlimmsten Holzkopf des Justizpalastes sahen. Er hatte sich nie bestechen lassen und war nicht einmal in Versuchung geraten, es zu tun, er trank mäßig und pflegte in seiner Freizeit am liebsten Umgang mit seiner Frau. Er selbst fand, daß er ungewöhnliches Glück hatte. Aber er wußte, daß es Claudines Verdienst war, daß sie es geschafft hatten, ihre Ehe lebendig zu halten. Sie waren fünf Jahre verheiratet gewesen, und ihre beiden Kinder waren inzwischen im Kindergarten, als sie feststellte, daß sie es nicht aushalten würde, für den Rest ihres Lebens zu Hause zu sitzen und abends auf ihn zu warten. Sie hatte sich zu einem Kurs für Kleinunternehmer angemeldet, war dann bei einem Blumenhändler in die Lehre gegangen und hatte schließlich in Ixelles in Brüssel ihren eigenen Laden eröffnet. Als sie nach Villette zogen, hatte sie in einem kleinen Lokal in einer Seitenstraße neu angefangen. Es war besser gegangen, als sie sich hätte träumen lassen, und im Januar war sie mit ihrem Blumengeschäft in den neurenovierten Bahnhof in ein Lokal eingezogen, das viermal so groß war wie das, das sie bisher gehabt hatte. Inzwischen war sie abends ebenso beschäftigt wie er, und sie waren beide gleichermaßen begeistert, wenn sie einen Abend oder ein Wochenende zusammen verbringen konnten.

Sie näherten sich Brüssel, und Christian erklärte seinem Fahrer, wie er fahren sollte, um zur Polizeiwache an der Rue Marché au Charbon hinter der Grande Place zu kommen.

Er dachte noch einmal an das unwahrscheinliche Glück, aufgrund dessen Fabien Lenormands Auto gefunden worden war. Alain Desmets, Inspektor bei der kommunalen Polizei in Brüssel und ein alter Bekannter von Christian, hatte am Abend mit einem aufgeregten Engländer zusammengesessen, der seinen neuen BMW losgeworden war, und versucht, den verschwundenen Luxusschlitten auf der Liste der Autos zu finden, die die Polizei im Laufe des Tages abgeschleppt hatte. Da hatte er bemerkt, daß am Vormittag ein französischer Renault auf die Liste gesetzt worden war, und sich an die Nachforschung aus Villette erinnert, an die er sich nur erinnerte, weil er Christian kannte.

Alain Desmets stand bereit und wartete auf sie. Er und Christian waren gleich alt, aber während Christian Karriere gemacht hatte und Kommissar geworden war, hatte es Desmets nie weiter gebracht als bis zum Inspektor, und wie er auf dem gepflasterten Hof stand, sah er aus, als sei er allzu schnell gealtert. Sein grauer Anzug war knitterig, und er hatte die sandfarbenen Haare schräg nach vorn gekämmt, um einen zunehmenden kahlen Fleck auf dem Scheitel zu verbergen. Sein unmoderner Zahnbürstenschnurrbart hing traurig hinunter.

Christians Fahrer stieg aus dem Auto und hielt Desmets höflich die Tür zum Rücksitz auf.

– Servus, Christian, sagte Desmets, schön, dich zu sehen. Wie ist das Leben auf dem Land, ihr schiebt wohl eine ruhige Kugel, verglichen mit Brüssel?

– Klar, sagte Christian, aber der eine oder andere Mord passiert ja trotzdem.

Er nahm an, daß es seinem alten Kollegen nicht entgangen war, daß Christian zusammen mit Martine Poirot in weniger als einem halben Jahr erfolgreich zwei besonders spektakuläre Morduntersuchungen geleitet hatte.

– Ja, man hat dich ja in der Presse gesehen, sagte Desmets melancholisch, gute Arbeit. Da in Villette habt ihr natürlich Zeit, euch ordentlich auf eure schweren Untersuchungen zu konzentrieren. Hier in Brüssel muß man alles auf einmal machen – Mord, Raub, Korruption, Kunstdiebstähle ... Ich dachte, wir könnten direkt zum Stellplatz in Schaerbeek fahren und dein Auto ansehen, dann sparen wir Zeit.

Fabien Lenormands Auto hatte falsch geparkt am Boulevard de l'Impératrice gestanden, in der Nähe des Gare Centrale, Brüssels wichtigstem Bahnhof. Ein eifriger Polizist hatte es am Mittwoch vormittag gegen elf bemerkt und rasch entschieden, daß es abgeschleppt werden mußte. Eine Stunde später stand es hinter dem Drahtzaun am Quai de la Voirie in Schaerbeek.

Der Verantwortliche für den Stellplatz blätterte in seinen ölbefleckten Papieren und schickte Christian und seine Gesellschaft zu einer Reihe Autos am hinteren Ende des Geländes.

– Es soll die Nummer drei von links in der vorletzten Reihe sein, sagte er gleichgültig.

Und da stand er dann auch, ein ramponierter und verbeulter grüner Renault mit etlichen Jahren auf dem Buckel.

Christian beugte sich vor, um ins Auto zu sehen.

– Seht mal, der Zündschlüssel steckt, sagte er überrascht.

Er fand ein Päckchen Papiertaschentücher in der Tasche und nahm eines heraus, um die Türklinke zu schützen, als er sie vorsichtig hinunterdrückte.

Das Auto war unverschlossen.

– Entgegenkommender Bursche, der diese Karre dagelassen hat, sagte Desmets, es ist ein Wunder, daß die nicht gestohlen wurde, bevor wir sie auflesen konnten. Aber die ist wohl so hinüber, daß nicht mal die Fixer am Gare Centrale interessiert waren.

Christian sah in das Auto. Alice Verhoeven hatte gesagt, daß es Blutspuren an der Stelle geben würde, wo Fabien Lenormand seinem Schicksal begegnet war, und das Auto konnte sehr wohl der Tatort sein, dachte Christian.

Es gab Flecken auf der Gummimatte am Fahrersitz, klebrig und dunkel, in der Größe von Ein-Franc-Münzen.

– Was meinst du? fragte Christian und trat zur Seite. Alain Desmets guckte ins Auto.

– Kann Blut sein, sagte er, kann aber auch was anderes sein.

– Wir müssen die Karre nach Villette schleppen und von unseren Kriminaltechnikern untersuchen lassen, sagte Christian, aber zuerst ...

Mit dem Papiertaschentuch als Schutz drehte er vorsichtig den Zündschlüssel um. Das Armaturenbrett leuchtete auf. Er fand in der Innentasche einen funktionierenden Kugelschreiber und notierte den Kilometerstand des Autos und das Niveau im Benzintank auf dem einzigen Stück Papier, das er fand, eine Quittung von dem Delhaize-Laden, wo er und Claudine meistens einkauften.

Es war rasch erledigt, mit dem einzigen Telefon des schmuddeligen Büros in Villette anzurufen und die Abholung des Autos zu organisieren. Der Verantwortliche versprach mit einem Gähnen, dafür zu sorgen, daß alles klappte.

– Wie, meinst du, ist das Auto in Schaerbeek gelandet?

fragte Christian Alain Desmets, als sie auf dem Rückweg zur Rue Marché au Charbon im Auto saßen. Es war kein Mangel an Begabung, der Desmets' Karriere gebremst hatte, sondern Mangel an Energie und Ausdauer.

– Ihr habt den Jungen in einem Prahm in Villette gefunden, sagte Desmets, aber die Blutspur im Auto deutet darauf hin, daß er darin ermordet worden sein kann, und in diesem Fall hat kaum der Ermordete selbst die Karre am Gare Centrale stehenlassen. Wie hieß er übrigens?

– Er hieß Lenormand, sagte Christian, nein, du hast recht. Und wenn er im Auto ermordet wurde, befand es sich aller Wahrscheinlichkeit nach irgendwo anders als in Brüssel, als es passierte. Was darauf hindeutet, daß es der Mörder war, der am Gare Centrale falsch geparkt hat.

– Aber warum hat er das Auto unverschlossen mit dem Zündschlüssel im Schloß stehenlassen? fragte Desmets und zündete sich eine Zigarette an. Wenn er euch Sand in die Augen streuen wollte, damit ihr glaubt, Lenormand habe irgendwo den Zug genommen, wäre es besser gewesen, die Tür abzuschließen und den Schlüssel wegzuwerfen.

Nein, Alain Desmets war nicht dumm, dachte Christian, das war eine sehr berechtigte Frage. Was hatte der unbekannte Mörder gedacht, als er das Auto an den Bahnhof stellte, so verlockend offen für jeden beliebigen, der zufällig vorbeikam?

Er wußte die Antwort in dem Moment, als er die Frage stellte.

– Er hoffte, daß es gestohlen würde, sagte er langsam, er wollte, daß es verschwindet und so weit wie möglich von ihm und Lenormand wegkommt. Hätte er etwas mehr Glück gehabt, hätten wir es nie gefunden.

Desmets nickte eifrig, so daß Asche von seiner Zigarette herumwirbelte.

– Und er hatte zwei Chancen, die Karre loszuwerden. So wie er geparkt hatte, konnte er sicher sein, daß es abgeschleppt werden würde, wenn es nicht gestohlen wurde, und da war die Chance groß, daß es in Schaerbeek stehenbleiben würde, bis es zur Auktion oder zum Verschrotten käme.

Er nahm einen tiefen Zug an der Zigarette.

– Ziemlich kühler Bursche, im Grunde, sagte er.

Das fand Christian auch. Als er Fabien Lenormands toten Körper gesehen hatte, die vielen tiefen Kerben in seinem Hinterkopf, hatte er jemanden vor sich gesehen, der nicht geplant hatte zu morden, sondern in blinder Panik zugeschlagen hatte, als er sich bedrängt fühlte.

Und so war es vielleicht gewesen, aber als ihr unbekannter Mörder dann mit einem toten Körper neben sich dagesessen hatte, hatte er kalt und rational agiert. Jemand, der es gewöhnt war zu planen, dachte Christian, jemand, der es gewöhnt war, strategisch zu denken, jemand, der in einer bedrängten Lage schnelle Entscheidungen treffen und die Möglichkeiten ergreifen konnte, die sich anboten.

Er dachte weiter an Fabien Lenormands Mörder, als er kurze Zeit später an Alain Desmets Schreibtisch im Polizeipräsidium saß. Desmets war abgerufen worden, als sie zurückkamen, Christian empfand eine gewisse Erleichterung, denn er hatte keine Lust, Zeit für einen ausgedehnten Lunch mit seinem alten Kollegen zu verschwenden, aber auch keine Ahnung, wie er drum herumkommen konnte.

Er versuchte, sich vorzustellen, wie der Mörder gedacht hatte. Warum hatte er die Leiche in den Prahm gekippt statt in den Fluß oder Kanal? Er drehte und wendete das Problem und sah plötzlich die Lösung.

– Wenn du den Körper ins Wasser geworfen hättest, wäre er früher oder später gefunden worden, sagte er vor sich hin, und dann hätten wir erfahren, wo der Mord stattgefunden hat. Und da bist du gewesen, jemand hat dich da gesehen, jemand weiß, daß du da warst. Aber jetzt wissen wir nicht, wo am Kanal oder Fluß du Fabien Lenormand begegnet bist.

Ein Auto und ein Prahm, ein beweglicher Tatort und ein beweglicher Fundort – das war ein ungewöhnliches Problem. Aber es mußte sich lösen lassen, dachte Christian.

Er rief im Justizpalast in Villette an und bat, mit Annick Dardenne verbunden zu werden. Annick, eine der vielversprechendsten jungen Ermittlungsbeamtinnen, die er in seinen Jahren bei der Polizei kennengelernt hatte, war dabei zu kontrollieren, wozu Fabien Lenormand während der Tage vor dem Mord seine EC- und Kreditkarten verwendet hatte. Sie erzählte, daß der junge Journalist am Dienstag um 16.08 Uhr an einer Tankstelle an der Chaussée de Louvain getankt hatte, so viele Liter, daß der Tank fast leer gewesen sein mußte, bevor er ihn wieder füllte.

Christian nahm die Delhaize-Quittung heraus, auf der er das Niveau im Benzintank notiert hatte, und rechnete aus, wieviel Benzin seit dem letzten Tanken verbraucht worden war. Er kam zu dem Ergebnis, daß das Auto ungefähr zweihundert Kilometer weit gefahren sein mußte. Hundert Kilometer zum Tatort und hundert Kilometer zurück nach Brüssel?

Er fand in Alain Desmets' Bücherregal einen Straßenatlas und rechnete die Entfernung zu einigen der Orte aus, die die Dafne 3 auf ihrem Weg nach Villette passiert hatte. Nach Antwerpen, dem Ausgangspunkt der Prahmfahrt, waren es reichlich vierzig Kilometer, nach Hasselt reichlich achtzig und nach Genk ebenso wie nach Liège nahezu hundert.

Hasselt, Genk und Liège, dachte Christian, drei Orte, wo die Dafne 3 beim Warten auf das Schleusen stillgelegen hatte, drei Orte, die in der richtigen Entfernung zu Brüssel lagen.

Aber Christian glaubte am meisten an Genk. Dort hatte der Prahm zwei Stunden lang am Kai gelegen, während die Besatzung an Land gegangen war, um zu Abend zu essen. Er erinnerte sich an sein Verhör mit dem Schiffer und dessen beiden Besatzungsmitgliedern. Sie hatten gesagt, daß sie zusammen zu einer Kneipe zwei Blöcke vom Kai entfernt gegangen seien und zusammen friedlich ihr Waterzooi gegessen hätten, bis sie meinten, daß es sinnvoll sein könnte, zurück zum Prahm zu gehen. Ein Anruf im Restaurant hatte ihre Erzählung bestätigt, eine der Serviererinnen hatte sich an die drei Seeleute, die sich über die Verspätung beklagten, erinnert. Und Annicks Kontrolle des Hintergrundes der Seeleute hatte gezeigt, daß Frans van Dijk, Kees Molenaar und Johannes Peeters Männer mit einer makellosen Vergangenheit waren. Christian glaubte nicht, daß sie etwas mit dem Mord zu tun gehabt hatten.

Jetzt war seine Theorie also, daß Fabien Lenormand nach Genk gefahren war, dort seinen Mörder getroffen hatte und im Schutz des Abenddunkels in den Prahm gekippt worden war, während die Besatzung zu Abend aß. Dann hatte der Mörder das Auto seines Opfers zurück nach Brüssel gefahren und es am Gare Centrale stehenlassen.

Aber warum Genk? Und wie hatte Fabien Lenormand Kontakt mit dem Mörder bekommen? Christian erinnerte sich, daß die Arbeitgeberin des Journalisten gesagt hatte, daß er in die Nationalbibliothek, die Bibliothèque Royale, gehen wollte, um alte Zeitungen zu lesen. Hatte er das getan?

Christian verspürte den Drang, sich zu bewegen. Er schrieb einen Zettel für Alain Desmets, dankte überschwenglich für seine Hilfe und versprach, von sich hören zu lassen. Dann ging er hinaus, überquerte die Grande Place und ging weiter hinauf zum Mont des Arts und zum streng geometrischen Gebäude der Nationalbibliothek.

Eine hilfsbereite Empfangsdame stellte schnell fest, daß Fabien Lenormand am Dienstag keinen Fuß dorthin gesetzt hatte, sich jedenfalls nicht als Besucher eingetragen hatte, was er, wie sie versicherte, hätte tun müssen, wenn er alte Zeitungen aus dem Archiv hätte bestellen wollen.

Aber was hatte er dann getan, bis er seinen Renault am Nachmittag vollgetankt hatte? Christian rief vom Telefon am Empfang wieder Annick in Villette an. Er erzählte eilig, was er herausgefunden hatte.

– Lenormand hat mindestens eine Nacht in Brüssel verbracht, sagte er, wenn er in einem Hotel übernachtet hat, müßte man es an seiner Karte sehen.

– Yes, sagte Annick, ich habe es hier, er hat da einmal übernachtet und am Morgen gefrühstückt.

Sie gab ihm den Namen und die Adresse des Hotels. Christian erkannte den Namen der Straße. Sie lag in der Nähe des Gare du Nord, einen zwanzigminütigen schnellen Spaziergang vom Mont des Arts entfernt. Er entschloß sich, dorthin zu gehen.

Das Hotel, in dem Fabien Lenormand seine letzte Nacht im Leben verbracht hatte, war ein Niedrigpreishotel mit einer Rezeption, die so eng war, daß Christian kaum wagte, die Arme zu bewegen, aus Angst, die staubige Yuccapalme umzuwerfen, die zusammen mit einem verblichenen Foto von König Baudouin und Königin Fabiola die Dekoration bildete. Aber das Mädchen an der Rezeption wirkte aufgeweckt. »Angélique Lubaki« stand auf dem Namensschild, das an ihrer blendend weißen Hemdbluse befestigt war.

Sie erinnerte sich sehr wohl an Fabien Lenormand.

– Er war nett, sagte sie, und jung. Die meisten, die hier wohnen, sind ja sonst, ja …

– Weder nett noch jung, vielleicht, sagte Christian und lächelte.

– Nein, es sind mehr alte Säufer, leider, sagte Angélique Lubaki und lächelte zurück.

– Sie haben anscheinend mit ihm gesprochen, sagte Christian, hat er Ihnen zufällig erzählt, was er vorhatte, nachdem er ausgecheckt hatte, Mademoiselle Lubaki?

Sie nickte eifrig.

– O ja, sagte sie, er hat gefragt, wie er zur Solvay-Bibliothek finden würde, und ich habe es ihm auf der Karte gezeigt und versucht, ihm zu erklären, wie er fahren sollte.

– Solvay-Bibliothek, sagte Christian erstaunt, im Parc Léopold? Was wollte er da, das ist doch inzwischen die reine Ruine? Als ich in Brüssel wohnte, war sie ein Eldorado für Vandalen und Sprayer.

– Nein, sagte Angélique Lubaki, jetzt nicht mehr, die ist neu renoviert und wunderschön, ich habe da einmal reingeguckt, als ich mit meinem kleinen Bruder im Naturhistorischen Museum war. Ich glaube, da finden jetzt immer Konferenzen und Empfänge und so was statt.

Jetzt hatte Christian das Herumlaufen satt. Angélique Lubaki suchte die Telefonnummer der Bibliothek heraus, wählte sie und reichte den Hörer Christian.

Am Dienstag war in der Solvay-Bibliothek ein Seminar abgehalten worden. Der Veranstalter des Seminars war die EU-Kommission, und das Thema war gewesen »Beschäftigung in Europa – welcher Weg vorwärts?«. Mehrere hervorragende Forscher, Politiker und Wirtschaftsvertreter waren zur abschließenden Podiumsdiskussion angemeldet gewesen.

Und einer von ihnen war Stéphane Berger.

Als Martine den abgeschnittenen Katzenkopf wiedererkannt hatte, hatte sie schnell die Tür wieder zugezogen und sie mit zitternden Fingern abgeschlossen und verriegelt. Dann war sie eilig ins Wohnzimmer gegangen, um die schweren Jalousien über den Fenstern zum Garten herunterzulassen. Während sie sie herunterkurbelte, hatte sie in das Dunkel da draußen, undurchdringlich und bedrohlich, gestarrt. Als alle Jalousien an Ort und Stelle waren, hatte sie im Justizpalast angerufen.

Was sie am meisten erschreckte, war der Gedanke, daß jemand das Haus bewacht und sie beobachtet haben mußte, als sie nach Hause kam. Die Katze hatte da noch gelebt. Jemand mußte sie gefangen und ihr den Kopf abgeschnitten haben, kaum daß sie die Tür geschlossen hatte, vielleicht, als sie unter der Dusche stand. Sie sah vor sich, wie ein Paar starke Hände den Katzenkopf umfaßten, oder hatte er ein Messer gehabt?

Über der Toilette im Erdgeschoß erbrach sie, was von ihrem guten Abendessen noch übrig war.

Als das Telefon klingelte, wagte sie kaum abzuheben, tat es aber schließlich doch. Es war Thomas. Um ihn nicht zu beunruhigen, er konnte ja doch nichts tun, sagte sie nichts von der toten Katze und beendete das Gespräch schnell mit dem Hinweis, daß sie müde sei. Vermutlich hörte Thomas, daß sie komisch klang, aber das mußte sie später erklären.

Serge Boissard, der zufällig im Justizpalast gewesen war, als sie anrief, saß mit in einem der Polizeiwagen, die nach weniger als einer halben Stunde auftauchten. Er übernahm energisch das Kommando. Der Katzenkopf wurde fotografiert und in eine Plastiktüte gesteckt, um von den Kriminaltechnikern untersucht zu werden.

Zu diesem Zeitpunkt fühlte sich Martine schon töricht und fand, daß sie eine zu große Affäre aus der Sache machte.

– Seien Sie nicht dumm, sagte Serge bestimmt, es ist klar, daß wir das hier ernst nehmen müssen. Das war kein Dummerjungenstreich, das beweist der Anruf, den Sie bekommen haben, es war eine Warnung.

– Aha, murmelte Martine, aber wovor? Das vergaß der Anrufer zu erzählen.

– Der Fall, mit dem wir uns gerade beschäftigen, sagte Serge, Sie waren ja heute nachmittag bei Berger Rebar, und dann haben Sie mit diesem Gewerkschaftstypen, Becker, zu Abend gegessen, da ging es wohl auch um Bergers Geschäfte?

Sie nickte mißmutig. Halb Villette wußte natürlich schon von ihrem Essen mit Jean-Claude.

Serge entschied, daß einer der Polizeiwagen die ganze Nacht bleiben sollte, und sie ging etwas beruhigt zu Bett. Aber sie konnte nicht einschlafen, sie drehte und wendete die Ereignisse des Abends in ihrem Hirn. Der Katzenkopf auf der Treppe hatte etwas Amateurhaftes, brutal, aber dennoch kindisch. Es war nicht das erste Mal, daß sie davor gewarnt worden war, sich einzumischen, aber das letzte Mal passierte es mit größerer Finesse, subtiler, aber deutlicher.

Als sie schließlich eingeschlafen war, träumte sie, daß die gelbe Katze auf dem Erzprahm saß und dreimal miaute, um dann in den Klauen eines Raubvogels weggetragen zu werden. »Sie war zu neugierig«, sagte Michel Pirot, der an sein Auto gelehnt dastand. Dann tauchte Thomas auf und sagte, sie müsse mit ihm nach Schweden kommen, um sich einen Igel anzusehen, aber sie konnte nicht mit, weil sie den Mord an der Katze aufklären mußte.

Am Morgen schminkte sie sich mit ungewöhnlicher Sorgfalt, um die Spuren der schlaflosen Nacht zu verdecken, trank eine Tasse Kaffee und versuchte, ein Butterbrot herunterzubekommen, obwohl sie keinen Appetit hatte. Sie lehnte das Angebot, sich vom Polizeiwagen zum Dienst fahren zu lassen, ab, weil sie am Nachmittag ihr eigenes Auto brauchen würde.

Das erste, was sie sah, als sie in ihr Dienstzimmer kam, war Serge Bossard, der auf ihrem Schreibtisch saß, frisch und fröhlich, mit einem Blatt Papier in der Hand.

– Der Anruf bei Ihnen gestern abend kam aus einer Telefonzelle am Bahnhof, sagte er, also waren sie entweder zu zweit, oder es war einer, der sich die Katze vornahm, sobald Sie die Tür geschlossen hatten, und dann zum Bahnhof stürzte, um anzurufen.

– Die Katze? fragte Julie, die gerade mit zwei dicken Mappen unter dem Arm eintrat. Martine erzählte, was passiert war.

– »Curiosity killed the cat«, sagt man das nicht so auf englisch, sagte Julie und legte die Mappen auf den Schreibtisch.

– Ja, was diese Katze erledigt hat, war, daß ihr jemand den Hals umgedreht hat, sagte Serge, und dann hat man mit einem kleinen Messer, vermutlich einem gewöhnlichen Taschenmesser, den Kopf abgesäbelt. Muß ein anstrengender Job gewesen sein. Ich habe die kommunale Polizei draußen bei Ihnen angerufen und mit einer Kontaktbeamtin geredet, sie versprach, sich bei Ihren Nachbarn umzuhören und zu fragen, ob jemand was gesehen hat. Das ist es wohl, was wir heute tun können.

Er verschwand in den Korridor, munter pfeifend.

– Scheußlich, sagte Julie, hat unser Besuch bei Berger Rebar gestern jemanden beunruhigt?

– Mm, sagte Martine, und jetzt werde ich Monsieur Berger selbst anrufen, ich dachte, wir machen einen Besuch in der Höhle des Löwen. Was hast du da für Mappen gefunden?

– Eine Goldgrube, sagte Julie zufrieden, alles, was du über Stéphane Berger wissen willst, und noch etwas mehr. Ich glaube, du solltest dir das hier ansehen, bevor wir ihn treffen.

Schon als sie sich am Mittwoch abend von Nathalie Bonnaire getrennt hatten, hatte Martine Julie gebeten, alle Informationen, die sie über Bergers Vergangenheit finden konnte, herauszusuchen. Im Laufe des Donnerstags erinnerte sich Julie, daß sie jemanden kannte, der die Arbeit vielleicht schon für sie getan hatte. Sie schlug die Nummer eines Frisiersalons in Brüssel auf. Ihre Mutter hob ab.

– Hallo, Mama, sagte Julie, ich rufe an, um zu fragen, ob Monique immer noch Ausschnitte über Stéphane Berger sammelt?

– Naja, sagte Josette Wastia, ich glaube, sie hat aufgehört, sie war ein bißchen enttäuscht von Berger, als er diese Fahrradfabrik zugemacht hat. Oder, Monique, du hast Stéphane Berger satt bekommen?

Julie hörte eine muntere Stimme, die antwortete, zu weit vom Hörer entfernt, als daß sie mehr als den Tonfall hätte erfassen können.

– Kannst du sie fragen, ob ich mir die Mappen leihen darf, sagte sie, wenn sie sie noch hat, natürlich?

Josette Wastia und Monique Goosens besaßen einen erfolgreichen Damenfrisiersalon an einer Querstraße zur Chaussée d'Ixelles in der Nähe der Place Louise. Sie waren seit fast fünfundzwanzig Jahren Kompagnons. Als Julie als Vierjährige eine Zeitlang bei ihrer Mutter in Brüssel gelebt hatte, hatte sie viele Stunden im Frisiersalon verbracht, und da hatte sie gefunden, daß die blonde und füllige Monique viel netter war als ihre flinke, windhundschmale Mutter.

– Doch, sie hat die Mappen noch, sagte Josette in den Hörer, und du kannst sie dir gern leihen. Ich kann sie dir mitbringen, ich hatte versprochen, heute abend nach Villette zu kommen und Mutter zu besuchen.

Also fuhr Julie am Donnerstag abend hinaus zum Hof der Großeltern ein paar Kilometer außerhalb von Villette, wo sie aufgewachsen war. Die Besuche von Tochter Josette bei Schrott-Bernard Wastia und seiner Frau Marie waren selten, und mit ihren beiden älteren Brüdern hatte sie fast gar keinen Kontakt. Als Julie dorthin kam, stand sie auf dem Hof und rauchte, elegant wie gewöhnlich, mit hohen Absätzen, im bleistiftschmalen schwarzen Rock und grauem Kaschmirpulli mit V-Ausschnitt. Ihre Haare waren rotbraun getönt und in einen Zwanziger-Jahre-Bob geschnitten, die Locken gezähmt von einer unerbittlichen Dauerwelle. Vor dem Hintergrund rostiger Maschinen und Schrottautos auf dem Hof sah sie aus wie eine teure, exotische Blume, eine Orchidee vielleicht, auf einer Müllhalde.

– Warum läßt du mich nicht etwas mit deinen Haaren machen, sagte sie wie immer, wenn sie Julie traf, du siehst ja aus wie Esmeralda im »Glöckner von Notre Dame«.

– Aber ich will sie so haben, sagte Julie wie immer, wenn sie ihre Mutter traf. Hast du an die Mappen gedacht?

– Klar, sagte Josette, die liegen im Wohnzimmer. Wie geht es dir mit diesem Dominic?

– Gut, sagte Julie, die keine Lust hatte, etwas zu erzählen.

– Ist er nicht ein bißchen zu alt für dich, sagte Josette kritisch.

– Ich suche vielleicht eine Vaterfigur, sagte Julie giftig, weil ich nie erfahren habe, wer mein Vater war.

– Ach was, sagte Josette, hörst du nie auf, deswegen zu nerven? Ich habe tausendmal gesagt, ich habe meine Gründe dafür, es nicht zu erzählen.

Mit anderen Worten, alles war genauso wie immer, wenn Julie und ihre Mutter sich trafen, und der einzige Gewinn des Abends waren Moniques Mappen gewesen, deren genauer Lektüre sie die halbe Nacht gewidmet hatte, um nicht über die Fragen nachzugrübeln, die zu beantworten sich Josette so beharrlich weigerte, aber deretwegen zu nerven Julie niemals, niemals aufhören würde.

Monique Goosens hatte angefangen, für Stéphane Berger zu schwärmen, als er der Star in »Die Bullen von Saint-Tropez« gewesen war. Die Serie wurde zuerst 1966 gezeigt, und die ersten Ausschnitte in ihrer Mappe waren vom Ende der sechziger Jahre. Als Friseurin hatte Monique reichlich Zugang zu Damenzeitungen und zur Klatschpresse gehabt, und manchmal hatte sie ihre Sammlung mit Artikeln aus der Tagespresse und aus Nachrichtenmagazinen komplettiert.

Martine blätterte rasch die ersten Seiten mit den Bildern des jungen Berger im Gewimmel des Nachtlebens an der Riviera durch, fotografiert zusammen mit mehr oder weniger klar leuchtenden Stars und Sternchen aus der Film- und der Musikbranche, mehr oder weniger einflußreichen Politikern sowie zumindest einer Person, die, wie sich Martine erinnerte, als eine wichtige Figur in der Unterwelt von Marseille bezeichnet worden war.

– Und sieh mal hier, sagte Julie, hier haben wir unseren anderen Freund, Monsieur Victor.

Das Bild, auf das sie zeigte, war ein ziemlich unscharfes Nachtklubbild, auf dem Berger und der jetzige Betriebsleiter von Berger Rebar nebeneinanderstanden, beide mit Champagnergläsern in den Händen. Louis Victor trug einen weißen Anzug, und seine dunklen Haare lockten sich noch dick und üppig auf seinem Kopf. Neben ihm stand eine schlanke Frau mit asiatischem Aussehen, gekleidet in ein ärmelloses weißes Kleid und weiße Courrègestiefel. Martine las die Bildunterschrift: »Unser aller Inspektor Bruno ist bekanntlich auch Geschäftsmann. Seine rechte Hand Lou Victor, hier mit seiner exotisch schönen Frau Li, kümmert sich um Bergers Immobilien, während der Eigentümer unter den Schurken der Riviera aufräumt, zumindest auf dem Fernsehschirm.«

– Aber er ist mit der exotisch schönen Li nicht mehr verheiratet? fragte Martine neugierig.

– Nein, sie scheint von der Bildfläche verschwunden zu sein, ich habe etwas herumgefragt, sagte Julie.

Und trotzdem hat er immer noch ihr Porträt auf dem Schreibtisch, dachte Martine.

Am nützlichsten im ersten Teil der ersten Mappe war ein Interview in einer inzwischen eingestellten Fernsehzeitschrift, vor allem, weil es ein Bild von Bergers offziellem Personalausweis enthielt. Das schien ein ständiger Beitrag in der Zeitschrift gewesen zu sein, Promiinterviews mit einem Bild des Personalausweises, kombiniert mit kurzen Fragen und kurzen Antworten.

– Sieh mal, er ist in Paris geboren, sagte Martine und

studierte den Ausweis, ich dachte, er kommt aus Marseille?

– Das denken alle, sagte Julie, aber es stimmt anscheinend nicht. Und siehst du, er ist im sechzehnten Arrondissement geboren, das hat mich etwas gewundert, das sechzehnte gehört doch zu den feinen Teilen von Paris? Jetzt guck dir aber an, was er über seine Eltern sagt:

Sie zeigte auf einen Abschnitt des Interviews, und Martine überflog ihn rasch.

»Was haben Ihre Eltern gemacht?

SB: Mein Vater war Chauffeur, meine Mutter arbeitete als Köchin.

Was ist das Wichtigste, was Sie von ihnen gelernt haben?

SB: Mein Vater brachte mir bei, Träume zu haben, meine Mutter brachte mir bei, hart zu arbeiten.«

– Die Eltern gehörten vermutlich zu den Bediensteten einer Oberklassenfamilie, sagte Julie, ich nehme an, daß sie im Krieg nach Südfrankreich gezogen sind, um aus den deutsch okkupierten Gebieten rauszukommen.

Im Interview erzählte Berger, daß er früh seine Eltern verloren habe und gezwungen gewesen sei zu arbeiten, um seinen Lebensunterhalt zu verdienen, aber wie er das getan hatte, das zu erwähnen vermied er sorgfältig.

– Es wird spekuliert, sagte Julie, es gibt alle möglichen Geschichten in den Ausschnitten. Er hat auf einem Fischerboot gearbeitet, er war Page in einem Luxushotel, er war Geldeintreiber für einen Vermieter, er war Gigolo, er war Marktverkäufer. Keiner weiß, was wahr ist. Aber er spielt gern seinen einfachen Hintergrund aus, wenn es ihm paßt. Wie zum Beispiel, als er diese Schuhfabrik bei Paris gekauft hat, da hat er lang und breit davon geredet, daß sein Großvater in den dreißiger Jahren Schuhmacher in einem Dorf in Seine Saint-Denis war, warte, ich zeig's dir.

Sie zog die zweite Mappe zu sich heran und schlug eine Seite ziemlich weit hinten auf, wo Monique einen Artikel aus der Tageszeitung Le Parisien, illustriert mit zwei Bildern, eingeklebt hatte. Das eine zeigte Berger vor der Schuhfabrik, umgeben von lächelnden Angestellten. Das andere zeigte einen weißhaarigen Mann in Lederschürze mit einem großäugigen, etwa achtjährigen Jungen, der auf seinen Schultern saß. Über dem Kopf des kleinen Jungen sah man ein Schild.

– »Kleins Schuhmacherei«, konstatierte Julie.

Im übrigen war über Bergers Leben fast nichts bekannt, bis er 1961, erst zweiundzwanzig Jahre alt, begann, gebrauchte Autos in einer neugegründeten Firma zu verkaufen, die dank erfindungsreicher Werbung und kreativer Verkaufsmethoden schnell expandiert hatte.

– Die Leute durften die Autos eine Woche probefahren, sagte Julie, und dann fiel es ihnen schwer, sich von ihnen zu trennen, besonders, wenn sie vorher kein Auto gehabt hatten. Und dann bekamen sie Abzahlungsbedingungen, die am Anfang großzügig wirkten. Es wird natürlich behauptet, daß die, die nicht rechtzeitig bezahlten, die Kniescheiben eingeschlagen bekommen oder andere Unannehmlichkeiten erleben konnten. Aber das sind auch nur Gerüchte.

– Stehen wirklich so unangenehme Dinge in den Mappen, sagte Martine erstaunt, ich dachte, die Freundin deiner Mutter gehört zu Bergers Bewunderinnen?

Julie zuckte die Achseln.

– In den letzten Jahren war es etwas schwierig, diesem Typ von Artikeln zu entgehen, wenn man sich für Berger interessiert, ich nehme an, daß Monique deshalb allmählich den Enthusiasmus für ihn verloren hat.

Stéphane Berger wurde mit den Autogeschäften ziemlich

schnell reich. Nach ein paar Jahren bezahlte er seinen Partner in der Firma aus, »Bergers Automobile« expandierte entlang der südfranzösischen Küste, und er wurde eine wohlbekannte Gestalt im Nachtleben der Riviera. Dank seiner Kontakte in der Film- und Fernsehwelt bekam er eine Nebenrolle in »Die Bullen von Saint-Tropez«. Berger erwies sich als ein unerwartet begabter Schauspieler, und »Inspektor Bruno« wurde so populär, daß die Rolle ständig erweitert wurde, bis die Serie 1970 eingestellt wurde. Anfang der siebziger Jahre verkaufte Berger seine Autofirma. Nach ein paar Jahren Playboyleben an der Riviera fing er an, Unternehmen in Schwierigkeiten aufzukaufen und sie nach unsanften Sanierungen weiterzuverkaufen.

Er war zweimal verheiratet gewesen, das erste Mal mit Marie-Angèle Filippi, das zweite Mal mit Anne Saint-Simon. Monique hatte die Bilder von den beiden Hochzeiten getreulich eingeklebt. Auf dem ersten Hochzeitsfoto von 1965, wiedergegeben in einem Artikel, als Inspektor Bruno am populärsten war, war die Braut eine dunkelgelockte, etwas dickliche junge Frau in einem von Rüschen wallenden Kleid, glücklich lächelnd neben einem jungen Berger im Anzug mit Samtaufschlägen und Hemd mit Halskrause.

– Er hat sich zu einem teureren Modell hochgetauscht, konstatierte Julie und blätterte zum zweiten Hochzeitsfoto.

– Ja, in der Tat, stimmte Martine bei und betrachtete Anne Saint-Simons cremefarbenes Chanelkostüm, ihren stilvollen Hut und ihre Miene totaler sozialer Selbstsicherheit. Mit Frau Nummer zwei bekam Berger die Töchter Isabelle und Catherine, bevor sich das Paar 1982 nach vier Jahren Ehe scheiden ließ. Aber Berger schien jedenfalls den Kontakt mit den Mädchen aufrechterhalten zu haben. Eines der letzten Bilder im Album zeigte ihn zusammen mit seinen beiden Töchtern bei einem Reitturnier in Fontainebleau. Das ältere Mädchen trug Reitkleidung und liebkoste stolz einen Pokal.

– Und wie ist es mit seiner politischen Tätigkeit, es heißt ja, daß er politische Ambitionen hat? sagte Martine.

– Ach was, die Politik, sagte Julie und blätterte in ihren Unterlagen, ich weiß nicht, ob da sehr viel dran ist. Er hat wohl politische Kontakte in Frankreich gepflegt, genau wie er es angeblich in Villette getan hat, um seine Geschäftsinteressen reibungslos durchzusetzen. Obwohl – eines: Er scheint in Flüchtlingsfragen engagiert zu sein, es gibt einen Artikel hier aus einer katholischen Zeitschrift, ich suche ihn raus für dich.

Der Artikel, überschrieben »Der unbekannte Berger«, war von 1991 und füllte in der Mappe zwei ganze Seiten. In dem unmodern typographierten und trist layouteten Text erzählten drei Nonnen, die mit Flüchtlingen aus den Jugoslawienkriegen arbeiteten, andächtig davon, wie Stéphane Berger gekommen sei und sie gefragt habe, wie er ihnen helfen könne, und ihnen in aller Stille große Geldsummen geschenkt habe.

– Ein Mann mit vielen Gesichtern, sagte Martine nachdenklich, langsam werde ich richtig neugierig, ihn leibhaftig kennenzulernen.

Sie wählte die Nummer, die sie von Jean-Claude bekommen hatte, und sofort wurde abgehoben, mit einem einsilbigen und ungeduldigen »Ja?«. Sie erkannte die Stimme. Genauso hatte Inspektor Bruno geklungen, wenn er in der Folge von »Die Bullen von Saint-Tropez«, die sie an einem der letzten Abende gesehen hatte, das Telefon abhob.

– Guten Morgen, Monsieur Berger, sagte sie, hier ist

Martine Poirot, Untersuchungsrichterin am Justizpalast in Villette. Ich muß Ihnen einige Fragen stellen, und der Einfachheit halber komme ich am besten zu Ihnen nach Hause. Geht es jetzt sofort?

– Es hat wohl keinen Sinn, daß ich frage, wie Sie meine Mobiltelefonnummer bekommen haben, sagte er, und wenn Sie mich absolut treffen müssen, können Sie ebensogut sofort kommen. Finden Sie zu meiner Villa?

Er beschrieb den Weg, und Martine sagte, sie werde in einer Stunde da sein. Sie vermerkte, daß er nicht gefragt hatte, warum sie ihn treffen wollte.

Sie überquerten den Fluß und fuhren in nördlicher Richtung am linken Flußufer, wo die Straße nahe am Wasser verlief und die Industriekais und die Stadtbebauung von Villette nach und nach von Uferpromenaden, großen Villen und Bäumen in leuchtenden Herbstfarben ersetzt wurden.

– Du bist so fein, sagte Julie und betrachtete Martines schwarzes Armanikostüm und die dunkelgrüne Seidenbluse, sag nicht, daß du dich für Inspektor Bruno feingemacht hast?

Martine schnitt eine Grimasse.

– Nein, aber ich muß ja heute nachmittag nach Brüssel. Weißt du es nicht mehr? Die parlamentarische Untersuchungskommission ruft.

Im April hatte Martine die Untersuchung des Todes einer pensionierten Lehrerin geleitet. Was zunächst wie ein banaler Fahrerfluchtunfall ausgesehen hatte, hatte mit einem politischen Prachtskandal geendet, der sich verschärfte, als die Journalistin Valerie Delacroix, eine enge Freundin von Martine, in einer Reihe von Artikeln enthüllte, wie Jahre systematischer politischer Verdunklung zu Morden und Mordversuchen geführt hatten. Im Juli, direkt vor der Sommerpause, hatte das Parlament beschlossen, eine eigene Untersuchungskommission einzusetzen, um die ganze Wahrheit über den Skandal ans Licht zu bringen. Die Kommission hatte ihre Arbeit gerade aufgenommen.

– Ja, sicher, sagte Julie, aber kannst du nicht drum herumkommen? Jetzt, wo du mitten in einem Mordfall bist?

Martine zuckte die Achseln.

– Wann bin ich nicht mitten in einem Mordfall? Ich kann es ebensogut hinter mich bringen.

Sie fuhr jetzt langsam. Berger hatte gesagt, es sei leicht, die Einfahrt zu verpassen. Aber hier war sie, eine Öffnung in einer unbeschnittenen Hecke und zwei Radspuren, die hinunter zum Fluß führten, genau wie Stéphane Berger es gesagt hatte. Julie sah enttäuscht aus.

– Ich dachte, es wäre hier ein bißchen standesgemäß, sagte sie, eine hübsche Allee oder so, aber das hier sieht eher aus wie der Weg zu meinem Großvater.

In diesem Moment teilte sich der Weg. Martine bog nach rechts ab. Nach hundert Metern endete der Weg an einer niedrigen Mauer. Sie fuhren durch das offene Tor hinein auf eine gepflasterte Auffahrt, gesäumt von Pappeln, die in Herbstfarben vor dem blauen Himmel leuchteten. Aus einem kleinen Gehölz rechts auf dem großen Grundstück floß ein Bach, der sich zu einem säuberlich umpflasterten Teich erweiterte, an dem zwei grazile Wassernymphen aus Bronze ruhig auf den Wasserspiegel hinabblickten. Links war ein französischer Garten zu sehen, in dem Rosen in Rot und Gelb glühten.

– Aha, sagte Julie, schon besser!

Martine hielt vor dem Haus an, und sie stiegen aus dem Auto. Das gelbe Laub der Bäume bewegte sich sachte in einem leichten Wind, und hinter dem Haus war das endlose

Plätschern und Gluckern des Flusses zu hören. Es mußte hier Personal geben – der gepflasterte Platz vor dem Haus war sauber und frei von Herbstlaub, als sei er vor fünf Minuten gefegt worden. Aber nicht ein Mensch war zu sehen.

Das Haus war weiß mit Mansardendach aus Kupfer über zwei Stockwerken mit hohen Sprossenfenstern und einer dritten Reihe Fenster im Dach selbst. Berger hatte viele Wohnungen, unter ihnen ein Schloß in der Dordogne und einen Palast aus dem 17. Jahrhundert in Paris. Das hier war kein Schloß, nicht einmal ein Herrenhof, aber als kleines belgisches Landhaus eines reichen Mannes war es bezaubernd.

Sie stiegen die breite Treppe hinauf. Gerade als Julie den Türklopfer heben wollte, ging die Tür auf, und Stéphane Berger selbst stand da, in Jeans und einem nougatfarbenen Polopullover, der teuer aussah.

– Madame Poirot? sagte er und streckte die Hand aus. Die Hand war groß und warm, der Griff fest, aber nicht zu hart.

– Ja, sagte Martine, guten Tag, Monsieur Berger. Und das hier ist meine Rechtspflegerin, Mademoiselle Wastia.

Er schüttelte auch Julie die Hand und betrachtete beide eine Weile, ohne etwas zu sagen, aber mit einer Intensität, die es in Martines Nacken kribbeln ließ. Sie erkannte die grünbraunen Augen und kräftigen Augenbrauen wieder, aber das Gesicht mit der schweren Kieferpartie war schmaler als in den sechziger Jahren. Seine dunkelbraunen Haare waren an den Schläfen ergraut, aber noch ebenso dick wie Inspektor Brunos üppiger Schopf. Er war höchstens mittelgroß, kräftig gebaut, aber schmal um die Taille, und sah aus wie ein Mann, der sich in einer Schlägerei immer noch gut behaupten würde.

Plötzlich lächelte er sie an, ein Sonnenstrahl durch dunkle Wolken. Martine mußte sich zusammennehmen, um nicht zurückzulächeln, und dachte daran, was Jean-Claude über Berger gesagt hatte. Ihre Hand war jedenfalls noch da.

– Kommen Sie rein, sagte Berger und machte eine Geste in den Raum hinein. Sie gingen durch eine große Halle mit Steinboden in einen Saal mit Kassettendecke und Wänden mit gemalten Jagdszenen über einer Täfelung aus Walnuß. Der Raum war mit Antiquitäten im französischen Landhausstil sparsam und geschmackvoll eingerichtet.

Berger führte sie weiter in einen kleineren Raum mit gelben Wänden und Fenstern zum Fluß.

– Darf ich etwas zu trinken anbieten, sagte er, Kaffee, Tee, etwas anderes?

Martine spürte, daß sie von Stéphane Berger nichts annehmen wollte, nicht einmal ein Glas Wasser. Er hatte etwas, eine Ausstrahlung absoluter, selbstverständlicher Autorität, gegen die sie sich wehren mußte, um ihm nicht die Oberhand zu geben. Sie begegnete Julies Blick und sah, daß die Rechtspflegerin dasselbe dachte.

– Nein, danke, sagte sie kurz.

Ihr Blick wurde zu den kunstbedeckten Wänden des gelben Raums gezogen. Zu ihrem Erstaunen sah sie ein Bild, das ihre Schwiegermutter gemalt hatte. Evas Bilder stiegen natürlich ständig im Preis und waren für einen Geschäftsmann wie Berger eine gute Investition.

Aber sie konnte es nicht lassen, hinzugehen und das Gemälde, das sie nur auf Bildern, nie im wirklichen Leben gesehen hatte, anzuschauen. Es zeigte zwei kleine Mädchen, die Hand in Hand an einem Strand mit einem sturmgepeitschten Meer und einem Himmel mit treibenden Wolken im Hintergrund standen. Links im Bild war ein Skelett zu sehen, halb vom Sand verdeckt. Eva hatte von der Sturmnacht erzählt, daß ein blankgewaschenes Skelett im Sand am Strand von Blankenberge gelegen hatte, als das Wasser sich bei der Ebbe zurückgezogen hatte. Man hatte nie erfahren, wem es gehörte.

– Eva Lidelius, sagte Berger, der ihr zur Wand gefolgt war, schätzen Sie sie? Sie ist eine meiner Lieblingskünstlerinnen. Dieses Bild hier heißt »Schnell jagt der Sturm unsere Jahre«. Wußten Sie, daß Sophie Lind, die Schauspielerin, die Tochter von Eva Lidelius ist? Ich denke mir immer, daß sie wohl eines der Mädchen auf dem Bild ist.

Er ließ ihr keine Zeit zu antworten, sondern schaffte es irgendwie, sie, ohne sie zu berühren, zur gegenüberliegenden Wand zu lenken. Er zeigte auf ein kleines Gemälde, das dort hing. Es war ebenfalls, unverkennbar, eines von Evas Gemälden. Aber sie hatte es noch nie gesehen, und das Bild hatte etwas, das sie glauben ließ, daß es ein sehr frühes Werk war. Es zeigte einen grauhaarigen Mann im schwarzen Talar mit einem großen Goldkreuz um den Hals. Er stand unter einem Apfelbaum, einen Bischofsstab in einer Hand und einen Apfel in der anderen.

– Das kenne ich nicht, sagte Martine.

– Nein, es ist nicht so bekannt, sagte Berger, ich habe es in einem Antiquitätenladen in Marseille gefunden, in so einem, der nach Suppe und Keller riecht, da hatten sie keine Ahnung davon, was das Bild wert war. Am allerliebsten möchte ich natürlich »Die neue Anbetung des Lammes« kaufen, ich habe mich beim Museum of Modern Art in New York erkundigt, aber sie wollen es nicht verkaufen. Aber sie soll eine Vorstudie dazu gemacht haben, die vielleicht zu verkaufen ist, wenn ich nur herausfinden könnte, wo sie ist.

– Die habe ich, sagte Martine, ohne zu überlegen. Sie bereute es sofort.

– Sie? sagte Berger. Er betrachtete sie mit schmaler werdenden Augen, als fragte er sich, ob sie es ernst meinte.

Julie fegte ihre offene Handtasche von dem kleinen Tisch, auf den sie sie gestellt hatte, auf den Boden.

– Hoppla, wie ungeschickt von mir, sagte sie und fing ruhig an, die Sachen, die sich über den Boden ausgebreitet hatten, aufzuheben – Schlüsselbund, Portemonnaie, Lippenstift, Kalender, Spiegel und Papiertaschentücher. Stéphane Berger ging höflich in die Knie, um mitzuhelfen. Julie schielte mit einer Warnung im Blick zu Martine.

– Wir sind leider nicht hergekommen, um über Kunst zu diskutieren, sagte Martine, sondern um über ernstere Dinge zu sprechen. Was haben Sie letzten Dienstag abend gemacht, Monsieur Berger?

– Wieso? fragte Berger.

– Ich möchte es gern wissen, sagte Martine, haben Sie vielleicht etwas dagegen, es mir zu erzählen?

Berger strich sich über die Haare. Er sah abwartend aus.

– Ich antworte nicht gern auf Fragen, deren Zweck ich nicht verstehe, aber natürlich können Sie erfahren, wo ich war. Ich habe in Hasselt einen Geschäftsfreund getroffen, wir haben zusammen zu Abend gegessen.

Hasselt, dachte Martine mit einem Zittern der Erregung, eine Stadt, die am Albertkanal liegt, wo die Dafne 3 am Abend vorbeigekommen war!

– Wie sind Sie nach Hasselt gekommen? fragte sie.

Berger sah verärgert aus.

– Ich bin geflogen, sagte er, meine ältere Tochter ist letzten Dienstag fünfzehn geworden, und ich war nach Paris gefahren, um sie zu einem kleinen Geburtstagslunch einzuladen. Das zog sich in die Länge, und ich mußte direkt nach Hasselt fliegen, um rechtzeitig hinzukommen, ich habe eine Chartergesellschaft, an die ich mich wende, wenn ich Privatflugzeuge brauche.

– Und wie sind Sie von Hasselt weggekommen?

– Mein Chauffeur kam und holte mich ab, er hatte mich am Morgen zum Flugzeug in Brüssel gefahren, und dann kam er nach Hasselt, als mein Treffen vorbei war, um mich hierherzufahren.

– Wie spät war es da?

– Das war gegen elf, würde ich denken, sagte Berger, aber jetzt, beste Madame Poirot, glaube ich nicht, daß ich weitere Fragen zu meinem Dienstag abend beantworten will, wenn Sie mir nicht erklären, warum Sie sie stellen.

– Wie Sie wünschen, sagte Martine, wir können das Thema wechseln. Wann haben Sie Fabien Lenormand zuletzt getroffen?

Sie beobachtete gespannt Berger, um seine Reaktion zu sehen. Er runzelte die Stirn, aber das war alles.

– Diesen naseweisen Journalisten, sagte er, ich habe ihn nie persönlich getroffen und werde es ja auch nie, ich habe in der Zeitung gesehen, daß er es war, der auf dem Gelände von Forvil tot aufgefunden wurde. Sagen Sie nicht, daß Sie glauben, daß ich damit etwas zu tun habe! Ich weiß natürlich, daß Sie gestern bei Berger Rebar waren und Fragen gestellt haben. Aber mir genügen Gerichte, um Journalisten, die ehrenrührige Artikel schreiben, auf die Finger zu sehen.

Martine wußte, daß Berger mehrere Prozesse gegen Zeitungen und Autoren geführt hatte, oft mit Erfolg.

– Meinen Sie, daß Fabien Lenormands Artikel zu denen gehörten, gegen die Sie vor Gericht gegangen sind? fragte sie.

– Ich habe darüber nachgedacht, sagte Berger, aber nein, ich habe es bis jetzt nicht getan. Jetzt hat er wohl gerade versucht, mehr Mist zu sammeln, um ihn nach mir zu werfen, aber ich zweifle daran, daß er es hätte publizieren können.

Martine dachte an den toten Körper des jungen Mannes in der Erzladung unter dem rieselnden Regen, sie dachte an Nathalie Bonnaires Tränen über den Cousin und hatte einen Augenblick eine heftige Abneigung gegen Stéphane Berger, wie er so in seinem sonnengelben Raum zwischen Bildern für mehrere Millionen Franc dastand. Was ja für eine Untersuchungsrichterin ein Dienstvergehen war.

– Aber jetzt ist er tot, sagte sie, und kann keinen Mist nach Ihnen werfen. Was denken Sie darüber?

Berger zuckte die Achseln, so daß sich die Muskeln unter dem weichen Kaschmir wölbten.

– Was soll ich Ihrer Meinung nach sagen, fragte er, daß ich mich freue? Ich freue mich nicht über seinen Tod, natürlich nicht, aber ich will nicht lügen und sagen, daß ich deprimiert bin. Menschen sterben, das Leben geht weiter, genauso wie Unternehmen untergehen und das Leben weitergeht. Dieser Junge schrieb in dem Nest, aus dem er kam, sentimentale Artikel über die Schließung der Fabrik von Vélo Éclairs, und so was kommt in Frankreich ja immer an, aber die Schließung war unvermeidlich. Da saßen Leute und schraubten in aller Ruhe Fahrräder zusammen, als ob wir in den fünfziger Jahre leben, da ging's zu wie beim Weihnachtsbasteln! Sie sollten die neue Fabrik in Ozd sehen, modern, hochproduktiv, konkurrenzfähig. Und da gibt es Jobs, die in Osteuropa eher gebraucht werden als hier. Aber das interessiert Leute wie Lenormand ja nicht.

– Er wurde ermordet, sagte Martine, wer, glauben Sie, hat das getan?

– Das ist wohl Ihr Job, das rauszufinden, sagte Berger, aber sicher, ich habe eine Theorie, die kann ich anbieten. Lenormand hat versucht, um jeden Preis auf das Gelände von Forvil zu kommen, um bei Berger Rebar herumzuschnüffeln. Er hatte sich wohl in einem Prahm versteckt, um über das Wasser reinzukommen, oder vielleicht ein Besatzungsmitglied bestochen, und dann ist er mit jemandem in Streit geraten, dem Prahmschiffer vielleicht, und es wurde gewalttätig.

Das war tatsächlich keine schlechte Theorie, dachte Martine, sowohl Christian als auch Serge hatten etwas Ähnliches vermutet und wollten es natürlich untersuchen. Sie schielte auf ihre Uhr. Zeit zum Aufbruch. Mehr würde sie dieses Mal kaum aus Berger herausbekommen.

– Dann habe ich nichts mehr zu fragen, sagte sie, doch, eines. Wir müssen wissen, an welche Fluggesellschaft Sie sich gewandt haben, und den Namen der Person, die Sie in Hasselt getroffen haben.

Berger zögerte.

– Das ist vertraulich, sagte er, es sind sensible Geschäftsverhandlungen, doch, ich gebe Ihnen den Namen, aber wenn er durchsickert …

Er machte einen Schritt näher an Martine heran, genau so weit, daß er ihr etwas zu nahe kam, und sah ihr direkt in die Augen. In dem Licht, das vom Fluß hereinfiel, sah sie deutlich die gelben Streifen in seinen braungrünen Regenbogenhäuten, während sie gleichzeitig den Duft seines Rasierwassers und die Wärme seines Körpers ahnte.

– Die Namen, sagte Julie mit lauter Stimme, wenn Sie sie mir geben, kann ich sie aufschreiben, und Sie sparen sich die Mühe.

Berger trat zwei Schritte zurück, lächelte Martine zu und gab Julie die Telefonnummer seiner Fluggesellschaft in Paris und Namen, Adresse und Telefonnummer des Mannes, den er in Hasselt getroffen hatte.

– Übrigens, noch etwas, sagte Martine, die an tote Katzen gedacht hatte, als Berger so nahe an sie herantrat, wann haben Sie erfahren, daß wir gestern Berger Rebar besucht haben?

– Gleich nachdem Sie dagewesen waren, natürlich, sagte Berger, mein Freund Lou rief sofort an und informierte mich, etwas anderes hatten Sie wohl nicht erwartet?

Er begleitete sie höflich zur Tür.

– Dieses Bild, sagte er, als sie auf dem Weg hinaus waren, haben Sie es wirklich? Die erste Version von »Die neue Anbetung des Lammes«? Sagen Sie, welchen Preis Sie wollen, ich bezahle ihn!

– Ich habe es geschenkt bekommen, sagte Martine, und es ist nicht zu verkaufen. Adieu, Monsieur Berger, wir sehen uns wohl wieder!

Die Steinplatten vor dem Haus waren immer noch frei von Laub. Vielleicht hatte Berger einen unsichtbaren Hausmeister.

– Ich dachte, ihr würdet euch zusammentun und da einen Kunstverein gründen, sagte Julie scharf, als sie ins Auto gestiegen waren, was für ein Glück, daß ich mit war, ich finde Bilder mit Katzenjungen und spöttischen Zigeunerinnen toll. Dominic hat mich zu den Vatikanischen Museen mitgeschleppt, als wir in Rom waren, und die ganze Zeit, während wir da herumgingen, habe ich nur daran gedacht, was wir abends essen würden. Aber immerhin, da sieht man ja, was die Bilder darstellen, und das tut man bei den Gemälden deiner Schwiegermutter auch.

Martine lachte.

– Wie fandest du Berger? fragte sie.

Julie schloß den Sicherheitsgurt und stellte ihre Tasche auf den Boden.

– Er hat eine Ausstrahlung, die ist mehr als stark, sagte sie zögernd, oder? Und er sieht jetzt viel besser aus als damals als Inspektor Bruno. Ich hätte ihn kaum wiedererkannt, das muß daran liegen, daß diese gräßlichen Koteletten weg sind. Aber ich möchte ihm nicht in die Quere kommen. Es war dumm, daß du das von deinem Bild gesagt hast, Martine, jetzt hast du etwas, das Stéphane Berger haben will. Es ist vielleicht besser, wenn du dir ein zusätzliches Schloß besorgst und eine Alarmanlage anbringen läßt.

Erst am Morgen erzählte Greta Lidelius Thomas und Sophie von Martines Anruf am Donnerstag. Sie hatte geschlafen, als sie von ihrem Ausflug nach Hammarås zurückgekommen waren, und nach ihrem Nickerchen hatte sie erneut desorientiert gewirkt. Aber am Freitag wachte sie munter und klar auf und bestand darauf, sich anzuziehen, um mit ihren beiden Enkelkindern in der Bibliothek zu frühstücken.

– Merkwürdig, sagte Thomas, als Greta von dem schwedischen Zeitungsfragment erzählt hatte, das in der Hand eines ermordeten Mannes in Villette gefunden worden war, hast du eine Ahnung, welche Zeitung das sein kann, Großmutter?

– Nein, sagte sie, es haben so viele über Hanaberget geschrieben, als die Grube geschlossen wurde, es war ja die allerletzte hier in Bergslagen. Es waren Reichszeitungen und Gewerkschaftszeitungen und selbstverständlich die Lokalzeitungen. Aber wenn ihr den Artikel suchen wollt, habe ich die Zeitungen der vorigen Woche in einem Stapel am Kücheneingang. Leider kann ich mittlerweile nicht mehr soviel lesen, aber ich fände es ärgerlich, das Abonnement zu kündigen.

Sophie nahm einen Schluck Kaffee und machte eine Grimasse. Thomas hatte schon festgestellt, daß er so stark war, daß er beinah untrinkbar war. Sophie hatte ihn gemacht, und sie mußte bei der Dosierung einen Fehler gemacht haben. Glücklicherweise trank Greta Tee.

– Ich glaube, mit deiner Kaffeemaschine stimmt was nicht, Großmutter, sagte Sophie, da müssen wir etwas tun. Aha, alte Zeitungen, danke, ich verzichte gern darauf, in denen zu wühlen. Aber für Thomas ist es genau das richtige, mit so was beschäftigst du dich doch tagelang, wenn du forschst?

Sie lächelte ihm spöttisch zu.

– Und was willst du machen? fragte Thomas.

– Ich wollte wieder nach Hammarås fahren, sagte Sophie, ich habe einen so netten Reporter von der Hammarås Tidning kennengelernt, als ich in den Korridoren im Rathaus herumirrte und Daniel suchte. Er war ganz außer sich, als er mich erkannte, und ich habe versprochen, ihm ein Interview zu geben. Habt ihr gesehen, daß diese Woche meine und Eskils Filme im Fernsehen gezeigt werden? Heute abend gibt es »Fräulein Julie«.

Eskil Lind hatte Ende der sechziger und Anfang der siebziger Jahre drei Filme mit seiner jungen Frau gedreht – »Blanche von Namur«, »Fräulein Julie« und »Karin Månsdotter«. Nach der Scheidung von Sophie und einem unglückseligen Streit mit dem Finanzamt war er nach Hollywood gegangen und hatte zwei Filme gemacht, die seine Bewunderer am liebsten mit Stillschweigen übergingen. Thomas hatte einen von ihnen gesehen, »Southern Trees«, der von den Rassengegensätzen im Süden handelte, und ihn für einen der unterhaltendsten Filme gehalten, die er je gesehen hatte. Aber auch er hatte Eskil Lind nie gemocht.

– Apropos alte Erinnerungen, ich mußte gestern an Istvan denken, sagte Sophie. Was ist aus ihm geworden, Großmutter, weißt du das?

Greta Lidelius nahm einen Schluck von ihrem Tee, senkte die Augenlider und lehnte den Kopf im Sessel zurück. Als sie wieder aufsah, war etwas in ihren braunen Augen, das Thomas nur als ausweichend beschreiben konnte.

– Ach ja, sagte sie, Istvan, das war der nette, junge Grubenarbeiter. Ein so intelligenter Junge, und Französisch sprach er wie ein Eingeborener. Ich habe ihm zusätzliche Arbeit in der Kirche besorgt, und der Kirchendiener war sehr zufrieden mit ihm. Ich glaube, er ist Anfang der sechziger Jahre aus Hanaberget weggezogen, aber ich weiß überhaupt nicht, wohin er gegangen ist. Wie war das übrigens, hat nicht Birgitta Matsson hier gestern wieder herein geguckt?

Das war ein sehr durchsichtiger Wechsel des Themas, und Thomas fragte sich einen flüchtigen Augenblick, was an dem unbekannten Istvan so heikel war, daß die Bischöfin nicht über ihn sprechen wollte. Aber sie unter Druck zu setzen war ja undenkbar, und er erzählte statt dessen, daß Birgitta Matsson nach »dem anderen Bild, das in der Bibliothek hing«, gefragt hatte.

Sonderbarerweise bekam Greta Lidelius erneut denselben ausweichenden Blick.

– Aber welches Bild kann Birgitta denn gemeint haben, sagte sie, hat sie das nicht erwähnt? Es gab ein kleines Bild mit Landschaftsmotiv, das ich in Paris gemalt habe, aber das habe ich Stina geschenkt, es hat ihr so gut gefallen. Nein, liebe Kinder, jetzt ist Oma Lidelius wieder müde, ich glaube, ich muß mich hinlegen und mich etwas ausruhen.

Sophie lieh sich den Mietwagen, um nach Hammarås zu fahren, und Thomas ließ sich wieder mit seiner Korrektur am Küchentisch nieder, nachdem er neuen und trinkbareren Kaffee gemacht hatte. Mit der Kaffeemaschine war alles in Ordnung.

Aber trotz des frischen Kaffees wurde er schnell müde vom Korrekturlesen. Merkwürdig, wie anstrengend das sein konnte! Seine Blicke wurden wie magisch zur Tür zum Küchenflur gezogen, und schließlich konnte er nicht mehr widerstehen. Er ging in den Flur, holte den Zeitungsstapel, der dort lag, und legte ihn auf den Küchentisch, nachdem er die Korrektur an eine sichere Stelle gebracht hatte.

Er begann mit der Reichszeitung. Es war ganz einfach etwas wahrscheinlicher, daß ein französischer Journalist in Villette ein solches Exemplar in die Hand bekommen hatte, als daß eine Nummer der Hammarås Tidning den Weg hinunter nach Belgien gefunden hatte.

Er fand den Artikel in der Sonntagsbeilage vom 11. September. Die Überschrift war »Eine Epoche geht ins Grab. Letzte Grube im Erzland wird geschlossen«. Der Artikel war von einer Journalistin geschrieben, die, erinnerte sich Thomas vage, in den siebziger Jahren sehr geschätzt worden war, die aber jetzt meistens im Stockholm-Teil der Zeitung unterhaltsame Kolumnen über Prominente der Stadt schrieb. Hier hatte sie sich jedenfalls in einer epischen Schilderung ausbreiten dürfen, wie das Land, in dem die Hochöfen gelodert hatten und das Erz aus den Gruben ans

Tageslicht geholt worden war, jetzt in neuen Wellen industrieller Entwicklung brachgelegt wurde.

Ganz unten auf der Seite waren drei Gruppenbilder. Das ganz links zeigte eine Gruppe Grubenarbeiter von 1912. Es war unklar, warum sie verewigt worden waren. In der Mitte war das Foto einer Schicht zu sehen, die im März 1959 den Produktionsrekord geschlagen hatte. Ganz rechts folgten die Grubenarbeiter, die die allerletzte Erzladung abgebaut hatten, bevor die Grube geschlossen wurde, eine Handvoll Männer mit zerfurchten Gesichtern und grauen Schläfen unter den Helmen.

Es war das Bild von 1959, das Thomas' Aufmerksamkeit auf sich zog. Er betrachtete die zweizeilige Bildunterschrift. Wenn man das Bild ausriß und dann die untere linke Ecke abriß, würde es genau mit dem Text auf dem Fragment übereinstimmen, das der ermordete Mann in Villette in seiner erstarrten Hand gehalten hatte.

Die Grubenarbeiter auf dem Bild lächelten in die Kamera, stolz auf ihre Leistung. Die meisten von ihnen sahen jung aus, mit glatten Wangen unter Helmen und Grubenlampen.

Thomas stutzte vor dem Namen in der Bildunterschrift. Nummer fünf von links in der oberen Zeile; er ließ den Finger über das Bild laufen und stoppte beim richtigen Mann. Sehr jung, der Helm im Nacken, ein breites Lächeln mit einem Anflug von Arroganz.

Da war Istvan, der ungarische Flüchtling und Grubenarbeiter, der früher einmal einen solchen Eindruck auf seine Großmutter und seine Schwester gemacht hatte. Sophie zufolge hatte er einen »komplizierten ungarischen Nachnamen mit jeder Menge Konsonanten« gehabt, aber seine Schwester hatte übertrieben wie gewöhnlich, dachte Thomas. So schwierig war der Name nicht. Der Mann, der mit Greta geflirtet und mit Sophie Illustrierte Klassiker gelesen hatte, hieß Juhász. Istvan Juhász.

Am Nachmittag fuhr Annick Dardenne mit einem Fax aus Granåker nach Foch-les-Eaux hinaus. Martine Poirots Mann hatte im Justizpalast angerufen, um zu berichten, daß er das Zeitungsfragment, das Fabien in der Hand gehabt hatte, identifiziert hatte. Julie Wastias Beurteilung zufolge war es wichtig, die neuen Informationen schnell in die Untersuchung einzubringen, und weil sowohl Martine als auch Christian de Jonge nach Brüssel gefahren waren, hatte sie Thomas mit Annick verbunden, die gerade mit ihrem Durchgang von Fabien Lenormands Kartentransaktionen fertig war.

Annick hatte noch nie mit Thomas Héger gesprochen, aber sie hatte sein Buch gelesen, und es gefiel ihr. Sie hatte oft gedacht, daß Martine Poirot großes Glück hatte, weil sie einen Mann gefunden hatte, der nicht nur akzeptierte, daß seine Frau Karriere machte, sondern der auch attraktiv und begabt war. Annick selbst hatte vor allem schlechte Erfahrungen. Bestimmte Erlebnisse während ihrer Teenagerzeit als Modell in Paris hatten sie ernstlich darüber nachdenken lassen, auf Männer ganz zu verzichten, aber ganz so weit war sie nicht gegangen. Es kam vor, daß sie ausging, geschminkt und in Schale geworfen, und sich für eine Nacht aufreißen ließ. Aber dann hielt sie sich fern von Villette.

– Könnten Sie das Bild hierherfaxen? sagte sie eifrig zu Thomas Héger.

– Sicher, sagte er, aber ich fürchte, daß es eine Weile dauern kann. Ich muß zuerst ein Fax suchen, und meine Schwester ist mit dem Mietwagen weggefahren ... nein, warten

Sie, ich glaube, sie kommt jetzt zurück. Okay, dann fahre ich los. An welche Nummer soll ich das Bild schicken?

Annick gab ihm die Faxnummer und hielt sich die Daumen. Während sie wartete, ging sie hinauf zu Julie Wastia im dritten Stock und sah die Akte über den Mord an Fabien Lenormand durch. Julie hatte gerade den Bericht über den Besuch bei Berger Rebar geschrieben, und sie hatte Louis Victors unheilverkündende Abschiedsworte zitiert.

– Mein Gott, sagte Annick, das hier ist ja fast eine offene Drohung!

– Ja, stimmte Julie bei, und dann passiert die Sache mit der Katze, es ist schwer zu glauben, daß das nur ein Zufall ist, oder?

– Katze? sagte Annick, die von der Dramatik der Nacht nichts gehört hatte. Julie erklärte, was passiert war, und sagte mit einem Seufzer:

– Wir wissen viel über Stéphane Berger, aber viel zu wenig über seinen Waffenträger Monsieur Victor. Er soll aus Marseille kommen, das ist alles.

Worauf Annick am meisten reagierte, als sie die Geschichte von dem abgehauenen Katzenkopf hörte, war, peinlicherweise, die Tatsache, daß Serge Boissard eine ganz unverdiente Chance bekommen hatte, sich auszuzeichnen, nur weil er zufällig im Justizpalast gewesen war, als Martine Poirot am Abend anrief. Es war eine kleinliche Reaktion, das wußte sie, aber obwohl sie Serge mochte, vergaß sie nie, daß sie in Sachen Karriere in gewissem Sinn Rivalen waren. Und sie wollte so gern Eindruck auf Martine machen, die sie bewunderte.

Ihr fiel plötzlich ein, daß sie vielleicht eine Abkürzung zu Informationen über den Betriebsleiter von Berger Rebar hatte. Sie ging hinunter zu ihrem eigenen Schreibtisch, nahm ihr Adreßbuch heraus und suchte eine Nummer in Marseille, die sie wählte. Sie klopfte sich selbst auf die Schulter, als nach drei Signalen abgehoben wurde.

Gabrielle Rossi war Kriminalinspektorin in Marseille, eine südfranzösiche Schönheit, der Annick in vielen Judokämpfen begegnet war und die sie viel zu selten hatte besiegen können, mit der sie sich aber außerhalb der Wettbewerbe sehr gut verstand.

– Ah, sagte Gabrielle, der gute Monsieur Victor, Stéphane Bergers Mann fürs Grobe, ist er in Villette?

Sie wußte eine ganze Menge über Louis Victor, und das erzählte sie mehr als gern. Er arbeitete seit Mitte der sechziger Jahre für Berger, sagte sie. Zunächst hatte er für Bergers Automobile Schulden eingetrieben, war aber schnell zu Bergers rechter Hand und Vertrautem avanciert. Als Berger während seiner Playboyjahre in den siebziger Jahren Geld in Immobilien an der Riviera gesteckt hatte, hatte sich Victor um die Verwaltung gekümmert, mit der hauptsächlichen Ambition, mit den geringstmöglichen Auslagen für Reparaturen und Unterhalt so hohe Mieteinnahmen wie möglich zu erzielen. Er war Berger gegenüber unverbrüchlich loyal, und wenn er in einem von Bergers Unternehmen auftauchte, waren normalerweise unangenehme Dinge im Gang.

– Er macht die Drecksarbeiten für Berger, ob es nun darum geht, Kniescheiben einzuschlagen oder Leute rauszuschmeißen, sagte Gabrielle.

– Hat er irgendwann gesessen? fragte Annick.

– Naja, sagte Gabrielle, er wurde einmal Ende der sechziger Jahre wegen Körperverletzung verurteilt, aber das war eher eine gewöhnliche Kneipenschlägerei, ansonsten war er vorsichtig. Sein Name wurde in ein paar Korruptionsuntersuchungen genannt, du weißt, das Übliche, Verdacht auf Bestechungsgelder an Politiker und Beamte für Baugenehmigungen und Bauverträge, aber die verliefen im Sande, wie meistens.

– Wo kommt er her? wollte Annick wissen.

– Etwas unklar, sagte Gabrielle, vermutlich hatte er gerade einen Vertrag für die Fremdenlegion abgeschlossen, als er bei Berger auftauchte, und ich wäre nicht allzu sicher, daß er schon immer Louis Victor hieß.

Sie kicherte.

– Letzteres habe ich von einer sehr gut unterrichteten Quelle, sagte sie, erinnerst du dich an Lianne Huang, meine Judolehrerin? Ich bilde mir ein, du hast sie zumindest einmal getroffen, nach diesem Wettkampf in Aix vor ein paar Jahren.

Annick erinnerte sich vage an eine langbeinige Franzö-sisch-Chinesin um die fünfzig mit kurzgeschnittenen Haaren und mandelförmigen dunklen Augen hinter Gläsern in Stahlfassung, perfekt beherrschten Bewegungen und einem unerwartet lauten Lachen.

– Verstehst du, fuhr Gabrielle fort, Lianne war Ende der sechziger, oder war es Anfang der siebziger Jahre, ein paar Jahre mit Louis Victor verheiratet. Unglaublich, nicht, ich hätte mich beinah auf den Hintern gesetzt, als ich es vor ein paar Jahren gehört habe. Lianne hat beim Drehen der letzten Staffel von »Die Bullen von Saint-Tropez« mitgearbeitet, sie war die dritte Assistentin des Stuntkoordinators oder etwas in der Art, und Victor hing da die ganze Zeit herum, um mit Berger zu reden, es war genau in der Zeit, als er angefangen hatte, sich um Bergers Immobilien zu kümmern. Und da begegnete er Lianne, und sie verguckte sich in ihn, er hat anscheinend einigen Charme, wenn er es darauf anlegt, und sie heirateten und lebten ein paar Jahre das Leben der Riviera-Schickeria.

– Aber es hat nicht gehalten? sagte Annick.

– Nein, Lianne bekam es satt, sagte Gabrielle und kicherte wieder. Er war anscheinend gut im Bett, der reine Tiger, laut Lianne, und hielt Ordnung, kriegte sogar ein Omelett hin, wenn es darauf ankam. Aber was sie nicht aushielt, war, daß er so geheimnisvoll war, wollte kaum erzählen, wo er geboren war. Du weißt, die Verwandten sind ja wichtig für Chinesen, aber in den Jahren, die sie verheiratet waren, hat sie nicht ein einziges Mal jemanden aus seiner Familie getroffen. Außerdem kreiste sein ganzes Leben um Berger, sie hat gesagt, es war, als wäre er in einem permanenten Feldzug mit Berger als General. Sie war es, die glaubte, daß Louis Victor ein angenommener Name war und daß er in der Fremdenlegion gewesen war.

Das Fax von Thomas Héger lag im Faxgerät, als Annick das Gespräch mit Gabrielle Rossi beendet hatte. Sie nahm das noch feuchte Papier mit hinauf zu Julie Wastia, und sie studierten zusammen das unscharfe Bild und die Bildunterschrift mit exotischen Namen wie Ingvar, Åke, Sten und Torbjörn. Julie runzelte die Stirn.

– Dieser Name, sagte sie und zeigte auf die obere Zeile der Bildunterschrift, Juhász, ich habe ihn neulich irgendwo gesehen oder gehört. Er klingt nicht schwedisch, oder was meinst du?

– Ich weiß nicht, sagte Annick zögernd, vielleicht eher osteuropäisch?

Julie blätterte in der Akte, die vor ihr auf dem Schreibtisch lag, und zog mehrere Papiere heraus, die sie rasch durchsah.

– Sieh mal hier, sagte sie eifrig und schob eine Seite zu Annick hinüber, ich habe es gewußt, es war im Verhör mit Nunzia Paolini. Einer der jungen Grubenarbeiter, die bei der Katastrophe 1956 starben, hieß Juhász. Und sieh hier, Fabien Lenormand fragte, wie dieser Name geschrieben wird, als er Nunzia Paolini am Montag abend anrief!

– Aha, sagte Annick, aber was bedeutet das? Es ist nicht derselbe Vorname, der, der beim Grubenunglück starb, hieß Pisti, und der Typ auf dem schwedischen Foto heißt Istvan. Und Juhász, ist es tatsächlich ein Name, der so ungewöhnlich ist, daß er einem auffallen muß?

Julie riß das Telefonbuch an sich, das im Bücherregal hinter ihr stand. Sie stellte schnell fest, daß es in der Region eine Handvoll Personen mit dem Namen Juhász gab, allerdings niemanden in Villette.

– Aber es muß irgendwie wichtig sein, sagte sie, wir wissen, daß Fabien gefragt hat, wie Pisti Juhász seinen Namen schrieb, und der Name Juhász stand auf dem Bild, das er in der Hand hielt, als er ermordet wurde. Er hatte vermutlich die schwedische Zeitung gesehen, als er am Dienstag vormittag Nunzia Paolini anrief, glaubst du nicht? Vielleicht wurden bei dem Seminar, auf dem er in Brüssel war, schwedische Zeitungen verteilt.

Annick fand, daß Julie Wastia ihre Begabung verschwendete, indem sie als Rechtspflegerin arbeitete. Aber mit ihrem Familienhintergrund wäre es wohl schwer gewesen, sich ein höheres Ziel zu setzen. Sie stimmte Julies Überlegung eifrig bei:

– Und weil er gerade ein Buch über Grubenarbeiter schrieb und sich für Pisti Juhász interessierte, blieb er an dem Bild mit Grubenarbeitern hängen und reagierte auf den Namen in der Bildunterschrift, ja, so war es natürlich. Aber was bedeutet es?

– Kann es ein Verwandter sein? sagte Julie versuchsweise, von Pisti Juhász, meine ich? Fabien Lenormand hatte vielleicht im Archiv herausgefunden, daß Pisti Verwandte in Schweden hatte. Obwohl ich nicht verstehe, warum das etwas sein sollte, weswegen man sich aufregen müßte, und noch weniger, weswegen man ermordet werden müßte.

Sie nahm das Fax in beide Hände und starrte auf das unscharfe Bild, als könnte ihr Blick unter die Oberfläche dringen und das alte Foto dazu bringen, seine Geheimnisse zu enthüllen. Sie runzelte die Stirn.

– Denn es kann wohl nicht derselbe Typ sein, sagte sie, Istvan und Pisti, meine ich?

– Nein, sagte Annick, das kann nicht sein. Weil wir wissen, daß Pisti Juhász beim Grubenunglück 1956 starb.

– Ja, sagte Julie, aber gerade deshalb hätte sich Fabien logischerweise aufgeregt, wenn er Pisti auf einem Foto wiedererkannt hätte, das mehrere Jahre später in Schweden aufgenommen worden war.

Das klang außerordentlich unwahrscheinlich, besonders, weil das Bild von Pisti Juhász, das Julie in Nunzia Paolinis Büro gesehen hatte, so unscharf gewesen war, daß ihn noch nicht einmal seine Mutter darauf wiedererkannt hätte. Annick beschloß trotzdem, das Fax auf eigene Initiative nach Foch-Les-Eaux mitzunehmen.

Nunzia Paolini betrachtete das Bild und sah Annick verständnislos an.

– Aber er hieß ja Istvan, sagte sie, Istvan Juhász. »Pisti« war ein Kosename, aber alle nannten ihn so. Das hier verstehe ich nicht, meinen Sie, er hat überlebt?

Annick sah in Nunzia Paolinis Augen, dunkel wie Schlehenbeeren unter langen, dicken Wimpern, und ahnte starke

Gefühle darin. Trauer, Schmerz, Zorn oder vielleicht alles auf einmal? Das konnte sie nicht entscheiden.

Sie glättete das Fax, das sie vor die andere Frau auf den Tisch gelegt hatte.

– Ich weiß es überhaupt nicht, sagte sie vorsichtig, ich frage mich nur, ob Sie den Mann auf dem Bild möglicherweise wiedererkennen.

Nunzia Paolini starrte unglücklich auf das Fax.

– Aber wie soll ich sagen können, ob er es ist, sagte sie, es ist fast vierzig Jahre her, daß ich ihn gesehen habe, und das Bild ist viel zu undeutlich. Er könnte es sein, das ist das einzige, was ich sagen kann. Warten Sie, ich nehme das Bild aus unserem Archiv heraus, dann können Sie selbst vergleichen, so gut es geht.

Sie zog eine Schublade in ihrem grauen Archivschrank heraus und griff nach einer Pappmappe.

– Hier, sagte sie, hier haben wir Zeitungen von 1956.

Sie blätterte vor zu einem Ausschnitt, zu dem, der für das Plakat an der Wand vergrößert worden war, und zeigte auf Istvan alias Pisti Juhász. Zusammen sahen sie die beiden Bilder an und versuchten, sie zu vergleichen.

– Vielleicht, sagte Annick zögernd, sehen Sie, der Haaransatz ist sehr ähnlich, und das Kinn, aber unsere Kriminaltechniker müssen es genauer studieren. Können Sie von Pisti Juhász erzählen, wer war er? Und woher weiß man, daß er bei dem Unglück 1956 starb, ich meine, gibt es eine Möglichkeit, daß er überlebt haben kann?

Nunzia Paolini nahm ihren blauen Popelinemantel von einem Haken an der Wand und zog ihn sich mit ruckartigen Bewegungen über, sie wirkte erregt.

– Kommen Sie, sagte sie zu Annick, Sie wollen wissen, warum wir glauben, daß Pisti Juhász tot ist? Sie wollen etwas darüber wissen, wer er war? Kommen Sie mit, dann zeige ich es Ihnen!

Sie riß einen Schlüsselbund vom Schreibtisch an sich und marschierte aus dem Büro, ohne auf eine Antwort zu warten. Annick hatte keine andere Wahl, als ihr zu folgen. Auf dem Hof wandte sich Nunzia Paolini nach links und nahm Kurs auf ein rußiges Ziegelgebäude mit einer kurzen Treppe am Giebel. Sie ging die Treppe hinauf, schloß die Tür auf und forderte mit einer Geste Annick auf, vor ihr hineinzugehen.

Sie kamen in eine Vorhalle, fensterlos und mit hoher Decke. Es roch muffig, und Annick merkte, wie feiner Staub aufwirbelte, wenn sie die Füße setzte, aber die Luft war trockener, als sie erwartet hatte.

Nunzia Paolini öffnete die Tür zu einem großen, viereckigen Raum mit bleigefaßten Fenstern hoch oben und festmontierten Bänken an allen vier Wänden. Im Luftzug von der offenen Tür bewegte sich etwas über ihren Köpfen. Annick guckte hinauf zur Decke. In dem matten Licht, das durch die Schichten aus Ruß und Staub auf den Fenstern hereinsickerte, sah sie reihenweise Kleidung da oben hängen, Jacken und Hemden und Hosen in säuberlichen Reihen, die sie makabererweise an Massenhinrichtungen und Repressalien im Krieg denken ließen.

– »Der Saal der Gehenkten«, sagte Nunzia Paolini leise, wie ein Echo ihrer Gedanken, so nannte man es. Das hier ist der Umkleideraum der Grubenarbeiter, man zog die Kleidungsstücke an die Decke, damit sie trocken und geschützt waren. Und die da oben hängen hier seit dem 7. August 1956, sie gehören den Männern, die an diesem Tag erstickt oder verbrannt sind.

Annick blinzelte.

– Meinen Sie, daß seitdem niemand den Umkleideraum benutzt hat? sagte sie.

– Genau, sagte Nunzia Paolini, außer den Rettungsarbeitern und Ingenieuren, die in die Grube eingefahren sind, als die Katastrophe schon passiert war. Es war schon entschieden, daß die Grube im Herbst 1956 geschlossen werden sollte, man versuchte nur, in den letzten Monaten so viel Kohle wie möglich zu gewinnen. Aber nach der Katastrophe wurde es nicht für sinnvoll gehalten, wieder mit dem Abbau zu beginnen. Die Morgenschicht am 7. August 1956 war die letzte, die einfuhr, um in der Grube zu arbeiten.

Annick atmete vorsichtig die muffige Luft des Umkleideraums ein. Ein schwacher Duft nach Turnhalle ruhte noch über dem Raum, als habe sich der Geruch der lebendigen Körper der toten Männer beharrlich gehalten. Annick erschauerte.

– Was ist eigentlich genau passiert? fragte sie. Ich war noch nicht einmal geboren, als sich die Katastrophe ereignete, und ich fürchte, ich habe nicht sehr viel darüber gelesen.

Nunzia Paolini lächelte schwach.

– Da sind Sie nicht die einzige, sagte sie, ich hoffe, wir können das ändern, wenn wir das Museum hier eingerichtet haben. Aber jetzt möchten Sie wohl eine Schnellversion. Ja, was passierte, war, daß es zu einer großen Explosion von Grubengas kam, gerade als die Morgenschicht eingefahren war und mit der Arbeit begonnen hatte. Mehrere Arbeiter starben direkt bei der Explosion. Aber was dazu führte, daß das Unglück einen solchen Umfang bekam, war der anschließende Großbrand in der Grube. Zu der Explosion kam es genau da, wo ein Ort in einen der großen Schächte zum Fördern und Bewettern mündete. Die Hydraulik, die die

Förderanlage betrieb, war ölbasiert, und die Hitze von der Explosion steckte das Öl in Brand, und dann war die Katastrophe nicht mehr aufzuhalten. Es war ja eine Kohlengrube, und Kohle brennt. Die Kabel der Förderkörbe schmolzen durch die Hitze, und für die Männer, die da unten festsaßen, gab es keine Chance zum Ausfahren. Die meisten wurden von Kohlenmonoxyd erstickt. 162 Arbeiter starben.

– Und Pisti Juhász war einer von ihnen, sagte Annick, oder man hat es geglaubt. Aber wie kam man dazu?

– Das zeige ich Ihnen, sagte Nunzia Paolini, kommen Sie!

Sie gingen auf den Korridor, vorbei an einem spartanischen, weißgekachelten Raum mit einfachen abgetrennten Duschen bis zu einem fensterlosen Raum mit einer furnierten Holztheke und Haken an den Wänden.

– Die Lampenausgabe, sagte Nunzia Paolini, wer in die Grube einfuhr, hinterlegte im Austausch gegen eine Lampe seine Personalmarke. Auf diese Weise konnte man sehen, wer unten in der Grube war.

Sie trat hinter die Theke und zeigte auf die Wand, wo Reihen runder Messingmarken an Haken hingen.

– Hier, sagte sie, sehen Sie!

Die Marke, auf die sie zeigte, hing ganz außen in der untersten Reihe. Annick beugte sich vor und las darauf: »733 Juhász, Istvan«.

– Er zog sich um, hinterlegte seine Marke und holte seine Lampe ab, sagte Nunzia Paolini, daran gibt es keinen Zweifel, und deshalb hat man angenommen, daß er in die Grube einfuhr und mit den anderen umkam.

– Hat man den Körper gefunden? fragte Annick.

Die andere Frau schüttelte den Kopf.

– Einige wurden unter den Gesteinsmassen begraben,

und man fand sie nie, es wurde angenommen, daß Pisti einer von ihnen war, sagte sie.

– Aber gibt es irgendeine Möglichkeit, daß er auf dem Weg zwischen Umkleideraum und Grube verschwunden sein kann? fragte Annick.

Nunzia Paolini nahm die Messingmarke vom Haken und wog sie mit nachdenklicher Miene in der Hand.

– Er hatte verschlafen, sagte sie, Pisti hatte an diesem Tag verschlafen. Wir wohnten in derselben Baracke, und ich war draußen auf dem Hof, als er angelaufen kam und sich aufs Fahrrad warf. Ja, er kann trotz allem zu spät gekommen sein, aber wo ist er dann abgeblieben? Warum sollte er verschwinden?

Sie blinzelte und strich sich mit der Rückseite der Hand über die Augen.

– Ich habe um Pisti getrauert, sagte sie schwer, ich hatte ihn gern, verstehen Sie, er redete immer mit mir und machte Witze, ich habe ihm italienische Lieder beigebracht, und ich lernte von ihm ein Lied auf ungarisch, ein Erntelied. Und jetzt sagen Sie, daß er vielleicht nicht tot ist. Ich weiß nicht, ob mich das freut oder ob es mich nur wütend macht. Ich dachte, wir wären Freunde. Wie konnte er mich da glauben lassen, daß er tot ist, wenn er es nicht war? Wie konnte er?

Ihre Stimme überschlug sich fast. Annick sah in ihre schlehenbeerendunklen Augen unter den dicken Wimpern und sah den verständnislosen Blick des kleinen Mädchens, das an einem heißen Augusttag vor einer Arbeiterbaracke gespielt hatte, kurz bevor der Rauch aus der brennenden Grube den Himmel schwärzte. Sie wußte nicht, was sie sagen sollte.

– Aber ich weiß, mit wem Sie sprechen müssen, sagte

Nunzia Paolini mit ruhigerer Stimme, reden Sie mit Suzanne Tavernier. Sie betreibt die Brasserie direkt an der Einfahrt nach Foch-les-Eaux. Sie war zu dieser Zeit Pistis Freundin. Aus irgendeinem Grund hat sie immer daran gezweifelt, daß er bei der Katastrophe wirklich umgekommen ist.

KAPITEL 6

Freitag, 23. September 1994
Brüssel / Villette / Granåker

Jean-Louis Lemaire war Vorsitzender des eigens eingesetzten Parlamentausschusses, vor dem Martine aussagen sollte, und ihr gefiel der Gedanke daran, von ihrem früheren Liebhaber befragt zu werden, überhaupt nicht. Jean-Louis hatte mehrfach versucht, sich mit ihr zu verabreden, um die Befragung vorzubereiten, etwas, was man anscheinend mit allen tat, die aussagen sollten, aber sie hatte jedesmal einen Vorwand gefunden, um das Treffen abzusagen.

Jetzt aber konnte sie sich nicht mehr drücken. Zwei Stunden bevor die Ausschußanhörung beginnen sollte, trat sie durch den Seiteneingang des Parlaments zur Rue de Louvain in Brüssel ein und wurde von einem ehrerbietigen Kanzleidiener zu Jean-Louis Lemaires Dienstzimmer geführt.

Er saß hinter seinem Schreibtisch und arbeitete, sah aber auf, als sie durch die Tür eintrat, stand auf und kam mit ausgestreckten Händen lächelnd auf sie zu.

– Martine! sagte er erfreut.

Sie streckte ihm resolut die rechte Hand entgegen, auf eine Weise, die deutlich machte, daß sie Distanz halten und Wangenküsse vermeiden wollte. Statt dessen nahm er ihre Hand in einem warmen Griff zwischen seine beiden und betrachtete sie mit schräggelegtem Kopf und einem Anflug von Ironie in den braunen Augen.

– Ich sollte vielleicht lieber »Frau Richterin« sagen, sagte er, aber setz dich doch, Martine, wir haben viel zu besprechen.

Er machte eine Geste zu zwei samtbezogenen Sesseln, die auf je einer Seite eines niedrigen Tisches standen. Martine sank vorsichtig in einen und sah sich im Raum um. Sie erkannte eines der Bilder an der Wand wieder, ein recht unbeholfen ausgeführtes Gemälde des Stahlwerks in Seraing, das Jean-Louis von einem pensionierten Eisenhüttenwerkarbeiter und Hobbymaler geschenkt bekommen hatte. Es hatte in seiner Kanzlei in Liège an der Wand gehangen, über dem Sofa, auf dem sie sich während der Mittagspause zu lieben pflegten, und sie spürte mit beschämtem Erstaunen, wie sich ihr Körper noch einmal mit Wärme und prikkelnder Erwartung füllte, als sie die rotgelbe Schmelze betrachtete, die in der linken Ecke des Bildes hervorquoll.

Sie hatte Jean-Louis kein einziges Mal unter vier Augen getroffen, seit sie vor mehr als zehn Jahren mit ihm gebrochen hatte, und es gefiel ihr nicht zu spüren, wie jetzt die alte Spannung die Luft zwischen ihnen mit Elektrizität füllte.

Sie schielte zu ihm und versuchte, sich darauf zu konzentrieren, wie grau er an den Schläfen geworden war und wie sich sein Bauch über dem Gürtel wölbte.

Jean-Louis Lemaire war siebzehn Jahre älter als Martine und mit einer Frau verheiratet, die zu verlassen er nie einen Gedanken gehabt hatte, wie viele junge Geliebte er auch sammelte. Es hatte Martine fast drei Jahre gekostet, das einzusehen, und ein weiteres halbes Jahr, den Bruch herbeizuführen.

Sie erinnerte sich sehr deutlich an den Augenblick, als sie sich entschieden hatte. Sie hatte zu dieser Zeit englische New-Wave-Musik geliebt, ein Geschmack, den sie mit Jean-Louis, der nur italienische Oper hörte, nicht teilte, und sie war zusammen mit ihrer Freundin Valérie nach Leeds gefahren, um sich einen Klubauftritt von Soft Cell anzuhören. Sie hatte vor der Bühne gestanden, als »Tainted Love« gesungen wurde, und die banalen Worte plötzlich als eine persönliche Botschaft empfunden, ein Messer durch ihr Herz:

»Sometimes I feel I've got to
Run away, I've got to get away
From the pain you drive into the heart of me.
The love we share seems to go nowhere …«

Idiotische Tränen hatten ihre Augen gefüllt und ihr sorgfältig aufgetragenes Mascara zerfließen lassen. Sie hatte versucht, die Tränen wegzublinzeln und sich in dem gedrängt vollen Lokal umgesehen. Durch die Rauchschwaden und den Schleier aus Tränen und Mascara war sie einem Blick aus zwei Augen begegnet, die sie direkt, fest und forschend ansahen.

Das war Thomas gewesen.

Sie wünschte, er wäre jetzt zu Hause statt in Schweden.

Aber in der Tiefe ihres Herzens wußte sie doch, daß sie die Beziehung mit Jean-Louis nicht bereuen konnte. Er hatte sich für sie interessiert und sie auf eine Weise ernst genommen, wie es noch niemand getan hatte, hatte nach ihren Ideen und Ansichten gefragt und sie ermuntert, mit dem Jurastudium anzufangen. Zwischen ihnen waren Dinge geschehen, die sie für immer geprägt hatten.

Eine Serviererin in schmucker Uniform kam mit einem Tablett mit Kaffeekanne und zwei Tassen herein, das sie auf den kleinen Tisch stellte. Jean-Louis nahm eine Mappe vom Schreibtisch und ließ sich in dem anderen Sessel nieder.

– Ihr seid also vier Personen, die heute aussagen sollen. Du wirst als Nummer drei hereingerufen werden, sagte er, und ich dachte, wir können uns kurz darüber verständigen, welche Fragen dir möglicherweise gestellt werden.

Die Vorbereitung der Befragung war schnell erledigt. Da Martine zu denen gehörte, die die Wahrheit über die Ereignisse enthüllt hatten, die in der Vergangenheit vertuscht worden waren, hatte sie vor dem Ausschuß nahezu Heldenstatus und brauchte keine allzu kniffligen Fragen zu befürchten.

– Okay, sagte Jean-Louis, als sie mit dem Durchgehen der Fragen fertig waren, das ging ja schnell. Hast du vielleicht Zeit für etwas Klatsch? Politischen Klatsch, meine ich natürlich. Es heißt, daß du jetzt hinter Stéphane Berger her bist?

Seine braunen Augen strahlten Martine an. Sie spürte, wie es ihr vor Unbehagen am Rückgrat kribbelte. Anscheinend wußte nicht nur halb Villette von ihrem Besuch bei Berger Rebar, sondern das halbe Land.

– Ich bin nicht direkt hinter Berger her, sagte sie vorsichtig. Er ist in einer Voruntersuchung, an der ich arbeite, erwähnt worden, aber ich weiß noch nicht, ob da etwas dran ist. Was sind das für Gerüchte, die du gehört hast, und woher kommen sie?

Er hörte die Spannung in ihrer Stimme und warf ihr einen nachdenklichen Blick zu, während er an seiner dritten Tasse Kaffee nippte.

– Die Gerüchteküche ist schnell, wie du weißt, sagte er, und sie ist überall. Ich habe gehört, daß du darüber nachdenkst, ernstlich in Bergers Geschäften herumzuschnüffeln, als ein Teil der Untersuchung des Mordes an diesem französischen Journalisten. Du verstehst natürlich, daß das Bergers politische Beschützer in Villette beunruhigt, die dich nach der Demaret-Affäre sowieso schon nicht ausstehen können.

– Das ist ja lächerlich, sagte sie böse, deine Gerüchtemacher scheinen mehr von meinen Plänen zu wissen als ich selbst. Wer sind Bergers politische Beschützer, meinst du?

– Aber das weißt du ja schon, sagte er nachsichtig, die alte Garde in Villette, die Messières-Mafia, wie sie genannt werden, mit Guy Dolhet an der Spitze. Persönlich hätte ich nichts dagegen, wenn du ihnen noch einmal den Kopf waschen würdest, das ist eine Bande von Reaktionären, die der Entwicklung im Weg stehen. Villettes Zukunft liegt bei der anderen Phalanx, solchen wie Nali Paolini und Jean-Pierre Santini, die haben begriffen, daß die Entwicklung in unserer Region auf Dienstleistungen, Handel und Wissenschaft aufbauen muß und nicht darauf, qualmende alte Industrien künstlich zu beatmen. Es heißt ja, was du sicher weißt, daß Berger einige lukrative Bauverträge ohne Ausschreibung angeboten wurden, wenn er versprach, sich des Feinwalzwerks von Forvil anzunehmen.

Martine schüttelte hilflos den Kopf. Sie begriff, daß Jean-Louis, genau wie Jean-Claude Becker, versuchte, ihr für seine eigenen Zwecke etwas zu stecken. Es war die reine Ironie, dachte sie, der Mann, der sie hatte fallenlassen, und der Mann, der sie nur als Seitensprung hatte haben wollen, kamen jetzt zu ihr und versuchten, sie zum Handeln zu bewegen, weil sie die Macht hatte, die ihnen fehlte. Aber sie konnte es nicht lassen, neugierig nachzufragen.

– Welche Bauverträge? fragte sie.

Jean-Louis lächelte, zufrieden darüber, daß sie angebissen hatte.

– Die neue Sporthalle in Messières, sagte er, und der große Umbau des Gymnasiums. Glaub mir, da kann man viel Interessantes finden, wenn man anfängt, ernstlich herumzuwühlen.

Er sah auf die Uhr.

– Zeit für die nächste Sitzung, leider, sagte er, aber wir sehen uns bei der Befragung. Sag dem Kanzleidiener im Foyer Bescheid, dann führt er dich zu einem Raum, wo du mit den anderen Zeugen warten kannst.

Er zögerte.

– Oder du läßt dir vielleicht etwas anderes einfallen, um dir die Wartezeit zu verkürzen, geh zum Boulevard de Waterloo shoppen, oder so? Es dauert sicher ein paar Stunden, bis du an der Reihe bist. Und auch Guy Dolhet sagt heute aus, du wirst ihn im Warteraum antreffen.

Er zog das dunkelblaue Sakko an, das über dem Schreibtischstuhl hing, ein Meisterwerk der Schneiderkunst, das ihn sofort schlanker aussehen ließ.

– Und sei vorsichtig, Martine, sagte er ernst, ich will wirklich nicht, daß dir etwas passiert.

Das war eine wohlwollend gemeinte Warnung, keine Drohung, aber sie bewirkte, daß ihr sehr schlecht zumute war.

Die Luxusboutiquen am Boulevard de Waterloo lockten sie heute überhaupt nicht. Statt dessen bog sie auf den Kantersteen ein und ging in Richtung des Wirrwarrs von Gassen am Hang zwischen der Grande Place und der Rue de la Régence weiter, während sie über ihre irritierende Unfähigkeit nachgrübelte, Jean-Louis gegenüber unberührt zu bleiben, obwohl das alte Fieber im Blut seit langem ausgebrannt war. Die störenden persönlichen Gedanken wechselten sich mit ungefährlicheren Überlegungen zu dem, was Jean-Louis von Stéphane Berger erzählt hatte, ab. Auch Jean-Claude hatte ja gesagt, daß Berger zweifelhafte Geschäfte zusammen mit Politikern in Villette machte. Wenn das zutraf, gab es viele skrupellose Personen in der Stadt, die unruhig geworden sein mußten, als der arme Fabien Lenormand anfing, in Bergers Geschäften herumzuschnüffeln. Das eröffnete viele Möglichkeiten. Aber sie mißtraute Jean-Louis' Motiven und hatte Angst, daß ihre Morduntersuchung für einen internen politischen Machtkampf in der Region ausgenutzt werden würde.

Jetzt war sie unten in den Vierteln, wo sie in der Zeit, als sie eine arme Studentin war, die nicht einmal davon träumen konnte, am Boulevard de Waterloo zu shoppen, gebrauchte Herrensakkos und antike Spitzenblusen gefunden hatte. Warum war sie eigentlich dorthin gegangen, um etwas Neues zum Anziehen zu finden oder um zu der zurückzufinden, die sie gewesen war, bevor sie Madame Poirot, die Richterin, wurde? Sie war damals verletzlich, unsicher und machtlos gewesen – sie konnte sich doch nicht in diese Zeit zurücksehnen? Aber sie war auch freier gewesen, dachte sie. Macht und Verantwortung waren schwere Bürden, die sie zu tragen hatte, obwohl sie sich das selten selbst eingestehen wollte.

In einem kleinen Laden mit alten Sachen und Schmuck fand sie ein Paar emaillierte Ohrgehänge aus den dreißiger Jahren und eine platte, straßbesetzte Abendtasche aus Bakelit aus derselben Zeit mit Fach für Puderdose, Zigaretten und Lippenstift. Sie kaufte beides, obwohl sie sich nicht vorstellen konnte, wann sie für die Abendtasche Verwendung haben sollte. Aber sie war erlesen wie ein Schmuckstück und würde perfekt zu dem Kleid passen, das Tatia ihr geschickt hatte. Sie steckte die Papiertüte mit der Tasche und den Ohrgehängen, sorgfältig in rosa Seidenpapier gewickelt, in die Handtasche. Allein der Gedanke daran, daß sie dort waren, bewirkte, daß sie sich besser fühlte. Schöne

Dinge waren Talismane für sie, sie gaben ihr Kraft und schützten gegen die, die ihr übelwollten. Sie erinnerte sich, wie sie damals, als die Polizei ihr Zuhause durchsuchte, in ihrem Zimmer gesessen und versucht hatte, an die Puppe zu denken, die sie in einem Schaufenster an der Chaussée de Waterloo gesehen hatte und die ihr zu ihrem elften Geburtstag so gut wie versprochen worden war.

Sie war herumgeschlendert, ohne auch nur daran zu denken, welche Straßen sie wählte, und plötzlich stand sie vor dem Antiquitätengeschäft ihrer Freundin Denise von Espen in der Rue des Minimes. Denise war unten im Keller, kam aber herauf, als sie die Türklingel bimmeln hörte. Zuerst sah Martine den glatten, dunklen Kopf der Freundin durch die enge Wendeltreppe heraufkommen, dann die hellblaue Hemdbluse und den karierten Schottenrock. Wie gewöhnlich sah Denise aus wie eine dunkelhaarige Grace-Kelly-Kopie, und wie gewöhnlich hatte sie etwas, das sich davon abhob, diesmal eine Totenkopfschließe am Gürtel.

– Martine, sagte sie erfreut, ich wollte etwas später ins Parlament kommen und dir zuhören. Aber müßtest du nicht schon dort sein?

Sie setzte sich auf ein seidenbezogenes Louis-Seize-Sofa, und Martine sank neben sie.

– Ich war schon da, sagte sie düster, und bin auf die Befragung vorbereitet worden, und zwar vom Vorsitzenden des Ausschusses, nämlich Jean-Louis.

– Und? sagte Denise.

Sie und Martine kannten sich, seit sie in Uccle zusammen zur Schule gegangen waren, und Denise hatte die Geschichte mit Jean-Louis durch all ihre Phasen bis zum bitteren Ende verfolgt.

– Ach, ich weiß nicht, sagte Martine, er hatte ein wertloses Bild an der Wand, das in seinem Büro in Liège hing, und als ich es sah, bekam ich die gleichen Gefühle wie damals, als ich zweiundzwanzig war und es allein bei dem Gedanken, ihn zu treffen, am ganzen Körper kribbelte.

– Was denn, mußt du den Slip wechseln, sagte Denise, die weniger prüde war, als sie aussah, ich habe vielleicht ein paar aus einem Nachlaß im Keller, wenn es kritisch ist.

Martine lachte.

– Nicht ganz so schlimm, aber ja, etwas in dem Stil. Aber ich habe inzwischen ja gar keine Gefühle mehr für ihn, warum reagiere ich dann so?

– Bedingter Reflex, sagte Denise ruhig, du bist wie die Pawlowschen Hunde, denkst automatisch an Sex, wenn du dieses Bild siehst und Jean-Louis triffst. Das würde verschwinden, wenn du ihn öfter sehen würdest.

– Aber das will ich ja nicht, sagte Martine, und Thomas wäre gestreßt, wenn ich Kontakt mit ihm hätte.

– Weiß Thomas alles? fragte Denise.

– O ja, er weiß alles, und er betrachtet Jean-Louis als Belgiens führenden Stinkstiefel, sagte Martine.

– Wenn ich »alles« sage, meine ich wirklich alles, sagte Denise.

– Ja, wirklich alles, sagte Martine kleinlaut, aber das macht die Sache ja nicht besser. Und wie ist es mit dir?

– Ach, wie immer, sagte Denise, die Geschäfte gehen mies, und Max ist nie hier.

Sie starrte leer vor sich hin, und Martine legte die Hand auf ihren Arm. Sie saßen eine Weile stumm da, bis Martine auf die Uhr schaute und sah, daß sie fast eine Stunde unterwegs gewesen war. Besser, sie ging zurück zum Parlament, wenn sie nicht riskieren wollte, zur Befragung zu spät zu kommen.

Sie ging auf dem Boulevard de l'Empéreur, als eine rothaarige Frau mit Karte in der Hand sie ansprach und auf englisch nach dem Weg zum Gare Centrale fragte. Sie klang ein bißchen wie Thomas, wenn er Englisch sprach, sein schwedischer Akzent hatte sie verwirrt, als er sie in diesem Klub in Leeds zum ersten Mal angesprochen hatte, und den raschen Stoß von Freude, der ihren Körper durchfuhr, als sie eine Stimme hörte, die sie an Thomas erinnerte, empfand sie beinah wie ein Zeichen von oben.

Sie lächelte die Rothaarige an.

– Are you from Sweden? fragte sie.

Die Rothaarige nickte und lächelte zurück. Sie hatte blaugrüne Augen in einem offenen Gesicht und einen Mund, der aussah, als falle es ihm leicht zu lächeln. Aber um die Augen und den bestimmten Mund waren Linien, die Martine sagten, daß sie eine Frau war, die wie sie selbst mit den Bürden der Macht und der Verantwortung kämpfte. Einen Augenblick hatte sie ein Gefühl, als ob zwischen ihr und der anderen Frau etwas hin und her ginge, ein Funke wortloser Sympathie. Sie hatte Lust, sich in ein Café zu setzen und mit der rothaarigen Schwedin zu sprechen. Aber dazu hatte sie keine Zeit, und so begnügte sie sich damit, den Weg zum Bahnhof zu erklären, bevor sie mit schnellen Schritten zum Parlament weiterging.

Birgitta Matsson sah der blonden Frau, die ihr den Weg gezeigt hatte, nachdenklich nach. Sie würde man trotz der blonden Haare nie für eine Schwedin halten, dachte sie. Nicht nur, daß sie in ihrem schwarzen Kostüm und mit ihren hohen Absätzen auf eine Weise elegant war, die man nur auf dem Kontinent sah – es war etwas in ihrem Gesicht, etwas an ihrer Art, beim Sprechen die Hände zu bewegen, etwas in ihrer Gehweise, sie paßte ganz selbstverständlich auf eine Straße in Brüssel und ebenso selbstverständlich absolut nicht nach Hammarås.

Dennoch hatte Birgitta mit der Blonden einen Augenblick lang Zusammengehörigkeit empfunden, einen Funken von Sympathie, der wie ein sekundenschneller elektrischer Schlag zwischen ihnen hin- und hergegangen war. Es lag eine Aura von Autorität um die andere Frau, aber etwas in den grünen Augen zeigte ihr, daß sie über etwas nachgrübelte, eine Verantwortung trug, die sie belastete. Wie Birgitta selbst. Ein paar Sekunden lang hatte sie den wahnsinnigen Impuls gehabt, die Blonde zu fragen, ob sie Zeit hatte, eine Tasse Kaffee zu trinken, sich ein Problem anzuhören und vielleicht einen guten Rat zu geben.

Manchmal waren die Ratschläge von Fremden die besten. Aber nicht, sagte sie streng zu sich selbst, wenn es um Geld und Arbeitsplätze und die Zukunft einer ganzen Gegend ging. Aber an wen sollte sie sich wenden? So viel stand auf dem Spiel, daß sie nicht das Risiko eingehen konnte, mit ihrem vagen und formlosen Verdacht sensible Verhandlungen in den Grund zu bohren. Trotzdem mußte sie etwas tun.

Sie dachte an das Telefongespräch, das sie vor einer Weile geführt hatte. Etwas dabei hatte sie beunruhigt, als sie aufgelegt hatte, sie spürte die Angst wie einen eiskalten Finger im Nacken. Aber was war es?

Birgitta Matsson glaubte nicht an Vorzeichen und Vorahnungen. Ihre Großmutter Janols' Brita, der einzige Mensch, zu dem sie je aufgesehen hatte, hatte als hellsichtig gegolten, aber über Dinge wie Aberglaube und Phantasterei die Nase gerümpft. Du mußt einfach aufmerksam sein, hatte die Großmutter gesagt, wenn Birgitta neben ihr in der

Webstube saß und zusah, wie aus dem verschlissenen Blaumann des Vaters und ausrangierten Schürzen der Mutter wunderbarerweise farbenfrohe Teppiche entstanden, du mußt Augen und Ohren und alle Sinne offen haben. Dann weißt du immer, was ist, sagte Brita, wenn du auf der Sennhütte bist, gehst du dort vielleicht umher und denkst nur darüber nach, mit wem du am Samstag tanzen wirst, aber unwillkürlich sehen deine Augen die Kratzspuren an den Bäumen und die Unordnung in den Ameisenhaufen, und deine Ohren hören, daß der Hund anders bellt und daß das Vieh still geworden ist. Dann weißt du, daß der Bär da ist, obwohl du nicht sagen kannst, warum du dir so sicher bist.

Birgitta hatte den Rat ihrer Großmutter nie vergessen. Sie erinnerte sich an damals, als sie in Hamra gerade angefangen hatte und nach Ende der Schicht mit einem drückenden Gefühl von Gefahr im Körper vom Laufkran geklettert war. Sie hatte gespürt, daß etwas nicht stimmte. Aber die Arbeitskollegen, denen sie das gesagt hatte, hatten sie mit Blicken abgefertigt, die sagten »ja, die Weiber« und »sie hat wohl ihre Tage«, und sie hatte nicht die Kraft gehabt, hart zu bleiben. Aber auf dem Heimweg hatte sie an Britas Worte gedacht und versucht, sich zu erinnern, was ihr dieses Gefühl von Gefahr eingeflößt hatte, und plötzlich wußte sie es. Sie hatte eine Gießpfanne mit flüssigem Stahl bedient, und da war ein Lichtreflex gewesen, der dort nicht hätte sein dürfen, ein kurzes Kräuseln in der glühenden Scheibe, als habe etwas die Gießpfanne zum Vibrieren gebracht. Birgitta hatte kehrtgemacht und war in rasendem Tempo zurück zum Werk geradelt, hatte sich den Schutzhelm aufgedrückt, war hineingestürzt und hatte mit einer Autorität, die sie von sich nicht kannte, angeordnet, daß alle vom Laufkran wegtraten, der jetzt erneut mit einer Ladung von hundert Tonnen glühendem geschmolzenem Eisen unter der Decke dahinglitt. Die Männer von der anderen Schicht kannten sie kaum, und sie hatten sie angestarrt wie eine Irre, aber etwas in ihrer Stimme hatte sie veranlaßt zu tun, was sie sagte. Und deshalb hatte sich keiner in der Gefahrenzone befunden, als ein Laufkranseil riß und der glühende Stahl über den Boden floß.

Das war ein wichtiges Ereignis für Birgitta gewesen, es war der erste Schritt, das unerschütterliche Selbstvertrauen, das sie als Kind gehabt hatte, das in den Jahren mit Christer aber völlig zerstört worden war, wieder aufzubauen.

Jetzt hatte sie es völlig zurückgewonnen. Sie wußte, daß sie Kommunalrat geworden war, weil die wichtigsten Kandidaten, Arne Fredriksson und Hans Nyberg, beide damit gerechnet hatten, daß sie genug Zeit haben würden, um den anderen auszustechen, während sie Fehler machte. Trotzdem hatte sie nie daran gezweifelt, daß sie die Beste für Hammarås war. Sie selbst hatte die Öffnung gesehen, die ihr Hahnenkampf erzeugt hatte, sie selbst hatte sich in die Lücke zwischen ihnen manövriert. Und sie hatten nie etwas geahnt.

Aber auch jetzt wußte sie, daß etwas nicht stimmte. Und als sie zum Bahnhof ging, um eine Fahrkarte zu kaufen, fragte sie sich, ob sie die richtige Entscheidung getroffen hatte, ob das die richtige Art war, wie sie mit ihrem unglaublichen Verdacht umgehen sollte. Irgend etwas während des Telefongesprächs neulich hatte an Birgitta die gleichen Warnsignale ausgesandt wie früher einmal ein in Unordnung gebrachter Ameisenhaufen auf der Sennhütte an ihre Großmutter. Janols' Brita hatte Kühe geweidet, aber ihre Enkelin war Berufspolitikerin und Unterhändlerin und arbeitete mit Menschen und Worten. Und selbstverständlich hatte es in diesem Gespräch eine Pause gegeben, die den Bruchteil einer Sekunde zu lang war, einen Tonfall, der eine Spur zu beherrscht klang, Instruktionen, die etwas zu präzise waren …

Birgitta Matsson war jetzt absolut sicher, daß ein Bär in ihrem Wald war. Aber sie hatte ihren Entschluß gefaßt, und es gab kein Zurück. Die Worte, die sie in der Pfarrhofküche zum Erschauern gebracht hatten, klangen durch ihren Kopf, während sie zum Fahrkartenschalter ging.

»Ein Stich im Daumen, er sagt mir,
Etwas Böses ist bald hier.«

Der erste, den Martine sah, als sie in den Warteraum der Zeugen trat, war Guy Dolhet, früherer Bürgermeister von Villette, früherer Innenminister, früherer Senator. Er füllte den Stuhl, auf dem er saß, kleingewachsen und kompakt in seinem unmodernen grauen Anzug. Er sah sie sofort, als sie hereinkam. Seine schwarzen Augen musterten sie mit konzentrierter Bosheit.

– Sieh an, Madame Poirot, sagte er, wollen Sie wirklich hier sitzen und mit uns gewöhnlichen einfachen Zeugen warten? Ich habe gehört, daß Sie vom Ausschußvorsitzenden eine Spezialbehandlung erhalten sollen.

Seine Stimme triefte von Andeutungen. Martine machte sich nicht die Mühe zu antworten. Sie ließ sich auf einem Stuhl nieder und sah auf die Uhr. Immer noch lange Zeit zu warten. Sie hätte länger wegbleiben sollen. Aber sie wollte nicht riskieren, zur Befragung zu spät zu kommen.

Eine vergoldete Uhr an der Wand tickte Minuten herunter, die ewigkeitslang wirkten. Sie schloß die Augen und versuchte, etwas Neutrales und Beruhigendes zu finden, woran sie denken konnte.

Ein gedämpftes Klingelsignal brach die aufgeladene Stille im Raum. Sie sah sich verwirrt um und merkte, daß das Geräusch aus ihrer eigenen Handtasche zu kommen schien. Natürlich, sie hatte ja eines der neuen Mobiltelefone bekommen, die neulich für den Justizpalast angeschafft worden waren. Sie nahm eilig das Telefon heraus und drückte auf den Knopf mit dem grünen Telefonhörer, wie man es ihr gezeigt hatte.

Es war Nathalie Bonnaire, die anrief. Ihre Stimme war verblüffend deutlich zu hören, klang aber heiser.

– Es geht um das schwarze Notizbuch, sagte sie eifrig, Fabiens kleines schwarzes Buch. Sie haben gesagt, ich sollte anrufen, wenn ich es finde, und Julie Wastia hat mir die Nummer des Mobiltelefons gegeben. Können Sie jetzt reden?

– Ja, sagte Martine, Sie haben das Notizbuch also gefunden?

– Ja, sagte Nathalie Bonnaire, ich habe mich endlich aufgerafft, Fabiens Bettwäsche von der Schlafcouch abzuziehen und sie zusammenzuklappen, und da habe ich das Buch gefunden, es war unter die Matratze gerutscht. Ich habe hineingeguckt, und Sie müssen es sich anschauen, es ist ein bißchen schwer, sein Gekrakel zu lesen, aber es weist alles auf Stéphane Berger hin!

– Sollen wir jemanden schicken, der es holt, oder bringen Sie es selbst?

– Es ist besser, wenn Sie jemanden schicken, sagte Nathalie Bonnaire, ich bin leider krank, erkältet und fiebrig, deshalb bin ich heute nicht zur Arbeit gegangen. Aber es hat keinen Sinn, das Buch einfach abzuholen, Sie brauchen meine Hilfe beim Entziffern.

– Okay, sagte Martine, ich kümmere mich darum.

Sie drückte auf den Knopf mit dem roten Hörer. Unglaublich praktisch, diese Mobiltelefone, dachte sie, schade, daß wir nicht alle eines bekommen. Sie rief Julie an und erklärte, daß einer der Ermittlungsbeamten so schnell wie möglich zu Nathalie Bonnaire nach Hause fahren müsse, um mit ihr Fabien Lenormands Notizbuch durchzugehen.

– Ich sage Annick Bescheid, wenn sie zurückkommt, sagte Julie, Christian ist immer noch in Brüssel, glaube ich, und Serge ist mit etwas anderem beschäftigt.

Martine beendete das Gespräch und steckte das Telefon in die Handtasche. Als sie aufblickte, sah sie in Guy Dolhets kalte schwarze Augen. Er sah sie direkt an, und ein kleines, triumphierendes Lächeln spielte in seinem linken Mundwinkel.

Der Lunchansturm war gerade vorbei, als Annick die Brasserie am Rand von Foch-les-Eaux betrat. Ein junger Kellner deckte die Tische für das Abendessen, während eine große Frau mit kurzgeschnittenen grauen Haaren hinter der Bar stand und Gläser putzte.

– Wir haben eigentlich jetzt geschlossen, sagte sie fröhlich zu Annick, aber wenn Sie nur etwas trinken möchten, läßt sich das sicher einrichten.

– Nein, ich komme von der Polizei, sagte Annick und zeigte ihre Legitimation vor. Sind sie Madame Tavernier? Mit Ihnen möchte ich reden.

Suzanne Tavernier hob erstaunt ihre wohlgezupften Augenbrauen.

– Und worum geht es, sagte sie, hier haben wir wirklich nichts zu verbergen.

– Pisti Juhász, sagte Annick kurz.

Das Glas, das Suzanne Tavernier gerade polierte, glitt ihr

aus den Händen und zerbrach auf dem Steinboden. Sie sah bestürzt auf die Glasscherben hinunter und lächelte dann Annick verlegen an.

– Oj, sagte sie, das ist ein Name, den ich seit vielen Jahren nicht gehört habe. Können Sie einen Augenblick warten, ich will in der Küche nach dem Rechten sehen, dann komme ich gleich. Möchten Sie eine Tasse Kaffee trinken, während Sie warten?

Annick nickte dankbar. Suzanne Tavernier machte ihr einen doppelten Espresso, bat den Kellner, sich um das zerbrochene Glas zu kümmern, und verschwand durch die Drehtür in die Küche.

Nach ein paar Minuten kam sie zurück. Annick beobachtete die Frau, die zwischen den Tischen auf sie zukam. Wenn sie vor bald vierzig Jahren Istvan Juhász' Freundin gewesen war, mußte sie jetzt um die sechzig sein, aber sie hatte immer noch die weidenschlanke Figur eines jungen Mädchens, hervorgehoben durch schwarze Jeans und einen enganliegenden, gestreiften Pulli.

– So, sagte Suzanne Tavernier und ließ sich Annick gegenüber nieder. Sie wollen über Istvan reden, haben Sie gesagt. Oder Pisti, alle nannten ihn so, aber er zog Istvan vor, das klang erwachsener, fand er. Ist er wieder aufgetaucht? Irgendwie habe ich immer geglaubt, daß er eines Tages wieder auftaucht.

– Deshalb bin ich hier, sagte Annick, Nunzia Paolini sagte, Sie hätten immer daran gezweifelt, daß Istvan Juhász bei dem Unglück 1956 gestorben ist, und ich möchte gern wissen, warum. Sein Name ist in einer Untersuchung aufgetaucht, an der wir arbeiten, aber wir wissen nicht genau, welche Rolle er spielt. Nunzia Paolini hat gesagt, daß Sie 1956 seine Freundin waren?

Suzanne Tavernier lächelte schief.

– Hat sie das gesagt, ja, das kann man so sagen. Ich selbst hätte dieses Wort kaum benutzt. Ich war damals dreiundzwanzig, verstehen Sie, und ich war schon Witwe. Ich war erst achtzehn, als ich geheiratet habe, und drei Jahre später starb mein Mann bei einem Verkehrsunfall. Ich habe natürlich getrauert, aber bald erkannt, daß es recht viele Vorteile hat, sein eigener Herr zu sein und über sein eigenes Geld zu verfügen.

– Aber etwas habe ich vermißt nach der Ehe, und das war ... ja, das eheliche Zusammenleben, wenn Sie verstehen, was ich meine. Und es war nicht so leicht, in Foch-lex-Eaux daran etwas zu ändern. Ich wollte absolut nichts mit verheirateten Männern zu tun haben, so etwas billige ich nicht, und die italienischen Jungens waren hübsch, aber so konservativ und katholisch, daß man sich im Dunkeln fürchtete, der kleinste Kuß, und sie meinten, man sei die Hure Babylons. Aber dann habe ich Istvan kennengelernt. Er war Ungar, wie Sie vielleicht wissen, und er kam aus einer protestantischen Familie, deshalb war er wohl anders. Er war erst siebzehn, aber reif in jeder Hinsicht, und wir fingen ein Verhältnis an. Ich arbeitete damals in einem Café, und ich versorgte ihn mit Frühstück und Proviant und Wäsche. Aber das war es wert.

Sie lächelte träumerisch.

– Wohnte er schon lange in Foch-les-Eaux? fragte Annick.

– Ziemlich lange, glaube ich, sagte die andere Frau, seine Familie kam direkt nach dem Krieg, als die Kommunisten die Macht in Ungarn übernahmen, hierher. 1948 vielleicht oder 1949, sein Vater bekam hier einen Job als Grubenarbeiter. Es gab mehrere ungarische Familien hier. Istvan hatte einen Onkel, der in derselben Baracke wohnte.

– Und Istvan fing schon mit siebzehn an, in der Grube zu arbeiten, sagte Annick.

– Ja, sagte Suzanne Tavernier, sein Vater starb, als er vierzehn war, deshalb mußte er arbeiten. Kati, seine Mutter, nahm Schneiderarbeiten an, sie war eine sehr tüchtige Schneiderin. Aber das reichte ja nicht weit. Und sie starb 1955 an einer Art Lungenschwindsucht.

– Istvan war also allein auf der Welt, sagte Annick.

Suzanne Tavernier nickte.

– Ja, bis auf den Onkel, aber mit dem stritt er sich meistens.

– Okay, sagte Annick, dann kommen wir zur Sache. Sie haben daran gezweifelt, daß Pisti Juhász bei dem Grubenunglück umkam, und geglaubt, daß er wieder auftauchen würde. Warum?

– Da waren mehrere Dinge, sagte die andere Frau langsam, und in erster Linie war es die Wäsche. Ich hatte für ihn gewaschen und gab ihm das Paket mit den sauberen Kleidern genau an dem Tag, als die Katastrophe sich ereignete. Ich erinnere mich sehr gut daran, er war spät dran an diesem Tag und hatte keine Zeit, hereinzukommen und zu frühstücken, deshalb mußte ich reingehen und ihm das Paket holen, bevor er losradelte. Aber danach waren die sauberen Kleider verschwunden. Er hätte sie doch im Umkleideraum lassen müssen, bevor er in die Grube einfuhr, oder er hätte sie im Fahrradkorb vergessen können, aber sie waren nirgends. Nach der Katastrophe wurden Kleider und Bedarfsartikel für die Angehörigen der toten Grubenarbeiter gesammelt, und ich dachte, daß man Istvans saubere Kleider brauchen könnte. Besonders zwei Hemden, die seine Mutter genäht hatte, waren in sehr gutem Zustand. Aber sie waren nicht zu finden.

Annick runzelte die Stirn. Sie verstand nicht ganz, wie Suzanne Tavernier dachte und wie das verschwundene Paket mit Wäsche darauf hindeuten konnte, daß Istvan Juhász die Katastrophe überlebt hatte.

– Doch, das ist doch klar, sagte Suzanne Tavernier eifrig. Er hatte sich umgezogen, um in die Grube einzufahren, das steht fest, denn seine Alltagskleider hingen im »Saal der Gehenkten«. Er konnte ja nicht in Grubenarbeiterkleidung verschwinden, aber er hatte die Kleider zum Wechseln, die er anziehen konnte, und deshalb war das Paket weg.

– Aber warum sollte er verschwinden?

– Oh, sagte Suzanne Tavernier, er hatte überall Schulden, der arme Junge. Außerdem war meine Periode verspätet, und ich glaubte, daß ich vielleicht ein Kind erwartete, aber Istvan war wohl nicht so erpicht darauf zu heiraten. Ich glaube, er sah eine Chance, neu anzufangen, ohne Schulden und Familienbande. Seine Familie hatte ja schon einmal in einem neuen Land von vorn angefangen.

– Glauben Sie also, daß er Belgien verlassen hat? fragte Annick.

Die andere Frau zuckte die Achseln.

– Ja, das kann ich mir vorstellen, sagte sie, Frankreich vielleicht oder Deutschland. Oder Italien, er konnte ziemlich gut Italienisch, nachdem er mit italienischen Familien mehrere Jahre die Baracke geteilt hatte. Aber ich bin sicher, daß er auf die Füße gefallen ist, wo immer er gelandet ist, er war dieser Typ. Mehrere Jahre habe ich tatsächlich darauf gewartet, daß er wieder auftauchen würde. Es ist sogar ab und zu vorgekommen, daß ich meinte, ihn im Fernsehen gesehen zu haben. Und wenn Sie es wissen wollen, ein Kind ist nicht gekommen. Ich habe ein paar Jahre später wieder geheiratet, aber wir haben uns nach fünf Jahren getrennt.

Ich hatte wohl Geschmack an der Freiheit gefunden. Aber ich denke manchmal an Istvan und frage mich, wie es geworden wäre, wenn die Grube an diesem Tag nicht explodiert wäre, ob wir geheiratet hätten und wie es gegangen wäre.

Um das Zeitungsbild nach Villette zu faxen, war Thomas nach Hanaberget gefahren, und er hatte Glück gehabt. Die kleine Bibliotheksfiliale im Folkets Hus von Hanaberget war offen, und dort gab es ein Telefax, das er gegen eine bescheidene Abgabe von fünf Kronen benutzen konnte.

Aber die Qualität eines gefaxten Zeitungsfotos würde erbärmlich sein, dachte er, als er den Zeitungsausschnitt durch das Fax gleiten sah. Er fragte sich, wo das Originalfoto war. Wenn er es auftreiben könnte, könnte er es nach Villette schicken, vielleicht zuerst in ein Fotogeschäft gehen und es vergrößern lassen, so daß man die Gesichter deutlich sehen konnte.

Oder er könnte sich um seine eigenen Angelegenheiten kümmern, Korrektur lesen und nach seiner kranken Großmutter sehen.

Hatte Martine nicht etwas komisch geklungen, als er gestern abend angerufen hatte? Es war etwas in ihrer Stimme gewesen, das in ihm danach ein vages Gefühl von Unruhe hinterlassen hatte.

Er kannte Martine so gut, daß er die geringste Veränderung in ihrer Stimme wahrnahm, hörte, wenn sie versuchte, etwas zu verbergen, oder etwas anderes meinte als das, was sie sagte. Gestern hatte er sich von den Bildern, die er vor seinem inneren Auge heraufbeschworen hatte, bevor er anrief, ablenken lassen – Martine, die blonden Haare offen und mit bloßen Füßen, zusammengekauert in der Sofaecke mit dem Frotteemorgenmantel offen über dem dünnen Nachthemd, nachdenklich an ihrem Weinglas nippend.

Aber als er jetzt daran dachte, wie sie geklungen hatte, war ihm klar, daß etwas nicht stimmte. Es hatte eine Spannung in ihrer Stimme gegeben, als habe sie … Angst? Ja, Martine hatte ängstlich geklungen.

Das war sehr verständlich, dachte er, sie hatte in kurzer Zeit zwei schwierige Morduntersuchungen gehabt, mit denen sie sich selbst in Lebensgefahr gebracht hatte, und jetzt war sie vielleicht wieder soweit. Da war es nicht lustig, abends allein zu Hause im Dunkeln zu sitzen. Er entschloß sich, schnell nach Hause zurückzukehren, sobald er einen Flug fand, der ihn nicht ruinieren würde. Sophie konnte bei Greta bleiben.

Neben der Ausleihe der Bibliothek gab es eine kleine Leseecke mit Zeitungen und Zeitschriften.

Dort saß ein Mann in den Siebzigern und blätterte in einer der Reichszeitungen. Die untersetzte Gestalt und der scharfe, hellblaue Blick hinter der Lesebrille kamen ihm bekannt vor. Thomas ging zu ihm hin und streckte die Hand aus.

– Hej, sagte er, du bist Tyre Myråsen, stimmt's? Ich heiße Thomas Héger, ich weiß nicht, ob du dich an mich erinnerst, aber ich war in der Dritten ein Klassenkamerad von Lars-Ove.

Der ältere Mann sah auf und betrachtete ihn einen Augenblick forschend, bevor er aufstand und Thomas' ausgestreckte Hand nahm.

– Klar erinnere ich mich an dich, sagte er, der »Häger« vom Pfarrhof, du warst im Hochsprung besser als Lasse. Bist du hier, um Greta zu besuchen? Ich habe gehört, daß sie ziemlich schlecht dran ist. Wie geht es ihr?

– Sie ist müde und hat fast keine Kraft mehr, sagte Thomas, aber sie ist ja immerhin fünfundneunzig. Ach ja, sag mal, du warst doch Gewerkschaftsvorsitzender in der Grube, weißt du zufällig, wo man das Original dieses Fotos auftreiben kann, das letzte Woche mit in der Zeitung war?

Tore Myråsen nahm den Zeitungsausschnitt und sah Thomas erstaunt an.

– Dieses alte Bild, sagte er, das gibt es hier in Hanaberget in jedem zweiten Haushalt, ich zum Beispiel habe es in meinem Fotoalbum. Ein Fotograf von der Hammarås Tidning war da und machte das Bild, es ging um einen Artikel über den Produktionsrekord. Und die Gesellschaft kaufte das Bild und schenkte in ihrer unsagbaren Großzügigkeit allen, die zur Rekordschicht gehört hatten, einen Abzug. Das war die Belohnung, die wir bekamen.

Er schnaubte, als ob ihn der Geiz der Grubengesellschaft vor fünfunddreißig Jahren immer noch ärgerte.

– Du darfst dir das Foto gern von mir leihen, sagte er zu Thomas, aber was willst du damit?

– Es klingt unglaublich, sagte Thomas, aber es ist in einer Morduntersuchung in Belgien aufgetaucht, eine Morduntersuchung, mit der meine Frau beauftragt ist.

– Ojojojoj, sagte Tore Myråsen, davon mußt du mehr erzählen. Weißt du, daß ich einmal mit einer Delegation der Grubengesellschaft zu einem Studienbesuch bei Forvil unten in Belgien war? Ich glaube, es war 1967. Da habe ich zum ersten Mal in meinem Leben Pommes frites gegessen.

Er zog den Reißverschluß seiner dunkelblauen Windjacke zu und drückte eine karierte Wollschirmmütze auf die borstigen weißen Haare.

– Komm mit mir nach Hause, sagte er, ich glaube, Ellen hat Kaffee aufgesetzt. Du kannst unterwegs erzählen.

Die Erinnerungen an seine erste Schulzeit in Hanaberget überspülten Thomas, als er auf die Treppe des Folkets Hus trat. Es war genau diese Zeit des Jahres gewesen. Der Himmel war ebenso kühlblau gewesen, und die Birken hatten ebenso goldgelb vor dem dunklen Tannenwald gelodert, der die Ortschaft umgab. Ein paarmal hatte er sich vom Schulhof auf der anderen Straßenseite weggeschlichen und seine Zuflucht in dem Winkel zwischen den beiden Gebäudereihen des Folkets Hus gesucht, um vor den neuen Klassenkameraden, die sich über seine Aussprache lustig machten, seine Ruhe zu haben.

Und äußerlich war sich alles gleich. Die gemauerte Bank, wo er immer gesessen und belgische Comics gelesen hatte, um sein Heimweh zu betäuben, war noch da, und das rote Schulgebäude sah genauso aus wie 1965. Aber damals war der Schulhof voller tobender, lärmender Kinder gewesen. Jetzt war er fast leer. Und noch etwas war anders, etwas, was er nicht benennen konnte.

– Hörst du, wie still es ist, sagte Tore Myråsen, seit die Grube geschlossen wurde, ist es so verdammt still, daß mir die Ohren weh tun. Früher waren immer Geräusche hier – die Förderanlage, die Steinbrechmaschine, die Lastwagen, es war wie eine Hintergrundmusik, die man schließlich nicht mehr hörte, die aber zeigte, daß der Ort lebte. Aber diese Stille …

Er seufzte schwer.

– Die Grube lief ja in den letzten Jahren nur im Vierteltempo, es ist ein Wunder, daß sie so lange weitermachen konnten, aber es gab einen Langzeitvertrag mit Forvil, wo man die eigenen Arbeitsprozesse unserer Erzqualität angepaßt hatte. Aber jetzt sieht alles tot aus, komm mit, du wirst sehen. Und die Betriebsleitervilla steht seit fünfzehn Jahren leer, eine Zeitlang hauste dort eine Bande Fixer aus Hammarås.

Tore Myråsen marschierte los, über die Landstraße und den Hang hinauf, der zur Grube führte, wo das rote Fördergerüst über der Ortschaft thronte. Links war die Abzweigung hinauf zur Betriebsleitervilla, wohin Thomas seine Großeltern manchmal begleitet hatte. Unterhalb des Hügels lag der Tennisplatz der Villa, wo sich Aron Lidelius an schönen Sommertagen manchmal an ein friedliches Tennismatch gegen den Betriebsleiter gewagt hatte, mit Thomas als Balljungen. Jetzt waren die früher säuberlich gekreideten Linien des Platzes unter einem Matsch von über Jahre heruntergefallenen und vermoderten Blättern begraben.

– Du wolltest von einem Mord erzählen, sagte Tore Myråsen, aber das kannst du dir vielleicht bis zum Kaffee aufheben, damit Ellen es auch hören kann, sie mag Mordgeschichten.

– Dann kann ich dich statt dessen etwas anderes fragen, sagte Thomas, der immer noch neugierig auf den jungen Grubenarbeiter war, der Greta und Sophie bezirzt hatte. Erinnerst du dich an einen jungen Mann, der Istvan Juhász hieß? Er ist auch auf diesem Bild, das in der Zeitung war.

Tore Myråsen lachte auf, ein kurzes, heiseres Lachen.

– Istvan, sagte er, ja, den Typen vergißt man nicht so schnell! Wann war das, daß er hier abgehauen ist, war das 1960 oder vielleicht 1961? Lange her ist es jedenfalls. Aber Istvan Juhász vergißt man nicht.

– Erzähl, sagte Thomas ermunternd.

– Tja, sagte Tore Myråsen, er kam 1956 hierher, es gab viele, die aus Ungarn geflohen waren, und eine ziemlich große Gruppe ungarischer Flüchtlinge kam hierher, um in der Grube zu arbeiten. Istvan hatte Erfahrung mit Grubenjobs, behauptete er, aber er war zu jung, um einzufahren, und die Frauenzimmer schlugen sich fast darum, ihm zu helfen. Es war wohl deine Großmutter, die den Sieg davontrug, wenn ich mich recht erinnere, sie organisierte einen Job für ihn in Granåker. Aber im Jahr darauf hatte er das Alter erreicht, und da fing er in der Grube an. Er war ein tüchtiger Arbeiter, das muß ich sagen, und eine Weile dachte ich, er würde auch ein guter Gewerkschaftsmann werden. Ich versuchte, ihn auf ein paar Kurse zu schicken, und dachte, daß er Arbeitsschutzobmann werden könnte, denn er war ein furchtloser Bursche, der nie zögerte zu protestieren, wenn er fand, daß etwas falsch war.

– Aber daraus wurde nichts, sagte Thomas.

– Daraus wurde nichts, sagte Tore Myråsen, er war zu rastlos dafür, hatte eine Menge Ideen und Ambitionen, die nicht darauf hinausliefen, als Grubenarbeiter in Hanaberget zu enden. Er belegte einen Hermodskurs, erinnere ich mich, in Betriebswirtschaft war es wohl, und machte eine Art Fünfundzwanzig-Öre-Examen. Danach fing er an, Leuten bei ihren Steuererklärungen zu helfen, damit hat er ein hübsches Sümmchen verdient. Er war Mitglied der Theatergruppe, die wir damals hier hatten, und spielte Jean, als sie im Folkets Hus »Fräulein Julie« inszenierten. Er hatte ja einen leichten Akzent, wenn er Schwedisch sprach, aber wie er die Rolle spielte, paßte es gut. Er war auch Mitglied im Folkets-Hus-Verein, und da wurde er Kassenwart, weil er Betriebswirtschaft studiert hatte und etwas vom Umgang mit Geld zu verstehen schien. Und zum Ersten Mai, ich glaube, es war 1961, ich erinnere mich jedenfalls, daß es ein langes Wochenende war und die Walpurgisnacht auf einen Sonntag fiel, schlug Istvan vor, wir sollten nach der Demonstration in Hammarås im Folkets Hus eine Art Familienfest organisieren. Fischteich und Ballons für die Kinder, ein Troubadour, der Dan Andersson zur Laute trillerte, am Nachmittag für die Damen und am Abend Tanz mit einem guten Orchester. Ja, das klang ja prima, und Gewinn würden wir machen, nach seiner Rechnung, und er war bereit, alles zu organisieren.

Sie gingen am Grubenbüro vorbei, einem langen, zweistöckigen Gebäude aus roten Ziegeln mit Reihen leerer Fenster, und blieben vor dem Fördergerüst stehen. Es lag erst Wochen zurück, daß der Betrieb aufgehört hatte, aber der Verfall hatte schon begonnen, wirkte ebenso handgreiflich wie bei einem toten Körper.

– Ich gehe jeden Tag hier herauf, sagte Tore Myråsen, mal sehen, ob ich oder das Fördergerüst zuerst zusammenbrechen. Ja, die Sache mit Istvan, du ahnst wohl schon, wie die endete. Er kassierte ja Geld von uns ein, um Ballons zu kaufen und Limo und so weiter und um das Orchester und den Troubadour zu buchen, ziemlich viel Geld, aber das sollten wir ja samt Überschuß zurückbekommen. Aber als der Erste Mai anbrach, war Istvan weg und das Geld mit ihm. Er ließ sich hier in der Gegend nie mehr blicken.

Der alte Gewerkschaftsvorsitzende schüttelte den Kopf.

– Trotzdem glaube ich einfach nicht, daß er von Anfang an vorhatte, uns das Geld abzuluchsen. Wir haben später entdeckt, daß er sich Geld aus der Kasse geliehen hatte, für eine Spekulation, die völlig in die Hose ging, ich habe vergessen, was es war, und da hat er sich entschlossen abzuhauen. Ich habe mich oft gefragt, was aus ihm geworden ist. Es würde mich nicht wundern, wenn er jetzt, nachdem die Mauer gefallen ist, nach Ungarn zurückgekehrt ist und dort als neokapitalistischer Räuberbaron weiterlebt.

Annick kehrte verwirrt und unsicher, ob sie tatsächlich etwas von Wert herausbekommen hatte, zum Justizpalast zurück. Sie sah jetzt vieles, das dafür sprach, daß der siebzehnjährige Istvan alias Pisti Juhász beim Grubenunglück 1956 nicht gestorben, sondern durch eine unergründliche Laune des Schicksals der Katastrophe entkommen war und das als seine Chance gesehen hatte, sich von Gläubigern und schwangerer Freundin abzusetzen. Es gab auch Gründe zu vermuten, daß der junge Istvan sich dann nach Schweden abgesetzt und einen Job in der Grube in Hanaberget bekommen hatte, wo er 1959 fotografiert worden war.

Aber was hatte das mit dem Mord an Fabien Lenormand zu tun? Fabien hatte sich für das Schicksal des jungen Grubenarbeiters interessiert. Am Abend, bevor er ermordet wurde, hatte er von Brüssel aus angerufen, um die Schreibweise von dessen Namen zu kontrollieren, und an seinem toten Körper hatte man ein Fragment eines Zeitungsartikels gefunden, mit einem Bild, auf dem auch Istvan Juhász zu sehen war. Da gab es einen klaren Zusammenhang, aber sie konnte sich ums Verrecken nicht ausrechnen, was das mit dem Mord zu tun hatte. Im Augenblick hatte sie das Gefühl, daß sie durch ihre handfeste Kontrolle von Fabien Lenormands Kreditkartenrechnungen mehr getan hatte, um die Untersuchung voranzubringen, als durch ihre langen Gespräche draußen in der alten Grubenortschaft.

Ihre Laune wurde noch schlechter, als sie ins Stockwerk der Polizei im Annex des Justizpalastes hinaufkam und Serge Boissard begegnete, der auf dem Weg hinaus war. Er erzählte, daß Christian de Jonge aus Brüssel angerufen und ihn gebeten hatte, zu den Schleusen in Hasselt, Genk und Liège zu fahren, um zu sehen, wo es am leichtesten wäre, im Schutz der Dunkelheit eine Leiche in einen Prahm zu kippen.

– Der Kommissar nimmt an, daß der Mord irgendwo in der Nähe des Kanals ungefähr hundert Kilometer von Brüssel in Lenormands Auto verübt wurde, erzählte Serge, und ich soll auch ein bißchen am Kanal herumschnüffeln, mit Leuten reden und hören, ob jemand am Dienstag abend etwas gesehen hat.

– Wenn er in Hasselt oder Genk ermordet wurde, ist es wohl eigentlich ihr Fall und nicht unserer, sagte Annick, vor allem, weil sie sauer war, daß Serge den Auftrag bekommen hatte und nicht sie.

Serge grinste.

– Sicher, aber wo der Tatort war, wissen wir ja erst, wenn wir den Fall gelöst haben. Wir haben die Leiche gefunden, wir kümmern uns um die Untersuchung.

– Aber du informierst natürlich die Kollegen in Hasselt und Genk, bevor du anfängst, an den Schleusen herumzuschnüffeln, sagte Annick, die sehr wohl wußte, daß Serge nicht die Absicht hatte, Zeit für solche Formalitäten zu verschwenden.

Er zuckte die Achseln.

– Wenn ich diskret bin, müssen sie nie etwas erfahren. Aber wenn ich etwas entdecke, ist das natürlich etwas anderes, dann muß ich in den lokalen Bullenstall latschen und etwas kooperieren.

»Diskret«, dachte Annick und betrachtete Serges breite Schultern unter der Lederjacke. Sein ganzes Äußeres schrie so nachdrücklich »Polizist«, daß, wo immer er sich zeigte, jede verbrecherische Tätigkeit innerhalb eines Radius von einem Kilometer aufhörte. Sie selbst dagegen, mit ihrem raffiniert anonymen Aussehen und ihren raffiniert alltäglichen Kleidern, hätte auf den Kais umhergehen und Fragen stellen können, ohne daß jemand geahnt hätte, daß sie mehr war als eine neugierige Touristin.

Sie trampelte wütend los zu ihrem Schreibtisch. Serge begann, auf den Ausgang zuzugehen, hielt aber inne und drehte sich um.

– Dardenne, sagte er, hast du das neue Bild am Schwarzen Brett gesehen? Warum siehst du nicht immer so aus, das würde die Atmosphäre hier beleben!

Sie änderte den Kurs und trampelte statt dessen wütend los zum Schwarzen Brett, aber nicht allzu beunruhigt. Nacktbilder hatte sie nie machen lassen, und Modell für Unterwäsche hatte sie nicht werden können aufgrund der häßlichen Narbe von ihrer Blinddarmoperation mit sechs Jahren.

Das Foto, das ans Schwarze Brett gepinnt worden war, stammte aus einer französischen Modezeitschrift. Wann war es aufgenommen worden, irgendwann Ende der siebziger Jahre? Sie bildete sich ein, daß sie sechzehn gewesen war. Das schwarzweiße Bild zeigte Annick in einer dunklen Gasse, in einem schwarzen Yves-Saint-Laurent-Smoking ohne etwas darunter. Unter der offenen Smokingjacke sah man ihre sechzehnjährigen Brüste, und die hohen Stilettoabsätze ließen ihre kälbchenhaften Teenagerbeine in den Satinbiesen der Smokinghose endlos lang aussehen. Ihre Haare waren naß zurückgekämmt, der Mund war ein glänzender Schmollmund. In der Hand hielt sie eine Pistole. Vor ihr fielen zwei dunkle Schatten auf die Gasse. Ganz oben auf dem Bild hatte jemand mit Filzstift geschrieben »Agent 007 Dardenne«.

Sollte sie es herunterreißen und mit einer erbosten Geste in den Papierkorb werfen? Ach was, das war ziemlich harmlos, entschied sie. Sie drehte sich um, sah, daß alle sie neugierig anstarrten, und formte die rechte Hand zu einer Pistole.

– Wer war das? sagte sie drohend und sah über die Versammlung. Alle sahen gleich unschuldig aus.

– Okay, Jungens, sagte sie, ich wußte nicht, daß ihr in der Freizeit alte Modezeitschriften durchblättert. Aber es ist schön, daß ihr eure weiblichen Seiten bejaht, dessen müßt ihr euch nicht schämen.

Sie entschloß sich, zu Julie Wastia im dritten Stock hinaufzugehen, und lächelte über ihre geglückte Replik. Aber das Lächeln erlosch, als sie an das Bild dachte, das auf der anderen Doppelseite gewesen war – Marie, ihre beste Freundin, in einem Satinoverall mit Taschen und mit einem Schutzhelm auf dem Kopf, umgeben von Bauarbeitern in Arbeitskleidung. Aufgrund des unaufgeklärten Mordes an Marie hatte sich Annick dazu entschlossen, Kriminalpolizistin zu werden.

– Ich habe einen anderen Auftrag für dich, sagte Julie, als Annick sich beklagte. Eigentlich müßtest du ihn wohl von einem Chef bekommen, aber was soll's, es ist ein Job, und jemand muß ihn machen, und je eher, desto besser. Martine hat angerufen und gesagt, daß Nathalie Bonnaire Fabien Lenormands verschwundenes Notizbuch gefunden hat und will, daß jemand kommt und es mit ihr durchgeht. Du kriegst sicher mehr aus Bonnaire heraus, als Serge es gekonnt hätte. Ich rufe sie an und benachrichtige sie, daß du unterwegs bist.

Also fuhr Annick zu dem alten Industriegebiet hinaus, wo Nathalie Bonnaire wohnte. Auch bei Tageslicht sah es mit seinen Baugerüsten, flatternden Planen und Pfützen, die noch nicht getrocknet waren, düster aus. Annick drückte auf die Sprechanlage, bekam aber keine Antwort. Julie hatte ihr den Türcode gegeben, und sie tippte ihn ein. Es war dunkel im Eingang, und kein Licht ging an, als sie auf den Schalter drückte.

Es war merkwürdig, daß Nathalie nicht zu Hause war, nachdem sie selbst die Polizei gebeten hatte zu kommen. Annick spürte, wie ihre Nackenhaare sich aufrichteten, als das Adrenalin in den Körper zu strömen begann. Etwas ging hier nicht mit rechten Dingen zu. Sie machte einen Schritt in die Eingangshalle und hörte das Splittern von Glas unter ihren Füßen. Mit dem Rücken zur Wand tastete sie sich zum Fahrstuhl und drückte auf den Knopf. Die Tür öffnete sich sofort. Also war es kein Stromausfall, der die Eingangshalle verdunkelt hatte. Im Licht der offenen Fahrstuhltür sah sie auf dem Boden im Eingang Scherben eines zerbrochenen Lampenschirms.

In einer Ecke der Halle sah sie eine Stehleiter und ein paar Malereimer. Sie nahm einen der Eimer und stellte ihn so hin, daß die Fahrstuhltür blockiert und der Fahrstuhl unbenutzbar wurde. Dann zog sie ihre selten benutzte Dienstwaffe und schlich so lautlos, wie sie konnte, im Dunkeln die Treppe hinauf.

Die Tür zu Nathalie Bonnaires Wohnung stand offen. Nathalie selbst lag davor auf dem Rücken. Sie sah aus wie eine Stoffpuppe, wie sie da lag, die Gliedmaßen in unnatürlich verzerrten Winkeln. Ihr weißes T-Shirt war blutbefleckt, ebenso wie ihr blasses Gesicht, und das Blut schien aus ihrer zerschlagenen Nase zu kommen. Sie mußte mit dem Kopf auf den Steinboden geschlagen sein und war entweder tot oder tief bewußtlos.

Annick beugte sich über sie und sah, daß ein kleines Rinnsal aus Blut immer noch aus der Nase der jungen Frau sickerte. Sie lebte also. Annick drehte sie vorsichtig in die stabile Seitenlage und ging dann mit immer noch gezogener Waffe in die Wohnung, um einen Krankenwagen zu rufen.

Martine war so müde, daß ihr alle Muskeln weh taten, als sie schließlich am Abend nach Abbaye-Village heimfuhr. Sie fühlte sich, als wäre sie einen Marathon gelaufen. Aber es war psychische Erschöpfung, keine physische, die die Schultern schmerzen und die Beine zittern ließ. Sie durchdachte ihre letzten vierundzwanzig Stunden. Zuerst der Katzenkopf auf der Treppe, dann die Begegnung mit Berger und das Gefühl von Bedrohung, das er allein dadurch vermittelte, daß er zwei Schritte vortrat, dann die Begegnung mit Jean-Louis und die Anstrengung, das kluge und kalte Gehirn dazu zu bringen, die Reaktionen des Körpers zu steuern, und danach die unerträgliche halbe Stunde im Warteraum mit Guy Dolhets Augen, die sich wie glühende schwarze Kohlestücke in sie bohrten.

Die Befragung im Ausschuß war gutgegangen, aber es hatte Kräfte gekostet, dort in der Kammer zu stehen und auf alle Fragen gut formulierte, durchdachte Antworten zu geben. Die Atmosphäre war formell und feierlich, und Jean-Louis war ihr wie ein Fremder vorgekommen, als sie ihn jetzt zum ersten Mal in seiner offiziellen Rolle sah, was an und für sich nur gut war.

Die Zuschauertribüne war voll besetzt gewesen. Sogar Philippe war dagewesen, und als sie nach der Befragung ins Foyer kam, war er zusammen mit einem eleganten französischen Offizier um die fünfzig heruntergekommen, den er mit für Philippe ungewöhnlichem Enthusiasmus als Oberstleutnant Henri Gaumont, militärischer Berater bei der französischen Natodelegation, vorstellte. Dabei hatte sie immer geglaubt, daß ihr Bruder Militär nicht mochte. Aber jetzt stand er da und sah fast hingerissen aus, als sich Oberst Gaumont über ihre Hand beugte und erklärte, er sei überglücklich, die ebenso herausragende wie entzückende

Schwester seines Freundes Philippe kennenlernen zu dürfen.

– Und wie Sie verstehen, Madame, sind wir viele in der Nato, die sich für diese Affäre interessieren, hatte er gesagt.

Dann kamen ihre Freundinnen Valerie Delacroix und Denise van Espen und nahmen sie in den Arm. Sie war nahe daran gewesen, der Versuchung, mit ihnen zu Abend essen zu gehen, nachzugeben, anstatt nach Villette und zur Morduntersuchung zurückzukehren. Aber da hatte es wieder in ihrer Handtasche geklingelt. Es war Julie, die erzählte, daß Nathalie Bonnaire in ihrer Wohnung attackiert worden war und daß das schwarze Notizbuch weg war.

– O nein, sag nicht, daß sie tot ist, sagte Martine entsetzt und sah, wie sich alle Köpfe im Foyer zu ihr wandten, während sie Julies beruhigender Antwort zuhörte.

– Sei vorsichtig mit dem Mobiltelefon, Martine, sagte Valerie warnend, man redet viel lauter, als man glaubt.

Nach dem Telefongespräch dachte sie nicht mehr im geringsten daran, in Brüssel zu bleiben und essen zu gehen. Sie fuhr nach Villette zurück, direkt zum Saint-Sauveur-Krankenhaus, wo Nathalie auf der Intensivstation lag, immer noch bewußtlos, das Gesicht unter den kurzen Haaren fast ebenso weiß wie das Kissen, auf dem der Kopf ruhte. Sie vergewisserte sich, daß Nathalie rund um die Uhr unter polizeilicher Aufsicht stand, und fuhr für eine kurze Konferenz mit Julie, Annick und Christian, der aus Brüssel zurückgekehrt war, zum Justizpalast zurück. Serge dagegen war von seinem Ausflug zu den Schleusen am Albertkanal und an der Meuse noch nicht zurückgekommen.

Als die Sitzung vorbei war, wurde ihr plötzlich klar, daß sie seit dem Frühstück nichts gegessen hatte, weder Lunch noch Abendessen, und sie schaute in die Blinde Gerechtigkeit hinein, um sich ein Sandwich zu besorgen, das sie mit nach Hause nehmen konnte. Vielleicht würde sie es mit einer Tasse Tee im Bett essen.

Das schlimmste war, daß sie dieses Wochenende diensthabende Untersuchungsrichterin war. Sie konnte nur hoffen, daß nicht noch mehr schwierige Untersuchungen auf ihrem Schreibtisch landeten.

Die Straßenlaterne war immer noch kaputt, aber sie hatte zumindest daran gedacht, diesmal die Außenbeleuchtung anzumachen. Sie leuchtete mild auf eine beglückend leere Außentreppe. Martine atmete auf und fühlte, wie ihre Schultern sich entspannten. Sie war angespannter gewesen, als sie sich selbst gegenüber zuzugeben bereit war, und es war eine Erleichterung, keine weiteren unangenehmen Überraschungen vor der Haustür zu finden.

Mit dem Sandwichpaket in der Hand ging sie zum Briefkasten, um die Post hereinzuholen. Es war eine Handvoll Sendungen – eine Elektrorechnung, ein paar Briefe an Thomas, eine Ansichtskarte an sie beide und ein Brief an Martine. Sie legte sie auf den Küchentisch, nachdem sie die Tür abgeschlossen und verriegelt hatte.

Eine Warnglocke begann in ihrem Hinterkopf zu läuten, als sie den Brief betrachtete, der an sie adressiert war. Auf dem braunen Umschlag stand in bestimmten schwarzen Druckbuchstaben »Madame Poirot«, aber es fehlten Briefmarke, Poststempel und Adresse.

Er war vielleicht von einem Nachbarn, dachte Martine und versuchte, tief und ruhig zu atmen. Aber sie spürte, wie sich ihre Schultern erneut spannten und die Atemzüge kürzer wurden.

Der Umschlag war nicht zugeklebt. Sie schob mit einem

Kugelschreiber die Lasche auf und drehte den Umschlag um. Ein zusammengefaltetes Stück Papier fiel auf den Tisch. Sie glättete es und sah vier unscharfe Fotos. Sie sahen aus wie fotokopierte Zeitungsbilder.

Drei der Bilder stellten Männer dar, jedes von ihnen mit einer Jahreszahl an der Seite: 1975, 1981 und 1992.

Das unterste Bild stellte sie selbst dar, und daneben befand sich statt der Jahreszahl ein Fragezeichen.

Martine sank auf den Küchenstuhl. Sie erkannte die drei Männer – François Renaud, Pierre Michel und Giovanni Falcone.

Drei Untersuchungsrichter, die im Dienst ermordet worden waren.

KAPITEL 7

Samstag, 24. September 1994
Villette / Granåker

Claudine de Jonge öffnete ihr Blumengeschäft am Bahnhof am Samstag morgen um zehn, aber sie war zwei Stunden früher gekommen, um einen Brautstrauß und einen Sargschmuck für eine Beerdigung zu binden. Sie war mit beiden sehr zufrieden. Die Braut war eine sechsunddreißigjährige Wirtschaftsprüferin, die sich nach langem Zögern entschlossen hatte, der Ehe eine zweite Chance zu geben, und sie wollte einen Strauß, der stilvoll und nicht aufwendig war, aber dennoch Glück und bebende Hoffnung ausdrückte. Genau das hatte sie gesagt, und Claudine fand, daß sie den Auftrag perfekt ausgeführt hatte. Aus den Resten band sie zwei niedliche Sträuße, die sie für die fünfjährigen Brautmädchen, Nichten des Bräutigams, gratis mitschicken wollte.

Hochzeit und Beerdigung, dachte sie, Leben und Tod – bei allen großen Übergängen des Lebens brauchte man Blumen. Sie hatte sich zur Floristin ausbilden lassen und ihr Unternehmen gestartet, weil sie gern Blumen arrangierte und weil sie begriffen hatte, daß ihre und Christians Ehe früher oder später scheitern würde, wenn sie weiter Hausfrau blieb. Aber sie hatte nie damit gerechnet, wie viel an menschlichem Austausch es mit sich brachte, Blumen für die großen Feierlichkeiten des Lebens zu arrangieren. Manchmal fühlte sie sich fast wie eine Fürsorgerin, wenn sie trauernden Angehörigen half, Blumen für eine Beerdigung zu wählen. Sie erzählten dann, wie die Toten gewesen waren, welche Blumen und Farben ihnen gefallen hatten. Es war, als helfe ihnen das in ihrer Trauer.

Sie schloß die Glastüren zum Laden auf und trat auf die Place de la Gare, um von außen einen kritischen Blick auf die Auslagen zu werfen. Doch, es sah gut aus. Kalte Farben in einem Schaufenster, warme Farben im anderen. Keine Eimer mit billigen Sträußen vor dem Laden, das verabscheute sie, es war so häßlich. Sie vermutete, daß das einer der Gründe dafür war, daß ausgerechnet sie die erstrebenswerte Möglichkeit bekommen hatte, am Bahnhof Blumen zu verkaufen.

Der kürzlich renovierte Bahnhof von Villette war eine der Sehenswürdigkeiten der Stadt, entworfen in wogenden organischen Formen von einem Schüler des berühmten katalanischen Architekten Antonio Gaudí. Um Claudines Schaufenster wanden sich Pflanzen und Tiere aus Kupfer, das Grünspan angesetzt hatte, und es gehörte zu ihrem Vertrag, die Auslagen auf einem Niveau zu halten, das des Gebäudes würdig war.

Eine Frau kam in den Laden, eine rothaarige Frau in Claudines Alter, gekleidet in eine schwarze lange Hose und eine lila Wildlederjacke mit Applikationen. Sie schlenderte eine Weile im Laden herum und schaute die Blumen an, planlos und auf gut Glück, obwohl sie aussah, als wüßte sie, was sie wollte.

– Brauchen Sie Hilfe bei der Auswahl? fragte Claudine.

Die Frau lächelte und hielt die Hände hoch.

– I'm sorry, I don't speak French, I just came in to look at your beautiful flowers, sagte sie mit einem Akzent, den Claudine nicht lokalisieren konnte. Etwas Nordeuropäisches, vermutete sie.

– It's a lovely jacket you're wearing, sagte Claudine, where is it from?

Die andere Frau lächelte wieder.

– It's from Sweden, just like me. My husband made it, he is, what do you say, he is a taylor, in leather.

Claudine hörte, daß die Frau den Bruchteil einer Sekunde zögerte, bevor sie »husband« sagte, und wurde sofort neugierig. Vielleicht waren der Lederschneider und die Frau in der lila Jacke ganz einfach nicht verheiratet, dachte sie, mit so etwas nahmen sie es wohl nicht so genau in Schweden. Aber sie glaubte nicht, daß die Erklärung so einfach war, es war etwas anderes in dieser Pause gewesen, etwas Bebendes und Unsicheres, was immer es auch bedeutete, es flößte Claudine plötzlich ein warmes Gefühl für die rothaarige Frau aus Schweden ein.

– I could arrange some purple flowers for you to go with the jacket, schlug sie vor.

Die andere Frau zögerte.

– Maybe later today, when I go back to Brussels, sagte sie.

Sie sah auf die Uhr, nickte Claudine zu und trat aus dem Laden. Claudine folgte ihr mit dem Blick, sah, wie sie quer über die Place de la Gare ging und sich an die Trottoirkante stellte, als ob sie auf jemanden wartete. Wen konnte sie in Villette kennen? Sie konnte hier wohl keinen Liebhaber haben, nicht, wenn sie so verliebt in den Lederschneider war? Inzwischen war Claudine so neugierig, daß sie durch die Glastüren hinaustrat, um zu sehen, wohin die Frau in Lila ging.

Deshalb sah sie genau, was dann passierte, aber sie begriff nicht sofort, was sie sah. Sie sah die Frau in Lila umfallen, während sie gleichzeitig zwei gedämpfte Knalle in dichter Folge hörte.

Die Frau in Lila muß gestolpert sein, dachte sie, aber sie kann wohl selbst aufstehen, ich kann ja nicht aus dem Laden.

Aber die Frau in Lila lag immer noch auf dem Platz, und Claudine begann, auf sie zuzugehen, ohne daß sie das wollte, und dann fing sie an zu laufen, während gleichzeitig andere Menschen auf die bewegungslose Gestalt in Lila zugelaufen kamen. Sie hörte noch einen gedämpften Knall, und etwas schlug zehn Meter vor ihr auf das Pflaster auf, und die Leute begannen, in Panik zu schreien. Aber Claudine lief weiter. Sie dachte an den Lederschneider. Sie konnte ja nicht seine Frau in der schönen Jacke, die er für sie genäht hatte, hier einfach auf dem Platz liegen lassen. Dann war sie da und sah das große Loch in der Stirn der Frau und das zweite Loch in der Kehle und die Lache aus Blut und Gehirnsubstanz auf dem Pflaster.

Aber sie war Polizistenfrau, und statt in Panik loszuschreien, rannte sie in ihren Laden zurück und wählte die Nummer, die sie auswendig konnte, die Nummer des Justizpalastes.

– Eine tote Katze und eine bewußtlose Journalistin, sagte Christian, wir müssen zumindest jemanden beunruhigt haben.

Sie saßen in der ersten Sitzung des Tages in Martines Konferenzraum, die erste Tasse Automatenkaffee vor sich, und gingen die Resultate der Arbeit des Freitags durch. Im Augenblick erschien die Morduntersuchung am ehesten wie ein unentwirrbares Durcheinander loser Fadenenden, die auf eine Weise verflochten waren, in die unmöglich Ordnung zu bringen war.

Am schwersten ins Bild einzupassen war Istvan Juhász, der junge Grubenarbeiter, der die Katastrophe 1956 vielleicht überlebt hatte und dann in Schweden aufgetaucht war. Fabien Lenormand war mit einem Bild von Istvan

Juhász in der Hand gestorben. Aber keiner hatte eine vernünftige Erklärung dafür. Martine entschloß sich, Thomas in Schweden anzurufen und ihn zu bitten, ganz informell herauszufinden, wo Istvan Juhász jetzt war. Vielleicht wohnte er noch in Hanaberget und konnte alles erklären.

Ein paar Dinge schienen jedenfalls ziemlich sicher zu sein. Erstens, daß Fabien Lenormand von Brüssel aus zu einer der Städte an der Reiseroute des Erzprahms gefahren und dort seinem Schicksal begegnet war. Es war Serge nicht gelungen, jemanden zu finden, der Fabiens grünen Renault gesehen hatte, er hatte sich aber überzeugen können, daß es sehr gut möglich war, im Schutz der Dunkelheit eine Leiche oder zwei in einen der Prahme zu kippen, die aufs Schleusen warteten.

Das zweite, was man sicher sagen konnte, war, daß es tote Katzen und halberstickte Drohungen zu regnen begann, als Martine angefangen hatte, Fragen nach Berger Rebar zu stellen.

– Louis Victor hat uns praktisch bedroht, als wir aus seinem Büro gingen, sagte Martine, und dann kam die Katze auf meiner Treppe. Und Nathalie Bonnaire wurde bewußtlos geschlagen, als sie ein Notizbuch gefunden hatte, das deutlich zeigte, daß Fabien etwas Wichtiges über Stéphane Bergers Geschäfte entdeckt hatte.

Das Notizbuch war selbstverständlich verschwunden, und ihre einzige Hoffnung zu erfahren, was darin stand, war, daß Nathalie Bonnaire sich daran erinnerte, wenn sie aufwachte. Daß sie aufwachen würde, dessen schienen sich zumindest die Ärzte zu Martines großer Erleichterung sicher zu sein. Sie fühlte sich schuldig an dem, was der Journalistin zugestoßen war.

– Aber wie konnte jemand wissen, daß Nathalie Bonnaire etwas Wichtiges gefunden hatte? fragte Annick.

– Ich fürchte, das ist meine Schuld, sagte Martine unglücklich, ich saß im selben Raum wie Guy Dolhet, als ich es am Telefon Julie erzählt habe, ich habe nicht daran gedacht, daß er mir zuhören könnte.

– Meinst du, daß unser ehrenwerter früherer Bürgermeister und Innenminister hinter der Attacke auf Bonnaire steckt, ja, nicht daß mich vieles wundert hier auf der Welt, wenn es um Politiker geht, aber das ist wohl doch etwas zuviel des Guten?

– Dolhet und Berger haben Geschäfte zusammen, sagte Martine, das habe ich jetzt von mehreren Seiten gehört, und wir wissen ja von früher, daß er sich nicht scheut, die Wahrheit zu manipulieren, wenn er glaubt, daß es dem öffentlichen Wohl dient. Er brauchte ja nicht direkt anzurufen und jemandem zu sagen, er solle Nathalie niederschlagen, es hätte gereicht, wenn er gesagt hätte, daß sie etwas herausbekommen hat, was Probleme bereiten könnte.

– Wen sollte er denn anrufen und damit behelligen? fragte Annick.

– Berger, schlug Serge vor, oder vielleicht diesen Louis Victor, das ist ein dubioser Typ, das habe ich von vielen gehört, als ich bei Forvil herumgeschnüffelt habe.

– Ja, stimmt, sagte Annick, ich habe einige Informationen über ihn von einer Kollegin in Marseille bekommen, die interessant sein könnten.

Sie berichtete schnell, was Gabrielle Rossi erzählt hatte.

– Ach so, die exotisch schöne Li, mit der er verheiratet war, ist Kampfsportlehrerin, sagte Julie begeistert, darauf wäre ich nie gekommen.

– Sowohl Berger als auch sein zweiter Mann sind offenbar Typen, mit denen man nicht spielt, sagte Christian nachdenklich. Und Fabien Lenormand fuhr zur Solvay-Bibliothek in Brüssel, weil er glaubte, er bekäme eine Chance, dort mit Berger zu reden. Als ich hörte, daß Berger bei der Konferenz ausgestiegen war, nahm ich an, daß Lenormand einfach aufgab und ging, aber das war vielleicht übereilt. Kann er erfahren haben, daß Berger später am Tag in Hasselt sein würde? Ich glaube, einer von uns muß zurück nach Brüssel fahren und versuchen …

Er unterbrach sich, als er sah, daß alle aufgehört hatten, ihm zuzuhören. Etwas ging im Korridor vor sich. Laufende Schritte und erregte Stimmen waren zu hören, ungewöhnliche Geräusche im samstagstillen Justizpalast. Die Tür zum Konferenzraum wurde aufgestoßen, und die diensthabende Staatsanwältin Clara Carvalho stand dort zusammen mit zwei Polizisten.

– Am Bahnhof sind Schüsse gefallen, sagte die Staatsanwältin mit einer Stimme, die vor kaum kontrollierter Erregung vibrierte, mehrere Leute haben uns angerufen. Jemand schießt wild auf der Place de la Gare, und man glaubt, daß es mindestens ein Todesopfer gibt! Sie werden Voruntersuchungsleiterin, Martine, Sie müssen sofort hinfahren!

Martine starrte Clara Carvalho an. Wilde Schießerei auf der Place de la Gare? So was passierte in den USA, nicht in Belgien. Aber sie war diensthabende Untersuchungsrichterin, und nur sie konnte hinfahren. Christian, Serge und Annick mußten selbständig weiterarbeiten. Zusammen mit Julie folgte sie Clara Carvalho zu den Räumen der Staatsanwälte und der Polizei im zweiten Stock, während ihr Herz anfing, das Adrenalin durch den Körper zu pumpen.

Die Angaben über die Schießerei waren vage und widersprüchlich, aber fast alle, die angerufen hatten, hatten gesagt, daß eine tote oder zumindest schwerverletzte Frau auf der Place de la Gare lag.

– Hat man den Platz abgesperrt? fragte Martine.

– Ja, sagte Clara Carvalho, die kommunale Polizei ist gerade dabei, das Viertel um den Platz abzusperren und so viele Zeugen wie möglich zu sammeln.

Die Szene, die sie an der Place de la Gare vorfanden, wirkte surrealistisch unwirklich. Der große Platz, an einem Samstagvormittag normalerweise von Menschen wimmelnd, war menschenleer. Auf den verlassenen Tischen des Straßencafés am Bahnhof standen noch Tassen und Gläser und Brotkörbe, als hätten plötzlich alle fluchtartig den Platz verlassen, und verwegene Sperlinge konnten es sich auf dem Brot ungestört gutgehen lassen. Blaulichter von Polizeiwagen blinkten wie Discokugeln um die wüstenleere Steinfläche. An dessen Rand hatte sich eine Schar von Menschen um eine liegende Gestalt, einen einsamen violetten Farbklecks auf dem grauen Stein des Platzes, versammelt.

Martine und Julie stiegen aus dem Polizeiwagen und gingen auf die kleine Volksversammlung zu. Die Tote war eine Frau in schwarzer langer Hose und lila Wildlederjacke. Sie sah sehr klein aus, wie sie auf dem riesigen leeren Platz dalag, ein Loch in der Stirn und ein Loch in der Kehle und die roten Haare wie ein blutbespritzter Fächer auf dem Pflaster. Ihr Mund war halb offen, als habe sie vor Erstaunen aufgeschrien, als die erste Kugel sie getroffen hatte.

Martine sah bestürzt, daß sie die tote Frau kannte. Es war die Schwedin, die sie in Brüssel nach dem Weg gefragt hatte, die Frau, bei der sie plötzlich ein solches Zusammengehörigkeitsgefühl empfunden hatte. Was machte sie in Villette?

Zwei Krankenwagen parkten an der Trottoirkante, warteten aber noch auf ihren Einsatz.

Ein großer Mann im grauen Tweedsakko kam zu Martine und stellte sich als Jean-Paul Debacker, Kommissar bei der kommunalen Polizei, vor.

– Wir haben eine Tote hier, wie Sie sehen, sagte er, aber es scheint keine Verletzten zu geben.

– Und die Schießerei hat aufgehört? fragte Martine.

– Ja, sagte Debacker, sie scheint sehr kurz gewesen zu sein. Die Schüsse sind anscheinend von dort gekommen – er machte mit dem Kopf eine Geste zu einer Seite des Platzes –, und wir sind dabei, dort die Häuser zu durchsuchen. Wir haben die Viertel um den Platz abgesperrt und kontrollieren alle, die raus- und reingehen. Aber der Schütze kann geflohen sein, es hat ja ein paar Minuten gedauert, bis wir hier waren.

– Haben Sie schon mit Zeugen reden können? fragte Martine.

– Ja, ein paar, sagte Debacker, wir haben Namen und Adressen aufgenommen und die meisten gehen lassen. Aber die zuverlässigste Zeugin scheint die Frau zu sein, die das Blumengeschäft da am Bahnhof hat, sie würde ich als erste drannehmen, an Ihrer Stelle, sie hat offenbar mit der Frau, die erschossen wurde, gesprochen.

Ein Kriminaltechniker war dabei, die Schultertasche, die neben der toten Frau lag, zu durchsuchen. Er stieß einen Ruf aus und hielt in seinen behandschuhten Händen ein dunkelblaues Heft im Paßformat hoch.

– Sehen Sie, ein Paß, sagte er, jetzt erfahren wir wenigstens, wer sie ist.

– Darf ich mal sehen, sagte Martine.

Er stand auf und zeigte ihr das Heft, dunkelblau mit drei

goldenen Kronen auf dem Deckel. Ein schwedischer Paß, natürlich. Er öffnete das Heft, und Martine sah ein Foto der toten Frau, mit glänzenden Augen und einem Lächeln, das zwei schiefe Schneidezähne zeigt.

– Birgitta Maria Matsson, las sie, geboren am 3. August 1949 in Granåker in Schweden.

Auf dem leeren Platz war ihre Stimme deutlicher zu hören, als sie erwartet hatte, so deutlich, daß sie die Handvoll Journalisten erreichte, die ein paar Meter von der Gruppe um die Tote entfernt standen und versuchten zu begreifen, was passiert war.

– Haben Sie gesagt, sie ist aus Schweden? fragte einer von ihnen. Martine glaubte sich zu erinnern, daß er Radiojounalist war, und er kam wie erwartet mit gezücktem Mikrofon auf sie zu.

– Madame Poirot, sagte er, es gibt Informationen, daß die Frau, die am Samstag bei der Schießerei auf der Place de la Gare getötet wurde, Schwedin war. Stimmt das?

– Dazu kann ich mich nicht äußern, sagte Martine, die tote Frau ist nicht identifiziert. Aber es stimmt, daß sie einen schwedischen Paß in der Handtasche hatte.

Sie nahm Julie beim Arm und ging auf den Bahnhof und das Blumengeschäft zu.

– Granåker, sagte Julie, als sie außer Hörweite der Journalisten waren, ist das nicht da, wo …

– Doch, sagte Martine, da ist mein Mann gerade. Und nur ein paar Kilometer von dort entfernt liegt die Grube, die Erz an Forvil lieferte und wo dieser geheimnisvolle Istvan Juhász arbeitete.

Die Frau im Blumengeschäft hatte eine Strickjacke über ihren ordentlichen grünen Nylonkittel gezogen, schien aber trotzdem zu frieren. Sie hatte schulterlange dunkle Haare, eine hübsche Stupsnase mit Sommersprossen und Lachfalten um die braunen Augen, die darauf hindeuteten, daß sie leicht lächelte.

Aber in diesem Moment lächelte sie nicht.

Martine hatte das vage Gefühl, daß sie sie wiedererkannte, und begriff plötzlich, wer sie war. Sie war Christians Frau nie vorgestellt worden, aber sie hatte beide ein paarmal zusammen gesehen.

– Sie sind Madame de Jonge, stimmt's, sagte sie.

Die Blumenhändlerin nickte.

– Claudine, sagte sie und streckte Martine und Julie die Hand entgegen, ja, ich meine beinah, Sie beide zu kennen, ich habe Christian so oft von Ihnen reden hören. Hören Sie, ich habe hier ein Problem. Ich habe einen Brautstrauß und einen Sargschmuck, die um zwölf abgeholt werden sollen, und jetzt können meine Kunden nicht hierherkommen, weil die Place de la Gare abgesperrt ist. Was soll ich ihnen sagen?

– Geben Sie ihre Namen der Polizei, sagte Martine, und berufen Sie sich auf mich, dann geht das sicher.

– Okay, sagte Claudine de Jonge, ich rufe nur zuerst meine Kunden an, dann kann ich erzählen, was ich weiß. Wir können ins Büro hinter dem Laden gehen, da habe ich ein paar Stühle.

Während Claudine anrief, studierte Martine interessiert die Familienfotos, die Claudine an das Schwarze Brett über ihrem kleinen Schreibtisch gepinnt hatte. Sie sah einen jungen und bartlosen Christian de Jonge mit bedeutend längeren Haaren als heute, zusammen mit zwei Kindern, einen Jungen mit Claudines kurzer Nase und lächelnden Augen und ein Mädchen, das Christian ähnelte, kompakt, dunkel und ernst.

– Wie süß Christian mit diesen Haaren war, sagte Julie, der reine Rockstar.

– Ja, war er, sagte Claudine, er fing mit dem Bart an, als er Kommissar wurde, ich glaube, er meint, er verleiht ihm Autorität. Aber das ist wohl nicht mehr nötig?

Sie erzählte, daß sie ihren Laden normalerweise um zehn öffnete, an diesem Tag die Türen aber etwas früher aufgeschlossen hatte, weil sie besonders früh gekommen war, um den Brautstrauß und den Sargschmuck zu binden. Die Frau in der lila Wildlederjacke war hereingekommen, kaum daß sie die Tür geöffnet hatte.

– Sie ging etwas planlos umher, sagte Claudine, wie jemand, der etwas zu früh gekommen ist und sich die Zeit vertreiben will. Ich glaube, sie mochte Blumen, sie schien sehr interessiert, aber sie wollte nichts kaufen.

– Sie haben mit ihr geredet? fragte Martine.

– Ja, sagte Claudine, und ich habe natürlich darüber nachgedacht, was sie gesagt hat. Ich glaube, sie war mit dem Zug aus Brüssel gekommen, denn sie hat gesagt, sie würde am Nachmittag »zurück« nach Brüssel fahren. Sie war aus Schweden, das hat sie gesagt, und ich habe gesagt, sie habe eine schöne Jacke an, da sagte sie, ihr Mann habe sie genäht. Ich glaube, daß sie sich mit jemandem verabredet hatte, sie sah auf die Uhr, als ob sie eine Zeit einzuhalten hätte, und ich bin nicht ganz sicher, aber ich würde glauben, daß es genau zehn war, als sie ging. Als ob sie um zehn jemanden treffen wollte, meine ich. Ich wurde neugierig, und ich hatte keine Kunden im Laden, da stellte ich mich hin und sah ihr nach, als sie hinausging. Sie stellte sich von hier aus gesehen rechts ganz außen auf den Platz und schien auf jemanden zu warten …

Claudine verstummte.

– Und dann? fragte Martine.

Claudine schluckte.

– Ja, dann fielen die Schüsse, sagte sie. Ich hörte zwei Knalle, sie waren ziemlich gedämpft, deshalb habe ich nicht begriffen, was ich hörte, und dann sah ich, daß sie umfiel, aber ich dachte, sie sei über etwas gestolpert, ich habe die Knalle und das Umfallen nicht miteinander verbunden. Dann fing ich an, auf sie zuzugehen, ich dachte, ich muß ihr aufhelfen, und dann kam der dritte Knall, etwas schlug vor mir auf den Boden auf, und die Leute fingen an zu schreien, aber ich ging weiter auf sie zu. Aber als ich zu ihr kam, habe ich gesehen, daß sie tot war, sie hatte ein Loch im Kopf und ein Loch im Hals, und das Gehirn war gewissermaßen herausgesickert, und da bin ich hierher zurückgegangen und habe im Justizpalast angerufen.

Sie verstummte.

– Wie viele Schüsse haben Sie also gehört? fragte Martine.

– Drei, sagte Claudine, ohne zu zögern.

– Nicht mehr?

– Nein, es waren drei Knalle, nicht mehr und nicht weniger. Da bin ich ganz sicher.

Drei Schüsse, dachte Martine, und zwei von ihnen hatten Birgitta Maria Matsson, geboren in Granåker, getroffen. Es sah nicht so aus, als wäre sie aus Zufall jemandem, der sich entschlossen hatte, auf der Place de la Gare so viele wie möglich zu töten, zum Opfer gefallen. Es sah so aus, als hätte er sie im Visier gehabt.

– Er hätte mich erschießen können, sagte Claudine, nachher habe ich daran gedacht, er hätte mich auch erschießen können, deshalb friere ich jetzt wohl so schrecklich.

Sie lächelte ein ziemlich zitteriges Lächeln und zog die Strickjacke dichter um den Körper.

– Aber er hat es nicht getan, sagte Martine. Glauben Sie, er hat Sie verfehlt?

– Es war ein Scharfschütze, er hat mit den ersten beiden Schüssen mitten ins Schwarze getroffen. Der dritte schlug zehn Meter vor mir auf dem Boden auf. Ich glaube nicht, daß er noch andere Menschen töten wollte, ich glaube, er wollte die Leute verscheuchen, damit niemand hingeht und ihr hilft. Ich glaube, er hatte getan, was er tun wollte.

Eine Stunde später waren Martine und Julie zurück im Justizpalast. Birgitta Maria Matssons toter Körper war in Erwartung der Obduktion in die Leichenhalle und ihr Eigentum zur Kriminalabteilung der kommunalen Polizei gebracht worden. Die Polizei versuchte, Kontakt mit der schwedischen Botschaft in Brüssel aufzunehmen, um Hilfe bei der Suche nach den Angehörigen der ermordeten Frau zu erhalten.

Die Schießerei auf der Place de la Gare war die Spitzenmeldung in den Radionachrichten, und sie enthielt auch die Information über den schwedischen Paß der toten Frau.

Julie war losgegangen, um Sandwiches für den Lunch zu kaufen, als Martines Telefon klingelte.

– Madame Poirot? sagte eine energische Stimme im Hörer. Hier ist Nali Paolini im Rathaus. Ich rufe an wegen der Schießerei auf der Place de la Gare. Sie leiten die Voruntersuchung, oder?

– Ja, sagte Martine, das stimmt.

Sie zog die Worte in die Länge, während sie versuchte, darauf zu kommen, wer »Nali Paolini« war. Es dauerte eine Weile, bis sie begriff, daß es Annalisa Paolini war, ehrgeizige Vizebürgermeisterin und heiße Kandidatin für die Nachfolge des herzkranken Bürgermeisters von Villette, Jean-Marc Poupart.

– Ich habe im Radio gehört, daß die Person, die erschossen worden ist, eine Frau war und daß sie möglicherweise Schwedin war, sagte Annalisa Paolini, und jetzt ist es so, daß ich eine schwedische Bürgermeisterin, eine Madame Matsson, um zwölf im Rathaus treffen sollte. Aber sie ist nicht aufgetaucht. War sie es, die erschossen wurde?

Martine hatte in den letzten Tagen zu wenig geschlafen und zu wenig gegessen, und Annalisa Paolinis Worte empfand sie wie einen Faustschlag in ihren leeren Magen. Ein Mord an einer schwedischen Politikerin in Villette!

Sie seufzte.

– Wissen Sie, wie sie mit Vornamen hieß und wo sie Bürgermeisterin war?

Es klang, als ob Annalisa Paolini zwischen ihren Papieren suchte.

– Ja, hier habe ich es, sagte sie, Madame Brigitte, nein, Birgitta, Matsson, Bürgermeisterin in einer Stadt namens Hammarås.

Martine seufzte wieder.

– Dann ist es sehr wohl möglich, daß sie es ist, die erschossen wurde, fürchte ich. Ich glaube, wir müssen reden, Madame Paolini, wo sind Sie jetzt? Können Sie hierher in den Justizpalast kommen?

– Sicher, sagte Annalisa Paolini, ich bin im Rathaus, und mein Treffen ist ja ausgefallen. Ich kann in einer Viertelstunde bei Ihnen sein.

Das Telefon klingelte wieder, kaum daß sie aufgelegt hatte. Aber diesmal war es Thomas. Ihr ganzer Körper wurde warm, als sie seine Stimme hörte, und noch mehr, als er erzählte, daß er auf dem Heimweg war.

– Ich rufe von Stockholms Centralen an, sagte er eifrig, ich übernachte bei Bures und fliege morgen früh nach Brüssel, dann bin ich um die Mittagszeit bei dir.

Martine fing vor Erleichterung fast an zu weinen. Der Gedanke daran, in das leere Haus in Abbaye-Village zurückzukehren, war für sie jeden Abend erschreckender. Was für eine unangenehme Überraschung würde sie dieses Mal auf der Treppe finden?

– Und Greta? fragte sie.

– Sie ist ins Krankenhaus gekommen, sagte Thomas, nein, es ist nichts Ernstes, aber die Bezirkskrankenschwester meinte, daß sie leicht dehydriert war und daß man Gretas Medikation ändern müßte. Aber ich wäre sowieso nach Hause gekommen, Sophie wollte bleiben und nach Großmutter sehen, das hatten wir schon entschieden.

– Wunderbar, sagte Martine, grüß Einar und seine Frau von mir. Ach, übrigens, Thomas, ich wollte dich noch einmal um Hilfe bei der Untersuchung bitten, wir interessieren uns für einen der Grubenarbeiter auf dem Foto, das du hierhergefaxt hast. Glaubst du, daß du herausfinden kannst, ob er noch in Hanaberget oder in der Gegend da oben wohnt?

– Ich kann einen Versuch machen, sagte Thomas, es reicht vielleicht, ins Telefonbuch zu gucken. Für wen interessierst du dich?

– Er heißt Istvan Juhász, sagte Martine.

Es wurde still im Hörer.

– Aha, Istvan Juhász, sagte Thomas langsam nach einer gedankenvollen Pause, das ist ein Zufall, sage ich dir, von dem habe ich tatsächlich schon gehört. Er kam im Winter 1956 von Ungarn nach Hanaberget, er bezirzte Großmutter und Sophie und die ganze Gegend, scheint es, bis er sich

1961 mit der Kasse des Folkets-Hus-Vereins an einen unbekannten Ort absetzte. Aber was hat er mit deiner Untersuchung zu tun?

Martine erklärte eilig, und Thomas versuchte sich an alles zu erinnern, was Sophie und Tore Myråsen von Istvan Juhász erzählt hatten.

– Das Alter scheint zu stimmen, er durfte Anfang 1957 anfangen, unter Tage zu arbeiten, also wurde er da achtzehn. Und, Martine, er sprach fließend Französisch, er sprach mit Großmutter immer Französisch!

Merkwürdig, daß die Spuren in ihren beiden Morduntersuchungen nach Schweden und in die Gegend um Granåker führten, dachte Martine. Die Frau, die vor dem Bahnhof erschossen worden war, kam ja auch daher.

– Kennst du zufällig eine Birgitta Maria Matsson, die in Granåker geboren ist? fragte sie, eigentlich nur der Ordnung halber.

– Birgitta, sagte Thomas fröhlich, hat sie sich auch bei dir gemeldet? Oder hat Tony Deblauwe mit ihr geredet?

Es war seltsam, wie schnell sich die Temperatur im Körper ändern konnte. Ebenso warm, wie Martine zuerst wurde, als sie Thomas' Stimme hörte, so kalt wurde ihr, als er von der Frau sprach, die tot in der Leichenhalle von Villette lag, als wäre diese ein Mensch gewesen, den er kannte und mochte.

– Nein, ich habe nicht mit ihr geredet, sagte sie. Sie hörte selbst, daß ihre Stimme merkwürdig klang.

– Martine, sagte Thomas, was ist los? Was ist passiert?

– Birgitta Maria Matsson, sagte sie, sie ist tot. Sie wurde heute morgen auf der Place de la Gare erschossen.

Sophie war allein im Pfarrhof. Sie hatte am Morgen Thomas zum Zug gefahren und danach bei ihrer Großmutter im Hammarås lasarett hineingeschaut. Greta wirkte munter, aber die Ärzte wollten sie ein paar Tage dabehalten, um zu sehen, ob die neuen Medikamente richtig eingestellt waren, und Sophie kehrte ohne Gesellschaft nach Granåker zurück.

Eigentlich hatte sie vorgehabt zu arbeiten, sie hatte eine Idee für eine neue Inszenierung von »Othello«, mit deren Entwicklung sie gerade begonnen hatte und die sie mit der gleichen kribbelnden Erwartung erfüllte wie eine neue Verliebtheit. Aber auf einen Impuls hin ging sie zuerst auf den Dachboden des Pfarrhofs und suchte die alten Nummern der Illustrierten Klassiker heraus, die dort in einer Bananenkiste lagen, säuberlich mit Schnüren zusammengebunden. Ouidas »Unter zwei Fahnen« lag in einem der Bündel zuoberst. Sie zog das Heft heraus und nahm es mit in die Küche, wo sie sich mit einer Tasse übriggebliebenem Frühstückskaffee niederließ, den sie auf dem Herd in einer Kasserolle gewärmt hatte. Er schmeckte ziemlich eklig.

Die Umschlagabbildung mit der Kavallerieschlacht in der Wüste führte sie sofort zurück zum Garten des Pfarrhofs im Sommer 1957, als sie unter den knorrigen Apfelbäumen gesessen und Istvan geholfen hatte, sich durch die Geschichte über den englischen Edelmann zu buchstabieren, der die Schuld für das Verbrechen seines Bruders auf sich nimmt und in die Fremdenlegion eintritt. Der Gedanke daran, einfach von Familie und Freunden zu verschwinden, hatte die elfjährige Sophie fasziniert. Sie stellte sich vor, wie sie auf dem Heimweg nach Belgien in den falschen Zug steigen und ein ganz neues Leben anfangen würde. Sie konnte ihren Lebensunterhalt als Sängerin verdienen oder sich vielleicht um kleine Kinder kümmern. Sie erinnerte sich, daß sie Istvan gefragt hatte, was er tun würde, finge er von vorn an.

– Die Fremdenlegion ist wohl gut, sagte er, die stellen keine Fragen. Man muß nur irgendwie nach Marseille kommen.

– Dürfen Mädchen in die Fremdenlegion? fragte sie, und Istvan sagte, daß er das nicht glaube. Dann hatten sie diskutiert, welchen Namen sie wählen sollten, wenn sie die Identität wechseln würden. Ouidas unerträglich edler Held, Bertie Louis Victor Cecil, hatte seine beiden Mittelnamen als Vor- und Nachname benutzt, aber Istvan hatte keinen Mittelnamen, und Sophie verabscheute ihren zweiten Namen Elisabeth. Istvan hatte gesagt, daß man seinen Namen in eine andere Sprache übersetzen könnte, so daß er zu einer Art Code würde. Da hatte Sophie ihren Großvater gefragt, ob ihr Vorname etwas bedeutete, und er hatte erklärt, daß er »Weisheit« bedeutete, »sagesse« auf französisch. Dann hatte sich Sophie mehrere Wochen vorgestellt, sie wäre die rätselhafte Sängerin Sagesse, vergöttert von den harten Fremdenlegionären.

So jung war Istvan gewesen, dachte sie. Dem Kind Sophie war er wie ein Erwachsener erschienen, aber er war nur ein Teenager gewesen, ein Junge, gezeichnet von Krieg und schwerer Arbeit und mit Träumen, von denen er nicht wußte, wie er sie verwirklichen sollte. Sie fragte sich, was aus ihm geworden war. Er hatte etwas von einem Schwindler gehabt, das sah sie jetzt. Sie erinnerte sich, wie schockiert sie gewesen war, als er aus dem Silberkasten in der Bibliothek eine Handvoll der eigens für den Großvater bestellten türkischen Zigaretten an sich genommen hatte.

– Der merkt nie was, hatte Istvan gesagt und ihr zugeblinzelt. Sie hatte ihn nicht verraten; Sagesse, die rätselhafte Sängerin, konnte ja nicht gut zu ihrem Großvater gehen und petzen. Dadurch hatte sie sich verwegen und zugleich schlecht gefühlt.

Aber jetzt reichte es mit der Nostalgie. Sie nahm ihre schon vollgekritzelte englische Pocketausgabe von »Othello« heraus, sie las Shakespeare am liebsten in der Originalsprache, und das Notizbuch, in dem sie ihre Ideen zu skizzieren begonnen hatte.

Das Stück war kein Eifersuchtsdrama, dachte sie. Othello erwürgt Desdemona nicht in einem unkontrollierten Ausbruch eifersüchtiger Raserei – im Gegenteil, er muß sich zwingen, es zu tun, als wäre es eine schwere Pflicht. Sie dachte daran, was sie von einer türkischen Schauspielerin gehört hatte, der sie auf einem Festival in Istanbul begegnet war, und sie dachte an den Othello des Dramas, aufgewachsen in Militärlagern und geformt in einer hierarchischen Machokultur. Sicher war er auch Kindersoldat gewesen? Sie blätterte, fand die Stelle und las eifrig die Worte: *»For since these arms of mine had seven years' pith / Till now some nine moons wasted they have used / Their dearest action in the tented field.«* Genau, dachte sie, er war im Prinzip ununterbrochen im Feld gewesen, seit er sieben war, bis auf diese letzten neun Monate, in denen er sich in Venedig, dem Zentrum der militärischen und ökonomischen Großmacht des östlichen Mittelmeers, hat herumreichen lassen. Er hat neue Menschen und Gedanken kennengelernt ...

Ihre Idee begann, Form anzunehmen. Sie war irritiert, als das Telefon klingelte, und erstaunt, als es Thomas war.

– Ich habe schlechte Nachrichten, sagte er schwer, sehr, sehr schlechte. Sitzt du, Sophie?

Sie sank auf einen Stuhl, den Hörer in der Hand, während ihr Herz raste. Sie sah die raschen Pulsschläge am Handgelenk, es sah aus, als wäre ein unruhiges kleines Tier unter der Haut. Was konnte es sein? O Gott, nur nichts mit Daniel, dachte sie, was auch immer, aber nicht Daniel.

– Es ist Birgitta, sagte Thomas, sie ist tot, Sophie. Birgitta ist tot.

Sie brach vor Erleichterung beinah in Lachen aus.

– Nein, nein, sagte sie, Birgitta wollte doch nach Villette, hast du das vergessen? Ich habe gestern mit Tony geredet, er wollte ein Spezialmenü für sie machen. Sie ist jetzt sicher in Villette.

– Sie ist tot, wiederholte Thomas, sie starb vor ein paar Stunden in Villette, und, Sophie, sie wurde ermordet. Martine leitet die Voruntersuchung. Jetzt muß es jemand ihrer Familie sagen, du kennst ihre Kinder, oder? Es ist besser, sie hören es von dir, als daß jemand vom Außenministerium oder von der Botschaft in Brüssel anruft.

– Wie ist das passiert? fragte Sophie, jetzt froh, daß sie saß, es war ein Gefühl, als ob das Blut aus dem Kopf wich, so daß sie einer Ohnmacht nahe war, aber sie schaffte es, sich aufrecht zu halten, während Thomas erzählte, was er wußte.

Als sie das Gespräch beendet hatten, legte sie sich auf den Boden und versuchte, ihren flachen Atem zu beruhigen. Es ist meine Schuld, dachte sie irrational, ich hätte nicht »Macbeth« zitieren sollen, Birgitta hat Angst bekommen, sie sagte, sie hatte ein Gefühl, als ob jemand über ihr Grab geht.

Sie stand auf und fing an, in der Bibliothek auf und ab zu gehen. Wie sollte sie Birgittas Kindern eine solche Nachricht überbringen können? Und wo sollte sie sie finden, sie wußte nicht einmal, wo sie wohnten.

Sophie wußte sehr gut, daß sie eine kühle Person war,

eine Beobachterin, die selten andere Menschen in den innersten Raum ihres Herzens ließ, aber Birgitta Matsson gehörte zu den wenigen, die ihr richtig nahegekommen waren. Sophie war von Eskil Lund frisch geschieden gewesen, als sie sie in der Frauengruppe von Hammarås Birgitta kennengelernt hatte, alleinstehend mit einem kleinen Sohn und verletzbarer und unsicherer, als sie es früher oder später in ihrem Leben je gewesen war. Daß sie sich der neugebildeten freien Theatergruppe in Hammarås anschloß, hatte zumindest teilweise damit zu tun, daß diese sich in einer Gegend traf, an die sie sich gern erinnerte, hier hatte sie als Kind viele schöne Sommer verbracht.

Birgitta hatte damals gerade einen Job in der Hamra-Hütte bekommen und war dabei, sich von Christer Matsson scheiden zu lassen, einem gewerkschaftlichen Ombudsmann, der charmant und angenehm war, wenn er nüchtern war, und das genaue Gegenteil, wenn er es nicht war, was leider meistens der Fall war. Gemeinsame Erinnerungen aus Granåker hatten Sophie und Birgitta zusammengeführt, und sie hatten eine Zeitlang zusammen gewohnt und einander beim Kinderhüten geholfen, in einer Wohnung, die Birgitta »Dalarnas kleinstes Kollektiv« nannte. Ihr Kontakt war sporadisch gewesen, seit Sophie nach Frankreich gezogen war, aber das spielte keine Rolle. Wer einmal in Sophies innersten Raum gekommen war, war dort für immer, und jedesmal, wenn sie sich begegneten, war es, als wäre der Kontakt nie unterbrochen worden.

Aber jetzt war Birgitta tot, und sie mußte es Maria und Jonas sagen.

Annalisa Paolini fegte wie ein roter Minitornado in Martines Zimmer – klappernde hohe Absätze, blitzende rote

Nägel, flatternder roter Schal um den Hals. Die Vizebürgermeisterin war eine schmächtige Frau, aber ihre Energie füllte den Raum, als sie auf den Besucherstuhl sank.

Sie erzählte, daß Birgitta Matsson sie am Freitag gegen elf angerufen hatte, sich als Bürgermeisterin einer schwedischen Kommune vorgestellt und gebeten hatte, sie treffen zu dürfen, um gemeinsame Probleme zu besprechen.

– Sie sagte, daß sie meine Telefonnummer von Ihrem Mann bekommen hatte, sagte Annalisa Paolini, und das war natürlich eine zusätzliche Empfehlung, wie Sie wissen, habe ich im Zusammenhang mit dem Kulturhauptstadteinsatz viel mit Professor Héger zu tun gehabt.

– »Gemeinsame Probleme«, sagte Martine, das klingt etwas vage. War das alles, was sie gesagt hat?

Die Vizebürgermeisterin stellte die Fingerspitzen gegeneinander und betrachtete Martine starr.

– Nein, das war es nicht, sagte sie, Madame Matsson hatte mehr zu sagen. Sie hat nur gesagt, daß es vertraulich ist, und deshalb weiß ich nicht, ob ich es erzählen soll. Aber der Tod bricht alle Vertraulichkeiten, oder? Und sie veröffentlichen keine sensiblen Informationen, wenn es nicht nötig ist?

Sie sah Martine an, als warte sie auf ihre Zustimmung, und Martine nickte ermunternd.

– Also gut, sagte Annalisa Paolini, sie hat erzählt, daß ihr Eisenwerk oben in Schweden Probleme hat und besonders die Abteilung für lange Produkte. Aber vor ein paar Wochen wurden sie von Stéphane Berger kontaktiert, der sagte, daß er daran interessiert sei, das Feinwalzwerk dort zu kaufen, genau wie er es hier in Villette gemacht hat. Sie wollte ganz einfach hören, welche Erfahrungen wir gemacht haben.

Wieder Stéphane Berger! Zwei Morde in einer Woche, und beide Mordopfer hatten Fragen nach Stéphane Berger gestellt, konnte das ein Zufall sein? Es fiel Martine schwer, das zu glauben.

– Und was hätten Sie gesagt, wenn Sie sie getroffen hätten? fragte sie.

Annalisa Paolini breitete die Hände aus, daß die roten Nägel blitzten.

– Ja, was sollte ich sagen? Ich gehörte nicht zu den Enthusiasten, als Berger hier auftauchte, ich glaube, wir müssen hier in der Region eher auf eine neue Wirtschaftsstruktur setzen, als alten Industrien unter die Arme zu greifen, besonders jetzt, wo die Möglichkeiten staatlicher Unterstützung von den EU-Regeln begrenzt werden. Aber bis jetzt hat es ja mit Berger Rebar funktioniert. Die Jobs gibt es noch, der Verkauf geht gut, und alle scheinen zufrieden zu sein.

Das klang nicht so, als wäre es einen Mord wert gewesen, um die Vizebürgermeisterin daran zu hindern, Birgitta Matsson zu sagen, daß alle zufrieden waren, dachte Martine und zeichnete einen Schnörkel auf die Schreibtischunterlage. Aber war Birgitta Matsson um zehn Uhr nach Villette gekommen, nur um um zwölf Annalisa Paolini zu treffen? Sie fragte, ob die ermordete Frau etwas von anderen Zusammentreffen erwähnt hatte, und die Vizebürgermeisterin schüttelte den Kopf.

– Nein, sagte sie nachdenklich, zumindest nicht direkt. Aber als ich vorschlug, daß wir uns um elf sehen sollten, sagte sie, eine Stunde später würde ihr besser passen.

Und Claudine de Jonge hatte gesagt, daß Birgitta Matsson auf die Uhr gesehen hatte, »als ob sie um zehn jemanden treffen wollte«, und sich ganz außen auf den Platz gestellt hatte, »als ob sie auf jemanden wartete«. Sie hatte um zehn eine Verabredung, und die war es, die sie das Leben gekostet hatte. Aber mit wem?

– Wie viele wußten von Ihrer Verabredung mit Madame Matsson? fragte Martine. Annalisa Paolini zuckte die Achseln.

– Alle möglichen im Rathaus, nehme ich an, sagte sie, ich habe es mehreren Personen gegenüber erwähnt, und meine Sekretärin vermutlich auch.

Julies Stift kratzte über den Stenogrammblock. Annalisa Paolini zog an ihrem roten Schal und schien über etwas nachzudenken.

– Man erzählt, sagte sie, daß Sie sich Stéphane Bergers Geschäfte im Zusammenhang mit dem Mord an diesem französischen Journalisten ansehen?

Martine bedachte sie mit einem ausdruckslosen Blick.

– Man erzählt so viel, sagte sie. Ihr kam ein Gedanke.

– Übrigens, was den Mord an Fabien Lenormand angeht, sind Sie zufällig verwandt mit Nunzia Paolini, für die er gearbeitet hat?

Die Vizebürgermeisterin lächelte.

– Annunziata ist meine große Schwester, sagte sie, ja, ich habe gehört, daß Sie sie kennengelernt haben.

– Sie scheint sich für ihre Aufgabe sehr zu engagieren, sagte Martine, während sie an den Kontrast zwischen den beiden Schwestern dachte – die füllige, schlichte große Schwester Annunziata und die temperamentvolle, elegante kleine Schwester Annalisa. Sie konnte sich gut vorstellen, wie sie früher als Waisen im Kinderheim gewesen waren, die beschützende Nunzia und die niedliche kleine Nali.

Annalisa Paolini sah verärgert aus.

– »Fanatisch«, meinen Sie vielleicht, sagte sie, es gibt

Leute, die finden Nunzi fanatisch, wenn es um das Grubenunglück geht. Aber sie hat ihre Gründe. Ich weiß nicht, ob sie von unserem Hintergrund erzählt hat?

– Sie hat erzählt, daß Ihr Vater einer von denen war, die beim Grubenunglück umkamen, und daß Sie kurz danach Ihre Mutter und Ihren kleinen Bruder verloren haben, sagte Martine vorsichtig.

– Ach so, sagte die Vizebürgermeisterin, das hat sie. Dann verstehen Sie vielleicht, warum sie so engagiert ist, oder fanatisch, je nachdem, wie man es sieht.

– Aber es ist für Sie beide gutgegangen, sagte Martine.

Annalisa Paolinis Züge wurden weich.

– Und das habe ich Nunzia zu verdanken, wissen Sie. Sie wurde erwachsen an dem Tag, als unsere Mutter starb, sie wurde meine Mutter und Beschützerin, obwohl sie nur drei Jahre älter war. Sie sorgte dafür, daß ich meine Hausaufgaben machte, sie sorgte dafür, daß wir etwas von dem Geld bekamen, das an die Angehörigen der Katastrophenopfer ausbezahlt wurde, sie sorgte dafür, daß wir beim Prozeß 1959 zu den Klägern gehörten. Dann wurden wir beide von dieser Stipendienstiftung in Messières, Sie wissen schon, unterstützt. Dank ihrer konnte Nunzia ins Gymnasium gehen, anstatt direkt nach der Grundschule arbeiten zu müssen.

Die Vizebürgermeisterin stand auf.

– Ja, das war wohl alles. Wenn Sie mehr über Madame Matssons Besuch erfahren wollen, dann wissen Sie, wo Sie mich finden.

Sie fegte aus dem Raum, und sie hörten das Echo ihrer roten Absätze im Korridor verhallen.

Das, was jetzt das Handwerksdorf in Hammarås war, war früher einmal der Schandfleck der Stadt gewesen, eine Ansammlung windschiefer Holzhäuser mit Plumpsklo, Pumpe auf dem Hof und Wanzen in den Tapeten. In den sechziger Jahren waren die Holzhäuser sukzessive abgerissen worden, um modernen Mietshäusern Platz zu machen. Aber einige von ihnen hatten stehenbleiben dürfen, als in den siebziger Jahren das Geld der Kommune knapp zu werden begann, und jetzt waren sie zu pittoresken Geschäftsräumen für hoffnungsvolle Handwerker aufgerüstet worden. Sophie ging an einer Webstube mit Flickenteppichen im Schaufenster, einem Laden für handgemachte Holzspielsachen und einem Gewürzhandel, der getrocknete Kräuter, hausgemachte Teemischungen, Duftkerzen und griechische Waschschwämme verkaufte, vorbei. Sie blieb vor jedem Schaufenster unnatürlich lange stehen und versuchte, sich einzureden, daß sie sich für »Sennhüttenmädels Abendtee«, hergestellt aus getrockneten Himbeer- und Johannisbeerblättern von Fexåsens Sennhütte, wirklich ernsthaft interessierte.

Aber sie mußte weiter, es half nichts. Ganz hinten in der Häuserreihe sah sie das Banner, das keck an seiner Stange flatterte, eine lilafarbene Lederflagge mit dem Text »Saris Christers Lederschneiderei« in zierlichen Buchstaben. Bevor Christer Matsson bei der Gewerkschaft Karriere gemacht hatte und Ombudsmann geworden war, war er in einer inzwischen geschlossenen Fabrik angestellt gewesen, die Arbeitskleidung herstellte, und jetzt war er anscheinend an die Nähmaschine zurückgekehrt. Gestern hätte sie sich vielleicht darüber lustig gemacht, daß er sich in seiner neuen Handwerkerinkarnation den alten Hofnamen zugelegt hatte, jetzt aber führte das nur dazu, daß sie sich noch elender fühlte.

Eine Klingel bimmelte, als sie den Raum betrat. Es duftete nach Leder, Firnis und Kaffee. Ein Mann stand mit dem Rücken zu ihr und schnitt an einem länglichen Tisch Leder zu. An einer kurzen Theke mit einer altmodischen Registrierkasse stand eine junge Frau mit langen, braunen Haaren, gekleidet in Jeans, weißes T-Shirt und Lederschürze. Das war Maria Matsson, Birgittas Tochter.

Sie blickte auf, sah Sophie, strahlte und flog förmlich auf sie zu.

– Fia! rief sie aus und warf sich Sophie um den Hals.

Christer Matsson drehte sich um. Er sah gut aus, bemerkte sie ungerührt, grau an den Schläfen, aber schlank und kläräugig, wo er vor zwanzig Jahren rotäugig gewesen war und einen Bierbauch gehabt hatte, der sich über dem Gürtel wölbte. Sophie und er waren damals Gegner gewesen, und als sie sich das letzte Mal gesehen hatten, hatte sie vom Balkon aus einen Eimer Wasser über ihn gegossen, und so wunderte sie sich nicht darüber, daß er skeptisch dreinschaute, als er sie bemerkte. Aber er lächelte ein prüfendes Lächeln und kam ihr mit ausgestreckter Hand entgegen.

– Sophie Lind, sagte er, das ist lange her. Ja, du hast wohl gehört, daß Birgitta und ich einen neuen Versuch machen wollen? Aber diesmal, das kann ich versprechen, wird es uns besser ergehen.

Es war ein Licht in seinen Augen. Aber Maria machte einen Schritt rückwärts und betrachtete unsicher Sophie, verwirrt darüber, wie angespannt sie bei ihrer Umarmung gewirkt hatte.

Sophies Lippen und Zunge fühlten sich starr an wie nach einer Zahnarztbetäubung, unwillig, die Worte zu formen. Aber sie mußten gesagt werden. Sie preßte sie hervor, das Herz schwer wie ein Bleilot in der Brust:

– Ich fürchte, ich habe sehr, sehr schlechte Nachrichten.

Das Telefon klingelte erneut, als Martine gerade auf dem Weg zur Place de la Gare war, wo die Polizei jetzt das Haus gefunden hatte, von dem aus die Schüsse abgefeuert worden waren. Zu ihrem Erstaunen war es Jean-Claude Becker.

– Hallo, Martine, sagte er, was passiert denn in Villette? Ich höre im Radio, daß auf der Place de la Gare eine Frau erschossen worden ist und daß sie Schwedin gewesen sein soll.

– Sag nicht, daß du dich auch mit ihr verabredet hattest, sagte Martine.

– Ich weiß nicht, ob sie es war, sagte Jean-Claude, aber ich hatte mich mit einer Schwedin verabredet, der Bürgermeisterin der Stadt, wo Hamra ist, das Stahlunternehmen, du weißt. Sie hat gestern die Gewerkschaftsgeschäftsstelle angerufen und wollte mich heute treffen.

– Und wo wolltet ihr euch treffen?

– Nicht in Villette, sagte Jean-Claude, ich rufe von Brüssel aus an. Chantal nimmt an einer Art Musikfestival teil, und ich und die Jungens sind mit ihr hier. Also habe ich dieser Bürgermeisterin vorgeschlagen, daß wir uns lieber in Brüssel treffen, und das war ihr recht. Wir haben beschlossen, daß wir uns um fünf in der Bar ihres Hotels sehen.

Er nannte ein populäres Touristenhotel in Brüssel ein paar Blocks entfernt von der Grande Place.

– Sie glaubte, sie würde dann zurück sein, sagte er, und ich versprach zu warten, falls sie sich etwas verspäten würde.

– Wie hieß sie? fragte Martine.

– Matsson, glaube ich, sagte Jean-Claude, aber ich bin nicht ganz sicher. Sie sagte, ich würde sie an ihren roten Haaren und ihrer lila Jacke erkennen.

– Ja, dann war sie es. Und worüber wollte sie reden, hat sie das gesagt?

– Ja, was glaubst du, sagte Jean-Claude, sie wollte über Stéphane Berger reden. Genau wie dieser französische Journalist, der ermordet wurde.

Es war im Hörer ein paar Sekunden still.

– Die Sache wird langsam richtig unangenehm, sagte Jean-Claude mit veränderter Stimme. Zwei Personen, die ermordet wurden, bevor sie mit mir über Bergers Geschäfte reden konnten. Ich hoffe, du bist vorsichtig, Martine!

Christian de Jonge fuhr nach Brüssel, nachdem er einen Umweg über den Bahnhof und das Blumengeschäft gemacht hatte, wo Claudine zwischen ihren Rosen und Lilien tapfer lächelte, obwohl sie so blaß war, daß die Sommersprossen über ihrer kurzen Nase deutlicher zu sehen waren als gewöhnlich. Zu hören, daß seine Frau Augenzeugin des Mordes auf der Place de la Gare gewesen war, hatte Christian geschockt, und als er jetzt hörte, daß sie auf den Platz gelaufen war, während die Schießerei noch anhielt, mußte er sich setzen.

– Mach nicht so ein Gesicht, sagte Claudine, es ist ja gutgegangen!

Die Absperrungen um die Viertel um den Bahnhof waren aufgehoben worden, als klar war, daß der Schütze nicht mehr dort war, und das Blumengeschäft war wieder offen. Es waren ungewöhnlich viele Kunden im Laden. Sie sind hier, um den Tatort anzuglotzen, dachte Christian grimmig.

Auf dem Weg zur Place de la Gare hatte er gesehen, daß mehrere Autos von der kommunalen Polizei um ein leeres Haus in dem Viertel parkten, das dem Platz am nächsten war, also hatte man jetzt vermutlich die Stelle gefunden, wo der Schütze gestanden hatte.

Er versprach Claudine, zum Abendessen zu Hause zu

sein, und sie einigten sich, in ihrer italienischen Eckkneipe zu essen, weit weg von Tatorten und Polizeiuntersuchungen.

Christian hatte sich entschlossen, die Spuren von Fabien Lenormand in Brüssel während seiner letzten Tage weiter zu verfolgen. Diesmal wollte er herausfinden, was der Journalist getan hatte, als er erfuhr, daß Stéphane Berger aus der Konferenz in der Solvay-Bibliothek im letzten Augenblick ausgestiegen war. Es war wirklich unverzeihlich schlampig von ihm gewesen, davon auszugehen, daß Lenormand einfach weggegangen war, dachte Christian.

Durch einen Brüsseler Journalisten, den er während seiner und Martine Poirots voriger Morduntersuchung kennengelernt hatte, hatte er die Telefonnummer des Presserates bei der schwedischen EU-Delegation bekommen, die zu den Veranstaltern des Seminars gehört hatte, an dem Fabien Lenormand am Montag teilgenommen hatte. Um Zeit zu sparen, rief er ihn vom Auto aus an. Der Schwede erinnerte sich sehr wohl, daß ein französischer Journalist – »ein junger Mann mit lockigen Haaren« – ein erstaunlich großes Interesse für die schwedischen Tageszeitungen geäußert hatte, die beim Seminar gezeigt worden waren, und sogar darum gebeten hatte, ein Exemplar mitnehmen zu dürfen. Ja, es war eine Sonntagszeitung gewesen, und da sie die Zeitungen in der Woche vor dem Seminar, das am 19. September gehalten wurde, hereinbekommen hatten, war sie nicht vom Sonntag, dem 18. September, gewesen, sondern vermutlich vom Sonntag davor.

So far so good, dachte Christian. Sie konnten jetzt fast zu hundert Prozent sicher sein, daß das Bild von Istvan Juhász und den übrigen Grubenarbeitern aus Hanaberget, das Fabien Lenormand in der Hand gehabt hatte, als er ermordet wurde, am 11. September publiziert worden war, und sie wußten, woher er es hatte. Aber was es bedeutete, stand auf einem anderen Blatt, war ein Rätsel, das zu lösen immer noch ausstand.

Er hörte den Schweden im Hörer schwer atmen.

– Herr Kommissar, sagte er, als Sie sagten, Sie rufen von der Polizei in Villette an, dachte ich, es ginge um diese Schießerei, die Sie hatten, ich bin ja auch der Presseverantwortliche für die Botschaft, und wir sind vom Justizpalast in Villette informiert worden, daß dort heute morgen eine Schwedin erschossen worden ist. Wissen Sie etwas darüber?

Christian erzählte das wenige, das er wußte, nicht mehr als das, was er von Claudine gehört hatte.

– Die belgische Nachrichtenagentur hat anscheinend bekanntgegeben, daß eine Schwedin erschossen worden ist, sagte der Presserat, und vorhin hat Reuters angerufen, jetzt warte ich nur darauf, daß die ganze schwedische Presse anruft. Die Abendzeitungen werden wohl völlig durchdrehen.

Er klang bekümmert.

Christian bat seinen Fahrer, zum Gare du Nord in Brüssel zu fahren und dort auf ihn zu warten, während er in dem Hotel vorbeischaute, in dem Fabien Lenormand in seiner letzten Nacht geschlafen hatte.

Er hatte Glück. Auch diesmal stand Angélique Lubaki in der Rezeption. Sie erkannte ihn sofort wieder und lächelte, als sei sein Besuch eine willkommene Unterbrechung.

– Haben Sie noch mehr Fragen? sagte sie.

– Ja, sagte Christian, ich wüßte gern, ob Sie etwas darüber sagen können, wie Fabien Lenormand seinen Abend hier, also den Montag abend, verbracht hat.

– Sicher, sagte sie, er ist ziemlich früh essen gegangen, gegen sieben, und da fragte er, ob ich ein gutes und billiges

Lokal in der Nähe empfehlen könnte, und da gab ich ihm ein paar Tips. Dann kam er kurz vor neun zurück, vielleicht viertel vor, und ging rauf in sein Zimmer. Ich nehme an, er hängte seine Jacke auf, ja, und stellte diese große Schultertasche rein, die er dabeihatte, aber nach einer Weile kam er wieder runter und kaufte ein Bier bei mir, wir haben keine richtige Bar, aber ein paar Getränke zum Verkauf.

Angélique Lubaki zeigte auf einen altertümlichen Kühlschrank, der hinter der Rezeptionstheke stand.

– Und dann? fragte Christian.

– Wir haben keine Fernseher in den Zimmern, sagte sie, wenn man fernsehen will, muß man das im Gesellschaftsraum machen, da, wo wir auch das Frühstück servieren.

Christian schaute durch eine Türöffnung rechts von der Rezeption und sah einen fensterlosen Raum mit schmutzigem Teppichboden. In einer Ecke des Raums stand ein Fernseher, ein Siebziger-Jahre-Modell, vor einem durchgesessenen Sofa und zwei Sesseln im selben Stil. Im übrigen bestand die Einrichtung aus einem halb entlaubten Ficus benjamini und vier klapperigen Tischchen, umgeben von Sperrholzstühlen. Er fragte sich, wie das Frühstück war.

– Er ging da rein und setzte sich, sagte Angélique Lubaki, aber es gab eine kleine Diskussion. Er, Fabien, wollte Nachrichten sehen, aber zwei von unseren Stammgästen, die da saßen, wollten unbedingt diese alte französische Polizeiserie sehen, die, die montags, mittwochs und freitags um neun auf den französischen Kanälen läuft. Sie waren in der Überzahl, Fabien mußte nachgeben.

– Welche Polizeiserie war das, fragte Christian, obwohl er die Antwort wußte. »Die Bullen von Saint-Tropez«?

Sie lächelte ihn blendend weiß an.

– Genau, so hieß sie! Fabien kam hier raus und murrte

ein bißchen, aber dann ging er wieder rein und setzte sich, er hatte wohl nichts Besseres zu tun. Und dann, verstehen Sie, nach fünfzehn, zwanzig Minuten kam er wieder raus und sah aus, als hätte er im Lotto gewonnen! Und dann sagte er: »Ich muß jemanden küssen, Angélique, bitte, sagen Sie, daß ich Sie küssen darf«, und dann küßte er mich irgendwie in den Mundwinkel. Dann bat er, telefonieren zu dürfen, und er wählte eine Nummer, der Anruf ging nach Villette, das sah ich auf der Rechnung, und ich hörte, daß er zu der Person, mit der er sprach, sagte, daß er eine phantastische Entdeckung gemacht hätte, etwas »ganz Unglaubliches«, sagte er.

Birgitta Maria Matsson war aus dem Obergeschoß eines leeren Privathauses in dem Viertel, das der Place de la Gare am nächsten war, erschossen worden. Als der Bahnhof neu erbaut war, hatten viele gutsituierte Bewohner von Villette in dessen Nähe ein elegantes Townhouse für sich bauen lassen, aber das war, bevor der sich verdichtende Autoverkehr den Bahnhofsplatz mit Lärm und Abgasen gefüllt hatte.

Jetzt wollte niemand dort wohnen, und mehrere der einst so imponierenden Häuser befanden sich in weit fortgeschrittenem Verfall.

Die Rückseite der Häuserreihe lag zu einer Sackgasse hin, deren andere Seite ganz von einem Bürokomplex eingenommen wurde, einer anonymen grauen Wand mit Reihen von Fenstern, wo alle Jalousien heruntergelassen waren.

– Hier muß man an einem Samstagvormittag nicht mit viel Publikumsverkehr rechnen, man geht kein Risiko ein, stellte Martine fest, als sie vorsichtig über die zerschlagenen Flaschen auf dem Hinterhof stieg.

– Nein, sagte Kommissar Debacker, das einzige, was man riskiert, ist, auf Katzen und den einen oder anderen Stadtstreicher zu treffen, die verschaffen sich manchmal Zutritt in die Häuser. Aber dieses Mal anscheinend nicht.

Nachdem man wußte, aus welcher Richtung die Schüsse gekommen waren, war es keine größere Kunst gewesen, das richtige Haus zu finden. Der Schütze hatte reichlich Spuren im Staub hinterlassen, jetzt sorgfältig abfotografiert, aber nichts, was von größerem Nutzen zu sein schien.

– Er hat natürlich Handschuhe angehabt, sagte Debacker, Schuhe mit Kreppsohlen ohne besondere Kennzeichen, und natürlich hat er keine Zigarettenstummel mit Speichel oder andere interessante Spuren hinterlassen.

Früher einmal mußte der Raum sehr schön gewesen sein, dachte Martine. Sie betrachtete die hohe Decke, den offenen Marmorkamin, die Walnußtäfelung der Wände und die Scheiben aus farbigem Glas im Jugendstilmuster in den drei hohen, bleigefaßten Fenstern, jetzt verborgen unter jahrealten Schichten von Schmutz und Hinterlassenschaften von Ratten und Mäusen und von Vögeln, die durch die kaputten Scheiben hereingeflogen waren.

Der Schütze schien am offenen Mittelfenster gekniet zu haben, gestützt auf die tiefe Fensterbank aus Walnuß. Als Martine aus dem Fenster sah, hatte sie einen perfekten Blick geradeaus auf den Platz, wo vor ein paar Stunden Birgitta Matssons toter Körper gelegen hatte.

– Er muß hier gestanden haben wie ein Jäger, der auf seine Beute wartet, sagte Jean-Paul Debacker, und nach ersten Untersuchungen der Experten heißt es, daß sie mit einem Jagdgewehr erschossen wurde, vermutlich mit Zielfernrohr, so eines, das man benutzt, um Wildschweine und Hirsche zu jagen, diesen Typ größerer Beutetiere.

– Aber dieser Jäger hat sich mit seiner Beute verabredet, sagte Martine, Claudine de Jonge im Blumengeschäft meinte, daß es so wirkte, als ob die Schwedin sich um zehn mit jemandem verabredet hatte und auf dem Platz stand, um auf ihn oder sie zu warten. Er muß ihr gesagt haben, wo sie auf ihn warten sollte.

Sie dachte an die rothaarige Frau, die sich ohne Mißtrauen in Position gestellt hatte, um zu sterben. Sie hatte zwei Kinder, hatte Thomas gesagt, sie war eine gute Frau und eine beliebte Bürgermeisterin.

Und diese schwedische Bürgermeisterin, die nach Villette gekommen war, um Fragen nach Stéphane Bergers Geschäften zu stellen, war ermordet worden, genau wie Fabien Lenormand, der auch Fragen nach Stéphane Bergers Geschäften gestellt und wichtige Informationen in einer schwedischen Zeitung gefunden hatte. Es war schwer zu glauben, daß das ein Zufall war, dachte Martine noch einmal. Es mußte einen Zusammenhang geben.

Einen schwindelerregenden Augenblick lang fragte sie sich, was passiert wäre, wenn sie damals, als ihre Wege sich in Brüssel gekreuzt hatten, ihrem unbegreiflichen Impuls gefolgt wäre und Birgitta Matsson vorgeschlagen hätte, zusammen eine Tasse Kaffee zu trinken. Sie hätten eine halbe Stunde gesessen und geredet, und dann wäre sie nicht im Parlament gewesen, als Nathalie Bonnaire anrief, Guy Dolhet hätte nicht gehört, was sie sagte, Nathalie Bonnaire wäre nicht überfallen worden, und sie hätten das schwarze Notizbuch bekommen. Vielleicht hätten sie jetzt Fabiens Mörder verhaftet, und vielleicht hätte niemand mit einem Jagdgewehr auf Birgitta Matsson gewartet. Die kleinen Entscheidungen, die wir jeden Tag treffen, dachte sie, die kleinen Entschlüsse, zu denen wir kommen – wir wissen nie, ob alles anders geworden wäre, wenn wir einen anderen Weg zum Zug genommen, zehn Minuten länger in einem Café gesessen oder mit einer Fremden gesprochen hätten, anstatt weiterzugehen.

– Jetzt haben Sie das hier gesehen, sagte Jean-Paul Debacker, ich dachte, es wäre gut, wenn Sie ein Bild davon haben, wie der Mord begangen wurde. Wir haben natürlich eine besondere Gruppe für diese Morduntersuchung gebildet, und im Moment sind wir dabei, die Viertel zu durchkämmen, um jemanden zu finden, der gesehen hat, wie der Schütze gekommen oder verschwunden ist.

Martine hatte eine Weile überlegt, ob sie vorschlagen sollte, daß die Voruntersuchung des Mordes an Birgitta Matsson der Polizei im Justizpalast übertragen würde, aber im Augenblick sah sie keinen Grund dafür, die kommunale Polizei auszuschalten.

– Sie hatte den Paß in der Handtasche, sagte sie, gab es noch mehr Interessantes darin?

– Das kann man sagen, sagte Debacker, Sie möchten vielleicht mitkommen und einen Blick darauf werfen? Es ist ja nicht weit zu gehen.

Martine und Julie trotteten hinter Debacker her zum kommunalen Polizeigebäude von Villette, das ein paar Blocks vom Bahnhof entfernt näher am Zentrum und an der Grande Place lag.

Debackers Mordgruppe hatte sich in einem Konferenzraum mit Fenster zum Hof eingerichtet. Eine junge Polizeiassistentin saß dort jetzt allein an einem Computer, und Debacker stellte sie Martine vor.

– Hier, sagte er und ging zu einem kleinen Tisch, hier haben wir den Inhalt der Handtasche.

Er zeigte auf ein paar Papiere, säuberlich in Plastikmappen gelegt. Es schien eine Reportage aus einer Zeitschrift zu sein, Paris Match vielleicht, und handelte von Stéphane Berger als Kunstsammler. »Was hat ›Inspektor Bruno‹ an den Wänden? Wer sich an die populäre Fernsehserie erinnert, würde wohl erwarten, daß der Interpret des herzensbrechenden Inspektors Stéphane Berger sein Heim mit Pin-up-Bildern, vielleicht dem einen oder anderen Hirsch im Gegenlicht schmückt. Aber Stéphane Berger hat statt dessen eine der eindrucksvollsten Sammlungen von Gegenwartskunst in Frankreich. Und es geht dem erfolgreichen Geschäftsmann Berger nicht nur um eine weitere Investition. Er verbirgt seine Gemälde nicht in Bankgewölben ...«

Die Bilder zeigten Berger, wie er vor Gemälden und Skulpturen in mehreren seiner vielen Häuser posierte. Ein paar Bilder waren in dem sonnengelben Raum in der Villa in Villette aufgenommen worden, bemerkte Martine. Auf einem von ihnen sah man Eva Lidelius' Gemälde des grauhaarigen Mannes mit dem Bischofstab.

– Und das hatte Birgitta Matsson in der Handtasche? fragte Martine. Sie hatte Debacker von ihrem Gespräch mit Annalisa Paolini erzählt.

– Das klingt, als ob wir mit Monsieur Berger sprechen müssen.

– Ich habe dich noch nie weinen sehen, sagte Daniel Lind verwundert, nicht richtig, meine ich, nur im Film.

– Ich habe wohl noch nie einen Anlaß gehabt, sagte Sophie. Sie riß noch ein Stück Haushaltspapier von der Rolle ab, um sich die Augen zu wischen und sich noch einmal zu schneuzen. Aber die Tränen flossen weiter. Es war unglaublich, wieviel Flüssigkeit im Körper war, sie mußte genug geweint haben, um einen ganzen Eimer zu füllen, seit sie in

Saris Christers Lederschneiderei gestanden und mit einigen wenigen unwiderruflichen Worten für Maria und Christer Matsson die Sonne hatte erlöschen lassen. Sie hatte ihnen geholfen, das Außenministerium anzurufen, wo man gerade von der Botschaft in Brüssel die Nachricht von dem Todesfall erhalten hatte, aber dann hatte Christer das Nötige übernommen. Er war ein Organisator, das war er immer gewesen, und Sophie nahm an, daß er sich leichter aufrecht halten konnte, wenn er sich auf all die praktischen Details stürzte – Birgittas Körper nach Hause bringen lassen, die Kommune informieren, an die Beerdigung denken, versuchen, Jonas, der in Thailand unterwegs war, zu erreichen.

Maria hatte mit farblosen Wangen und Lippen stumm auf einer Bank gesessen, und Sophie, die kühle Sophie, wußte nicht, was sie tun sollte, um zu trösten und zu beruhigen, aber es gab es ja auch keinen Trost. Schließlich hatte sie sich neben Maria gesetzt und ihr über die Haare gestrichen, und das Mädchen hatte seinen Kopf auf ihren Schoß gelegt, wie sie es so oft getan hatte, als sie klein war, und Sophie hatte eines der Wiegenlieder gesungen, die sie ihr damals vorgesungen hatte:

»Il était une poule brune
Qui allait pondre la lune
Pondait un p'tit coco
Que l'enfant mangeait tout chaud …«

Dann hatten sie eine Kerze für Birgitta angezündet – »aus, aus, du kurzes Licht«, dachte Sophie –, und als Freunde und Verwandte zu strömen begannen, war sie nach Granåker zurückgefahren, und dann war Daniel gekommen.

Sie sah ihren Sohn dankbar an. Sie hatte nie begriffen, wie das Nervenbündel Eskil Lind und sie, die, seit sie ein Teenager gewesen war, das Rampenlicht geliebt hatte, ein solches Kind hatten bekommen können. Von klein auf war Daniel ruhig, ernst und zielbewußt gewesen. Aufgewachsen im Licht von Fotoblitzen und Bühnenscheinwerfern, hatte er Publicity und Aufmerksamkeit immer verabscheut. Sie erinnerte sich, wie er oft auf einem Stuhl in den Kulissen der Pariser Oper gesessen und ein Buch über Regenwälder oder über die Ausrottung bedrohter Tiere gelesen hatte, unberührt von den Krisen und Temperamentsausbrüchen um ihn herum.

Als er neun war, hatte er gesagt, er würde für den Umweltschutz arbeiten, wenn er groß sei, und genauso kam es. Er war froh, daß Daniel Lind ein so gewöhnlicher schwedischer Name war, daß wenige in seiner Umgebung begriffen, wer seine Eltern waren. Er radelte zur Arbeit und sang in der Freizeit im Chor. Er war groß wie seine Mutter und dunkel wie sein Vater und sah in Sophies hingebungsvollen Mutteraugen außerordentlich gut aus.

Jetzt hatte er Kaffee für sie gemacht und aus einem Schrank im Eßzimmer eine Flasche Calvados genommen. Eigenartigerweise schien Gretas problematische Kaffeemaschine ausgezeichnet zu funktionieren, wenn Daniel sie benutzte.

– Wie trägt es Maria? fragte Daniel.

– Sie wirkt wie gelähmt, sagte Sophie, weiß und völlig stumm.

Zu ihrem Entsetzen erkannte sie, daß sie in einem Teil ihres Gehirns Marias Reaktion als denkbare zukünftige Inspiration registrierte und archivierte, vielleicht für eine Todesnachricht in einer Oper.

– So wurde sie immer, als sie klein war, sagte Daniel, wenn Christer und Birgitta stritten oder wenn sie vor etwas Angst hatte. Weißt du, ob sie nach Villette fahren will?

Wenn ja, sollte ich vielleicht freinehmen und mitkommen, mit der Sprache helfen und so. Du mußt wohl hier bei Urgroßmutter bleiben?

Sophie nickte dankbar. Sie spürte, daß sie jetzt nicht nach Villette fahren konnte. Da war natürlich Tony, und sie dachte mit einem Zittern der Sehnsucht an seine warmen Hände und seinen harten Körper und den Blick in seinen dunkelblauen Augen, wenn er sie ansah, aber sie wollte ihre Beziehung nicht mit Beerdigungsvorbereitungen und Morduntersuchung belasten.

– Ich glaube, ich muß etwas verraten, was man mir im Vertrauen erzählt hat, sagte Daniel nachdenklich. Birgitta hatte Kontakt mit einem französischen Geschäftsmann, der sich dafür interessiert hat, einen Teil von Hamra zu kaufen, und bei den Kontakten setzte sie mich als Dolmetscher ein. Ich kenne ja auch die Termini und so, weil ich bei der Umweltaufsicht der Stahlunternehmen im Bezirk mitarbeite. Aber sie war ihm gegenüber etwas skeptisch. Ich glaube, sie ist nach Villette gefahren, um herauszufinden, wie er sein Unternehmen betrieb. Und noch etwas, ich habe ihr eine Nummer von Paris Match gegeben, die ich in Stockholm gekauft habe, darin war eine Reportage über diesen Monsieur Berger und seine Kunstsammlung. Und da sah sie, daß er eines von Urgroßmutter Gretas Gemälden hat, ein Porträt von Urgroßvater Aron mit Bischofskreuz und Krummstab. Sie erinnerte sich, daß es früher hier im Pfarrhof hing, und fragte sich, wie es zu Berger gelangt war.

Annick Dardenne hatte bei der Sitzung, die Martine so eilig hatte verlassen müssen, um sich der Schießerei auf der Place de la Gare zu widmen, zwei Aufgaben bekommen. Sie sollte ein Auge auf Nathalie Bonnaire haben und am besten an Ort und Stelle sein, wenn die Journalistin aufwachte, und sie sollte herausfinden, ob Guy Dolhet Geschäftsfreunde oder Bekannte hatte, von denen man annehmen konnte, daß sie Journalistinnen niederschlugen und tote Katzen vor die Tür von Untersuchungsrichterinnen legten.

Sie begann mit einer Fahrt zu dem Krankenhaus, in dem Nathalie Bonnaire lag, immer noch bewußtlos, aber mit besserer Farbe im Gesicht. Die Prognose war hoffnungsvoll, sagte der Arzt, mit dem sie sprach, und vermutlich würde sie gegen Abend aufwachen. Es war natürlich unmöglich zu sagen, an wie viel sie sich erinnerte; anscheinend war die Gefahr groß, daß sie das meiste von dem, was unmittelbar vor dem Überfall passiert war, vergessen haben könnte.

Auf dem Weg zurück zum Justizpalast machte Annick einen Abstecher zu Nathalie Bonnaires Wohnung. Weil die Journalistin allein in der Liegenschaft wohnte und der Rest des Hofes noch weitgehend einer Baustelle glich, gab es keine Nachbarn, die etwas hätten sehen können, und die gestrige Suche nach Zeugen in den nächstliegenden Vierteln hatte kein Resultat gehabt.

Jetzt war jedenfalls jemand da. Zwei Jungen um die fünf guckten in den Hof. Einer von ihnen schob ein Fahrrad.

– Du darfst da nicht reingehen, sagte einer von ihnen und sah Annick streng an.

– Ach so, warum denn nicht? fragte sie.

– Weil es gefährlich ist, sagte der Junge mit dem Fahrrad. Er hatte dicke, dunkle Locken und trug ein Power-Rangers-Sweatshirt.

– Aber ich bin Polizistin, sagte Annick, also darf ich da rein, obwohl es gefährlich ist.

Sie sahen sie skeptisch an.

– Warum hast du denn keine Polizeimütze? fragte der andere Junge, schmächtig und grellrothaarig.

– Ich bin so eine Polizistin, die keine Polizeimütze hat, sagte sie, um die Verbrecher reinzulegen, versteht ihr.

Sie schienen nicht ganz überzeugt.

– Mädchen können nicht Polizisten sein, sagte der Rothaarige, weil – die können sich nicht prügeln. Polizisten müssen sich die ganze Zeit mit Verbrechern prügeln.

– Ich bin verdammt gut im Prügeln, sagte Annick wahrheitsgemäß und dachte an die Judopokale, die sich auf einem Regal in ihrer Wohnung drängten, ich erledige jeden Verbrecher. Hört mal, Jungens, seid ihr oft hier? Wart ihr zum Beispiel gestern hier?

Sie schielten einander an und sahen schuldbewußt aus.

– Wenn ihr hier wart, könnt ihr mir vielleicht etwas sagen, das mir helfen kann, einen Verbrecher festzunehmen, sagte Annick ermunternd.

– Da war ein Bagger auf dem Hof, sagte der Junge mit dem Fahrrad, wir haben gespielt, er wär ein Zord.

– Aha, wie in Power Rangers, sagte Annick, die Neffen hatte.

Sie nickten feierlich.

– Habt ihr noch etwas gesehen?

– Wir standen hinter dem Tuch da, sagte der Rothaarige, da konnte uns keiner sehen, und dann kam ein Auto. Das war so ein Auto, wie der Onkel, der bei uns die Toilette repariert hat, eins hatte, aber das hier war ganz schwarz und hatte schwarze Fenster, und da haben wir gespielt, es wär' ein Verbrecherauto. Und dann kam ein Onkel aus dem Auto.

– Wie sah er aus?

Annick hielt den Atem an.

– Er hatte eine Mütze auf, die ging bis hierher, sagte der Braungelockte und zeigte auf seine Augenbrauen, und er hielt sich ein Halstuch vor den Mund, und er ging in das Haus da, aber da sind wir nach Hause gegangen, wir wollten nicht, daß er uns sieht, wenn er rauskommt.

– Erinnert ihr euch an noch etwas vom Auto, sagte Annick, was für eine Nummer es hatte, zum Beispiel?

Die Jungen schielten sich peinlich berührt an.

– Es waren Buchstaben auf dem Auto, sagte der Rothaarige, aber wir können noch nicht lesen.

Typisch, dachte Annick, wenn sie endlich zwei Zeugen findet, die etwas Interessantes gesehen haben, stellt sich heraus, sie sind Analphabeten. Aber sie hatten jedenfalls einen schwarzen Lieferwagen mit Text darauf gesehen. Sie schrieb die Namen der Jungen auf, ließ sich von ihnen zeigen, wo sie wohnten, dankte ihnen feierlich und versicherte, daß sie von großem Nutzen gewesen waren.

Im Justizpalast suchte sie die alten Korruptionsuntersuchungen aus den achtziger Jahren heraus, mehrere große Boxen, die nicht einmal Platz auf ihrem Schreibtisch fanden. Die Untersuchungen hatten mit der Zeit dazu geführt, daß einige kommunale Angestellte auf der mittleren Ebene wegen Bestechlichkeit und einige Unternehmer wegen Bestechung verurteilt worden waren, ein ziemlich mageres Resultat für die Ermittlungsbeamten, die Korruption auf einer erheblich höheren Ebene untersucht hatten. Guy Dolhet war nie angeklagt worden, aber Annick wußte, daß sein Name in der Voruntersuchung vorgekommen war. Sie bat einen älteren Kollegen, ihr bei der Durchsicht des umfangreichen Materials zu helfen, und er suchte in wenigen Minuten die Akten heraus, die ihr nützlich sein könnten.

Guy Dolhet hatte einen Schwiegersohn, der eine Reinigungsfirma betrieb, und diese Reinigungsfirma tauchte in der Voruntersuchung erstaunlich oft auf. Das Putzen Mazzeris Putz & Reinemachen zu überlassen war anscheinend beinah ein Muß gewesen für Unternehmen, die lohnende kommunale Aufträge bekommen wollten. Nach und nach begriff Annick, daß die Ermittlungsbeamten in den achtziger Jahren den Verdacht gehabt hatten, daß die Unternehmen mit Hilfe von fingierten und überhöhten Rechnungen von Dino Mazzeri Geld an Dolhets Partei gezahlt hatten. Aber das zu beweisen war ihnen nie gelungen. Mazzeri war wegen Bilanzfälschung zu Geldstrafen verurteilt worden, weil er bei einigen Gelegenheiten Schwarzarbeiter beschäftigt hatte und weil er unvorsichtigerweise allzu teure persönliche Geschenke von Kunden angenommen hatte, die sich mit einem Schwiegervater gutstellen wollten, das war aber auch alles gewesen.

Putzen, dachte Annick, kann viele Bedeutungen haben.

Sie fragte sich, wie Elisabeth Dolhet, studierte Tochter eines namhaften Politikers, einem Typen wie Dino Mazzeri hatte verfallen können. Er sah natürlich gut aus, dachte sie und betrachtete ein Foto von Dolhet und seinem Schwiegersohn, aber trotzdem.

– Hör mal, Laurent, sagte sie zu dem Kollegen, der ihr geholfen hatte, wie kamen Dolhet und seine Tochter eigentlich in Kontakt mit diesem Typen Mazzeri?

Er lachte.

– Mazzeri arbeitete Ende der Siebziger als Chauffeur und Faktotum für Dolhet, da hat er wohl die Tochter kennengelernt. Aber er ist ein dubioser Typ, und seine Brüder Gianni und Fredo sind noch schlimmer, ein paar Gorillas, verurteilt wegen Körperverletzung und illegalem Spiel. Aber manchmal helfen sie in der Reinigungsfirma mit und mehrere ihrer Kumpane auch. Ich würde dir entschieden davon abraten, Mazzeris zu beschäftigen, wenn du irgendwann einen Umzugsputz brauchst!

Ja, Putzen kann viele Bedeutungen haben, dachte Annick wieder. Vielleicht hatte Guy Dolhet seinen Schwiegersohn angerufen und ihn gebeten, das Notizbuch, das Nathalie Bonnaire gefunden hatte, wegzuputzen, und vielleicht hatte der seine Brüder angerufen und sie gebeten, sich darum zu kümmern. Sie fragte sich, ob Berger Rebar zu Mazzeris Kunden gehörte. Das wäre ein handfester Beweis für die Verbindung zwischen Dolhet und Berger. Aber wie sollte sie das an einem Samstag herausfinden?

Sie wählte die Nummer von Berger Rebar und wurde zum Wachmann beim Tor von Forvil weiterverbunden.

– Hallo, sagte sie mit nasaler Stimme, hier ist Arlette von Mazzeris Putz, ich wüßte gern, ob unsere Jungens gestern bei Berger Rebar geputzt haben? Sie haben ihre Dienstberichte nicht abgegeben, und jetzt erreiche ich sie nicht, und der Chef wird wütend werden, und dann bin ich dran.

– Nein, sie sind ja jetzt da, sagte der Wachmann erstaunt, ich habe vor ungefähr einer Stunde einen von euren Wagen reingelassen.

– Sehr gut, das erklärt die Sache, sagte Annick und legte schnell auf.

Stéphane Berger meldete sich mit dem gleichen kurzangebundenen »Ja« wie beim vorigen Mal, als Martine ihn auf dem Mobiltelefon angerufen hatte.

– Martine Poirot hier, sagte sie, ich muß Ihnen noch ein paar Fragen stellen, und zwar jetzt. Und dieses Mal ziehe ich es vor, daß Sie in den Justizpalast kommen.

– Aber es paßt mir im Moment überhaupt nicht, sagte er, ich habe heute anderes vor.

– Das ist eine förmliche Vorladung, sagte Martine, ich kann Sie von der Polizei holen lassen, wenn Ihnen das lieber ist.

Er lachte. Sie erkannte das Lachen. Genauso lachte Inspektor Bruno in der Folge von »Die Bullen von Saint-Tropez«, die sie vor kurzem abends gesehen hatte, als Kommissar Colonna ihn aufforderte, keinen Umgang mit der rothaarigen Schönheit zu haben, die eine verdächtig enge Verbindung zum Gangsterboß zu haben schien.

– Aber ich bin in Frankreich, sagte er, ich sitze im Auto, und wir haben vor einer Weile die Grenze passiert. Ich fürchte, Ihre Gerichtsbarkeit gilt hier nicht, Madame Poirot. Oder wollen Sie versuchen, mich ausliefern zu lassen?

– Wir werden sehen, sagte Martine grimmig. Was haben Sie heute vormittag gemacht?

– Gefrühstückt, sagte er nonchalant, mit meinen Töchtern telefoniert, mich im Garten umgesehen, einen Spaziergang am Fluß gemacht, ein paar Berichte gelesen.

– Hat Sie jemand gesehen?

– Jetzt, glaube ich, will ich auf keine weiteren Fragen mehr antworten, solange ich nicht weiß, worum es geht, sagte er.

– Welche Kontakte hatten Sie diese Woche mit Birgitta Matsson? fragte Martine.

Er klang so erstaunt wie verärgert, als er antwortete.

– Birgitta Matsson? Was wissen Sie davon?

Während des ganzen Gesprächs hatte Martine im Hintergrund Musik gehört, offenbar aus dem Autoradio, aber jetzt wurde die Musik für eine Nachrichtensendung unterbrochen. Berger bat Martine zu warten und sagte dem Chauffeur, er solle das Radio lauter stellen.

– Hören Sie, was ist da passiert, sagte er nach einer Weile, in den Nachrichten heißt es, daß eine Schwedin in Villette erschossen wurde?

Seine Stimme hatte jetzt einen ganz anderen Tonfall, einen Tonfall, der ihn weniger wie Inspektor Bruno klingen ließ.

– Es ist doch nicht Birgitta Matsson, die erschossen wurde? Was wollte sie in Villette?

– Viele scheinen zu glauben, daß sie sich für Ihre Tätigkeit bei Berger Rebar interessiert haben könnte, sagte Martine.

Es wurde still im Hörer. Nach einer Weile sagte Berger:

– Ja, Madame Poirot, ich werde darüber nachdenken. Vielleicht entscheide ich mich, morgen oder übermorgen nach Villette zurückzukommen. Dann melde ich mich bei Ihnen.

Zum ersten Mal, stellte Martine verblüfft fest, klang er wie ein wirklich bekümmerter Mensch.

Christian de Jonge hatte sich mit dem Brüsseler Journalisten, den er kannte, in einer Brasserie Ecke Avenue d'Auderghem und Rue Belliard verabredet, praktischerweise direkt gegenüber Gebäuden der EU-Kommission. Der Journalist hatte am Dienstag am Seminar in der Solvay-Bibliothek teilgenommen – Fabien Lenormand hatte sich nach dem Weg dorthin erkundigt –, von dem Stéphane Berger abgesprungen war.

– Vor allem wüßte ich gern, ob Sie diesen jungen Mann hier wiedererkennen, sagte Christian und nahm ein Bild von Fabien Lenormand heraus. Der Journalist studierte es nachdenklich.

– Ja, das tu ich, ich habe ihn diese Woche zweimal gesehen. Zuerst am Montag, er war auf dem Zwölf-Uhr-Briefing der Kommission. Er ist mir aufgefallen, weil er Fragen stellte, obwohl er nicht zu der üblichen Gruppe im Presseraum gehörte.

– Wonach hat er gefragt? erkundigte sich Christian.

Der Journalist zuckte die Achseln.

– Irgend etwas mit dem Beschäftigungsbericht der Kommission, der letzte Woche vorgelegt wurde, aber nichts, woran ich mich erinnern würde. Aber dann, nach dem Briefing, hatte er die Pressemitteilung über das Seminar in der Solvay-Bibliothek gesehen und ging herum und fragte die Kollegen, ob er da nicht hingehen könnte, obwohl er sich nicht vorher angemeldet hatte. Ich riet ihm, es zu versuchen, auch wenn ich nicht glaubte, daß ihn meine Meinung interessierte. Er schien der draufgängerische Typ zu sein und hätte es sicher sowieso getan. Er wollte wohl nur wissen, ob er Krach schlagen müßte, um reinzukommen. Ach ja, und als ich am Dienstag kam, stand er vor der Bibliothek, das Tonbandgerät in Alarmbereitschaft. Ich begrüßte ihn und fragte, ob er nicht reingehen wollte, um sich anzumelden. Das hätte er getan, sagte er, es hätte kein Problem gegeben, aber jetzt stand er da und wartete auf Stéphane Berger. Alle anderen Teilnehmer der Podiumsdiskussion waren gekommen, aber Berger nicht. Ich ging rein und redete kurz mit einem Mann, den ich aus der Kommission kenne, einer der Veranstalter. Er erzählte, daß Berger am Morgen angerufen und abgesagt hatte, er war kurzfristig verhindert, es war etwas mit seiner Tochter, und deswegen mußte er nach Paris fahren. Pascal, der Mann aus der Kommission, war ziemlich sauer. Besonders, sagte er, weil er aus absolut sicherer Quelle wußte, daß Berger am Abend ein supergeheimes geschäftliches Treffen in

Hasselt haben würde, und das würde er sicher nicht verpassen.

– Und was tat Fabien Lenormand? fragte Christian.

– Er kam rein, sagte der Journalist, und sah sich um, als ob er hoffte, Berger doch dort zu sehen. Sie wissen, wie das ist, manchmal steht man da und wartet auf jemand, und dann schleicht er durch den Hintereingang rein. Ich ging zu ihm und erzählte ihm, was ich von Pascal gehört hatte, und da stöhnte er. Aber er setzte sich ins Seminar und hörte zu. Es war ziemlich langweilig, ich bin nach einer Stunde gegangen, und da saß Lenormand noch da.

– Haben Sie ihm erzählt, daß Berger am Abend nach Hasselt wollte? fragte Christian.

– Sicher, sagte der Journalist, und es schien ihn sehr zu interessieren.

– Wann hast du eigentlich das letzte Mal eine ordentliche Mahlzeit gegessen? fragte Julie.

Martine dachte nach und kam verdutzt darauf, daß es am Donnerstag gewesen sein mußte, als sie mit Jean-Claude Becker zu Abend gegessen hatte. Am Freitag hatte sie kaum das Frühstück herunterbekommen, weil sie an den Katzenkopf vor der Tür gedacht hatte und auch an ihre bevorstehende Begegnung mit Jean-Louis Lemaire in Brüssel. Den Lunch hatte sie aus denselben Gründen übersprungen, tote Katzen und alte Liebhaber konnten wirklich den Appetit dämpfen, und dann hatte sie es nicht geschafft, mit Valerie und Denise zu Abend zu essen, wie es ihre Absicht gewesen war, weil sie die Nachricht vom Überfall auf Nathalie Bonnaire bekommen hatte. Das Sandwich, das sie am Freitag abend mit nach Hause genommen hatte, war im Mülleimer gelandet, nachdem sie den

Brief mit Bildern ermordeter Untersuchungsrichter geöffnet hatte.

Und vom guten Abendessen des Donnerstags hatte sie ja den größeren Teil erbrochen.

Kein Wunder, daß sie sich matt und wirr im Kopf fühlte. Müde war sie nicht, Adrenalin und Koffein ließen sie auf Hochtouren laufen, aber sie mußte sich wohl beruhigen und eine Weile die Gedanken sammeln. Jean-Paul Debackers Gruppe im kommunalen Polizeigebäude arbeitete kompetent daran, Spuren zu sichern und Zeugen für den Mord an Birgitta Matsson zu suchen, und wußte, daß Martine zur Verfügung stand, wenn sie widerspenstige Zeugen bestellen, eine Hausdurchsuchung durchführen oder jemanden festnehmen mußten.

Martines Problem war, daß die beiden Morduntersuchungen in ihren Gedanken verschmolzen, weil beide auf Stéphane Bergers Geschäfte hindeuteten. Und wie war das mit Istvan Juhász? Er war in den fünfziger Jahren in Hanaberget und Granåker gewesen, konnte Birgitta Matsson ihn gekannt haben?

In Martines überhitztem Gehirn kollidierten zwei Gedanken und bildeten eine Idee, die für eine Sekunde in Neonfarbe aufflammte, aber sofort wieder erlosch. Es war ganz einfach nicht möglich. Sie reckte sich über den Schreibtisch, zog die Akte an sich, die auf Julies Seite lag, und sah sie schnell durch. Nein, es war nicht möglich.

– Ich empfehle ein frühes Abendessen, sagte Julie und stand auf, geh dir die Zähne putzen oder mach einen Spaziergang um die Île Saint-Jean oder sonst was, und dann sehen wir uns in einer halben Stunde in der Blinden Gerechtigkeit. Ich muß vorher nur noch ein paar Dinge erledigen.

Sie winkte und verschwand durch die Tür.

Martine blieb sitzen. Wie konnte sie es schaffen, das Tempo zu drosseln? Das einzige, was sie wirklich tun wollte, war, mit Thomas zu sprechen. Die Sehnsucht nach ihm fühlte sich an wie ein physischer Schmerz im Körper. Oder war es nur gewöhnlicher Hunger, was sie fühlte?

Thomas hatte ihr die Telefonnummer des Ehepaars Bure gegeben, als er am Vormittag angerufen hatte, und jetzt tippte sie sie resolut ein.

Es war Einar Bures Frau, die abhob. Martine war ihr einmal begegnet und hatte sich gewundert, daß eine siebzigjährige Doktorin der Literaturgeschichte ein so gieriges Interesse an Morduntersuchungen zeigte. Nein, sagte sie bedauernd, Thomas sei nicht da, er und Einar seien weggegangen, um sich die Ausgrabung einer langweiligen mittelalterlichen Dorfstraße anzusehen, die sie unerhört aufregend fanden. Sie versprach auszurichten, daß Martine angerufen hatte, und erzählte, daß sie gerade im Radio gehört hatte, daß eine schwedische Politikerin in Villette erschossen worden war.

Das Telefon klingelte wieder, kaum daß sie aufgelegt hatte. Jetzt war es der Brüsseler Korrespondent der schwedischen Nachrichtenagentur, er sprach Englisch und wollte über den Mord an Birgitta Matsson reden.

– Aber ich kann die Identität der toten Frau nicht bestätigen, sagte Martine, ich bin nicht einmal sicher, ob ihre Angehörigen schon unterrichtet sind.

– Das brauchen Sie nicht, sagte der Reporter, die ist der Agentur vom schwedischen Außenministerium bestätigt worden, und wir haben bereits bekanntgegeben, daß eine Kommunalpolitikerin aus Mittelschweden in Villette ermordet worden ist. Haben Sie einen Verdächtigen?

– Nein, wir haben keinen Verdächtigen, sagte Martine.

– Wissen Sie, was Birgitta Matsson in Villette gemacht hat?

Martine zögerte ein paar Sekunden, kam aber rasch zu dem Ergebnis, daß es eher von Vorteil sein könnte, von der geplanten Begegnung der ermordeten Frau mit Annalisa Paolini zu erzählen. Das klang harmlos und konnte gefährlichen Spekulationen vorbauen.

– Ich weiß, sagte sie, daß sich Madame Matsson mit einer lokalen Politikerkollegin verabredet hatte, eine Art Partnerstadtkontakt vielleicht, um gemeinsame kommunale Probleme zu diskutieren.

– Hat sie sie treffen können? fragte der Reporter.

– Nein, sagte Martine, sie wurde erschossen, kaum daß sie aus dem Zug gestiegen war.

Sie war mit Medien hinreichend vertraut, um zu wissen, daß dieser Satz in dem Artikel weit oben stehen würde.

– Wurde noch jemand bei der Schießerei verletzt? fragte der Reporter. Offenbar gingen die Medien immer noch davon aus, daß Birgitta einem Verrückten zum Opfer gefallen war, der auf der Place de la Gare wild um sich geschossen hatte, und das war auch besser so, dachte Martine.

– Nein, sagte sie, nur Madame Matsson.

– Ist das nicht komisch, sagte der Reporter, schießt so ein Verrückter normalerweise nicht, bis ihn jemand aufhält? Oder bis er sich selber umbringt?

– Das weiß ich nicht, sagte Martine, normalerweise haben wir solche Fälle hier in Belgien nicht. Dieser Schütze hatte sich jedenfalls entfernt, als wir an den Tatort kamen. Wir versuchen jetzt, Zeugen zu finden, die gesehen haben, wie er gekommen oder verschwunden ist. Hören Sie, ich habe im Augenblick nicht mehr zu sagen. Wir werden morgen vermutlich eine Pressekonferenz haben.

– Da werde ich dasein, sagte der Reporter düster, zusammen mit einer Menge anderer schwedischer Journalisten. Wie heißt die Politikerin, die Birgitta Matsson hätte treffen sollen?

– Das kann ich nicht sagen, sagte Martine, Sie sollten morgen mehr fragen.

Sie legte auf.

Julie war vor Martine in der Blinden Gerechtigkeit eingetroffen, und sie war nicht allein. Zwei Männer saßen rechts und links zur Seite der Rechtspflegerin und standen höflich auf, als Tony Martine an den Tisch führte, den er für sie reserviert hatte.

Sie kannte beide. Dominic di Bartolo, elegant wie eh und je, war sonnenverbrannt, als hätte er den ganzen Sommer im Freien verbracht, und sah zehn Jahre jünger und sorgloser aus als in all den Jahren, in denen sie ihn als administrativen Chef im Justizpalast kannte. Entweder war das Julies Verdienst, oder es lag daran, daß er die Last schwerer Geheimnisse, die er viele Jahre lang getragen hatte, losgeworden war. Wahrscheinlich beides, dachte Martine.

Überraschter war sie, den zweiten Mann zu sehen. Justin Willemart war Rechtsanwalt, und Martine hatte ihn im Zusammenhang mit einem Fall, an dem sie im Frühjahr gearbeitet hatte, kennengelernt. Sie hatte keine Ahnung gehabt, daß er und Dominic einander kannten, aber während sie auf die Bestellung warteten, scherzten und redeten die beiden Männer miteinander, als hätten sie kürzlich Blutsbrüderschaft getrunken. Sie verband einiges, fand sie, auch wenn Willemart mindestens zwanzig Jahre älter war als Dominic.

Martine, die jetzt spürte, wie hungrig sie tatsächlich war,

bestellte Hummersuppe und Lammkoteletts. Hoffentlich mußte sie das Essen heute abend nicht wieder erbrechen.

– Du fragst dich vielleicht, warum Dominic und Justin hier sind, sagte Julie, als sie ihre Vorspeisen bekommen hatten, aber sie haben etwas zu erzählen, und das könnte dich interessieren, es hat indirekt mit der Untersuchung des Mordes an Fabien zu tun. Hoffe, das verdirbt uns nicht die Freude am Essen.

Sie lächelte entschuldigend. Martine hatte fast vergessen, daß Julie Dominic bitten wollte, mehr über den Verkehrsunfall herauszufinden, bei dem die Mutter und der kleine Bruder der Schwestern Paolini getötet worden waren. Darüber wollte sie eigentlich jetzt beim Essen nicht reden, aber natürlich interessierte es sie.

Dominic erzählte, daß er sich ganz einfach an die kommunale Polizei des Villetter Vorortes Messières gewandt hatte, die im Oktober 1957 den Unfall untersucht hatte. Als Beamter am Justizpalast hatte er ohne Problem ins Archiv gehen und die alte Akte lesen dürfen, obwohl er offen gesagt hatte, daß er es aus eigenem Interesse tat.

Giovanna Paolini hatte nach dem Tod ihres Mannes für sechs Stunden am Tag Arbeit als Serviererin in einer Bar in Messières gefunden. Sie mietete sich für Kost und Logis bei einem Rentnerehepaar ein, das sich gegen eine geringe Bezahlung auch um den kleinen Tonio kümmerte, wenn seine Mutter arbeitete. Sie lebte sehr einfach und versuchte, von ihrem mageren Lohn eine Kleinigkeit zu sparen, um Süßigkeiten und kleine Geschenke für die Töchter im Kinderheim kaufen zu können.

– Das kam heraus, erklärte Dominic, weil es im Zusammenhang mit dem Unfall einige Fragezeichen gab. Giovanna Paolini war im Winter 1956 für ein paar Wochen in eine

Nervenheilanstalt eingeliefert worden, und man fragte sich, ob sie möglicherweise in Selbstmordabsicht vor ein Auto fuhr. Aber der Gedanke wurde für völlig abwegig gehalten. Sie war eine fromme Katholikin und hingebungsvolle Mutter, und alle, die sie kannten, sagten, es sei ganz ausgeschlossen, daß sie so etwas tun würde.

Es hatte an diesem Freitag abend, als Giovanna Paolini auf dem Fahrrad mit dem Sohn hinter sich im Kindersitz und einer Tüte mit Süßigkeiten für die Töchter im Fahrradkorb zum Kinderheim aufgebrochen war, gerade zu dämmern begonnen. Das Kinderheim lag auf dem Lande, vier Kilometer von Messières entfernt an einer wenig befahrenen Straße. Giovanna Paolini war drei Kilometer geradelt, als sie von hinten mit so großer Kraft angefahren wurde, daß sie und das Fahrrad in die Luft geschleudert worden sein müssen. Sie schlug mit dem Kopf auf einen Stein und ist vermutlich sofort gestorben, während der kleine Junge später an inneren Verletzungen im Krankenhaus starb.

– Der Unfall erregte einiges Aufsehen, sagte Dominic, wegen der Tragödie mit dem Kind, und wurde ziemlich gründlich untersucht. Und vieles deutete darauf hin, daß an dem Fall etwas dubios war. Es gab nicht die geringsten Bremsspuren an dieser Stelle, nichts, was darauf hindeutete, daß der Autofahrer versucht hätte, Giovanna auszuweichen. Es war immer noch so hell, daß der Fahrer sie problemlos hatte sehen können. Und die Straße ist so kurvenreich, daß Autos dort normalerweise sehr langsam fahren. Die Straße gibt es noch, ich habe sie getestet. Es ist schwer, in den Kurven mehr als fünfzig Stundenkilometer zu fahren. Giovanna Paolini wurde auf gerader Strecke getötet, aber um auf eine so hohe Geschwindigkeit zu kommen, wie sie der Autofahrer dem Urteil der Polizei nach hatte, muß er mit dem Fuß auf dem Gas gestanden haben, als er aus der Kurve kam, und da muß er die radelnde Frau am Straßenrand gesehen haben.

Martine nahm einen Löffel der milden, pernodgewürzten Hummersuppe und spürte, wie die Wärme sich in ihrem Körper ausbreitete.

– Mord? fragte sie versuchsweise.

– Den Verdacht gab es, sagte Dominic, aber die Polizei fand den Autofahrer nie, und deshalb ließ man es der Einfachheit halber als Unfall mit Fahrerflucht durchgehen. Und was für ein Motiv sollte jemand gehabt haben, eine arme italienische Witwe totzufahren? Als ich diese Frage stellte, mußte ich an den Prozeß denken …

Dominic erzählte, daß einer seiner Onkel an der Grube in Foch-les-Eaux gearbeitet hatte, aber nicht in der Schicht, die der Katastrophe zum Opfer gefallen war. Als Kind hatte Dominic am Küchentisch viele Diskussionen über das Grubenunglück gehört, und er erinnerte sich, daß sein Onkel beim Prozeß 1959 über die Sicherheitsroutinen in der Grube befragt worden und lange, bevor die Sache vor Gericht kam, schon dazu gehört worden war. Deshalb hatte Dominic jetzt im Justizpalast hereingeschaut und die Akten vom Prozeß über die Grubenkatastrophe herausgezogen. Anstatt mehrere tausend Seiten Voruntersuchung durchzulesen, hatte er die Namen der Anwälte auf der Klägerseite herausgesucht.

– Und Bingo, da stand Justins Name!

Dominic lächelte Willemart zu.

– Kennen Sie sich schon lange? fragte Martine und hielt unfein den Teller schräg, um die letzten Suppentropfen mit dem Löffel aufkratzen zu können.

Willemart lächelte zu Dominic zurück.

– Ich glaube kaum, daß wir uns vorher schon einmal begegnet sind, sagte er, aber wir waren ja beide enge Freunde von Jeanne Demaret, und deshalb kam es uns beiden fast so vor, als wären wir schon mehrere Jahre miteinander bekannt.

Justin Willemart hatte als assistierender Jurist bei einem der Anwälte gearbeitet, der Klagevertreter der Angehörigen der umgekommenen Grubenarbeiter war, und hatte viel Zeit darauf verwendet, vor dem Prozeß Zeugen zu befragen.

– Eine zentrale Frage war, sagte er, ob die verantwortlichen Chefs eine Warnung vor der Gefahr von Grubengas in den Stollen bekommen hatten. Ein paar Jahre früher gab es einen Prozeß in Liège über das Grubenunglück in Many 1953, und dort wurden die verantwortlichen Chefs zu Gefängnisstrafen verurteilt. Aber da konnte man beweisen, daß sie vor der Gefahr von Grubengasexplosionen gewarnt worden waren. Und viele der Arbeiter, die nicht zu der betroffenen Schicht gehört hatten, erzählten uns, daß ihre Lampen in der Woche vor der Katastrophe geflackert hatten, ein Zeichen dafür, daß es Grubengas dort gab. Hatten sie das gemeldet? Nein, sagten alle, das hatte sowieso keinen Sinn. Und es gab keinerlei Meldesystem, nichts, um Beinahunfälle und Warnsignale weiterzuverfolgen. Es ging das Gerücht, daß einige Arbeiter einer Schicht eine Sitzung abgehalten und dabei ein Schreiben aufgesetzt hätten, das sie eingereicht hatten. Aber wenn es ein solches Papier gab, wurde es nie gefunden, und die, die die Sitzung abgehalten und das Schreiben verfaßt hatten, waren genau die, die in der Unglücksschicht arbeiteten. Die meisten glaubten, daß die Sitzung, wenn sie denn stattgefunden hatte, zu Hause bei Angelo Paolini, der so etwas wie ein Führertyp war, abgehalten worden war. Deshalb versuchte ich, seine Witwe, Giovanna, zu erreichen, um zu hören, ob sie etwas von dieser Sitzung wußte. Das war schwer, sie hatte natürlich kein Telefon, und an sie zu schreiben hatte keinen Sinn, denn sie konnte kaum lesen. Aber schließlich bekam ich heraus, wo sie arbeitete, und rief sie dort an. Es war ein Mittwoch, sie hatte montags frei, und wir beschlossen, daß wir uns am Montag darauf sehen wollten. Aber am selben Freitag wurde sie totgefahren.

Annick machte ihre zweite Fahrt zum Krankenhaus, nachdem sie am Schreibtisch ein Sandwich geknabbert hatte. Sie hatte mit Christian telefoniert, der Serge Boissard beauftragt hatte zu versuchen, in Erfahrung zu bringen, was die Brüder Mazzeri getan hatten, als Nathalie Bonnaire überfallen und die tote Katze auf Martines Treppe gelegt wurde. Annick war darüber etwas enttäuscht, sie hätte sich gern selbst der Mazzeri-Spur gewidmet. Sie wußte, daß Christian sie schätzte, aber er neigte trotzdem dazu, alle harten Jobs Serge zu geben, während sie am Telefon sitzen oder, wie jetzt, verletzte junge Frauen im Krankenhaus besuchen mußte.

Nathalie Bonnaire hatte jetzt Rosen auf den Wangen, und ihre Augen bewegten sich unter den Lidern, als ob sie träumte. Annick ließ sich mit einer Tasse Automatenkaffee in der Hand auf einem Stuhl an ihrem Bett nieder und versprach der Stationsschwester, das Personal zu rufen, falls etwas passierte.

Sie brauchte nicht lange zu warten. Weniger als eine Stunde war vergangen, als Nathalie Bonnaire die Augen aufschlug. Annick war das erste, was sie sah.

– Inspektor Dardenne, sagte sie und lächelte unsicher, wie gut, daß Sie da sind.

Sie drehte den Kopf und sah den Infusionsständer neben dem Bett und die Schläuche, die mit Klebestreifen an ihre Hand geklebt waren. Sie sah verwirrt zur Infusionsflasche und auf das weiße Krankenhaushemd, das sie anhatte.

– Warum habe ich mich denn schon ins Bett gelegt? sagte sie und sah Annick hilflos an. Sie versuchte, sich im Bett aufzusetzen, sank aber sofort auf die Kissen zurück, als habe diese kleine Anstrengung zu viel Kraft gekostet. Sie schlug die Augen wieder zu.

Annick, die auf den weißen Knopf auf dem Nachttisch gedrückt hatte, als Nathalie Bonnaire die Augen aufschlug, sah frustriert, wie sie wieder in die Nebel verschwand.

– Sie wacht wohl bald wieder auf, sagte die Krankenschwester, die in der Tür aufgetaucht war. Wie klar wirkte sie? Hat sie etwas gesagt?

– Sie hat mich wiedererkannt, sagte Annick.

– Das klingt ja gut, sagte die Schwester und verschwand, um einen Arzt zu rufen.

Noch bevor sie zurückgekommen war, schlug die Journalistin die Augen wieder auf.

– Annick Dardenne, sagte sie und runzelte die Stirn, Sie sollten zu mir kommen …

– Und das schwarze Notizbuch abholen, sagte Annick ermunternd. Sie hoffte, sie könnte von Nathalie Bonnaire noch etwas erfahren, bevor ein übereifriger Arzt kam und ihr sagte, sie solle aufhören, die Patientin unter Druck zu setzen.

– Was für ein schwarzes Buch?

– Fabiens, sagte Annick.

Das Gesicht der Journalistin hellte sich auf.

– Fabien, ist er hier?

Dann verfinsterte sich ihr Gesicht.

– Nein, er ist tot, oder? Daran erinnere ich mich jetzt. Fabien ist tot. Ich habe sein schwarzes Buch unter der Matratze gefunden.

– Und was stand drin? fragte Annick eilig. Sie mußte sich jetzt beeilen, ihr war so, als hörte sie Schritte im Korridor.

– Das weiß ich nicht mehr, sagte Nathalie und schloß die Augen.

Annick fluchte innerlich. Jetzt war es gelaufen. Aber bevor der Arzt in den Raum kam, schlug die junge Frau im Bett die Augen auf und sah Annick direkt an.

– Aber mein Diktiergerät, sagte sie, ich habe es in mein Diktiergerät gesprochen.

Sie kicherte.

– Ich habe es in der Teedose versteckt, als Sie anriefen. Damit Sie es nicht finden. Ich wollte selbst etwas nachforschen.

Annick fuhr mit dem Auto auf Nathalie Bonnaires Hof dicht an den Eingang. Der Hof war dunkel und erschrekkend, mit seinen Baugerüsten und flatternden Planen, wo sich alles mögliche verbergen konnte. Sie tippte den Türcode ein und stieg über das Polizeiband, das noch da war. Der Vermieter hatte wenigstens die zerbrochene Lampe ausgetauscht, und scharfes Licht erhellte die dunklen Ecken der Eingangshalle, als sie auf den Schalter drückte. Genau wie beim vorigen Mal zog sie ihre Dienstwaffe, bevor sie die Treppe hinaufging. Nicht daß es einen Grund gegeben hätte zu glauben, daß der, der Nathalie Bonnaire überfallen hatte, zurückkommen würde. Er hatte das schwarze Notizbuch bekommen, und das war es, worauf er aus gewesen war.

Aber Annick verschloß und verriegelte dennoch die Tür, als sie sich mit Nathalie Bonnaires Schlüssel Zutritt verschafft hatte, und zog sorgfältig in der ganzen Wohnung die Gardinen zu, bevor sie die Lampe in der Küche anmachte.

»Teedose«, hatte die Journalistin gesagt. Auf dem minimalen Küchentisch am Fenster stand eine einsame Teetasse, noch mit etwas Flüssigkeit auf dem Boden, als hätte Nathalie dort gesessen und Tee getrunken, als es an der Tür klingelte. Annick versuchte, sich die Szene vorzustellen. Die Journalistin hatte das Notizbuch des Cousins in der Schlafcouch gefunden und es zuerst selbst durchgelesen. Sie hatte zu Martine Poirot gesagt, es sei schwer gewesen, Fabiens Gekrakel zu entziffern. Dann hatte sie im Justizpalast angerufen, aber dann ... genau, so mußte es sein, dann war sie darauf gekommen, daß sie Fabiens Notizen nicht hergeben wollte, ohne die Informationen selbst festzuhalten. Und anstatt das »Gekrakel« des Cousins abzuschreiben, hatte sie den Text in ein Diktiergerät gesprochen, während sie dasaß und Tee trank. Als es an der Tür klingelte, hatte sie geglaubt, es sei Annick, die sie eingeladen hatte, um das Notizbuch durchzugehen. Und um zu verbergen, daß sie auf der Basis von Fabiens Entdeckungen selbst hatte ermitteln wollen, hatte sie das Diktiergerät an der erstbesten Stelle versteckt.

Auf einem offenen Regal oberhalb der Bartheke, die die Küchenabteilung vom Wohnzimmer trennte, standen drei farbenfrohe Teedosen aus Blech, säuberlich beschriftet mit »Lapsang Souchong«, »Formosa Oolong« und »Frühstück«. Das Diktiergerät lag in der Lapsang-Dose, verborgen unter den Teeblättern. Es duftete schwach nach Rauch und Teer, als Annick es herausnahm.

Sie hätte warten müssen, bis sie zum Justizpalast kam,

aber sie konnte sich nicht beherrschen. Nach kurzem Fummeln fand sie den richtigen Knopf, setzte das Diktaphon in Gang und hörte Nathalie Bonnaires Stimme:

»Es ist Freitag. Ich lese jetzt Fabiens Notizen ein oder das, was ich davon lesen kann. Verflixter Fabien, hättest du nicht deutlicher schreiben können? Wenn du wüßtest, wie sehr ich dich vermisse! Fabien schreibt, daß Berger Rebar Geld aus Brüssel für Umweltinvestitionen und Personalausbildung bekommen hat und daß Berger zusammen mit den kommunalen Bonzen das Geld veruntreut hat. Fabien hörte es an einem Abend in einer Bar, er redete da mit einem Typen, der hieß ... was steht da ... Marc, glaube ich ... der bei Berger Rebar arbeitete. Und die Bar hieß wie ... es kann Le Comptoir heißen, ich muß untersuchen, ob es so eine gibt. Dieser Typ war auf der sogenannten Personalausbildung gewesen, und die war der reine Witz, sie waren fünfundzwanzig Angestellte in einem Saal mit drei Computern, die aussahen, als wären sie in den achtziger Jahren gekauft worden, und sie sollten im Prinzip lernen, wie man die Computer an- und abstellt, und ein wenig, wie man sie benutzt. Aber die Computer waren so alt, daß viele von denen, die da waren, schon mit moderneren Dingern gearbeitet hatten, sagte Marc. Dann hatte er von der Schwester eines Kumpels, die als Sekretärin für den Betriebsleiter arbeitet, gehört, wieviel die ... was steht da ... die kommunale Ausbildungsgesellschaft für die sogenannte IT-Ausbildung in Rechnung gestellt hatte. Marc war überhaupt nicht empört, er hielt alles für einen großen Witz, er sah zu Berger auf wie anscheinend die meisten im Unternehmen, fand es cool, Behörden um Geld zu betrügen. Und mit den Umweltgeldern war es das gleiche, Berger Development hatte eingebaut ... was steht da ... irgendwas mit Toiletten im Personalraum und einen neuen Ventilator im Personalspeisesaal und Riesenbeträge in Rechnung gestellt, sagt die Schwester des Kumpels. Fabien hatte zuerst nicht gesagt, daß er Journalist ist, aber als er anfing, Fragen zu stellen, wurde Marc mißtrauisch und fing an, aggressiv zu werden, deshalb mußte Fabien da weggehen. Es geht nur darum, die Sekretärin des Betriebsleiters dazu zu bewegen, zu sagen, wie hoch die Rechnungen waren … Wie hieß sie, Fabien, warum hast du das nicht rausgekriegt? Dann muß ich jemanden finden, der bereit ist zu sagen, wie die Ausbildung eigentlich vor sich ging und welche Umweltinvestitionen eigentlich getätigt wurden. Und dann kriege ich Stéphane Berger dran, Fabien!«

Es war spät, und außerhalb des Lichtkreises der Straßenlaternen lag das Dunkel sehr kompakt, als Martine schließlich zu Hause in den Clos des Abeilles einbog. Sie hatte daran gedacht, die Lampe über der Haustür anzumachen, aber keiner hatte die kaputte Straßenbeleuchtung repariert, und die Schatten im Garten hinter dem Haus sahen schwarz und undurchdringlich aus. Sie spürte, wie sich ihre Nackenmuskeln gegen ihren Willen zusammenzogen, ihr Mund wurde trocken, und ihre Hände hinterließen feuchte Spuren am Lenkrad. Hätte sie um Polizeischutz bitten sollen? Aber es gab keine direkte Drohung gegen sie, und sie wollte nicht für Munition für die allzu vielen sorgen, die in ihr eine publicityhungrige Karrieristin sahen.

Und sie hatte ja eigentlich nichts weiter unternommen, was die, die sie daran hindern wollten, in Stéphane Bergers Geschäften zu wühlen, beunruhigen konnte. Natürlich hatte sie Berger angerufen, und sie hatte über ihn mit Annalisa Paolini und den Ermittlungsbeamten im kommunalen Polizeigebäude geredet. Und nach Annick Dardennes Fund zu Hause bei Nathalie Bonnaire hatte sie sich endlich dazu aufgerafft – was sie schon nach ihrem Besuch in Jean-Claudes Gewerkschaftsgeschäftsstelle hätte tun sollen –, mit der diensthabenden Staatsanwältin Clara Carvalho darüber zu sprechen, ob man gegen Stéphane Berger und Louis Victor eine Voruntersuchung wegen Betrugs mit Fördergeldern einleiten sollte. Aber noch mußte das wohl eine Sache allein zwischen ihr und Carvalho bleiben.

Sie schluckte. Ihr Herz schlug schneller, und sie hörte das Geräusch ihres eigenen unruhigen Atems. Das Blut rauschte in ihren Ohren, und das Abendessen lag wie ein schwerer Klumpen im Magen. Warum hatte sie so viel gegessen?

Irgendein Idiot hatte mitten vor ihrer Auffahrt geparkt, so daß sie nicht auf ihren eigenen Hof fahren konnte und ein paar Ecken weiter weg parken mußte.

Bevor sie aus dem Auto stieg, kramte sie nach ihrem Schlüsselbund in der Handtasche und nahm ihn in die rechte Hand, damit sie ihre Tür schnell aufschließen konnte, schlimmstenfalls konnte sie die Schlüssel als Waffe benutzen.

Das Geräusch ihrer Absätze auf dem Trottoir klang unnatürlich laut in der nachtstillen Straße. Sie wünschte, sie hätte eine lange Hose angehabt statt eines engen Rocks, der sie daran hinderte, schneller auszuschreiten. Jetzt war sie beinah zu Hause angekommen, gleich war sie in Sicherheit hinter Riegeln und Schlössern und hinuntergelassenen Jalousien. Sie roch den Duft der späten Rosen in der Rabatte an der Vorderseite, ein Hauch schwerer Süße in der kühlen Nachtluft.

Die Attacke kam ohne Vorwarnung aus den Schatten an der Hecke, die das Haus von dem des Nachbarn trennte. Es roch nach Schweiß und Zigaretten, als sich ein kräftiger Arm von hinten um ihren Hals schloß und sie nach hinten zog, in die Schatten hinein. Sie versuchte, rückwärts zu treten, die Beine oder Füße des Angreifers mit ihren spitzen Absätzen zu treffen, aber die begegneten nur groben Stiefeln, die nicht nachgaben. Ihr wurde schwarz vor Augen ...

Als Martine aufwachte, lag sie in stabiler Seitenlage auf dem Stück Rasen neben dem Haus, eine Rettungsdecke über sich. Sie hob vorsichtig den Kopf und stellte fest, daß das gut ging. In dem blinkenden blauen Schein eines Polizeiwagens sah sie Menschen, die sich auf der Straße bewegten und aufgeregt redeten. Sie setzte sich auf und wurde mit einer leichten Welle von Übelkeit belohnt. Aber sie hatte nicht das Gefühl, daß sie verletzt war.

Plötzlich stand eine robuste junge Frau in der Uniform der kommunalen Polizei neben ihr.

– Madame Poirot, sagte sie, wie geht es Ihnen?

Martine erkannte sie vage wieder. Es war die kommunale Kontaktbeamtin, wie hieß sie noch gleich, Galland? Ja, so war es.

– Den Umständen entsprechend geht es mir gut, Inspektor Galland, sagte sie, aber was ist denn passiert?

Ebenso plötzlich, wie die Kontaktbeamtin aufgetaucht war, trat auch Serge Boissard aus den Schatten hervor. Was machte er da? Er schien blendender Laune zu sein.

– Am besten, wir gehen zu Ihnen rein, dann können Kollegin Galland und ich alles erklären. Aber zuerst möchten Sie vielleicht Ihren neuen Freund kennenlernen, der Ihnen eben einen so warmen Empfang bereitet hat. Bedaure übrigens, daß wir es so weit kommen ließen, aber wir wollten sicher sein, ihn wirklich bei einem schweren Verbrechen auf frischer Tat zu ertappen.

Er faßte Martine am Arm, half ihr beim Aufstehen und führte sie zum Polizeiwagen. Zwischen zwei uniformierten Polizisten stand ein Mann in Handschellen. Er war vielleicht dreißig und sah auf eine arrogante Weise auffallend gut aus. Es war der Ärmel seiner wattierten schwarzen Seidenjacke, der vorhin um Martines Hals gelegen hatte.

Er trug kräftige Stiefel mit stahlbeschlagenen Kappen. Ganz ohne Grund fühlte sie sich plötzlich sicher, daß es seine schweren Schritte gewesen waren, die sie in der Fabrikhalle gehört hatte, als sie sich bei Berger Rebar auf der Treppe versteckt hatte.

– Madame Poirot, sagte Serge sanft, darf ich Monsieur Mazzeri, Alfredo, vorstellen, nahe verwandt mit einem unserer führenden Unternehmer in der Putzbranche, der seinerseits nahe verwandt ist mit einem unserer führenden Politiker. Das ist eine Putzfirma, die rund um die Uhr arbeitet, stimmt's, Fredo? Und dann sagt man, daß es hier in Villette keinen Unternehmergeist gibt. Aber was hattest du mit dem Baseballschläger vor?

Fredo Mazzeri sah gelangweilt aus. Er zuckte die Achseln.

– Ja, zuck nur die Achseln, du, sagte Serge munter, spielt keine Rolle. Überfall auf eine Untersuchungsrichterin vor Augenzeugen, damit kommst du nicht davon, egal, an welchen Fäden der Schwiegervater deines Bruders zieht.

Kurze Zeit später saß Martine in ihrem Wohnzimmer, zusammen mit Serge Boissard und Corinne Galland, die neugierig das Gemälde über dem offenen Kamin betrachtete – Eva Lidelius' Vorstudie zu »Die neue Anbetung des Lammes«, das Stéphane Berger so gern haben wollte.

Martine hatte zwei große Gläser Wasser getrunken, sich einen warmen Pullover gesucht und den beiden Polizisten versichert, daß es ihr ausgezeichnet ging und sie keinen Arzt brauchte. Sie war ohnmächtig geworden, als Fredo Mazzeri ihre Halsschlagader zugedrückt hatte, aber genau dann waren die wartenden Polizisten aus den Büschen hervorgesprungen, hatten sich um Fredo gekümmert und Martine vorsichtig ins Gras gelegt. Sie war nicht mit dem Kopf aufgeschlagen.

Corinne Galland beugte sich vor, die Hände auf den recht stämmigen Schenkeln. Ihre blaugrauen Augen funkelten unter den kurzen Haaren, und sie schien ebenso blendender Laune zu sein wie Serge, als sie erzählte, was passiert war. Mit ihr hatte Serge geredet, als er am Freitag die kommunale Polizei angerufen hatte, nachdem Martine den Katzenkopf auf der Treppe gefunden hatte. Sie hatte auf der Straße herumgefragt und eine ebenso scharfäugige wie neugierige alte Dame gefunden, die darauf reagiert hatte, daß ein Lieferwagen von Mazzeris Putz am Donnerstag nachmittag mehrere Runden durch die Straße gefahren war – »es gibt niemanden in der Straße, der sie beschäftigt, verstehen Sie, Inspektor«.

Der Wagen war verschwunden, aber als die alte Dame dann gegen Abend zur Bäckerei gegangen war, hatte sie einen der Brüder Mazzeri in einer Bar an der Hauptstraße von Abbaye-Village sitzen sehen. Sie kannte sie, weil die Baufirma, für die ihr Sohn arbeitete, die Mazzeris beschäftigte, und er hatte sie ihr gezeigt, »er hat keine hohe Meinung von ihnen, müssen Sie wissen, Inspektor«. Sie wußte nicht, welcher der Brüder es war, den sie gesehen hatte, es war entweder Gianni oder Fredo, aber jedenfalls nicht Dino selbst.

Auch am Freitag vormittag war der Wagen von Mazzeris Putz auf der Straße gesehen worden, war da aber nur eine

Runde gefahren. Da hatten sie wohl den Brief hinterlassen, dachte Martine. Inspektor Galland war dann mehrmals die Straße entlangpatroulliert und hatte auch gegen zehn am Abend eine Runde durch Martines Garten gemacht, aber da war alles ruhig gewesen.

Am Samstag hatte sie in einer ungewöhnlichen Manifestation polizeilicher Zusammenarbeit Serge angerufen und ihm von ihrem Verdacht gegenüber den Brüdern Mazzeri berichtet. Serge hatte ihr geraten, gegen Abend ordentliche Bewachung um Martines Haus zu postieren. Dann hatte Serge den Auftrag bekommen, das Tun und Lassen der Brüder in den letzten Tagen zu untersuchen, was ihm sehr gut paßte, weil er sie schon draußen bei Berger Rebar gesehen hatte, als er auf dem Gelände von Forvil mit seinen Nachforschungen beschäftigt war.

Gegen neun am Abend hatte Gianni Mazzeri Fredo nach Abbaye-Village gefahren, in angemessenem Abstand verfolgt von Serge. Fredo hatte sich in eine Bar gesetzt, wo er ein Bier getrunken hatte. Dort hatte er gegen elf einen Anruf auf seinem Mobiltelefon erhalten. Dann hatte er bezahlt und war, eine Sporttasche in der Hand, ruhig zum Clos des Abeilles geschlendert und hatte sich in die Schatten auf Martines Hof gestellt.

– Aber da hatten wir schon Polizisten hinter jedem Busch auf dem Nachbargrundstück, sagte Corinne Galland fröhlich.

– Aber etwas anderes, sagte Serge, das uns vielleicht beunruhigen könnte. Mazzeris putzen normalerweise samstags nicht bei Berger Rebar, das habe ich beim Wachmann am Tor überprüft. Aber als Gianni und Fredo bei Berger Rebar aus dem Büro kamen, trugen sie große Kartons. Es sah aus, als wären Papiere drin.

KAPITEL 8

Sonntag, 25. September 1994
Villette / Granåker

Greta Lidelius hatte verlangt, daß Sophie ins Krankenhaus kommen und sie abholen sollte, damit sie ins Rathaus von Hammarås gehen und sich in das Kondolenzbuch eintragen konnte, das für Birgitta ausgelegt worden war.

– Liebes Kind, sagte sie zu der protestierenden Sophie, so gebrechlich bin ich wirklich nicht, daß ich es nicht schaffe, ein paar Minuten auf den Beinen zu stehen, um die liebe Birgitta zu ehren. Ich würde mich schämen, wenn ich nicht im Rathaus erschiene! Jetzt geh nach oben in die Kleiderkammer und hol mein schwarzes Kostüm, es hängt in der grünen Mottengarderobe links, wenn du reinkommst, und meine schwarzen Schnürschuhe, die im Schuhregal stehen.

Es lag ein Schimmer von Stahl in ihrer Stimme. Sophie erkannte ihn wieder. Er bedeutete, daß Einwände nutzlos waren. Resigniert ging sie hinauf in die Kleiderkammer und nahm die Dinge heraus, die die Bischöfin haben wollte. Das Kostüm roch nach Mottenmitteln, und sie hängte es zum Lüften hinaus, während sie sich selbst zurechtmachte. Mit einer schwarzen langen Hose und einem strengen grauen Sakko von Jil Sander fühlte sie sich passend gekleidet.

Die Sommerzeit war zu Ende, und Sophie hatte am Abend rechtzeitig die Uhren zurückgestellt. Sie empfand es als beängstigend symbolisch. Als sie im Salon gestanden und die vergoldete Pendüle zurückgedreht hatte, hatte sie an ein paar Verse aus einem Choral gedacht, den ihr Großvater geliebt hatte: »Dein Sommerblühen ist entschwunden, hab Dank nun, daß du gabst die Rose, die du noch gefunden, zu legen auf ein Grab.«

Daniel hatte auf dem Pfarrhof übernachtet, statt zurück nach Falun zu fahren. Darüber war sie froh. Jetzt hatte er in der Küche Kaffee und Käsebrote serviert und die Kerze im Keramikleuchter angezündet. Eine abergläubische Furcht ergriff sie, als sie die flackernde Flamme sah. Sie darf nicht erlöschen, dachte sie, wenn sie erlischt, stirbt noch jemand. *»Out, out, brief candle.«*

Nein, das war »Macbeth«, und sie wollte nie mehr »Macbeth« zitieren. Sie erinnerte sich erschauernd an die rotgelbe Pfarrhofkatze, die miauend um Birgittas Beine gestrichen war: »Dreimal hat die gelbe Katz miaut ...«

– Ich habe einen Flug für mich und Maria morgen nach Brüssel gefunden, sagte Daniel, mit Apex-Tickets, dann ist es nicht so teuer. Wir müssen heute abend nach Stockholm fahren, ich dachte, wir können bei Cecilia übernachten.

Cecilia Lind war Daniels Halbschwester, Tochter von Eskil Lind aus seiner ersten Ehe. Sie war Ministerialdirektorin am Zentralamt für Gesundheits- und Sozialwesen.

Die Abendzeitungen waren schon erschienen und ihre ungewöhnlicherweise identischen Schlagzeilen leuchteten gelb am Kiosk in Granåker, vier Worte mit perfekter Laufzettellänge: »Birgitta / Matsson / in Belgien / ermordet«.

Greta Lidelius saß auf ihrem Bett, gekleidet in ein Krankenhaushemd und einen rosakarierten Baumwollmantel. Sophie half ihr, das schwarze Kostüm anzuziehen. Der Rock saß in der Taille locker, merkte sie.

– Es ist ein paar Jahre her, daß ich es getragen habe, sagte die Bischöfin mit einem Seufzer, ich bin so alt, daß die meisten, die ich gekannt habe, schon gegangen sind, weißt du.

Es gibt nicht mehr so viele Beerdigungen. Aber nie hätte ich geglaubt, daß ich das Beerdigungskostüm der lieben Birgitta wegen anziehen müßte.

Vor dem gelben Rathaus von Hammarås, wo die Flaggen auf halbmast wehten, standen Gruppen von Menschen und unterhielten sich leise. An der Wand, die der Straße am nächsten war, war ein Haufen Blumensträuße zu sehen – selbstgepflückte Gartensträuße aus Ringelblumen oder Astern, einfache Sträuße aus den Niedrigpreiseimern der Blumenhändler, teure und kunstfertig gebundene Arrangements von tiefroten Rosen.

Sophie und Daniel halfen Greta die Treppe zum Rathaus hinauf. In der Eingangshalle stand ein Tisch mit aufgeschlagenem Kondolenzbuch neben zwei brennenden Kerzen in Silberleuchtern und einem großen, gerahmten Atelierporträt von Birgitta, fast bis zur Unkenntlichkeit gestylt und retuschiert.

– Dieses Bild wurde für die Wahlkampagne gemacht, sagte Daniel so leise, daß nur Greta und Sophie es hören konnten, es hat ihr nie gefallen, sie fand, daß es ihr so gar nicht ähnlich war.

Neben dem Tisch standen zwei ernsthafte Männer mittleren Alters in dunklen Anzügen. Daniel flüsterte Sophie zu, daß die beiden der Vorsitzende des Sozialausschusses Arne Fredriksson und der Vorsitzende des Schulausschusses Hans Nyberg waren, »einer von ihnen wird Birgittas Posten übernehmen«.

Zwischen den beiden Kommunalpolitikern stand Maria Matsson, rotgeweint, aber gefaßt, in Birgittas Granåker-Tracht mit Trauerschürze.

Sophie erinnerte sich an die Schürze, schwarz mit gelben Borten, die ihr einmal vor langer Zeit Inspiration für die drei Hexen in der »Macbeth«-Inszenierung in Hammarås gegeben hatte.

Während Greta mit ihrer zierlichen Handschrift ins Kondolenzbuch schrieb, ging Sophie zu Maria und umarmte sie.

– Herzchen, sagte sie leise, willst du wirklich hier sein? Schaffst du das?

Maria warf trotzig den Kopf in den Nacken. Sie nahm Sophie beim Arm und führte sie weg von den beiden Kommunalpolitikern und der Schlange zum Kondolenzbuch.

– Klar will ich hier sein, sagte sie, es muß hier jemand geben, der sich an Mama erinnern will, wie sie war, nicht die Nullachtfünfzehnparteiheilige, zu der die sie machen werden. So viele von Mamas sogenannten Parteigenossen haben die ganze Zeit Mist über sie geredet, weißt du. Sie haben gesagt, sie wäre oberflächlich und hätte kein Gewicht und würde falsche Prioritäten setzen und zu viel über Frauenfragen und Frauenlöhne quatschen und zu wenig Geld für Fußballplätze und Eishockeystadien geben und was es sonst noch war. Und sie gingen an die Decke, als sie entschied, daß der gesamte ambulante Hilfsdienst zu einer Konferenz nach Tallinn fahren würde. Sie fahren schon jetzt am Montag, sonst hätten Hans und Arne die Reise abgesagt. Aber Mama war ja populär, sie konnten sie also nicht loswerden. Ich war die ganze Nacht auf und habe ein Band mit Musik aufgenommen, die sie mochte, damit nicht nur »Söhne der Arbeit« und so was gespielt wird. Hörst du?

Leise Musik war aus zwei Lautsprechern weiter hinten im Saal zu hören, und jetzt summte Maria mit. Sophie erkannte das Lied und die klaren Kinderstimmen: »Die Freiheit ist nahe / die Zeit ist jetzt reif / wir Frauen erwachen / oh, alle lieben Schwestern, der Tag ist jetzt endlich hier ...«

– Es hat ihnen nicht gefallen, sagte Maria, aber ich habe sie überredet.

Mit ihrem kampflustig gehobenen Kinn und dem bestimmten Zug um ihren Mund ähnelte sie plötzlich stark der jungen Birgitta.

– Birgitta wäre stolz auf dich gewesen, sagte Sophie. Aber geht es mit Christer?

– Du meinst, ob er wieder anfängt zu trinken, sagte Maria leise, ja, die Gefahr besteht. Deshalb ist er jetzt nicht hier, ich habe ihn zu einem Treffen mit anderen trockenenen Alkoholikern geschickt.

Jemand rief Sophies Namen. Sie drehte sich um und begegnete einem kleineren Blitzlichtgewitter. Eine Gruppe Reporter und Fotografen war ins Rathaus gekommen.

– Sophie Lind, sagte ein Reporter von einer der Reichszeitungen verblüfft, was machst du hier?

– Birgitta Matsson war eine Freundin von mir, sagte sie, wir haben uns in den siebziger Jahren in der Frauengruppe in Hammarås kennengelernt. Ich kann gar nicht genug zum Ausdruck bringen, was für ein furchtbarer Verlust ihr Tod ist, nicht nur für ihre Familie und ihre Freunde, sondern auch für Hammarås und die schwedische Politik.

Wollten sie Lobesworte über Birgitta Matsson, sollten sie sie haben, dachte sie. Sie posierte mit seelenvoller Miene am Kondolenztisch, mit und ohne Maria, und hielt dann eine improvisierte Pressekonferenz ab, bei der sie ihre Erinnerungen aus ihrer und Birgittas gemeinsamen Zeit als junge, alleinstehende Mütter in Hammarås zum besten gab, sich wohl bewußt, wie gut sich das in den Zeitungen machen würde.

Dann sah sie sich nach Daniel und Greta um. Sie waren nirgends zu sehen.

– Hast du gesehen, wo Daniel abgeblieben ist? fragte sie Maria. Das Mädchen lächelte dünn.

– Er hat Tante Greta mit sich rausgezerrt, kaum daß er die Fotografen gesehen hat, sagte sie. Du weißt, wie er Publicity verabscheut.

Sophie fand Daniel und Greta am Auto. Daniel hatte eine kleine Mißfallensfalte zwischen den Augenbrauen, aber die Bischöfin lächelte ihr zu.

– Wie gut, daß du mit den Zeitungen geredet hast, sagte sie, ich hoffe, du hast etwas richtig Schönes über Birgitta gesagt.

Es war zu merken, daß Gretas neue Medikamente Wirkung hatten. Sie wirkte jetzt klarer und verlor nicht so leicht den Faden. Auf der Heimfahrt nach Granåker schwelgte sie in Erinnerungen. Sie hatte Birgitta Janols seit 1955 gekannt, als das Ehepaar Lidelius zum Pfarrhof in Granåker zurückgekehrt war und angefangen hatte, auf dem kleinen Bauernhof von Birgittas Eltern Milch und Eier zu kaufen.

– Und dann, als sie mit der Schule fertig war, kam sie ja als Haushaltshilfe zu uns in den Pfarrhof, sagte sie, das war ein richtiges Karussell! Wie sie die ganze Zeit sang und arbeitete und Geschichten erzählte, und wie sie mit Aron schimpfte, wenn er überall Zigaretten qualmen ließ oder vergaß, die Galoschen auszuziehen, oder seine Sachen nicht aufhängte. Aber das war gewissermaßen Birgitta Janols in nuce, seit sie ein kleines Mädchen gewesen war – sie sagte es ganz direkt, wenn etwas nicht stimmte, und wich vor niemandem zurück.

Sophie dachte an ihre letzte Begegnung mit Birgitta, nicht an das »Macbeth«-Zitat, das sie, das fühlte sie, für den Rest ihres Lebens bereuen würde, sondern an das, was die Freundin gesagt hatte, als sie ins Taxi stieg. Hatte sie nicht gesagt: »wenn mir was passiert«? Wenn ihr etwas passierte, sollten Sophie und Thomas Greta fragen, was aus dem anderen Bild geworden war, das über dem Kamin hing. Sie hatten schon einmal gefragt, und da hatte die Bischöfin … ausweichend geantwortet. Ja, dachte Sophie, ausweichend, als ob da etwas war, was sie verbergen wollte. Aber jetzt mußte sie nachhaken, nachdem Birgitta etwas passiert war. Sie mußte wieder fragen, dachte Sophie, und wenn ihre Großmutter weiter ausweichend antwortete, mußte sie sie unter Druck setzen. Nicht jetzt, der Besuch im Rathaus hatte Greta Lidelius' Kraft gekostet, und es war zu merken, daß sie müde zu werden begann.

Aber wenn Greta geruht hatte, wollte Sophie ernstlich mit ihr sprechen. Und diesmal würde sie Ausflüchte nicht akzeptieren.

Martine hatte am Abend rechtzeitig die Uhr zurückgestellt und war froh über die zusätzliche Stunde Schlaf. Sie wachte gegen fünf auf, schlief aber wieder ein und träumte von einer Frau, die mit einer rotgelben Katze im Kindersitz auf dem Gepäckträger die Straße entlangradelte. Martine wußte nicht, wer die Frau war, wußte aber, daß sie in Lebensgefahr schwebte und gewarnt werden mußte. Leider hörte sie die Warnrufe nicht, vielleicht, weil Martine den Mund voller Essen hatte. Dann war sie plötzlich Serviererin in einer Bar in Messières. Sie servierte Jean-Claude Becker und Jean-Louis Lemaire Bier, gekleidet in ihre schwarze Richterrobe, die ihr im Weg war, als sie mit dem Tablett loslaufen wollte.

Trotz allem fühlte sie sich ausgeschlafen, als sie aufwachte, und so voller Energie, daß sie zu der zwei Straßen entfernten, sonntags geöffneten Bäckerei ging, um zum

Frühstück Schokoladenbrioches zu kaufen. Während sie ihren Morgenkaffee trank und die kleinen Schokoladenstücke genußvoll im Mund zergehen ließ, dachte sie über ihre Morduntersuchungen nach, beide führten sie in Richtung Stéphane Berger und Berger Rebar. Eine Hausdurchsuchung bei Berger und seinen Unternehmen würde sicher interessante Informationen über die Geschäfte des kunstsammelnden Geschäftsmannes erbringen. Aber der Verdacht, daß Berger mit dem Mord zu tun gehabt haben könnte, war immer noch zu vage, um eine Hausdurchsuchung zu rechtfertigen, konstatierte Martine für sich und nahm ihr drittes Schokoladenbrioche aus dem Brotkorb. Und sie, wenn überhaupt jemand, wußte, wie wichtig es war, nicht leichtsinnig in das Zuhause von Menschen zu stürmen. Sie dachte an Stéphane Bergers beide Töchter und wie es für sie wäre, wenn ihr Vater festgenommen würde. Aber auf der anderen Seite durfte das ihre Entscheidungen auch nicht beeinflussen.

Wäre es nur um eine Voruntersuchung von Wirtschaftsverbrechen gegangen, wäre sie einer Rechtfertigung für eine Hausdurchsuchung näher gewesen. Sie war beunruhigt über die Kartons mit Dokumenten, die Serge die Brüder Mazzeri aus Berger Rebar hatte hinaustragen sehen. Aber die Festnahme von Gianni und Fredo hatte zumindest solche Aktionen auf weiteres unterbunden.

Die Ermittlungsbeamten der kommunalen Polizei hatten bis jetzt bei ihrer Suche nach Zeugen, die Birgitta Matssons Mörder in der Nähe des Hauses, aus dem die Schüsse abgefeuert worden war, gesehen hatten, keinen Erfolg gehabt. Auch die Anrufe, die die ermordete Frau von Villette nach Brüssel getätigt hatte, hatten sie nicht nachweisen können.

Sie wußten mit Sicherheit, daß sie mit Annalisa Paolini telefoniert hatte, und gingen davon aus, daß sie mindestens noch eine Person angerufen hatte, die, auf die sie an der Place de la Gare gewartet hatte. Vermutlich hatte sie für ihre Kontakte nach Villette am Freitag vormittag eine Telefonzelle benutzt.

Christian de Jonge hatte Annick Dardenne nach Hasselt geschickt, weil sie Stéphane Bergers Spuren verfolgen sollte. Bergers Geschäftskontakt in Brüssel war sehr bestürzt darüber gewesen, daß er wegen seiner geheimen Überlegungen mit dem französischen Geschäftsmann von der Polizei angerufen wurde, hatte aber widerwillig zugestimmt, Annick zu treffen.

Serge widmete sich den Brüdern Mazzeri. Gianni Mazzeri war festgenommen worden, wegen dringenden Verdachtes, in den Überfall auf Martine verwickelt gewesen zu sein. Dino Mazzeri hatte Serge in seiner Villa am Fluß empfangen und traurig erklärt, daß seine beiden jüngeren Brüder schon als Teenager auf die schiefe Bahn geraten waren und es trotz Dinos emsiger Versuche, ihnen mit Jobs und moralischen Ermahnungen zu helfen, nicht geschafft hatten, sich aus den kriminellen Kreisen zu befreien. Aber eine Untersuchungsrichterin zu überfallen war doch ein starkes Stück. Vielleicht hatte der arme Alfredo nicht gewußt, wer die Frau war, schlug Dino Mazzeri vor und betrachtete Serge mit wehmütigem Blick, sein jüngster Bruder war immer naiv und leicht beeinflußbar gewesen. Fredo Mazzeri behauptete denn auch, daß er keine Ahnung gehabt hatte, wer Martine war, und daß er nur auf sie losgegangen war, um einem Kumpel, der ihn gebeten hatte, ein Mädel zu erschrecken, einen Gefallen zu tun. Er hatte geglaubt, es ginge um eine Liebesaffäre. Selbstverständlich hatte er

Martine nicht verletzen wollen, und zu verraten, wer der Kumpel war, hatte er natürlich nicht die Absicht.

Christian hatte herausgefunden, welche Folge von »Die Bullen von Saint-Tropez« an dem Abend, als Fabien Lenormand sein Aha-Erlebnis gehabt hatte, im französischen Fernsehen gelaufen war. Sie hieß »Der Baumeister«, und Christian wartete darauf, ein Video der Sendung zu bekommen.

Martine schlug vor, daß sie, Christian und Jean-Paul Debacker sich treffen sollten, auf neutralem Boden natürlich, zu einem informellen Gespräch über die beiden Morduntersuchungen, ein recht kühnes Experiment polizeilicher Zusammenarbeit. Es zeigte sich, daß Christian und Debacker einander seit der Polizeihochschule kannten und nichts dagegen hatten, sich auszutauschen.

– Mich frappiert, sagte Christian über einer Tasse Kaffee in der Blinden Gerechtigkeit, wie eiskalt der Mord an der Schwedin war. Eiskalt geplant und ausgeführt, er hat sie ja dazu gebracht, sich als Zielscheibe aufzustellen, während er dalag und wartete. Er muß den Plan schon bei ihrem Anruf entwickelt haben. Und etwas daran erinnert an den Mord an Fabien Lenormand. Der Mord selbst kann im Affekt begangen worden sein, aber danach agierte der Mörder verblüffend eiskalt und schnell, genau wie der Schütze hier letzten Samstag.

– Du meinst, es könnte derselbe Mörder sein, sagte Jean-Paul Debacker und leerte zwei Tüten Zucker in seinen doppelten Espresso, jemand, der gut darin ist, strategisch zu planen, und der Matsson und Lenormand daran hindern wollte, etwas zu verraten. Tja, nach den Brüdern Mazzeri klingt das jedenfalls nicht, die können sich kaum aus einer Parklücke rausplanen.

– Aber wenn jemand anders die Planung übernommen hat, kann dann Gianni oder Fredo Mazzeri geschossen haben? fragte Martine.

Debacker schüttelte den Kopf.

– Glaube ich nicht, sagte er, das sind zwar Gangster, aber sie haben nie jemanden getötet und nie Schußwaffen benutzt. Drohungen und Baseballschläger sind eher ihr Ding, das hier ist nicht so ihre Klasse.

Stéphane Berger hatte einen Jagdschein für die Wallonie, was vermutlich bedeutete, daß er die eine oder andere Jagdwaffe besaß, aber es war bisher noch nicht möglich gewesen, das eingehender zu kontrollieren.

– Eine Hausdurchsuchung bei Berger vielleicht? schlug Debacker vor und sah Martine hoffnungsvoll an. Sie schüttelte den Kopf.

Louis Victor, Betriebsleiter bei Berger Rebar, hatte keinen Jagdschein, aber ob er Schußwaffen besaß, wußte niemand.

Als Martine wieder in ihr Dienstzimmer kam, saß Thomas da und wartete zusammen mit Julie auf sie. Sie spürte, wie ihr Blut vor Freude schneller floß, bemerkte aber doch die mißbilligende Falte zwischen seinen Augenbrauen. Julie hatte natürlich von ihren Problemen mit toten Katzen und mysteriösen Briefen erzählt.

– Du bist nicht bei Trost, sagte Thomas empört, warum hast du nichts gesagt? Ich habe ja gehört, daß deine Stimme am Donnerstag abend komisch klang, deshalb habe ich mich entschlossen, nach Hause zu fahren.

– Aber du hättest nichts machen können, murmelte Martine, das Gesicht an sein Sakko gepreßt, du hättest dir nur Sorgen gemacht. Bitte, streite nicht mit mir, jetzt, wo du endlich wieder zu Hause bist!

Mit großem Interesse sah sie das Original des Gruppenfotos in der schwedischen Zeitung an, das Foto, das ihm Fabien Lenormands Mörder aus der Hand gerissen hatte. Thomas hatte nicht nur das Originalfoto mitgenommen, sondern auch eine Vergrößerung des Gesichtes von Istvan Juhász machen lassen. Zusammen betrachteten Martine und Julie das ziemlich unscharfe Bild eines jungen Mannes mit Grubenhelm, während Thomas von seinem Gespräch mit Tore Myråsen erzählte.

– Also hat er Schweden 1961 verlassen und kann sehr wohl jetzt in Belgien sein, sagte Martine, aber dann müßte man ihn wohl wiedererkennen?

Julie schüttelte den Kopf.

– Menschen verändern sich in dreißig Jahren unglaublich stark, stimmt's? Wenn ich ein Foto von meiner Mutter von 1961 anschaue und damit vergleiche, wie sie heute aussieht, kommt sie mir vor wie eine ganz andere Person.

Thomas machte sich auf den Weg nach Hause, nachdem Martine einen Lunch dankend abgelehnt, aber versprochen hatte, zu einer anständigen Zeit nach Hause zu kommen, um in aller Ruhe zu Abend zu essen.

Clara Carvalho hatte leicht verlegen erzählt, daß sie nicht bereit gewesen war, selbst eine Entscheidung über eine eventuelle Voruntersuchung von Bergers Geschäften zu treffen, sondern die Frage an den leitenden Staatsanwalt Etienne Vandenberghe weitergegeben hatte. Was bedeutete, daß sie bis nach dem Wochenende, wenn Vandenberghe wieder im Dienst war, warten mußte, dachte Martine. Sie wunderte sich deshalb, daß sie einen Anruf vom leitenden Staatsanwalt erhielt, der mit ihr sprechen wollte, am besten umgehend, und sehr dankbar wäre, wenn sie sich Zeit nehmen könnte, bei ihm hereinzuschauen.

Als leitender Staatsanwalt gehörte Vandenberghe zu den Glücklichen, die Dienstzimmer im alten Bischofspalast statt im Sechziger-Jahre-Annex mit seinem schlechten Lüftungssystem und staubsammelnden Nadelfilzteppichboden hatten. Sein Zimmer, das früher einmal Speisesaal für die Musikschule der Kathedrale gewesen war, war nicht so groß wie das des Gerichtspräsidenten, hatte dafür aber durch drei hohe Fenster Aussicht über den Fluß.

Obwohl Sonntag war und er eigentlich frei hatte, war Etienne Vandenberghe adrett im weißen Hemd mit Schlips und einem Anzug gekleidet, der locker an ihm hing, als sei er abgemagert, seit er ihn gekauft hatte. Er war seit drei Jahren leitender Staatsanwalt in Villette, und jeder wußte, daß er sich nicht wohl fühlte, besonders, seit seine Frau ihn im vorigen Jahr wegen des muskulösen holländischen Exfußballstars, der die Fußballmannschaft von Villette trainierte, verlassen hatte. Er gewann fast immer seine Fälle, lächelte aber fast nie. Martine wunderte sich deshalb noch mehr, als er hinter dem Schreibtisch aufstand und die Mundwinkel zu etwas verzog, das stark an ein Lächeln erinnerte, als sie den Raum betrat.

– Madame Poirot, wie gut, daß Sie kommen konnten, sagte er und zeigte auf eine Sitzgruppe unter den Fenstern, setzen Sie sich.

Sein Handschlag war feucht, und seine Augäpfel waren blutunterlaufen.

– Ich habe gehört, sagte er, als sie sich auf dem roten Sofa niedergelassen hatten, daß Sie der Ansicht sind, daß es Gründe gibt, eine Voruntersuchung wegen Betrugs mit Gemeinschaftsmitteln gegen Stéphane Berger und Berger Rebar zu eröffnen? Sie können vielleicht zusammenfassen, was Ihrem Verdacht zugrunde liegt, ich möchte es gern aus Ihrem eigenen Mund hören.

Er sah erwartungsvoll aus, nicht so, als ob er sich darauf vorbereitete, ihre Argumente zu entkräften.

Martine versuchte, sich für ein überzeugendes Resümee ihrer Gründe für ihren Verdacht gegenüber Berger zu sammeln. Sie begann mit den Informationen, die sie von Jean-Claude Becker bekommen, und dem Papier, das er ihr gezeigt hatte, und fuhr mit den Informationen aus Fabien Lenormands Notizbuch fort, die Nathalie Bonnaire in ihr Diktiergerät gesprochen hatte. Und es lohnte sich zumindest festzuhalten, daß es einer Anzahl Personen, die Fragen nach Stéphane Bergers Geschäften gestellt hatten, sehr schlimm ergangen war.

– Hmm, sagte Etienne Vandenberghe, das ist ein bißchen mager, wie Sie sicher selbst wissen. Die falsche Anwesenheitsliste wiegt recht schwer, hätte aber schwerer gewogen, wenn Sie das Papier gehabt hätten. Nun ist es allerdings so, daß derselbe Verdacht von einer ganz anderen Seite an mich herangetragen worden ist, was Sie bitte bis auf weiteres für sich behalten wollen.

Er erzählte, daß vor ein paar Wochen Betrugsermittler der EU-Kommission in Kontakt mit ihm getreten seien, die Ermittlungen wegen des Verdachts auf Betrug mit Mitteln aus dem europäischen Sozialfonds aufgenommen hatten.

– Sie hatten einen Tip von einem Angestellten der Kommune bekommen, glaube ich, sagte Vandenberghe, jemandem, der Zugang zu Informationen aus dem kommunalen Ausbildungsunternehmen gehabt hatte, das Geld für Ausbildung bei Berger Rebar beansprucht hatte. Und deren Verdacht stimmt mit Ihrem exakt überein. Im Hinblick darauf gebe ich Ihnen jetzt den Auftrag, eine Voruntersuchung wegen Betrugs mit Mitteln aus dem europäischen Sozialfonds einzuleiten.

Martine konnte ihr Glück kaum fassen.

– Ich glaube, wir sollten schnell agieren, sagte sie.

– Meinen Sie, sagte Vandenberghe, und wie begründen Sie das?

Sie erzählte von Serges Beobachtungen am Samstag.

– Ich fürchte, sie haben begonnen, Beweise zu beseitigen, sagte sie, sie spüren, daß der Boden unter den Füßen heiß geworden ist, seit Leute, die angefangen haben, überall Fragen zu stellen, totgeschlagen und erschossen worden sind. Ich weiß, daß solche wirtschaftlichen Ermittlungen Zeit brauchen, aber Zeit nützt einem nichts, wenn die Verdächtigen die Beweise schon haben verschwinden lassen.

Er verzog die Mundwinkel in einem neuen, freudlosen Lächeln.

– Eigenartigerweise denkt mein Kontakt in Brüssel in derselben Richtung, sagte er, und an einer guten Zusammenarbeit mit den europäischen Organen ist uns natürlich sehr gelegen, nicht wahr? Sie entscheiden ganz und gar allein, wie Sie die Voruntersuchung betreiben, aber Sie haben absolut meinen Segen, wenn Sie schnell agieren wollen. Ich gebe Ihnen ein paar Telefonnummern, damit Sie Kontakt mit den Betrugsermittlern in Brüssel aufnehmen können, und ich habe dafür gesorgt, daß heute ein paar Ermittlungsbeamte von der Finanzabteilung der Polizei herbestellt worden sind.

Auf dem Rückweg zum Annex erinnerte sich Martine, daß sie gehört hatte, daß Vandenberghe sich um eine Stelle in der Kommission beworben hatte. Das erklärte, daß ihm an guter Zusammenarbeit mit Brüssel so gelegen war. Aber wenn Vandenberghes persönliche Ambitionen diesmal von Nutzen für sie waren, wollte sie nicht klagen.

Caroline Dubois, Louis Victors kraushaarige Sekretärin, zitterte vor Nervosität, weil sie an einem Sonntag in den Justizpalast bestellt worden war. Sie war einundzwanzig und wohnte noch zu Hause bei ihren Eltern. Ihr Vater, ein Obst- und Gemüsehändler aus Abbaye-Village, hatte seine Tochter nach Villette gefahren und gab ihr einen aufmunternden Klaps auf die Schulter, als sie sich mit zitternder Unterlippe auf Martines niedrigem Verhörstuhl niederließ und Martine und Julie unruhige Blicke zuwarf.

– Es gibt überhaupt keinen Grund, sich Sorgen zu machen, sagte Martine beruhigend, ich werde nur ein paar Fragen stellen, und Mademoiselle Wastia schreibt auf, was Sie antworten. Sie werden wegen absolut nichts verdächtigt. Alles, was Sie tun müssen, ist, die Wahrheit sagen, und das wollen Sie ja, oder?

Caroline nickte und fingerte nervös an einem Nagel, der kurz vor dem Abgehen war. Damit sie sich entspannte, begann Martine mit harmlosen Hintergrundsfragen. Sie erfuhr, daß Carolines Mutter in der Personalabteilung von Forvil arbeitete und daß Caroline zum ersten Mal einen Sommerjob im Büro des Feinwalzwerks von Forvil bekommen hatte, als sie siebzehn war. Als sie im Sommer 1992 das Gymnasium beendet hatte, hatte sie sich um einen Job bei dem, was inzwischen Berger Rebar geworden war, beworben und das Glück gehabt, für eine Chefsekretärin, die gerade ein Kind bekommen hatte, einspringen zu dürfen.

– Ich habe mich gewundert, sagte Caroline und sah Martine unter langen, hellen Wimpern an. Adrienne, die Sekretärin, die das Kind bekommen hatte, hatte dort mehrere Jahre gearbeitet und war unheimlich tüchtig in Buchführung und all so was, ich konnte überhaupt nicht soviel wie sie. Aber ich war natürlich froh, so schwer, wie es ist, hier in Villette einen Job zu bekommen.

– War Monsieur Victor schon damals Betriebsleiter? fragte Martine.

Caroline schüttelte den Kopf, so daß das Kraushaar hin und her flog.

– Nein, zuerst war es Monsieur Allard, er war Vizedivisionschef, als es noch Forvil war, aber er hat voriges Jahr aufgehört, und da kam Monsieur Victor.

Langsam führte Martine die Fragen zu den Rechnungen von Berger Development und der kommunalen Ausbildungsgesellschaft hin. Caroline erinnerte sich sehr wohl an sie, nicht zuletzt, weil Louis Victor es sehr genau damit nahm, daß sie direkt an ihn gehen sollten und nicht an einen der anderen Chefs.

Caroline wußte ungefähr, wie hoch die Beträge waren, um die es sich gehandelt hatte, etwa drei bis vier Millionen Ecu, glaubte sie, waren es insgesamt. 120 bis 160 Millionen belgische Francs, übersetzte Martine, wirklich kein Kleingeld.

– Wissen Sie, Caroline, sagte sie freundlich, ich habe das Gefühl, daß Ihnen schon von Anfang an an diesen Rechnungen etwas komisch vorgekommen ist und daß Sie sich deshalb so gut an sie erinnern. Habe ich recht?

Caroline ließ den Kopf hängen, und eine leichte Röte stieg in ihre Wangen.

– Na ja, sagte sie, nicht direkt, aber ziemlich bald. Es war so, daß ich manchmal das Haustelefon nicht abgestellt habe, damit ich hörte, was drinnen beim Chef geredet wurde, ich war etwas neugierig. Und einmal, als ich so eine Rechnung über einen Personalkurs abgeliefert hatte, hörte ich, daß Monsieur Victor jemanden anrief, auf seinem privaten

Telefon, das, das nicht über die Zentrale geht, und zu dem, mit dem er redete, sagte, daß die Unterlagen zu schlecht seien. Es müßten mehr Namen auf den Anwesenheitslisten stehen und mehr Stunden berechnet werden, »nur zu, erfinden Sie etwas«, hat er gesagt. Und ich habe die Unterlagen meistens gesehen, und ich kenne mehrere von denen, die im Werk arbeiten, und die haben gesagt, daß es nicht stimmte. Am Anfang gab es zwar Kurse, aber da wurde mächtig übertrieben, wie viele dabei waren und wie viele Stunden es waren und so. Aber zuletzt, glaube ich, haben sie das Ganze einfach erfunden.

– Ich war ja am Donnerstag bei Berger Rebar, sagte Martine, ist danach etwas passiert?

Caroline nickte eifrig.

– Ja, am Freitag hat Monsieur Victor gesagt, ich sollte alle Ordner mit Rechnungen und Unterlagen zu alledem in Kartons packen. Es sollte archiviert werden, hat er gesagt. Aber die Kartons, in die ich alles legen sollte, kamen von Mazzeris Putz. Das fand ich komisch.

Acht Stunden später war alles für die Operation Hausdurchsuchung am Montag morgen vorbereitet. Im Morgengrauen sollte die Polizei gleichzeitig im Büro von Berger Rebar, in Bergers Villa, Louis Victors Wohnhaus im Villenvorort Luton, Mazzeris Putz, Dino Mazzeris Wohnhaus und dem Annex zum Rathaus in Messières, wo die kommunale Ausbildungsgesellschaft ihr Büro hatte, zuschlagen. Martine war mit Julie wieder und wieder die Beschlüsse daraufhin durchgegangen, ob sie korrekt formuliert waren und sich im Rahmen dessen hielten, was die Voruntersuchung betraf. Die Pläne von Berger Rebar samt Feuertreppen und Notausgängen hatte man von der Feuerwehr bekommen, und Caroline Dubois hatte hilfsbereit angegeben, wozu die verschiedenen Büroräume benutzt wurden und wer dort eingesetzt war, bevor sie von Papa Obsthändler, der den ganzen Nachmittag im Kaffeeraum der Untersuchungsrichter im dritten Stock auf seine Tochter gewartet hatte, nach Hause gefahren wurde.

– Jetzt werden sie wohl giftsauer auf mich, sagte Caroline unglücklich.

Martine dachte einen Augenblick daran, wie es aussehen würde, wenn Berger, Victor, Dolhet und die Brüder Mazzeri »giftsauer« wurden. Aber Caroline Dubois konnte kaum in Gefahr schweben. Sie hatte ja schon erzählt, was sie wußte.

– Ich glaube, Sie sollten nicht damit rechnen, daß Sie morgen zur Arbeit gehen, sagte Martine, und vielleicht lange Zeit nicht. Es würde vielleicht nicht einmal schaden, wenn Sie eine Weile verreisen würden. Und Sie dürfen mit absolut niemandem über das reden, was Sie hier heute erzählt haben. Mit niemandem!

Vincent Dubois schnaubte.

– Es hat mir nie gefallen, daß das Mädel für diese dubiose Figur aus Marseille gearbeitet hat. Meine Schwester und ihr Mann bauen bei Lisieux Äpfel an, und sie könnten Hilfe auf dem Hof gebrauchen. Ich fahre Caroline heute abend hin.

Caroline sah bei dem Gedanken an einen Blitztransport zur Tante in der Normandie nur eine Spur rebellisch aus.

– Tun Sie das, sagte Martine ermunternd, und erzählen Sie niemandem, daß sie dorthin gefahren ist.

Martine wählte die Nummer von zu Hause, froh, daß dort endlich jemand war, der auf sie wartete. Vielleicht hatte er sogar Abendessen gemacht, dachte sie, oder zumindest etwas eingekauft.

– Kommst du jetzt nach Hause, sagte Thomas, das paßt perfekt. Wir haben gerade Besuch bekommen!

Besuch war nicht das, wonach sich Martine sehnte. Sie wollte die Schuhe abstreifen, ein Glas Wein trinken, etwas Gutes essen, zusammen mit Thomas früh schlafen gehen. Sie wollte sich nicht anstrengen, nicht Gastgeberin sein, und das müßte Thomas eigentlich wissen. Wer konnte das sein?

Sie war erstaunt, als sie die Tür öffnete und Philippe ihr entgegenkam, breit lächelnd, eine geöffnete Weinflasche in jeder Hand. Sie hatte ihren Bruder nicht so fröhlich gesehen, seit ... seit Tatia geboren worden war, dachte sie. Das war sechzehn Jahre her, und seine Freude damals war ein seltener Lichtblick in der konstanten Depression gewesen, die während der elf Jahre, die er mit Bernadette Vandermeersch verheiratet gewesen war, wie eine nasse Decke über Philippe gelegen hatte. Am Ende war er manchmal lebhaft, beinah manisch gewesen. Erst danach hatte Martine begriffen, daß das an dem Amphetamin lag, das er zu nehmen begonnen hatte, um bis Mitternacht Überstunden machen zu können und nicht zu Bernadette nach Hause gehen zu müssen. Dann hatten sie sich scheiden lassen, und da war es mit ihrem schönen und brillanten Bruder schnell bergab gegangen.

– Gratuliere mir, Titine, sagte Philippe und küßte sie auf beide Wangen, ohne sie zu umarmen, ich habe einen Beratervertrag bekommen, meinen ersten!

– Gratuliere, sagte sie, was für einen Auftrag?

– Ich soll herausfinden, wie die ungarische Stahlindustrie mit der Konkurrenz auf dem Binnenmarkt fertig werden kann.

Mit Tony Deblauwe als Finanzier hatte er gerade eine

Beratungsfirma gegründet, mit der Zielsetzung, Unternehmen in Ost- und Mitteleuropa zu helfen, sich dem Regelwerk auf dem Binnenmarkt der EU anzupassen, ein Regelwerk, über das Philippe als früherer Jurist in der Kommission am besten Bescheid wußte.

– Du weißt doch nichts über die Stahlindustrie, sagte Martine und hängte ihren Mantel auf. Sie hörte selbst, daß sie unfreundlich klang, und erinnerte sich streng daran, daß der Bruder nicht mehr der Rivale war, als den sie ihn wie in der Kindheit immer gesehen hatte.

Philippes Lächeln war nur eine Spur angestrengt.

– Nein, aber dem kann man ja abhelfen, sagte er. Komm jetzt essen, Titine, Thomas hat gerade den Tisch gedeckt. Wir haben das Abendessen aus der Blinden Gerechtigkeit mitgebracht.

– Oh, ist Tony hier, sagte sie erfreut.

– Nein, nicht Tony, sagte Philippe eilig, er hatte im Restaurant zu viel zu tun.

Zuerst erkannte sie den Mann, der höflich aufstand, als sie ins Wohnzimmer kam, nicht wieder, aber dann begriff sie, daß es Henri Gaumont war, der französische Oberst, den ihr Philippe nach der Befragung im Parlamentsausschuß vorgestellt hatte. Jetzt war er in Zivil, in Hose und Sakko und locker gebundenem Seidenhalstuch im offenen hellblauen Hemd. Er sah wirklich sehr gut aus. Aber warum hatte Philippe ihn mitgebracht? Er war vielleicht eine Art Stahlexperte, dachte sie unsicher, Waffen und Stahl gehörten ja zusammen.

Henri Gaumont beugte sich über ihre Hand und bat um Entschuldigung dafür, daß sie sich aufdrängten, wo sie sich doch mitten in zwei Morduntersuchungen befand, er hoffe, daß sie nicht allzusehr störten.

– Sie hätten sicher lieber mit Ihrem Mann Ihre Ruhe gehabt, sagte er. Seine Stimme war tief und warm, er klang wirklich, als liege ihm viel an ihrem Wohlbefinden, und Martine konnte nicht anders, als ihn anzulächeln.

– Ich habe Hunger, sagte sie, und Sie haben Essen mitgebracht, hat Philippe behauptet. Gäste, die Essen mitbringen, sind immer willkommen.

Auf dem Eßzimmertisch standen zwei große Schüsseln mit dem Entenlebersalat der Blinden Gerechtigkeit und ein Korb mit duftendem, knusprigem Brot aus der Bäckerei um die Ecke. Philippe schenkte gerade Wein in die Gläser.

– Jetzt trinken wir über meine Verhältnisse, sagte er, aber ich habe von den Kollegen eine Kiste geschenkt bekommen, als ich aufgehört habe.

In den letzten Jahren hatte Philippe in einer Hotelbar in Brüssel gearbeitet.

– Hast du gekündigt? fragte Martine und sank auf den Stuhl, den Oberst Gaumont für sie hervorzog.

Philippe nickte und hob sein Glas.

– Ich habe gestern aufgehört. Santé auf neue Zeiten!

Es wurde ein angenehmes Essen, und es lag nicht an Martine, daß das Gespräch auf Stéphane Berger und »Die Bullen von Saint-Tropez« kam. Danach fragte sie sich, wie es eigentlich dazu gekommen war. Sie selbst hielt sich beinhart an die Voruntersuchungsschweigepflicht, aber es war schwer, den Mord an Birgitta Matsson, der den ganzen Tag die Nachrichtensendungen in Radio und Fernsehen dominiert hatte, außen vor zu lassen. Niemand konnte Thomas daran hindern zu erzählen, daß er die ermordete Politikerin kannte, daß er sie getroffen hatte, als sie gerade zu der verhängnisvollen Reise nach Brüssel aufbrach, und daß sie nach Stéphane Berger gefragt hatte.

– Oh, Berger, sagte Philippe nostalgisch, erinnert ihr euch an »Die Bullen von Saint-Tropez«? Ich habe keine Folge davon verpaßt, als ich dreizehn, vierzehn war.

– Du, sagte Thomas erstaunt, was hast du darin gesehen? Ich meine, ich habe die vor allem wegen der Autojagden angeguckt und wegen all der hübschen Mädchen im Bikini, aber das war doch nicht dein Ding? Jedenfalls die Mädchen nicht?

Philippe sah ein wenig verlegen aus.

– Nein, sagte Thomas, nein, Philippe, sag nicht, daß Inspektor Bruno die Attraktion war!

– Natürlich nicht, sagte Philippe gekränkt, wofür hältst du mich? Nein, aber ich hatte eine gewisse Schwäche für Inspektor Aymard, den schmalen, dunklen Polizisten. Der sich immer in das Mädchen verliebt hat, das am Ende starb, in jeder Folge gab es eines, meistens eine Brünette.

Thomas lachte.

– Genau, und Inspektor Bruno kam am Ende immer an und trug sie in seinen Armen, er kam aus dem Meer oder aus dem Verbrechernest, das Mädchen in den Armen, und sagte traurig …

Philippe drapierte die Serviette über seinen ausgestreckten Armen und sagte mit Grabesstimme:

– »Tut mir leid, Frédéric, sie hat es nicht geschafft.« Und dann weinte Inspektor Aymard ein paar herbmännliche Tränen, während Inspektor Bruno ihm in den Rücken boxte. Ich fand das phantastisch ergreifend. Ja, aber der, den ich wirklich mochte, das war Angelini, der fesche Mafiaboß. Erinnerst du dich an die Folge, in der er erschossen wird und man erfährt, daß er und Kommissar Colonna Jugendfreunde waren? Wie Angelini das Goldkreuz abnimmt, das er um den Hals hat, und es Colonna reicht, während er seine letzten Worte hervorzischt?

Thomas nickte glücklich und flüsterte heiser:

– »Pierino, mein Freund, gib das hier Marie, sie weiß, daß ich sie immer geliebt habe.«

Martine schielte zu Henri Gaumont. Er sah ebenso verständnislos aus wie sie.

– Wer war Marie? fragte sie vorsichtig.

Philippe seufzte übertrieben.

– Madame Colonna natürlich, kapierst du's nicht? Colonna und Angelini hatten beide Marie geliebt, und Angelini wählte den Weg des Verbrechens, als er in der Liebe enttäuscht wurde, das war Tiefenpsychologie, diese Geschichte, und so ergreifend, daß ich zu Hause im Jungenzimmer Rotz und Wasser geheult habe.

Thomas hatte die Fernsehzeitschrift vom Couchtisch geholt und blätterte eifrig darin.

– Schaut mal, sagte er enthusiastisch, auf einem der flämischen Kanäle fängt in zwei Minuten eine Folge an, die können wir doch angucken. Sag ja, Martine, du bekommst vielleicht ein paar Inspirationen, du wirst zumindest sehen, wie eine polizeiliche Untersuchung ablaufen soll.

Philippe war schon aufgestanden und hatte den Fernseher angeschaltet.

– Martine und Henri machen Kaffee, während Thomas und ich Kultur konsumieren. Steht da, welche Folge es ist?

– »Der Baumeister«, sagte Thomas.

– Oh, sagte Philippe, das ist gut, das ist die Folge, in der sich Inspektor Bruno die Koteletten abrasiert und als Bauarbeiter undercover geht.

Martine hatte gerade die Espressomaschine angestellt und Oberst Gaumont gezeigt, wo die Espressotassen waren. Jetzt stutzte sie. »Der Baumeister« – das war doch gerade die Folge von »Die Bullen von Saint-Tropez«, die Fabien

Lenormand am Abend, bevor er ermordet wurde, im französischen Fernsehen gesehen hatte? Die Folge, die er gesehen hatte, bevor er Nathalie Bonnaire angerufen und gesagt hatte, er habe etwas »ganz Unglaubliches« entdeckt?

Es war wohl das beste, wenn sie sich auch vor den Fernseher setzte.

Als Greta Lidelius eingeschlafen war, ging Daniel in den Wald hinter dem Pfarrhof, um Pilze zu sammeln. Sophie kam mit. Vom Pilzesammeln verstand sie nicht viel, aber sie spürte gern federndes Moos und nadelbedeckten Boden unter den Füßen. Sie atmete ein und füllte die Lungen mit Walddüften – Borke und geschlagenes Holz, Sumpfporst und Gagelstrauch, feuchter Humus. Das Wollgras leuchtete weiß auf dem kleinen Moor neben dem Pfad, und sie sah den goldgelben Schimmer von Multbeeren, machte sich aber nicht die Mühe, hinzugehen und sie zu pflücken. Daniel füllte schnell den Korb mit Pfifferlingen, darunter der eine oder andere Butterpilz und Blutreizker.

– Du bist so tüchtig, sagte Sophie.

– Das hat mir Birgitta beigebracht, sagte Daniel, erinnerst du dich an die Waldausflüge, die wir mit ihr und Maria und Jonas gemacht haben, bevor wir nach Paris gezogen sind? Birgitta zeigte uns die Stellen, an denen es Pilze gab …

– … und ich ging zwischen den Tannen umher und las meine Theatermonologe, um die Stimme zu trainieren, sagte Sophie, erinnerst du dich, wie ich euch gezwungen habe, die Rollen in »Ein Mittsommernachtstraum« zu lesen?

Die Erinnerung war plötzlich so deutlich, daß sie fast den Geschmack von Thermoskaffee und dunklen belegten Broten schmeckte und die kleinen Kinder in gestreiften Pullis und farbenfrohen Gummistiefeln zwischen den Baumstümpfen herumhopsen sah.

Daniel lächelte.

– Das war lustig, sagte er, Jonas und ich fanden alles gut, was Fechtszenen enthielt, »Romeo und Julia«, »Hamlet«. Und Maria wollte immer den König spielen.

– Aber Birgitta wollte nie Rollen lesen, sagte Sophie.

– Nein, sagte Daniel, ihr gefiel Theater, aber es gefiel ihr nicht vorzugeben, etwas zu sein, was sie nicht war.

– Aber sie konnte doch verhandeln, als Kommunalrat, sagte Sophie, da muß man doch Theater spielen können, um Erfolg zu haben?

– Ja, sagte Daniel nachdenklich, sie konnte gut verhandeln, sehr gut. Ich saß ja manchmal als Repräsentant der Provinzialregierung dabei, wenn sie Verhandlungen mit Hamra hatte. Aber ich glaube, sie sah es eher wie ein Schachspiel, sie war gut im Schach, erinnerst du dich? Man setzt sich ein Ziel, entwickelt die Strategie, um dorthin zu kommen, und kann verschiedene taktische Züge ausspielen, abhängig davon, wie der Gegner agiert. Sie zögerte nie, direkt zur Sache zu kommen und sich Konfrontationen zu stellen, wenn es nötig war, aber sie wollte immer im Vorfeld wissen, woran sie mit den Beteiligten war.

Zum ersten Mal fragte sich Sophie nüchtern und sachlich, was eigentlich zu Birgittas Tod geführt hatte. Beide Abendzeitungen zitierten anonyme Polizeiquellen in Villette, denen zufolge die Polizei davon ausging, daß die Schüsse Birgitta galten. Wenn das zutraf, mußte sie von jemandem getötet worden sein, der wußte, daß sie dorthin kommen würde, jemandem, mit dem sie sich verabredet hatte. Annalisa Paolini, das zu glauben weigerte sich Sophie. Sie hatte die Vizebürgermeisterin von Villette im Zusammenhang mit Dreharbeiten früher im Jahr kennengelernt und hielt sie für eine intelligente und rührige Politikerin, auch wenn sie ein paar irritierende Angewohnheiten hatte, aber sie war definitiv kein Mördertyp.

– Glaubst du, Birgitta hatte entdeckt, daß Istvan nach Villette zurückgekehrt war, und ist dorthin gefahren, um ihn mit etwas zu konfrontieren? fragte sie Daniel.

Der Sohn sah skeptisch aus.

– Ich habe in einer der Abendzeitungen gelesen, daß sie diese Vizebürgermeisterin nie getroffen hat, daß sie erst ein paar Stunden, nachdem sie ... gestorben war, mit ihr verabredet war. Aber wenn sie vorgehabt hätte, jemanden, diesen Istvan vielleicht, mit etwas zu konfrontieren, hätte sie ihn nicht als ersten getroffen. Sie hätte sich zuerst umgehört, unter den Leuten herumgefragt.

Als sie zum Pfarrhof zurückgekehrt waren, schmorte Daniel die Pilze und machte ein delikates Pilzomelett, während Sophie bewundernd zusah. Sie trank ein Glas Wein zum Omelett, aber Daniel hielt sich an Wasser, weil er mit Maria nach Stockholm fahren wollte.

– Grüß Maria, sagte sie, als sie ihm beim Abfahren zuwinkte, und Cecilie und alle, die ihr in Villette trefft, und natürlich besonders Tony!

Daniel hatte Tony Deblauwe im Sommer in Paris kennengelernt und ihm auf seiner fünfgradigen Skala für Männer in Sophies Leben eine schwache Vier gegeben. Das freute Sophie. Daniel hatte ein gutes Urteilsvermögen, und im nachhinein sah sie ein, daß er mit seiner Minusnote für Jean-Jacques, den französischen Dramatiker, mit dem sie im letzten Jahr gebrochen hatte, richtig lag. Aber für Daniel reichte niemand an Paolo della Valle heran, den italienischen Schauspieler und Regisseur, der während seiner Jugend die eigentliche Vaterfigur gewesen war. Noch immer verbrachte Daniel einen Teil seines Urlaubs auf Capri bei Paolo und dessen Frau Francesca.

Gegen acht begann Greta offenbar aufzuwachen. Sophie kochte Wasser für die Teekanne, die Daniel bereitgestellt hatte, und schob das Blech mit Pilztoasts in den Ofen.

Als alles fertig war, trug sie es hinein zu ihrer Großmutter, stellte Teetasse und Toastteller auf den kleinen Eileen-Gray-Tisch und half der Bischöfin aus dem Bett. Sie hatte immer noch ihren schwarzen Kostümrock und die weiße Bluse an, die sie unter der Kostümjacke getragen hatte.

– Jetzt müssen wir reden, Großmutter, sagte Sophie, und es tut mir leid, wenn es dich aufregt, aber das läßt sich nicht ändern. Das letzte, was ich Birgitta sagen hörte, war, daß ich dich nach einem Bild fragen soll, das verschwunden ist. Ich glaube, du weißt, worum es geht, und du weißt etwas über das Bild, etwas, das du nicht sagen willst, aber jetzt kannst du nicht länger schweigen. Birgitta ist tot, und ich glaube, ihr Tod hat etwas mit dem verschwundenen Bild zu tun.

Die Bischöfin rührte in ihrer Teetasse um. Sie sah plötzlich sehr alt aus.

– Ich habe ein schlechtes Gewissen, mußt du wissen, aber Birgitta kam nie zu mir, um danach zu fragen, und dann war es zu spät. Ehrlich gesagt, weiß ich nicht, was ich ihr geantwortet hätte. Ich sah in meinem Schweigen nichts Böses, und ich will, daß du verstehst, warum ich geschwiegen habe.

Weißt du, Sophie, ich habe mich überhaupt nicht gefreut, als Aron und ich zum zweiten Mal nach Granåker gezogen sind. Ich war zehn Jahre älter, als du jetzt bist, nicht jung, aber auch nicht alt. Es gefiel mir, Bischofsfrau zu sein und im Bischofssitz zu leben, es gab viel zu tun und viele interessante Menschen zu treffen, man konnte in Kunstausstellungen gehen und Theatervorstellungen besuchen. Aron war zufrieden, wenn er sich seiner Forschung widmen konnte, aber ich empfand Granåker als so klein. Und ich dachte so viel an Johan, meinen kleinen Johan, den ich verloren habe. Wir zogen ja nach Uppsala in dem Jahr, in dem er starb, aber es war hier im Pfarrhof, wo er lebte und starb, und plötzlich zurückzukommen riß all meine Erinnerungen auf. Ich ging im Garten umher, wo er gespielt hatte, und sah die Schaukel, auf der er geschaukelt hatte, und saß in der Fensterlaibung, wo ich ihm Märchen vorgelesen hatte, und es war ein Gefühl, als hätte ich ihn gerade erst verloren. Eines Tages, als ich auf den Dachboden ging, fand ich den Korb, in dem er als Säugling gelegen hatte, und war völlig außer mir. Ich meinte sogar, der Geruch meines kleinen Jungen war noch in der Matratze. Ein paar Monate war ich überhaupt nicht ich selbst, mußt du wissen.

– Du warst vielleicht deprimiert, sagte Sophie.

– Liebes Kleines, sagte die Bischöfin, die Leute waren nicht deprimiert in dieser Zeit. Entweder packten sie sich beim Kragen und rafften sich auf, oder sie wurden total verrückt und wurden eingesperrt.

Sophie lächelte.

– Und du hast dich natürlich beim Kragen gepackt?

– Hab' ich, sagte Greta Lidelius, etwas anderes wäre nicht denkbar gewesen, verstehst du? Aber ich habe mich sehr gefreut, als im Winter 1956 die ungarischen Flüchtlinge nach Granåker kamen. Da bekam ich endlich etwas Ernsthaftes zu tun. Und ich habe Istvan kennengelernt, ja, du erinnerst dich ja auch an ihn, du erinnerst dich, was für ein entzückender Junge er war und wie gut er Französisch sprach. Irgendwie dachte ich an Johan, ich hatte viel darüber nachgedacht, wie er geworden wäre, wenn er hätte aufwachsen dürfen, und als ich Istvan kennenlernte, dachte ich, daß Johan gewesen wäre wie er, lebendig und gescheit und charmant. Eva ist so blond, aber Johan war dunkler und meiner Familie ähnlicher. Deshalb dachte ich, daß er sogar hätte aussehen können wie Istvan.

Greta hatte jetzt Tränen in den Augen, und ein Tropfen suchte sich seinen Weg entlang den Falten an ihrer rechten Wange. Sophies Herz tat weh, aber sie hatte nicht vor aufzugeben. Sie konnte schonungslos sein, wenn es nötig war, davon hatte sie Nutzen als Regisseurin.

– Und Birgitta, kannte sie Istvan? fragte sie.

– Das tat sie wohl, sagte die Bischöfin, einerseits, weil sie fast wie ein Kind des Hauses ständig hier im Pfarrhof herumlief, aber auch, weil Börje Janols, Birgittas Bruder, in der Grube arbeitete und Istvan kannte. Er und Istvan hatten jeder ein Motorrad, und sie fuhren im Sommer immer herum zu den Tanzplätzen.

Sie seufzte und sah zu dem Bild über dem offenen Kamin, dem Porträt, das Eva Lidelius vor langer Zeit von ihrer Mutter gemalt hatte.

– Ich war so enttäuscht von Istvan, sagte sie, er hat Geld genommen, verstehst du, von der Gewerkschaft, glaube ich, und ist von hier verschwunden. Das war gemein und erbärmlich. Er war hier an dem Abend, bevor er verschwand, es war eine Walpurgisnacht, und wir hatten ein Walpurgisfeuer auf der Wiese am Gemeindehaus. Istvan sang im Chor, er hatte eine sehr schöne Singstimme, und er half mir mit seinem Motorrad, Sachen zum Gemeindehaus zu bringen. Aron war verreist, er war in Uppsala und sprach über seine Forschung. Ich blieb dort ziemlich lange, so lange, daß es dunkel war, als ich nach Hause kam, und ich bin sofort schlafen gegangen. Aber als ich am Morgen in die Bibliothek runterkam, sah ich, daß das Bild weg war.

Ihre Stimme zitterte jetzt.

– Hier hingen ursprünglich zwei Porträts, eines von mir und eines von Aron, auf dem er mit Bischofskreuz und Krummstab unter einem Apfelbaum steht. Dieses Bild fehlte, und ich war so bestürzt. Dann hörte ich, daß Istvan verschwunden war und das Geld mit ihm. Da begriff ich, daß er das Bild genommen hatte. Es war leicht für ihn, hier reinzugehen und es zu nehmen, er wußte, wo wir den Zweitschlüssel hatten, verstehst du?

– Aber warum hat er es genommen? fragte Sophie.

– Es war ihm vielleicht klar, daß es wertvoll werden würde, sagte Greta, aber Evas Gemälde haben ihm auch immer gefallen. Ich habe mich damit getröstet, daß er es vielleicht trotz allem als Andenken haben wollte. Ich muß sagen, ich war so eitel, daß ich etwas enttäuscht war, daß er das Porträt von Aron genommen hatte und nicht das von mir. Aber dann verstand ich, daß es symbolisch für ihn war. Es ging um den Bischofsstab, verstehst du, und seinen Namen.

Inspektor Colonna stand auf einem Balkon in Saint-Tropez, eine Zigarette im Mundwinkel und ein frisch abgezogenes Rasiermesser in der Hand. In der nächsten Szene sah man in Großaufnahme, wie die scharfe Schneide des Rasiermessers an eine kotelettengeschmückte Wange gelegt wurde. Dann Schnitt auf die Erkennungsmusik und die klassische Einleitung.

– Interessant, sagte Henri Gaumont und nippte an seinem Espresso, das erinnert an die Anfangsszene von »Der andalusische Hund«. Jemand hat sich hier einen Spaß erlaubt.

– Ja, du hast recht, sagte Philippe verblüfft, warum habe ich daran nicht früher gedacht?

Während der Universitätsjahre hatte Philippe einen Filmklub geleitet, und er gab gern den Cineasten.

– Deine cinephilen Neigungen waren wohl noch nicht erwacht, als du angefangen hast, »Die Bullen von Saint-Tropez« zu sehen, sagte Thomas, und dann warst du zu versnobt, um in solchem Mist eine Buñuel-Referenz zu erkennen. Seid jetzt mal still, damit wir den Dialog genießen können!

Die Folge handelte davon, wie Mafiageld in den Bausektor in Saint-Tropez gepumpt wurde und wie der rechtschaffene Baumeister des Titels von Gangstern bedroht wurde, nachdem er sich geweigert hatte, mafiagelenkte Subunternehmer einen Kasinobau übernehmen zu lassen. Als die blonde Tochter des Baumeisters bei einem Besuch auf dem Bauplatz mysteriöserweise verschwand, mußte sich Inspektor Bruno widerwillig und mit Kommissar Colonnas Hilfe die Koteletten abrasieren, die Haare nach hinten kämmen und auf diese Weise zur Unkenntlichkeit entstellt unter falschem Namen einen Job als Bauarbeiter annehmen.

Nach den ersten zwanzig Minuten der Folge hatte sich Inspektor Bruno auf dem Bauplatz etabliert und das Vertrauen der Kollegen gewonnen. Während einer Essenspause begannen einige von ihnen, über merkwürdige Dinge zu reden, die sie an dem Tag, als die Baumeistertochter verschwand, gesehen hatten. Da kam die dunkelhaarige, kurvenreiche Sekretärin des Betriebsleiters, die stark verdächtigt wurde, mit den Schurken gemeinsame Sache zu machen, zum Pausenschuppen.

Inspektor Bruno schob den Schutzhelm nach hinten und lächelte sie breit an.

Mit einem Aufschrei stand Martine vom Sessel auf und zeigte erregt auf den Bildschirm.

– Da, rief sie aus, habt ihr's gesehen, das war Istvan Juhász!

– Sein Name, sagte Sophie, was hatte der mit dem Bild zu tun?

– Der Bischofsstab, sagte Greta Lidelius traurig, ist ja ein symbolischer Hirtenstab, und Istvan hatte mir erzählt, daß sein Nachname, Juhász, im Ungarischen »Hirte« bedeutet, deshalb sah er den Stab irgendwie als sein Symbol.

Sie sprachen Schwedisch, aber Sophie sah sofort die Implikationen.

– Juhász auf ungarisch, sagte sie, »herde« auf schwedisch und auf französisch – »berger«. Mein Gott, Istvan ist Stéphane Berger!

Sie erinnerte sich an das Gespräch, das sie vor langer Zeit miteinander darüber geführt hatten, welchen Namen sie für ein neues Leben und eine neue Identität wählen würden. Man kann seinen Namen in eine andere Sprache übersetzen, hatte Istvan gesagt, und genau das hatte er getan.

– Ja, sagte die Bischöfin, und das wußte ich die ganze Zeit. Ich habe viel über ihn in französischen Zeitungen gelesen, bevor ich zu kraftlos war, um so viel zu lesen. Und das Firmenemblem seines Unternehmens zeigt ja einen liegenden Hirtenstab.

– Aber warum hast du nichts gesagt, als das Bild verschwand? fragte Sophie.

Greta Lidelius wischte sich vorsichtig mit der Serviette die Wangen ab.

– Trotz allem hing ich an dem Jungen, sagte sie, und ich wollte nicht, daß er im Gefängnis landet. Als Aron aus

Uppsala zurückkam, hat er selbstverständlich gefragt, wo das Bild abgeblieben war, und da habe ich gesagt, daß es von der Wand gefallen und der Rahmen beschädigt war, so daß ich gezwungen war, es zur Reparatur zu geben. Beim nächsten Mal, als er gefragt hat, habe ich gesagt, Eva hätte gebeten, es ihr für eine Ausstellung zu schicken. Danach, glaube ich, hat er es vergessen. Aron war ja so zerstreut in allem, mit Ausnahme seiner Forschung.

– Und Birgitta, sagte Sophie, was wußte sie? Daniel hat erzählt, sie hätte genau dieses Gemälde auf einem Bild in einer Reportage über Berger gesehen.

– Birgitta war damals zwölf, und sie war ein scharfäugiges Kind, dem es sicher auffiel, daß ein Bild verschwunden war. Trotzdem habe ich keine Erinnerung daran, daß sie mich danach gefragt hätte. Sie hat vielleicht Aron gefragt und die Geschichten zu hören bekommen, die ich ihm erzählt hatte. Aber stell dir vor, daß Istvan das Bild doch behalten hat! Da hatte ich recht damit, daß es ihm etwas bedeutete.

Sie sah Sophie ängstlich an.

– Du glaubst doch nicht, daß Istvan etwas mit dem Mord an Birgitta zu tun gehabt haben kann? Das kann ich ganz einfach nicht glauben!

»Die Bullen von Saint-Tropez« rollten weiter über den Bildschirm, aber keiner sah mehr hin, seit Martine ihre Offenbarung gehabt hatte. Thomas erklärte eilig, daß Istvan Juhász ein Mann war, der in Martines Voruntersuchung vorkam.

– Aber Berger kann nicht Istvan Juhász sein, sagte Martine und zog ihre Finger durch die Haare, der Gedanke hat mich schon einmal beschäftigt, aber es ist nicht möglich.

Berger ist in Paris geboren, daran scheint kein Zweifel zu herrschen, und Istvan war ein Flüchtling aus Ungarn!

Thomas warf einen Blick auf das Gemälde seiner Mutter.

– Unmöglich ist es nicht, sagte er, meine Mutter zum Beispiel ist auch in Paris geboren, damals war Großvater da Pastor in der schwedischen Kolonie. Sie ist als schwedische Staatsbürgerin und mit schwedischen Eltern geboren worden, aber dennoch steht in ihrem Paß Paris als Geburtsort.

– Ich kenne noch ein besseres Beispiel, sagte Philippe, Roman Polanski.

– Der polnische Regisseur? sagte Martine.

– Der polnische Regisseur, stimmte Philippe ein, er wurde in Paris geboren, aber seine Eltern zogen, ein paar Jahre bevor der Zweite Weltkrieg ausbrach, zurück nach Polen. Wir hatten öfter Frage-und-Antwort-Spiele im Filmklub, und Polanskis Geburtsort war immer eine gute Frage, fast alle antworteten falsch darauf. Also hatte Berger vermutlich ungarische Eltern, die in Paris wohnten, aber den Fehler machten, in ihr Heimatland zurückzukehren, als er klein war.

– Ich kann ergänzen, sagte Henri Gaumont mit seiner tiefen Stimme, daß »Istvan« die ungarische Entsprechung für »Stéphane« ist, wenn ich mich recht erinnere. Philippe, hast du nicht für deine Studien der ungarischen Stahlindustrie ein ungarisches Lexikon gekauft? Ich glaube, du hast es in der Aktentasche.

Philippe verschwand in die Diele und kam mit einem dicken Lexikon zurück. Er blätterte eine Weile und stellte mit einem triumphierenden Ausruf fest, daß »juhász« auf Ungarisch dasselbe war wie »berger« auf Französisch.

Martine entschuldigte sich und ging ins Arbeitszimmer hinauf. Sie mußte darüber nachdenken, was das hier bedeutete. Vielleicht mußte sie sogar wieder zum Justizpalast fahren. Sie wußte jetzt, was Fabien Lenormand am Montag abend entdeckt hatte. Ebenso wie sie jetzt hatte er in Stéphane Berger Istvan Juhász erkannt. Aber was hatte er dann getan? Sie wußten, daß er zum Seminar in der Solvay-Bibliothek gefahren war, in der Hoffnung, Berger damit konfrontieren zu können. War er dann zu Berger nach Hasselt gefahren und dort seinem Schicksal begegnet? Martine hatte über Annick Dardennes Besuch in Hasselt am Sonntag noch nichts gehört, nahm aber an, daß jemand sie informiert hätte, wenn Annick etwas Entscheidendes gefunden hätte.

Und was hatte Birgitta Matsson entdeckt? Warum hatte sie Fragen nach Istvan Juhász gestellt?

Das Telefon klingelte. Es war Sophie vom Pfarrhof in Granåker. Die Schwägerin erzählte, daß Istvan Juhász Stéphane Berger war und daß Birgitta Matsson das vermutet haben mußte.

– Eines von Mamas Gemälden verschwand von hier, zusammen mit Istvan, sagte Sophie, und Birgitta wurde mißtrauisch, als sie es in einer Paris-Match-Reportage über Stéphane Berger sah.

– Aha, das war die Reportage, die sie in der Handtasche hatte, konstatierte Martine. Welches Gemälde war es, das damals verschwand?

Sophie beschrieb das Porträt von Aron Lidelius, und Martine erinnerte sich, wie ungerührt Berger es ihr gezeigt hatte, wie er erzählt hatte, daß er es zufällig in einem Trödelladen gefunden habe, wo man nicht wußte, was das Bild wert war. Wie selbstsicher er war, dachte sie mit plötzlicher Wut, wie unangreifbar muß er sich fühlen!

Aber jetzt würde sie ihn stellen.

Sie beendete das Gespräch mit Sophie und suchte im Telefonbuch Christian de Jonges Privatnummer heraus. Sie hatte Christian noch nie zu Hause angerufen, aber das hier mußte er sofort erfahren. Oder sollte sie auch Jean-Paul Debacker anrufen? Ach was, dachte sie, es ist Christian, der Inspektor Bruno auf der Spur ist, und kriegen wir Berger für einen Mord dran, haben wir beide Mordfälle gelöst.

Christian war zu Hause und gebührend erregt über Martines Entdeckung.

– Schade, daß wir das Video dieser Folge nicht sofort bekommen konnten, sagte er, dann hätten wir Berger vielleicht schon gestern überführt.

– Aber da war Birgitta Matsson schon tot, und Berger war schon nach Frankreich zurückgekehrt, sagte Martine. Hat Annick gestern in Hasselt eigentlich etwas entdeckt?

– Nein, sagte Christian, es war wie alles andere im Lenormand-Fall bis jetzt, nichts Entscheidendes. Bergers Geschäftskontakt, dem es übrigens überhaupt nicht gefiel, daß wir wußten, daß sie sich getroffen hatten, hat erzählt, daß Berger gegen halb neun bei ihm aufgetaucht ist, erheblich später, als er erwartet hatte. Berger hat selbst erzählt, daß er von Paris aus ein Flugzeug gechartert hat, aber nichts davon gesagt, wie er nach Hasselt gekommen ist, der Mann nahm an, daß er mit dem Taxi kam.

– Im Prinzip kann Berger Fabien Lenormand also auf dem Weg vom Flugplatz hierher getroffen haben, sagte Martine nachdenklich, die Zeiten stimmen einigermaßen, Alice Verhoeven glaubt ja, daß er vor acht Uhr am Abend gestorben ist. Aber wie hätte Fabien Berger dort finden können?

– Gar nicht unmöglich, sagte Christian, denn er hat in Brüssel gehört, daß Berger nach Paris gefahren ist. Und es ist schwer, in Paris zu Mittag und in Hasselt zu Abend zu essen, wenn man nicht den Flieger nimmt. Lenormand hat es vielleicht ganz einfach darauf ankommen lassen, am Flugplatz in Hasselt zu warten, und schließlich sieht er Berger aus dem Terminal kommen.

– Und dann, sagte Martine, daß Berger doch sicher noch immer nicht mit ihm sprechen will.

– Ja, sagte Christian, aber wenn er so etwas wie »Guten Abend, Istvan Juhász« sagt, kann er schon damit rechnen, daß Berger stehenbleibt. Vielleicht bietet er Lenormand an, zu einer kleinen Plauderstunde mit ihm ins Taxi zu steigen.

– Nein, sagte Martine eifrig, noch besser, Fabien bietet ihm an, ihn zu fahren! Er hatte ja sein Auto mit, das wissen wir. Berger will sicher seine Istvan-Vergangenheit nicht vor einem neugierigen Taxifahrer diskutieren, also, wenn Fabien sagt »Guten Abend, Istvan Juhász, darf ich Sie nach Hasselt reinfahren«, gibt es eine gute Chance, daß er anbeißt. Und dann fahren sie runter zum Kanal, um ungestört zu reden, und Berger erschlägt ihn mit etwas, das gerade zur Hand ist, einem Schraubenschlüssel vielleicht, und kippt den Körper in den nächsten vorbeifahrenden Prahm.

– Das klingt gut, sagte Christian, und es ist auch psychologisch stimmig. Der, der Fabien Lenormand ermordet, ist ein kalter Mensch, der sofort einen Plan entwickelt, wenn er mit einer Leiche dasitzt. Der, der Birgitta Matsson ermordet, ist ein kalter Mensch, der schnell einen Plan parat hat, als sie ihn anruft und sagt, daß sie Istvan Juhász entlarvt hat. Und unser Istvan ist ein besonders kalter Typ – er kommt zu spät zur Schicht in der Grube, verpaßt die Katastrophe um Haaresbreite und hat sofort einen Plan, er verschwindet. Und da ist er erst siebzehn.

Die Frage war, wie Berger von Hasselt nach Villette gekommen war. Zu Martine hatte er gesagt, daß ihn sein Chauffeur gegen elf in Hasselt abgeholt habe, aber wenn er Fabien Lenormand ermordet hatte, mußte er auch Fabiens Renault nach Brüssel gefahren haben.

Christian glaubte nicht, daß Bergers Gastgeber den Chauffeur des Gastes gesehen hatte.

– Dann gibt es zwei Möglichkeiten, stellte Martine fest, entweder schaffte er es, nach Brüssel zu fahren und den Zug zurück nach Hasselt zu nehmen, wo er vom Chauffeur abgeholt wird, oder der Chauffeur hat ihn in Brüssel abgeholt.

Jetzt hatten sie im Laufe des Montags eine ganze Reihe von Informationen zu überprüfen – um welche Zeit Bergers Flugzeug in Hasselt angekommen war, ob er von dort aus ein Taxi genommen hatte, ob ihn der Chauffeur wirklich in Hasselt abgeholt hatte, und falls ja, um welche Zeit. Aber Christian war nicht der Ansicht, daß es Sinn hatte, jetzt in den Justizpalast zu fahren.

– Berger ist vermutlich noch in Frankreich, sagte er, du kannst einen Haftbefehl nicht ohne deine Rechtspflegerin ausstellen, und alles ist bereit für die große Razzia gegen Berger morgen früh. Leg dich lieber schlafen, zumindest ich habe das vor.

Philippe und Henri Gaumont waren im Begriff zu gehen, als sie wieder hinunterkam. Der Oberst bat, kurz telefonieren zu dürfen, und ging hinauf ins Arbeitszimmer, um ungestört reden zu können.

– Darf man gratulieren? fragte Thomas und sah Philippe mit einem Lächeln an.

Philippe starrte ihn an.

– Ja, klar, sagte er säuerlich, zu Neujahr geben wir unsere Verlobung bekannt und legen bei Inno Hochzeitslisten aus.

Aber erzähl es nicht Titine, sie kriegt einen Schock. Ach was, langsam habe ich die Fünfminutenverhältnisse satt, wir werden sehen.

Der sarkastische Tonfall konnte nicht ganz verbergen, daß er beinah glücklich aussah.

KAPITEL 9

Montag, 26. September 1994
Villette

Schleier von Morgennebel lagen über dem Fluß, und das Gras war noch feucht von Tau, als die Polizeiwagen in die Auffahrt zu Stéphane Bergers Villa fuhren. Martine, die als letzte in ihrem eigenen Auto fuhr, bog vor dem Tor nach rechts ab und parkte neben der Mauer, die das Haus umgab. Mit den Händen in den Taschen ging sie die gepflasterte Auffahrt hinauf. Trotz ihrer weiten Wolljacke, einem extravaganten Einkauf aus der neuen Jil-Sander-Boutique in Paris, fröstelte sie ein wenig in der kühlen Morgenluft.

Sieben Polizisten waren für die Razzia zu Hause bei Berger abkommandiert worden, während bedeutend mehr eingesetzt worden waren, um die Büros von Berger Rebar und von der kommunalen Ausbildungsgesellschaft in Messières zu durchsuchen. Aber Martine hatte sich dafür entschieden, zu der Durchsuchung in Bergers Haus in Villette mitzufahren. Die Experten von der Finanzabteilung der Polizei wußten besser als sie, nach welchen Dokumenten man suchen mußte, um Beweise für dubiose Geschäfte zu finden. Was sie interessierte, war Berger selbst, der Mann, der früher einmal Istvan Juhász gewesen war und der jetzt im Zentrum der zwei Mordfälle stand, in denen sie gerade ermittelte.

Die Polizisten hatten einen lückenhaften Ring um die Villa gebildet, um sich zu vergewissern, daß weder Menschen noch Dokumente hintenherum verschwanden. Jacques Denisot, der Kriminalinspektor aus der Finanzabteilung, stand am Eingang, den Hausdurchsuchungsbeschluß in der Hand. Mit seiner goldgefaßten Brille und seinem Trenchcoat sah er aus wie ein junger Wirtschaftsprüfer, der gerade Karriere machte. Neben ihm stand Julie, die mit einem der Polizeiwagen gekommen war.

Denisot nickte Martine zu, als sie auf die Treppe trat.

– Okay, dann fangen wir an, sagte er und drückte auf die Klingel.

Durch die Tür hörten sie drinnen ein schwaches Signal. Es klang wie eine kleinere Kirchenglocke.

Nichts passierte. Denisot klingelte noch einmal.

– Wir haben eine Ramme, falls nötig, sagte er leise, aber wir geben ihnen noch ein paar Minuten, es ist früh am Morgen.

Da wurde die Tür von einem jungen Mann mit zerzausten Haaren, barfuß und nur mit Jeans bekleidet, einen Spaltbreit geöffnet.

– Worum handelt es sich? fragte er und sah die kleine Gruppe auf der Treppe verwirrt an.

Jacques Denisot las mit fester Stimme den Hausdurchsuchungsbeschluß vor.

– Ich weiß nicht, ob ich Sie reinlassen darf, sagte der junge Mann unsicher und sah sich um, als suchte er jemanden, den er um Rat bitten konnte.

– Keiner hat dich um Erlaubnis gebeten, Junge, sagte Denisot, mach einfach einen Schritt zur Seite. Dieses Papier hier gibt uns das Recht, das Haus zu durchsuchen, und das einzige, was du machen kannst, ist, nicht im Weg zu sein.

– Wer sind Sie übrigens? fragte Martine, während Denisot die Tür weit aufschlug und den übrigen Polizisten Zeichen gab.

– Fabrice Renaud, murmelte der junge Mann, ich arbeite

hier, pflege den Garten und sehe für Monsieur Berger nach dem Haus.

– Wohnen Sie hier?

Fabrice Renauds Wangen wurden rot.

– Na ja, ich wohne da hinten im Gärtnerhäuschen, er zeigte vage nach rechts in den Garten, aber heute nacht war ich hier, um … nach dem Haus zu sehen, sozusagen.

Während sie redeten, waren die Polizisten ins Haus geströmt und hatten angefangen, systematisch die Räume zu durchsuchen. Am interessantesten waren die Bibliothek und das Arbeitszimmer im Erdgeschoß und Bergers Schlafzimmer im ersten Stock, aber kein Teil des Hauses sollte undurchsucht bleiben.

Eine junge Frau kam hinter dem unglücklichen Fabrice Renaud auf die Treppe. Sie trug Jeans und T-Shirt, und ihre langen dunklen Haare waren morgendlich zerzaust wie die des jungen Mannes. Aber sie sah erheblich gefaßter aus als er.

– Camille Castiglione, sagte sie und reichte Martine die Hand, ich habe Fabrice heute nacht geholfen, das Haus zu hüten.

Sie blinzelte Martine zu, die lächeln mußte.

– Haben Sie einen bestimmten Raum gehütet? fragte sie.

– Sicher, sagte Camille Castiglione ernst, wir haben nach dem blauen Gästezimmer gesehen, das ist das im Erdgeschoß neben der Bibliothek. Es ist sehr wichtig, darauf zu achten, daß die Gästebetten in gutem Zustand sind, verstehen Sie?

Sie blinzelte wieder.

Martine wandte sich an Fabrice Renaud.

– Ich gehe davon aus, daß Ihre Gästezimmerprüfung bedeutet, daß Sie sicher sind, daß Monsieur Berger heute nicht zurückkommt?

Der junge Mann nickte unglücklich.

– Er ist am Samstag gefahren und hat gesagt, er überläßt den Betrieb mir. Er würde mindestens eine Woche weg sein, wahrscheinlich länger, sagte er, und er würde von sich hören lassen, bevor er zurückkommt. Können wir jetzt zu meinem Häuschen gehen?

– Erst noch eine Frage, sagte Martine, wann fuhr Monsieur Berger am Samstag, und was tat er, bevor er fuhr?

– Er fuhr gegen zwölf, glaube ich, sagte Fabrice Renaud, ich war dabei, den Rasen zu mähen, es war dafür inzwischen trocken genug. Am Morgen war er unterwegs, ich glaube, er war ziemlich früh auf, denn als ich gegen neun die Zeitung reinholte, war er nicht da. Er sagte, er hätte einen langen Spaziergang am Fluß gemacht.

Martine war am Morgen, eine halbe Stunde bevor der Wecker klingelte, aufgewacht, munter und energiegeladen, aber mit einem Gefühl unbestimmter Unruhe im Körper. Sie hatte geträumt, kurz bevor sie aufwachte, und noch einmal hatte der Traum von der radelnden Frau und Martines fruchtlosen Versuchen, sie vor der drohenden Gefahr zu warnen, gehandelt. Aber plötzlich hatte die Frau statt dessen mit dem Kind im Arm auf dem Boden gesessen, wie eine Madonna, und Jean-Claude Becker und Annalisa Paolini waren mit Geschenken zu ihr gekommen. Im Traum wollte Martine dagegen protestieren, daß sie nur zwei waren, jeder wußte ja, daß es drei weise Männer sein sollten, die mit Geschenken zum Kind kommen.

Und was bedeutete das? dachte sie, während sie sich die Haare bürstete und Concealer auftrug, um die Ringe unter den Augen zu verdecken. Die vage Unruhe im Körper wurde zu einer strengen, ermahnenden Stimme in ihrem Kopf.

Die Aufgabe des Untersuchungsrichters ist es, auch das zu beachten, was für den Verdächtigen spricht, nicht nur das, was gegen ihn spricht, sagte die Stimme.

Ich weiß es, sagte Martine zu ihrer inneren Stimme, aber was gibt es, was für Stéphane Berger spricht? Sein Leben lang hat er alle, die ihm vertraut haben, betrogen und verraten – Nunzia Paolini, Greta Lidelius, die Arbeiter bei Vélo Éclair und sicher bald auch die Angestellten bei Berger Rebar. Er ist Istvan Juhász, und er war bereit zu töten, um zu verbergen …

Um was zu verbergen? Warum sollte es für Berger denn so wichtig sein zu verbergen, daß er früher Istvan Juhász gewesen war? Es war ihr im Grunde nicht klar.

Sie setzte ihren Dialog mit der inneren Stimme fort, während sie etwas hinunterwürgte, das man mit etwas gutem Willen Frühstück nennen konnte, und fuhr auf noch leeren und stillen Straßen zum Justizpalast. Julie kam gleichzeitig mit Martine, so daß sie die Formalitäten um den Haftbefehl für Stéphane Berger erledigen konnten. Martine unterschrieb ihn mit gutem Gewissen.

Doch der Traum und die innere Stimme hatten in ihren Gedanken einen Samen zum Keimen gebracht. Er war schon da, irgendwann während der Voruntersuchung hatte er sich in den dunklen Humus ihres Unterbewußtseins gebohrt, aber jetzt suchte er sich einen Weg ins scharfe, weiße Licht des bewußten Gedankens.

Während Julie mit dem Haftbefehl in den zweiten Stock hinunterging, zog Martine die Akte über den Mord an Fabien Lenormand an sich und las durch, was Nunzia Paolini gesagt hatte, während sie gleichzeitig an die Erzählung von Justin Willemart dachte.

Da war etwas, das ihr nicht entgehen durfte, etwas Wichtiges.

Sie blieb dort tief in Gedanken versunken sitzen. Als Julie anrief und sagte, daß die Polizei jetzt zu den Razzien aufbrechen würde, schlug sie vor, daß Julie mit einem der Polizeiwagen mitfuhr und sie mit dem eigenen Wagen nachkam.

Während die Finanzermittlungsbeamten aus dem Justizpalast methodisch Bergers Haus durchsuchten, schlenderten Martine und Julie eher planlos herum. Sie blieben in dem gelben Raum zum Fluß hin stehen, dem Raum, in dem sie mit Stéphane Berger gesprochen hatten. Etwas schien dort anders zu sein.

– Schau mal, mehrere Bilder sind weg! sagte Martine.

Julie sah sich um.

– Ja, du hast recht, sagte sie, die beiden Bilder von deiner Schwiegermutter sind verschwunden, das sehe sogar ich.

Berger hatte dafür gesorgt, daß die verschwundenen Bilder keine Lücken an den Wänden hinterließen, deshalb war ihnen nicht sofort aufgefallen, daß etwas fehlte. An der Stelle, wo »Schnell jagt der Sturm unsere Jahre« gehangen hatte, hing eine gedruckte Reproduktion in einem goldfarbenen Plastikrahmen, ein Bild eines stattlichen Hirschbullen mit erhobenem Kopf und einem unwahrscheinlich rosafarbenen Sonnenuntergang im Hintergrund.

– »Hirsch im Gegenlicht«, sagte Martine, genau die Art von Bild, wie sie dem Artikel in Paris Match zufolge Inspektor Bruno wahrscheinlich gefallen würde. Ich glaube, Monsieur Berger hat sich einen Scherz mit uns erlaubt.

– Und schau mal hier, wo das Bischofsbild hing, ein entzückendes Katzenjunges, sagte Julie, genauso, finde ich, soll ein Bild aussehen.

Außer Eva Lidelius' Bildern waren noch zwei weitere

Gemälde durch billige Massendrucke ersetzt worden. Die Originalkunst, die noch dahing, waren meist Lithographien und andere graphische Blätter, weniger wert als die Gemälde.

– Er ist abgehauen, stellte Martine fest, er hat nicht vor, hierher zurückzukommen.

Nach vier Stunden beendeten die Ermittlungsbeamten ihre Hausdurchsuchung. Da hatten sie jeden Schrank geöffnet, jede Schublade herausgezogen, jedes Buch aus den Regalen genommen, jeden Teppich angehoben und an jede Wand geklopft. Ihre Funde waren in Kisten gesammelt, die jetzt in der Halle standen, um zum Justizpalast transportiert zu werden.

Darin waren unter anderem ein Schreibtischkalender, ein paar Ordner mit Korrespondenz, eine Schreibtischunterlage mit kryptischem Gekritzel darauf, ein paar Blöcke mit gelben und weißen Klebezetteln, ein vollgekritzeltes Notizbuch, das neben dem Telefon im Arbeitszimmer gelegen hatte, und mehrere Mappen, die Zeitungsartikel enthielten, viele Abschnitte mit farbigem Filzschreiber markiert. Martine registrierte erstaunt, daß mehrere der Artikel aus schwedischen Zeitungen zu kommen schienen. Aber klar, Istvan Juhász, der fünf Jahre in einer kleinen Grubenortschaft in Schweden gelebt hatte, sprach natürlich Schwedisch.

Aus der Schublade in Bergers Nachttisch hatte man einen Stapel Visitenkarten geholt, eigene und solche, die er von anderen bekommen hatte.

Martine blätterte sie durch.

– Sehen Sie, sagte sie, hier sind einige Namen, die ungarisch aussehen.

– Ja, sagte Jacques Denisot, und sehen Sie hier, auf Bergers eigenen Karten stehen all seine geheimen Telefonnummern!

Seine hellen Augen glitzerten glücklich hinter den goldgerahmten Gläsern.

Stéphane Berger benutzte mehrere unterschiedliche Visitenkarten. Da war eine Unternehmenskarte mit Telefonnummern seiner Büros in Paris und Marseille, aber auch eine mit »Stéphane Berger« als einzigem Text über dem roten Haken der Berger-Unternehmen. Das ist ja ein Hirtenstab, dachte Martine, daß ich das nicht vorher gesehen habe. Auf der Karte stand die Mobiltelefonnummer, die sie von Jean-Claude Becker bekommen hatte, und drei weitere Nummern – eine in Paris, eine irgendwo in Frankreich und eine mit einer Landesnummer, die sie nicht kannte.

– Dann sind wir wohl fertig, sagte Denisot, das wird spannend zu sehen, was die Jungens bei Berger Rebar und an den anderen Stellen gefunden haben. Fahren Sie auch mit uns zurück, Julie?

Julie sah fragend Martine an, die nickte. Sie wollte gern noch eine Weile hierbleiben, sie wußte nicht genau, warum. Aber es kam ihr so vor, als könnte sie hier in Bergers eigenem Haus besser denken. Sie hatte immer noch das Gefühl, daß ihr etwas entgangen war, daß es irgendwo in der Voruntersuchung ein Puzzleteil gab, das sie gesehen hatte und das das ganze Bild ändern würde, wenn es an die richtige Stelle kam.

– Ach so, ja, sagte Denisot, wir haben in Bergers Schreibtisch ein Papier gefunden, mit dem wir nichts anfangen können. Es lag in einer Art versteckter Schublade, also müßte es wichtig sein. Aber es ist viel zu alt, um etwas mit unseren Ermittlungen zu tun zu haben. Aber vielleicht ist es für Sie von Interesse.

Er reichte Martine ein vergilbtes und zerknittertes Papier und verschwand durch die Tür. Nach einer Weile hörte sie die Polizeiwagen starten und wegfahren.

Es war dunkel in der Halle und schwer, den Text auf dem Papier zu lesen. Sie ging die Treppe hinauf und in Bergers Schlafzimmer, wo sie sich an das hohe Fenster zum Fluß hin stellte.

Das Papier hatte ungleichmäßige Kanten und sah aus, als sei es aus einer Papiertüte gerissen worden. Der Text war mit dicken blauen Buchstaben geschrieben, nicht mit Tinte, eher mit Kopierstift. Er war kurz, aber bedeutsam. Den größten Raum nahmen die vielen Namenszüge ein, die meisten mit ungewohnten und unbeholfenen Buchstaben von Männern geschrieben, die es gewöhnt waren, mit ganz anderen Werkzeugen als Papier und Stift umzugehen.

Ganz unten auf dem Papier fanden sich ein Stempel und ein Namenszug, in arrogant gewandter Handschrift mit Tinte geschrieben.

Martine las das Papier wieder und wieder. Hier war es, das Puzzleteil, das alles änderte. Warum hatte sie es nicht gesehen? Aber ihr Unterbewußtsein, das cleverer sein mußte als sie selbst, hatte versucht, ihr durch die Träume den Weg zu zeigen.

Sie hörte im Erdgeschoß Schritte. Hatten Denisot und seine Männer etwas vergessen und waren zurückgekommen, oder war es Julie, die ihre Meinung geändert hatte und mit ihr fahren wollte? Sie hörte die Schritte die Treppe heraufkommen, gedämpft von dem dicken Teppich, und öffnete den Mund, um sich bemerkbar zu machen.

Sie hielt inne, als sie eine Wandschranktür hörte, die im Raum geöffnet wurde, und spürte eine Bewegung hinter sich. Ehe sie reagieren konnte, legte sich ein kräftiger Arm um ihre Taille und eine große Hand auf ihren Mund.

– Pst, zischte Stéphane Berger und zog sie in den Wandschrank.

Christian de Jonge fluchte vor sich hin. Es gab keinen Flugterminal in Hasselt, was er vermutlich hätte wissen müssen, und folglich keinen Taxistand mit praktischerweise wartenden Taxis. Was es gab, war ein kleines Flugfeld, wo Privatflugzeuge landen konnten, Privatflugzeuge wie von der Chartergesellschaft, an die sich Stéphane Berger für seine Reise nach Hasselt gewandt hatte. Er erinnerte sich, daß Berger Martine widerwillig die Informationen über seine Fluggesellschaft gegeben hatte, jetzt suchte er sie heraus und rief das Büro der Gesellschaft in Paris an, wo eine unerwartet hilfsbereite Sekretärin bestätigte, daß Monsieur Berger sich vorige Woche Dienstag an sie gewandt hatte, um nach Hasselt zu fliegen. Er hatte im letzten Augenblick angerufen, aber weil er einer ihrer Stammkunden war, hatte es sich natürlich organisieren lassen.

– Monsieur Berger vergißt immer die Zeit, wenn er mit seinen Töchtern zusammen ist, sagte die Sekretärin bewundernd, er ist ein phantastischer Vater, und seine Mädchen sind so reizend. Sie sind am Dienstag mit hergekommen und haben ihm zum Abschied zugewunken.

Die bewundernde Sekretärin hatte auch in Hasselt angerufen und eine Limousine gebucht, die Berger am Flugfeld abholen sollte. Sie hatte sie für acht Uhr bestellt und war ziemlich sicher, daß das Flugzeug wenige Minuten vor acht gelandet war.

Die Limousinenfirma, die Christian danach anrief, hatte denn auch Berger am Dienstag abend um acht am Kiewit-Flugfeld abgeholt und ihn ins Zentrum von Hasselt gefahren. Nein, zu keiner bestimmten Adresse, er hatte darum gebeten, ihn am Grote Markt, dem großen Platz im Zentrum, abzusetzen.

Letzteres gab Christian einen Hoffnungsschimmer, hier blieb möglicherweise etwas Zeit für ein Treffen mit Fabien Lenormand, aber er hatte das Gefühl, daß er mit dieser Annahme danebenlag. Daß Berger am Platz ausgestiegen war, konnte ganz einfach daran liegen, daß er sein supergeheimes Geschäftsessen in Dunkel hüllen wollte. Der Geschäftsmann, den er besucht hatte, wohnte nur ein paar Blocks vom Grote Markt entfernt, wenn Christian sich richtig erinnerte.

Und man mußte sich davor hüten, allzu komplizierte Szenarien zu entwickeln, um die Bewegungen verdächtiger Personen in Übereinstimmung mit einer vorher aufgestellten Theorie zu bringen, das war Christians feste Überzeugung. Aber wer konnte Fabien Lenormand ermordet haben, wenn nicht Stéphane Berger? Selbstverständlich mußte man herausfinden, was die Brüder Mazzeri am Dienstag abend getan hatten, aber als Täter kamen sie für ihn eigentlich nicht in Frage.

Während er nachdenkliche Fragezeichen in seinen Notizblock kritzelte, fiel sein Blick auf ein hellblaues Blatt Papier, das auf dem Schreibtisch lag. Er hatte es am Samstag von seinem Journalistenkontakt in Brüssel bekommen. Es war eine Pressemitteilung über das Seminar vom Dienstag in der Solvay-Bibliothek, dieselbe Pressemitteilung, die Fabien Lenormand veranlaßt hatte, dorthin zu gehen, um Kontakt mit Stéphane Berger aufzunehmen.

Er drehte das Papier um und las zum ersten Mal die Namen sämtlicher Teilnehmer der Podiumsdiskussion, von der Berger abgesprungen war. Da stand der Name noch einer Person, die in den Ermittlungen vorkam, einer Person, die Fabien Lenormand mehrere Male anzurufen versucht hatte. Aber diese Person konnte kaum Gründe haben, den Journalisten zu ermorden. Ja, und, dachte Christian, er suchte ja nicht vorrangig nach Motiven. Er suchte nach Fakten. Fabien Lenormand hatte mit seinem Tonbandgerät vor der Solvay-Bibliothek gestanden und auf die Diskussionsteilnehmer gewartet. Auch wenn Berger seine erste Zielscheibe war, düfte er zumindest versucht haben, ein paar Worte mit dem Mann zu wechseln, dessen Namen Christian gerade unterstrichen hatte.

Er nahm sich vor herauszufinden, ob das der Fall gewesen war.

Aber zuerst, dachte er, müßte er im kommunalen Polizeigebäude und bei Jean-Paul Debacker anrufen, um zu hören, ob die Untersuchung des Mordes an Birgitta Matsson möglicherweise zu Spuren geführt hatte, die in dieselbe Richtung zeigten.

– Hallo, de Jonge, sagte Debacker, ich habe gerade daran gedacht, dich anzurufen. Wir haben etwas herausgefunden, das ziemlich … interessant wirkt. Aber eine Verbindung zu dem Mord sehe ich nicht.

Die kommunale Polizei hatte herausgefunden, wem das verfallene Haus, aus dem Birgitta Matssons Mörder geschossen hatte, gehörte. Die Besitzerin war eine neunzigjährige Dame, die das Haus von ihren Eltern geerbt und dort als Erwachsene bis 1952 gewohnt hatte. Ihr Name sagte Christian nicht das geringste, worauf er Debacker hinwies.

– Nein, sagte Debacker, der bringt bei mir auch keine Glocken zum Läuten. Aber dann bekamen wir Besuch von einem alten Kollegen, Inspektor Blommaert. Du kennst ihn? Nein, klar, du bist ja nicht aus dieser Gegend. Er ist etwas über achtzig, aber hellwach und völlig klar im Kopf. Er war Ewigkeiten Kontaktinspektor hier im zentralen Villette, unter anderem in den Vierteln um den Bahnhof. Und er hat erzählt, daß er in den vierziger Jahren mehrfach in dieses Haus reingeschaut hat, weil sich die beiden Söhne der Besitzerin damit amüsierten, vom Fenster im Obergeschoß aus mit dem Luftgewehr auf die Tauben auf der Place de la Gare zu schießen. Es kam vor, daß sie Leute in die Beine trafen. Einmal haben sie es sogar geschafft, einen Mops zu erledigen. Blommaert konnte sich an die Namen der Jungen nicht erinnern, aber die konnten wir ja leicht rausfinden, weil wir den Namen der Besitzerin hatten.

– Und? sagte Christian und hielt den Atem an.

Debacker nannte zwei Namen.

Einer von ihnen war der Name des Mannes, den sich Christian, das hatte er gerade beschlossen, genauer ansehen wollte.

Der Wandschrank nahm die ganze Breite des Raums ein und war groß und tief wie eine Kleiderkammer.

– Klettern Sie die Leiter rauf, schnell, flüsterte Stéphane Berger und zog mit einem schwachen Klicken die Wandschranktür zu. Der Ton in seiner Stimme bewirkte, daß es Martine kalt überlief, etwas Dringendes und Erregtes, das ihr sagte, daß sie sich in tödlicher Gefahr befanden.

Obwohl die Tür jetzt geschlossen war, war es nicht ganz dunkel im Wandschrank. Martine sah einen schwachen Streifen Tageslicht, der aus einer offenen Luke in der Decke sickerte. Eine kräftige Holzleiter hing in steilem Winkel zum Boden aus der Luke herunter.

– Beeilen Sie sich doch, zischte Berger und schob sie zur Leiter. Sie fing an zu klettern, so schnell sie es mit ihren hohen Absätzen konnte. Ihr Herz klopfte so schnell und hart, daß sie das Gefühl hatte, daß der ganze Brustkorb vibrierte. Die Leitersprossen fühlten sich unter ihren kalten, schweißigen Handflächen schlüpfrig an. Sie war im Begriff, das Papier, das sie von Denisot bekommen hatte, zu verlieren, und hielt eine Sekunde inne, um es in die Jackentasche zu stecken. Berger kam hinter ihr, so nahe, daß sie seinen warmen Atem an den Beinen spürte. Sie hörte, daß jemand an der geschlossenen Wandschranktür rüttelte, daß die Wand zitterte.

Die Leiter hinaufzuklettern dauerte nur ein paar Sekunden, aber Martine kam es vor, als sei eine halbe Stunde vergangen, bis sie durch das Loch in der Decke stieg und wegrollte, so daß Berger nachkommen, die Leiter hochziehen und die Luke schließen konnte.

Sie befanden sich in einem kleinen Raum mit einer Bodenfläche von ein paar Quadratmetern. Er hatte eine abgeschrägte Decke und ein halbkreisförmiges Fenster, zum größten Teil schwarz gestrichen, das einen Streifen Tageslicht hereinließ. Martine merkte an den Vibrationen im Boden, daß sich jetzt jemand im Wandschrank unter ihnen bewegte.

Berger legte einen Finger an die Lippen, um sie aufzufordern, still zu sein. Eine ganz unnötige Aufforderung. Martine wagte kaum zu atmen. Nach einer Weile hörten die Schritte auf.

– So, sagte Berger leise, jetzt dürften wir für einen Moment sicher sein. Die Schallisolierung ist ganz gut hier, aber wenn er anfängt, an die Wände hier oben zu klopfen, müssen Sie still sein wie eine Maus.

– Was ist das hier für ein Raum? fragte Martine. Sie war nicht ganz sicher, ob das die richtige Frage an den Mann war, für den sie vor fünf Stunden einen Haftbefehl ausgestellt hatte, aber sie konnte sich nicht zurückhalten.

– Ich würde glauben, daß er während des Krieges gebaut wurde, sagte Berger, um Widerstandskämpfer oder verfolgte Juden oder sonst jemand zu verstecken. Der Wandschrank in dem Raum in diesem Stockwerk ist kürzer als der, durch den wir gekommen sind, jemand hat eine blinde Wand mit diesem Raum dahinter aufgebaut und die Luke im Boden geöffnet. Ich habe das entdeckt, als ich merkte, daß die Fenster und die Dimensionen nicht stimmen.

Er saß, die Knie hochgezogen, an die Bretterwand gelehnt. Seine vorübergehende Panik unten im Wandschrank schien vorbei zu sein, seit er die Luke zu dem geheimen Raum zugezogen hatte, und er sah entspannt aus, als beherrschte er die Situation.

Martine beobachtete ihn und versuchte, in diesem Mann die Spuren des Jungen zu sehen, von dem sie andere hatte erzählen hören – Pisti, der mit Nunzia Paolinis Familie in der Baracke in Foch-les-Eaux gewohnt und mit dem kleinen Mädchen Lieder gesungen hatte, Istvan, der in Granåker Sophie und Greta bezirzt, aber auch Geld von Menschen unterschlagen hatte, die ihm vertraut hatten. Der jungenhafte Charme des Istvan im Teenageralter hatte sich bei dem erwachsenen Mann zu Charisma, sein Mangel an Skrupeln zu Rücksichtslosigkeit erhärtet.

Hunger muß ihn getrieben haben, dachte sie und sah das alte Gefangenenlager mit den rostigen Baracken vor sich, ein maßloser Hunger zu bekommen, was er in seiner Jugend verpaßt hatte, ein Hunger, der um jeden Preis gestillt werden mußte. Aber hatte er auch ein Gewissen? Sie dachte an den Artikel mit den Nonnen, die erzählt hatten, wie er im stillen Geld verschenkt hatte, um Flüchtlingen zu helfen.

– Ja, Ihnen gefallen ja Verstecke und Fluchtwege, stimmt's – Istvan? sagte sie.

Er verzog den Mund.

– Kann sein, sagte er, aber aus diesem Versteck hier gibt es im Moment keinen Fluchtweg. Wir könnten einen brauchen, denn er wird uns beide töten, wenn er die Chance hat, glauben Sie mir. Ich weiß nicht, wie er rausbekommen hat, daß ich hier bin, aber ich sah ihn heute morgen um das Haus schleichen, seine verfluchte Büchse gezückt. Vermutlich wird er uns beide erschießen und mich in den Fluß werfen oder so was, damit man glaubt, ich hätte Sie umgebracht. Auf diese Weise schlägt er zwei Fliegen mit einer Klappe. Sie wissen, wer er ist, stimmt's? Sonst wären Sie nicht mit mir die Leiter raufgestiegen.

Martine zog das Papier aus der Jackentasche und zeigte auf den Namen ganz unten.

Berger nickte.

– Ja, sagte er, und er hat zwei Menschen getötet, um zu verhindern, daß man ihm auf die Schliche kommt. Aber das habe ich erst gestern begriffen. Mit keinem Gedanken habe ich daran gedacht, daß er den französischen Journalisten ermordet haben könnte. Aber als das mit Birgitta Janols passierte, fing ich an zu verstehen, daß es so sein muß, auch wenn ich nicht begreife, warum. Das ist ja vor so langer Zeit passiert, daß alles verjährt ist, und er ist kein Politiker, der Wählerunterstützung braucht.

– Aber er hat schon einmal gemordet, sagte Martine, und er muß Fabien Lenormand ermordet haben, um zu verhindern, daß der erste Mord aufgedeckt wird. Auch wenn er verjährt ist, ist es riskant, als Mörder angeprangert zu werden.

So mußte es sein, dachte sie, es paßte noch nicht alles zusammen, aber sie war sicher, daß der Namenszug auf dem Papier, das sie in der Hand hielt, Giovanna Paolinis Mörder gehörte.

Stéphane Berger sah sie an, als sei er nicht sicher, ob sie es ernst meinte.

– Und wen, meinen Sie, soll er damals ermordet haben? sagte er.

– Die Mutter der Schwestern Paolini, sagte Martine, sie wurde, ein paar Tage bevor sie über Ihre Protestsitzung hätte aussagen sollen, auf dem Fahrrad totgefahren. Und ihr kleiner Sohn starb auch.

Berger sah völlig erschüttert aus, damit hatte sie nicht gerechnet. Er hatte die Familie Paolini natürlich gekannt, er war ja ihr Nachbar in der Baracke gewesen.

– Giovanna, sagte er schwer, und der kleine Tonio? Was ist mit ihnen passiert?

In seinem Gesicht schaute ein jüngerer und verletzlicherer Mensch unter einer Ansammlung von Masken hervor. Weder Inspektor Bruno noch der Geschäftsmann Berger hatte die passende Miene, um die Nachricht vom Mord an einer Frau, die er gern gehabt hatte, entgegenzunehmen, und es war offensichtlich, daß Giovanna Paolini dem jungen Istvan etwas bedeutet hatte. Aber trotzdem hatte er sich nie die Mühe gemacht herauszufinden, wie es der Witwe und den vaterlosen Kindern, die er in der Baracke hinter sich zurückgelassen hatte, ergangen war. Aufbruch ist sein ständiges Muster, dachte Martine, er dreht sich um, geht seines Weges und sieht nie zurück.

Sie hätte ihn gern gezwungen zurückzusehen, den Geruch von Blut zu riechen und das Weinen aus der Vergangenheit zu hören, der zu begegnen er so sorgfältig vermieden hatte.

– Das war 1957, sagte Martine, Giovanna Paolini radelte auf einer Dorfstraße mit dem Jungen auf dem Gepäckträger, um ihre Töchter zu besuchen. Sie kamen ins Kinderheim, als ihr Papa gestorben war, das wußten Sie vielleicht auch nicht? Giovanna war so deprimiert, daß sie eine Weile in einer Nervenheilanstalt lag, und danach blieben die Mädchen im Heim. Sie war an einem Freitagabend auf dem Weg zu ihnen, als sie angefahren wurde. Giovanna starb sofort, aber der kleine Tonio lebte noch, als man ihn fand, er hatte stundenlang im Kindersitz hinter seiner toten Mama gesessen. Die Polizei hatte schon damals den Verdacht, daß es Mord war, fand aber den Täter nie.

Sie schielte zu Berger. Er hielt sich die Hand vor den Mund, wie sie es selbst tat, wenn sie verbergen wollte, was sie dachte. Schrecken, von denen man nichts gewußt hat, können einen noch Jahrzehnte danach wie ein Schlag in den Magen treffen, das wußte sie selbst.

– Und Sie glauben, daß er Giovanna und Tonio totgefahren hat? sagte Berger, ohne die Hand vom Mund zu nehmen und mit einer Stimme, die seltsam erstickt klang.

Martine wußte, daß sie keine Beweise dafür hatte, aber alles sprach dafür. Der Mann, der das Papier, das sie in der Hand hielt, unterschrieben hatte, mußte in Panik gewesen sein angesichts des Gedankens, als Verantwortlicher für die Grubenkatastrophe zu einer Gefängnisstrafe verurteilt zu werden. Und er konnte gehört haben, daß Giovanna Paolini aussagen würde. Es war in diesen Wochen im Justizpalast viel geredet worden, hatte Justin Willemart gesagt. Seine Anwälte konnten etwas gehört und es ihrem Klienten erzählt haben.

– Ja, sagte sie, eine andere Erklärung gibt es nicht. Dann muß er Fabien Lenormand ermordet haben, damit der erste Mord nicht aufgedeckt würde, und dann ermordete er Birgitta Matsson, um die anderen Morde zu vertuschen.

– Ja, sagte Berger nachdenklich, wenn man anfängt,

Leute umzubringen, muß man weitermachen, und schließlich verliert man die Kontrolle. Deshalb habe ich mich mit so etwas nie beschäftigt, egal, was die Leute von mir glauben. Aber erzählen Sie, wie kommen Sie darauf, daß er es war? Vertreiben wir uns irgendwie die Zeit, während wir darauf warten, erschossen oder gerettet zu werden.

Martine versuchte, ihre Gedanken zu sammeln. Erst jetzt am Vormittag hatte sie zu ahnen begonnen, daß ein anderer als Stéphane Berger der Mörder sein konnte, den sie suchte, aber die Samen waren früher gesät worden. Nunzia Paolini hatte seinen Namen genannt, Fabien Lenormand hatte versucht, mit ihm Kontakt aufzunehmen, und auch Birgitta Matsson mußte das getan haben.

– Sie können doch statt dessen Ihre Lebensgeschichte erzählen, sagte sie, es hat gedauert, bis ich begriffen habe, daß Sie Istvan Juhász waren, weil Sie Franzose und in Paris geboren sind. Und wie war das mit Großvater Schuhmacher?

– Ja, das war gut, nicht, sagte Berger zufrieden, aber es war tatsächlich absolut wahr. Mein Großvater, Jozsef Klein, war aus Ungarn, aber er gehörte zu den deutschen Streitkräften, die 1914 Richtung Paris vorrückten. Er wurde verletzt und in einem Graben gefunden, von einer süßen Französin, die dafür sorgte, daß er Pflege bekam, und ihn dann heiratete. Er ließ sich in ihrem Dorf nieder, er war Schuhmacher, und tüchtige Schuhmacher werden immer gebraucht. Seine Tochter, meine Mutter, bekam dann in den dreißiger Jahren einen Job an der ungarischen Botschaft in Paris, weil sie Ungarisch sprach. Mein Vater war Chauffeur an der Botschaft und machte den Fehler, 1939 mit seiner Familie nach Ungarn zurückzukehren. Aber daß sowohl ich als auch meine Mutter in Frankreich geboren wurden, hatte zur Folge, daß ich gleich Anrecht auf die französische Staatsbürgerschaft hatte, als ich mich dann dort niederließ.

Während des Krieges lebten wir in Ungarn, das war zu übel, sage ich Ihnen, und als die Rote Armee einmarschierte, flohen wir. Belgien suchte verzweifelt Arbeiter für die Kohlengruben, und so landeten wir hier. Meine Mutter sprach ja Französisch, das war ihre Muttersprache, das machte es leichter. Da war ich neun.

Er betrachtete Martines Jil-Sander-Jacke und Magli-Stiefeletten und lächelte freudlos.

– Waren Sie jemals in einer Kohlengrube, Madame Poirot, sagte er, nein, das dachte ich mir. Es hat meinen Vater ziemlich schnell umgebracht. Dann habe ich da angefangen, als ich sechzehn war, und wäre ich nicht abgehauen, hätte es mich auch umgebracht.

Sie erinnerte sich an das Interview, in dem er über seine Eltern gesprochen hatte. Was hatte er gesagt?

– Sie haben einmal in einem Interview gesagt, Ihr Vater hätte Ihnen das Träumen beigebracht, sagte sie.

– Ja, sagte Berger, er träumte immer von dem guten Leben, er war Sohn eines Pelzhändlers, der nach dem Ersten Weltkrieg in Konkurs ging und alles verlor. Reiche Leute in teuren Pelzen, schicke Autos, er träumte davon, das zu haben, was die Kunden des Pelzhändlers in der Zeit, als es gut ging, hatten. Er arbeitete in Budapest und Wien und Paris als Chauffeur, er war ein fescher Kerl, der in der Chauffeuruniform gut aussah. Aber er war weich und hatte keine Kraft, im Gegensatz zu meiner Mutter, die die Familie zusammenhielt. Sie hätte die Grube sicher besser überstanden.

– Sie hatten eine Sitzung, sagte Martine, ein paar Tage vor der Katastrophe, die Arbeiter protestierten dagegen, daß sie in die Grube geschickt wurden, obwohl es Gas in den Örtern gab.

– Ja, sagte Berger, wir versammelten uns bei Angelo und Giovanna, es war Angelos Idee. Wie viele waren wir noch? Daran erinnere ich mich nicht mehr genau.

Er nahm Martine das Papier aus der Hand und betrachtete die unbeholfenen Unterschriften. Sie sah, wie ein Schatten über sein Gesicht zog. Männer, die er früher einmal gekannt und mit denen er gearbeitet hatte, hatten das Papier unterzeichnet, ein paar Tage bevor sie in der brennenden Grube starben.

– Genau, sagte er, neun waren wir. Wir hatten kein Papier, deshalb haben wir eine Brottüte zerrissen, die wir ein bißchen geglättet haben, damit sie ordentlich aussah. Das Wichtige war sowieso das, was auf dem Papier stand, dachten wir. Wir haben es unterschrieben und abgeliefert. Und Sie sehen, was passiert ist.

Martine betrachtete das Papier mit dem roten Stempel: »Maßnahmen abgelehnt«.

Und die gewandte Unterschrift unter dem Stempel, so anders als die Namenszüge, die die neun Grubenarbeiter mit ungeübten Händen gekrakelt hatten – »Arnaud Morel, Grubeningenieur«. Der Mann, der jetzt der Aufsichtsratsvorsitzende von Forvil war, war für die Grubenkatastrophe 1956 direkt verantwortlich.

Christian rief in Arnaud Morels Haus außerhalb von Villette an und erfuhr, daß der Aufsichtsratsvorsitzende von Forvil in dieser Woche tatsächlich in Villette war, aber ausgerechnet heute freigenommen hatte, um auf die Jagd zu gehen.

Jagd? Der Gedanke an Morel mit einem Jagdgewehr in der Hand flößte Christian unangenehme Ahnungen ein, und er beschloß, selbst zu dem Mann nach Hause zu fahren und ihn an Ort und Stelle zu treffen. Gleichzeitig gab er Annick den Auftrag, in Erfahrung zu bringen, was Morel am Dienstag nach dem Seminar in Brüssel unternommen hatte. Er gab ihr zu verstehen, daß es eilig war, was sie zu Recht so interpretierte, daß sie freie Hand hatte, mit der Wahrheit kreativ umzugehen. Annick war eine gute Lügnerin, eine Künstlerin darin, Halbwahrheiten zu benutzen, um anzudeuten und irrezuführen, aber auch gut darin, mit ehrlichem Blick und offenem Lächeln schlicht zu lügen.

Und das hier war überhaupt nicht schwer, dachte sie zufrieden. Die Razzien gegen Berger und seine kommunalen Kumpane waren in den letzten Stunden die Spitzenmeldungen in den Radionachrichten gewesen, und sie konnte sich vorstellen, wie sich Spekulationen und Klatsch wie ein Flächenbrand von Stockwerk zu Stockwerk in den Büros von Forvil ausbreiteten.

Es war zumindest klar, daß die Direktionssekretärin bei Forvil zuerst an die Überraschungscoups gegen Bergers Unternehmen dachte, als die Polizei anrief und nach Arnaud Morel fragte.

– Ist es, sagte sie, ich meine, betrifft es ... das, was heute passiert ist?

– Ich kann nichts verraten, wie Sie verstehen werden, sagte Annick feierlich, aber Monsieur Morel ist wohl ziemlich genau im Bilde über Stéphane Bergers Aktivitäten und Geschäfte?

– O ja, sagte die Sekretärin eifrig, er war ja von Anfang an skeptisch ihm gegenüber, und jetzt wird wohl jeder sehen, wie recht er hatte.

– Ja, sagte Annick, nun ist es ja so, daß Berger verschwunden ist, und wir haben versucht zu verifizieren, was er vorige Woche Dienstag gemacht hat, besonders am Nachmittag, und wir wüßten gern, ob Monsieur Morel möglicherweise mit ihm Kontakt gehabt haben kann?

Diese Frage enthielt tatsächlich keine einzige Lüge, dachte sie zufrieden.

Die Sekretärin war vorbildlich unargwöhnisch und bereit zu helfen, aber leider hatte sie keinen totalen Überblick über den Kalender des Aufsichtsratsvorsitzenden. Sie notierte nur, wann er bei Forvil anwesend war und welche Sitzungen er dann hatte, an den übrigen Tagen zog sie einen Strich durch den Kalender.

– Aber sprechen Sie mit seiner Sekretärin in Brüssel, sagte sie, das ist Madame Vanaker, sie kennt all seine Termine und Aktivitäten.

Annick rief also Morels Brüsseler Büro an und landete, nachdem sie ein paar Sekretärinnen auf unterer Ebene hinter sich gelassen hatte, bei der offenbar gefürchteten Louise Vanaker. Sie klang wie ein richtiger Drachen, besonders als sie hörte, daß Annick von der Polizei war. Aber sogar die schreckeinflößende Madame Vanaker wurde weich, als Annick bluffte und sagte, daß sie ganz einfach wissen wollte, was Stéphane Berger am Dienstag gemacht hatte.

– Ja, sagte sie, es ist ja erschreckend, daß solche Personen in der Wirtschaft Einfluß gewinnen können. Aber ich glaube nicht, daß ihn Arnaud am Dienstag getroffen hat, ich habe den Kalender der vorigen Woche aufgeschlagen vor mir. Sie hätten sich bei einem Seminar mitten am Tag sehen sollen, aber davon ist Berger im letzten Augenblick abgesprungen, ein unerhört verantwortungsloses Verhalten, muß ich sagen, aber so typisch für ihn. Am Nachmittag war Arnaud dann auf einer Aufsichtsratssitzung in Genk, aber ich glaube nicht, daß er Berger dort getroffen haben kann, Berger sitzt nicht im Aufsichtsrat.

– Aha, in Genk, sagte Annick und versuchte, nicht allzu interessiert zu klingen, war er den ganzen Abend da, kann er Berger nach der Sitzung getroffen haben?

– Ich glaube, er hat in Genk übernachtet, sagte Louise Vanaker, genau, er schickte seinen Chauffeur nach Hause und sagte, er würde in ein Hotel gehen.

Sie lachte nachsichtig, beinah zärtlich.

– Er wollte wohl jemanden treffen. Paul, der Chauffeur, hatte das Gefühl, daß etwas im Gange war. Ja, ich will nicht mehr sagen, aber Männer haben ihre Bedürfnisse, stimmt's, Inspektor Dardenne, Sie wissen, wie das ist.

O ja, dachte Annick grimmig, sie wußte, wie das ist.

– Der arrogante Scheißkerl, sagte Stéphane Berger, der kleine Ingenieursarsch in seinem schicken Anzug, er nahm unser Papier und las es, und dann sah er mich an, als wäre ich nicht den Kohlenstaub unter seinen Schuhsohlen wert, und dann nahm er seinen Stempel und drückte ihn drauf, »Maßnahmen abgelehnt«, und dann legte er es in einen Korb, den er auf dem Schreibtisch hatte, und grinste. Inzwischen weiß ich, daß die Chefs der Grube unter Druck waren, sie sollte in ein paar Monaten geschlossen werden, und sie sollten bis dahin jeden einzelnen Franc aus ihr rausquetschen, bis zum letzten Blutstropfen. Aber Arnaud Morel zeigte gern seine Macht, er zeigte gern, daß wir in seinen Augen Dreck waren. Als dann die Grube explodierte, Sie wissen wohl schon, daß ich mit dem Leben davonkam, weil ich den Fahrkorb um ein paar Sekunden verpaßt habe, da nutzte ich die Chance. Ich ging ins Grubenbüro und nahm dieses Papier, als alle anderen rausgelaufen waren, um zu sehen, was los war. Dann ging ich am Abend zu Morel nach Hause, ich wußte, wo er wohnte, und sagte, daß ihn dieses

Papier ins Gefängnis bringen könnte, aber daß es nie rauskommen müßte, wenn er mir Geld gäbe, damit ich Villette verlassen und weit wegkommen könnte. Da war er ziemlich mitgenommen, er war mit Rettungsarbeitern in die Grube eingefahren, aber sie hatten aufgrund der Hitze und des Rauchs umkehren müssen, er war sich also selbst bewußt, was er angestellt hatte. Er gab mir alles Geld, was er zu Hause hatte, ein lächerlicher Betrag, würde ich heute sagen, aber damals war es mehr Geld, als ich bis dahin je gesehen hatte. Er wollte natürlich das Papier, aber ich war nicht so dumm, es mitzubringen. Später am Abend sprang ich auf einen Güterzug und verschwand für immer.

Mit gemischten Gefühlen dachte Martine an den siebzehnjährigen Jungen, der so schnell die Katastrophe, die seine Kameraden getötet hatte, als seine eigene Fahrkarte zu einem besseren Leben begriffen hatte.

– Aber wie können Sie damit leben, sagte sie, Sie kannten ja die Männer, die starben. Wenn Sie das Papier nicht genommen hätten, wären die Verantwortlichen für deren Tod vielleicht verurteilt worden!

– Wenn ich das Papier nicht genommen hätte, hätte Morel es verbrannt, das wäre passiert, entgegnete Berger.

– Aber Sie hätten es dem Staatsanwalt übergeben können!

Berger sah nur eine Spur verlegen aus.

– Und wozu hätte das geführt? Die Chefs, die wegen des Unglücks in Many verurteilt wurden, bekamen, wieviel, ein Jahr Gefängnis, auf Bewährung, und das wurde als hart betrachtet! Und ich, ich war nur ein Junge von siebzehn, ich wußte kaum, was ein Staatsanwalt ist, aber ich genoß es, Morel schwitzen zu lassen und außerdem selbst eine Chance zu bekommen, von vorn anzufangen. Meine Kumpel waren tot. Aber ich lebte, und ich wollte ein Leben, das etwas wert war.

– Aber wenn Sie das Papier nicht genommen hätten, hätten die Schwestern Paolini ihre Mutter und ihren kleinen Bruder vielleicht nicht verloren, sagte Martine leise. Giovanna Paolini wurde ermordet, damit sie nicht von der Sitzung und dem Papier erzählen konnte.

Bevor Berger antworten konnte, war in dem kleinen Raum eine Vibration zu spüren. Jemand befand sich in dem Wandschrank jenseits der blinden Wand. Martine hielt den Atem an und ballte die Fäuste, so daß die Nägel rote Halbmonde auf ihren feuchten Handflächen hinterließen. Der Boden im Wandschrank bestand aus losen Brettern, und sie spürte, wie das Brett, auf dem sie saß, sich bewegte, als Arnaud Morel jenseits der Wand darauf trat.

Aber er bemerkte die blinde Wand nicht. Nach ein paar Minuten hörten die Schritte auf, und es war klar, daß er den Wandschrank verlassen hatte. Berger nahm seine Erzählung mit einem Eifer wieder auf, der zeigte, daß er auf eine quälende Diskussion über seine Verantwortung für Giovanna und Tonio Paolinis Tod lieber verzichten wollte.

Der Güterzug, auf den er gesprungen war, hatte ihn nach Hamburg gebracht. Dort hatte er einen Job auf einer Baustelle gefunden und war sechs Wochen geblieben, bis die Fragen nach Arbeits- und Aufenthaltserlaubnis zu lästig wurden. Dann hatte er eine Zugfahrkarte nach Wien gelöst, eine Stadt, in der sein Vater als junger Mann gearbeitet hatte und von der er immer auf poetische Weise gesprochen hatte. Dort war er auf einige ungarische Studenten getroffen, die flüsternd erzählt hatten, daß in der Heimat Dinge im Gange waren. Neugier und Abenteuerlust hatten ihn bewogen, in das Land, in dem er sieben Jahre seiner Kindheit verbracht hatte, zurückzukehren, und da war er mitten in der Revolte 1956 gelandet.

– Ich stand auf einer Barrikade und warf Molotowcocktails auf sowjetische Panzer, sagte Berger amüsiert, können Sie sich das vorstellen, Madame Poirot!

Die Revolte wurde niedergeschlagen, und schließlich war er zusammen mit anderen Flüchtlingen in Schweden und der Grubenortschaft Hanaberget gelandet.

– Und die Welt ist ziemlich klein, sagte Berger, ich habe mich ein bißchen umgehört, als Sie sagten, Sie hätten dieses Bild, und erfahren, daß Sie mit einem Bruder der kleinen Sophie Héger verheiratet sind! Das war ein lustiges Mädchen, sie und ihre Großmutter haben mir Schwedisch beigebracht. Wenn wir hier lebendig rauskommen, müssen Sie beide von mir grüßen. Aber Madame Lidelius lebt vielleicht nicht mehr?

– Doch, sie lebt, sagte Martine.

– Unglaublich, sagte Berger, sie muß doch inzwischen über neunzig sein. Wenn Sie Gelegenheit haben, müssen Sie Sophie folgendes erzählen, das wird ihr gefallen. Lou, Sie wissen, Louis Victor, meine rechte Hand? Ich habe ihn im Zug nach Marseille kennengelernt, als ich aus Schweden abgehauen war. Ich wollte die Sache mit der Fremdenlegion, von der Sophie und ich geredet hatten, angehen, ich fand, das klang spannend. Lou hieß damals anders, er war ein paar Jahre älter als ich und war auch unterwegs, um sich anwerben zu lassen. Ich hatte mich schon für »Stéphane Berger« entschieden, aber ihm fiel nichts ein. Da habe ich »Louis Victor« vorgeschlagen. Erzählen Sie das Sophie, sie weiß, wo es herkommt, sie wird herzlich lachen! Nun ja, wir waren auf dem Weg nach Marseille, aber ich bin unterwegs ausgestiegen, um mich von einem Mädchen, das ich im Zug kennengelernt hatte, ordentlich zu verabschieden, ich wollte einen späteren Zug nehmen. Aber der hatte eine halbe Stunde Verspätung, und als ich zum Rekrutierungsbüro der Legion kam, hatte es schon geschlossen. Da ging ich in ein billiges Hotel und danach in die Stadt, um etwas zu essen, und als ich da an der Theke saß, lernte ich einen jungen Mann kennen, der eine Autofirma aufgemacht hatte und jemanden brauchte, der sich um Finanzen und Buchführung kümmern konnte. Ich habe gesagt, in so was bin ich gut, ich hatte ja in Schweden einen Fernkurs gemacht. Er bot mir sofort den Job an, und da begann meine Karriere als Geschäftsmann Stéphane Berger.

– Und den Rest kenne ich, sagte Martine, aber was passierte, als Sie zurück nach Villette kamen? Morel war doch dagegen, daß Sie das Walzwerk aus Forvil herauskaufen.

Berger sah verdrossen aus.

– Das war er, ja, und das war etwas lästig. Da habe ich ihn aufgesucht, gesagt, daß ich die Sache unter vier Augen mit ihm diskutieren will. Er erkannte mich natürlich nicht, aber ich habe ihn erinnert. Ich habe gesagt: »Du erinnerst dich bestimmt nicht an mich, Morel, aber du erinnerst dich vielleicht an das Papier, das ich nach dem Grubenunglück an mich genommen habe? Ich veröffentliche es vielleicht, wenn du weiter gegen mich arbeitest.« Er gab so schnell nach, daß ich mich gewundert habe, aber da wußte ich das mit Giovanna und Tonio ja noch nicht. Ich habe ihm gesagt – und das war sicher mein Glück –, daß ich dafür gesorgt habe, daß das Papier veröffentlicht würde, falls mir etwas passierte oder falls jemand anfangen würde, Fragen nach Istvan Juhász zu stellen …

– Aber warum mußten Sie verbergen, daß Sie Istvan waren, fragte Martine, das war doch eigentlich nichts, was geheimgehalten werden mußte?

Berger zuckte die breiten Achseln.

– In den ersten Jahren war mir viel daran gelegen, sagte er, es gab einige kleine Unanehmlichkeiten, als ich Schweden verließ, deretwegen ich die Identität wechseln wollte, und dann wurde es mehr eine Gewohnheit. Es war mir jedenfalls lieber, wenn Morel nicht verriet, wer ich war, und das ließ ich ihn wissen. Wenn du mein Geheimnis verrätst, verrate ich deines, habe ich gesagt. Und er hatte ja am meisten zu verlieren. Obwohl ich ja damals leider noch nicht wußte, wie viel für ihn auf dem Spiel stand.

Aber Berger hatte auch einiges zu verlieren gehabt, dachte Martine. Istvan Juhász hatte Geld veruntreut, bevor er eilig aus Granåker verschwunden war, und Berger hätte Schwierigkeiten bekommen, in Schweden Geschäfte zu machen, wenn er als der veruntreuende Istvan entlarvt worden wäre. Und deshalb waren Fabien Lenormand und Birgitta Matsson gestorben.

Es mußte Fabien gelungen sein, sich irgendwie mit Morel zu verabreden. Martine fragte sich, ob der Mord geplant war oder ob Morel in blinder Panik zugeschlagen hatte, als Fabien das Bild aus der schwedischen Zeitung herauszog und erregt erzählte, daß Stéphane Berger eigentlich Istvan Juhász hieß. Den Mord an Birgitta Matsson dagegen hatte er planen können. Die Schwedin mußte von ihrem Verdacht erzählt haben, als sie mit Morel Kontakt aufnahm, und dann hatte sie keine Chance mehr. Aber wie war sie an ihn herangekommen? Männer wie Morel waren von einer Mauer von Sekretärinnen umgeben, und nach dem Mord hätte sich eine von ihnen daran erinnern müssen, daß sich eine Schwedin an ihn gewandt hatte.

Sie spürte, daß Berger sie beobachtete.

– Ich habe wohl leider auch etwas Schuld an dem, was

Birgitta Matsson zugestoßen ist, sagte er, ich habe ihr die Nummer zu seinem geheimen Mobiltelefon gegeben. Ich hatte Verhandlungen, um mich in das Eisenwerk da oben einzukaufen, das kann ich jetzt erzählen, denn Sie werden es sowieso herausfinden, und ich habe ihr die Telefonnummer gegeben und gesagt, sie könnte mit Morel Kontakt aufnehmen, wenn sie jemanden haben wollte, der für mich bürgt.

Er machte eine Grimasse.

– Ja, aus diesem Geschäft scheint ja nichts mehr zu werden, jetzt, wo man da oben meine alte, längst vergessene Geschichte kennt, sagte er mehr für sich.

Martine hörte kaum hin. Sie dachte an die tote Katze, den Drohbrief, die Mißhandlung von Nathalie Bonnaire und Fredo Mazzeris Attacke auf sie selbst. Es war eine Ironie des Schicksals, daß all das vermutlich überhaupt nichts mit den Morden zu tun hatte. Die Mordermittlungen hatten sie dazu gebracht, sich Stéphane Bergers Geschäfte anzusehen, und obwohl es bei der Suche nach dem Mörder die falsche Fährte war, waren unangenehme Dinge ans Licht gekrochen, als sie die Steine angehoben hatte.

Es brannte in ihren Augen, und sie rieb sie ungeduldig mit der Rückseite der Hand. Aber das half nicht, die Augen brannten weiter, und sie spürte, daß sie zu tränen begannen. Sie sah, daß auch Berger blinzelte. Er stand auf und fing an, in der Luft zu schnuppern.

– Hören Sie, sagte er, ich hoffe, ich irre mich, aber finden Sie nicht, daß es hier langsam nach Rauch riecht?

Arnaud Morels kleine Übernachtungsmöglichkeit in Villette war ein großes Haus am Rand des wohlhabenden Villenvorortes Luton. Die Frau, die öffnete, als Christian klingelte, war um die fünfunddreißig und stellte sich als Morels Haushälterin vor. Als Christian erklärte, er komme von der Polizei, schien sie davon auszugehen, daß sein Anliegen etwas mit den Razzien gegen Stéphane Berger zu tun hatte, und er sah keinen Grund, diesen Irrtum zu korrigieren.

– Wir wissen nicht, wo Berger abgeblieben ist, sagte er, aber Monsieur Morel weiß vielleicht etwas. Er hat ja Geschäftskontakte mit Berger. Ich habe gehört, daß er auf die Jagd gegangen ist, wissen Sie, wann er zurückkommt?

– Nein, sagte die Haushälterin zögernd, er ist heute morgen früh aufgebrochen, bevor ich aufgestanden bin, aber er hat einen Zettel hinterlassen, auf dem stand, daß Monsieur Morel damit rechnete, zum Abendessen zurück zu sein.

– Hat er etwas davon geschrieben, wohin er wollte?

– Nein, sagte die Haushälterin, aber ich habe gesehen, daß er Stiefel und Ölmantel angezogen hat, deshalb nehme ich an, daß er in den Wald wollte. Er hat seine Gewehre in einem Schrank im Arbeitszimmer, und der ist offen und leer, deshalb glaube ich, daß er auf die Jagd gehen wollte.

Christian zögerte. Hier zu sitzen und auf Morel zu warten erschien ihm nicht sonderlich produktiv. Er hätte sich gern bei seinem neuen Hauptverdächtigen umgesehen, aber er hatte kein Recht, seine Schubladen und Schränke zu durchwühlen, nicht einmal, wenn die arglose Haushälterin ihn hereinbat. Er entschied sich, zum Justizpalast zurückzukehren.

Auf der Straße vor dem Haus stand ein Müllwagen. Der Gemeinderat von Villette hatte kürzlich beschlossen, Müllsortierung einzuführen, und zusätzlich zu den gewöhnlichen schwarzen Müllsäcken gab es jetzt auch einen blauen Sack für Verpackungsmüll und einen gelben Sack für Zeitungen und Papier.

Heute waren es die blauen und die gelben Säcke, die auf den Müllwagen geladen werden sollten. Aber etwas schien nicht zu stimmen. Drei kräftig gebaute Müllmänner wandten sich mit mißbilligenden Mienen an Christian, als er durch Morels Gartentür hinaustrat.

– Haben Sie diese Säcke hierhergestellt? fragte einer von ihnen und sah ihn scharf an.

– Nein, nein, sagte Christian abwehrend, ich bin hier nur zu Besuch. Gibt es ein Problem?

– Das kann man sagen, sagte der Jüngste und Längste von den dreien, sehen Sie mal hier, was da jemand zwischen die Verpackungen gesteckt hat! Und so vollgepackt war der Sack, daß die Ecke ein Loch reingestochen hat. Gut, daß wir es gesehen haben. Sehen Sie mal!

Der gelbe Sack war gerissen, und eine gemischte Sammlung Dosen und Kartons war auf das Trottoir gefallen. Der empörte Müllmann hob mit seinen behandschuhten Händen etwas auf und hielt es Christian vor die Nase.

Es war ein Laptop.

– So einen zwischen die Verpackungen zu legen, murrte der Älteste von den dreien und schüttelte den Kopf, die Leute haben keinen Gemeinsinn heutzutage.

– Darf ich mal sehen, sagte Christian, ich bin Polizist, das ist vielleicht was für mich.

– Ja, da könnte sich der Bulle vielleicht ausnahmsweise ein bißchen nützlich machen, sagte der Jüngste mit einem höhnischen Grinsen und reichte ihm den Laptop.

Der Laptop sah neu und hochwertig aus, ein Compaq Contura, wirklich nichts, um es in den Müll zu werfen. Christian nahm ihn vorsichtig entgegen, darauf bedacht, ihn so wenig wie möglich zu berühren, und drehte und wendete ihn. Oben drauf war ein Aufkleber gewesen, ein

Aufkleber, den jemand abzukratzen versucht hatte, ohne daß es ihm ganz gelungen wäre. Ein Text war mit Kugelschreiber auf den Aufkleber geschrieben worden, und die letzten Buchstaben waren immer noch lesbar – »...mand«.

Es war Fabien Lenormands Laptop, der in Arnaud Morels Müllsack steckte.

In der Tiefe seines Herzens war Christian schon davon überzeugt, daß Morel ihr Mann war, aber das hier waren handfeste Beweise. Das hier waren Beweise, die für einen Haftbefehl und einen Hausdurchsuchungsbeschluß reichten. Und Martine müßte inzwischen von der Razzia bei Berger zurück sein. Er fuhr in höchster Eile zurück zum Justizpalast und lief in den dritten Stock hinauf, ohne sich Zeit zu lassen, auf den Lift zu warten, um Martine die Beweise gegen Morel zu überbringen.

Aber sie war nicht da. Im Korridor begegnete er Julie Wastia, die mit schnellen Schritten auf ihn zukam und in Auflösungszustand zu sein schien.

– Ich weiß nicht, was ich machen soll, sagte sie, Martine ist nicht zurückgekommen. Es ist bald zwei Stunden her, daß wir von Berger abgefahren sind, und ich weiß, daß sie hierher zurückkommen wollte. Ich spüre, daß etwas passiert ist. Ich spüre, daß sie in Gefahr ist!

Martine zog den Schal über Nase und Mund und versuchte, ruhig Atem zu holen, um die Panik, die anfing, ihren Körper zu erfüllen, zu bremsen. Berger hatte sich nicht geirrt. Jetzt roch sie auch es auch und sah den tödlichen Rauch, der jetzt langsam von dem Stockwerk unter ihnen heraufstieg, zuerst durch die Ritzen um die Luke, dann zwischen den Brettern auf dem Boden. Sie fing an zu husten, während sie gleichzeitig spürte, wie die Panik abebbte und die Gedanken auf Sparflamme sanken. Sie war wirklich sehr müde, und es war ein schönes Gefühl, als alles langsamer wurde. Sie begann, vor sich hin zu summen.

– Wir brauchen Luft! rief Berger. Er nahm die Leiter, auf der sie heraufgeklettert waren, und zerschlug das Glas in dem halbkreisförmigen Fenster. Kühle, frische Herbstluft strömte herein. Er packte Martine unter den Armen und zog sie zum Fenster.

– Singen Sie nicht wie ein Idiot, sagte er, Sie müssen atmen!

Er hielt beide Hände um ihren Kopf, bis er sah, daß sie anfing, in der frischen Luft zu atmen.

– Wir müssen hier raus, sagte er, aber ich fürchte, unter uns brennt es. Bleiben Sie am Fenster, ich sehe nach.

Er ging in die Knie und hob die Luke im Fußboden ein paar Zentimeter an. Giftige Finger aus Rauch streckten sich sofort in den kleinen Raum wie die Hand eines bösartigen Riesen, und Martine begann wieder zu husten. Berger ließ die Luke hinunter und stellte sich neben Martine ans Fenster. Sie merkte, daß er darauf achtete, den Kopf innerhalb des Fensterrahmens zu halten.

– Es brennt unter uns, sagte er, wir müssen hier raus! Noch ist nur Rauch im Wandschrank, der Boden ist nicht warm, es gibt noch keine Flammen. Wir haben etwas Zeit. Können Sie durch das Fenster steigen? Ich fürchte, ich bin zu breit. Wenn Sie rauskommen, ist eine auskragende Kante auf dem Dach, so daß Sie nicht runterfallen, und wenn Sie nach rechts kriechen, können Sie nach ein paar Metern auf den Balkon runter. In der Halle ist ein Feuerlöscher, und das Telefon funktioniert vielleicht.

Durch das Fenster sah Martine weit, weit unten den Boden. Sie verabscheute Höhen. Aber die Alternative war schlimmer.

– Ich kann es versuchen, sagte sie. Berger hob sie zum Fenster hoch, so daß sie durch die halbkreisrunde Öffnung hinauskam, mit den Füßen zuerst und das Gesicht zum Dachblech. Er schob nach, bis sie mit dem ganzen Körper draußen war, und hielt ihre rechte Hand, während sie sich orientierte. Das Dach war aus grünspangrünem Kupferblech und fiel leicht schräg ab zu einem auskragenden Falz mit einem kleinen Geländer. Wenn sie die Beine ausstreckte, würde sie bis dahin kommen. Sie mußte nur Bergers Hand loslassen und am Geländer entlang zum Balkon kriechen. Sie sah ihn. Er schien eher vier Meilen als vier Meter entfernt zu liegen. Aber das Feuer war schlimmer.

Sie streckte die Beine in den hochhackigen Stiefeletten, die sie hätte ausziehen sollen, und versuchte, mit den Füßen Halt zu finden. Ihre Hand lag immer noch in Stéphane Bergers, und sie wollte seine große Hand nicht loslassen, sie empfand sie im Augenblick als einzige Sicherheit in ihrem Leben.

Mit einem metallischen Laut schlug etwas in das Dachblech ein paar Dezimeter von ihrem Kopf entfernt.

– Verdammt, sagte Berger leise, er hat uns gesehen.

Starr vor Entsetzen drehte Martine den Kopf und sah einen Mann mit Gewehr auf dem Boden, zwischen den Bäumen. Ein weiterer Schuß schlug ins Dachblech ein, diesmal weiter weg. Es mußte schwer sein, nach oben zu schießen, deshalb verfehlte er sie wohl, obgleich ihre blonden Haare auf dem grünen Dach eine fast perfekte Zielscheibe sein mußten.

Bergers Kopf in der Fensteröffnung zeichnete sich jetzt vor einem Hintergrund sich verdichtenden Rauchs ab. Was würde er tun? Auf dem Dach bleiben, um erschossen zu werden, oder versuchen, ins Haus zurückzukommen, um zu ersticken?

Berger entschied die Sache, indem er ihre Hand losließ. Einen entsetzlichen Augenblick glaubte sie, sie würde hinunterfallen, aber ihre Füße standen immer noch auf dem Falz. Sie blieb also auf dem Dach und legte sich der Länge nach an die Kante, in der schwachen Hoffnung, daß das Geländer sie vor Arnaud Morel verbergen würde.

Sollte sie sich bewegen oder still liegen? Ein bewegliches Ziel müßte schwerer zu treffen sein. Sie begann, die Dachkante entlangzukriechen. Der Mann auf dem Boden schoß noch einmal zum Dach hinauf, aber die Kugel schlug weit von ihr entfernt auf das Dachblech.

Jetzt war sie beinah am Balkon angekommen. Sollte sie das schützende Geländer verlassen und versuchen, auf ihn hinunterzuklettern? Sie sah sich selbst auf dem Dach hängen, exponiert für den Mann mit dem Gewehr. Sie drehte vorsichtig den Kopf und sah durch die Öffnung im Geländer, daß er weitergegangen war, ihren unsicheren Weg das Dach entlang verfolgt hatte und jetzt in gerader Linie vor dem Balkon stand, in einer Entfernung, die ihm den richtigen Schußwinkel verschaffen müßte. Den Rauch konnte man jetzt auch außerhalb des Hauses riechen. Sie fragte sich, ob Stéphane Berger in dem kleinen Raum unter dem Schrägdach immer noch lebte oder ob er den giftigen Brandgasen erlegen war wie einst seine Arbeitskollegen bei der Katastrophe, der er hatte entkommen können.

Sie hatte das Gefühl, daß es jetzt fast keine Hoffnung mehr gab. Ihre einzige Frage war, ob das Ende durch Feuer oder durch Blei kommen würde.

Konnte sie ihn ablenken? Wenn sie ihn dazu bringen konnte, anderswo hinzusehen, konnte sie vielleicht auf den

Balkon hinuntergleiten, bevor er auf sie zielen konnte. Die Steinbrüstung des Balkons sah breit und sicher aus. Hinter ihr würde sie sich mehrere Minuten geschützt fühlen. Und jede Minute Leben empfand sie jetzt als Geschenk. Sie spürte die Sonne auf ihrem Gesicht, schmeckte den Geschmack von Salz und Blut in ihrem Mund, fühlte das Brennen in den Handflächen, die sie am Dach zerkratzt hatte, als sie kurz vor dem Abstürzen gewesen war, hörte das ständige Klopfen des Herzens in ihrem Körper, all das, was Leben war. Sie dachte an Thomas und daran, wieviel sie zusammen nicht hatten machen können, und an Jean-Louis und das Licht in einem weißen Zimmer in einer Privatklinik in der Schweiz.

Mit einem Fuß versuchte sie ohne Erfolg, die Stiefelette an dem anderen abzustreifen. Schließlich gelang es ihr, sie abzuziehen, indem sie das Knie hochzog und die Ferse umfaßte.

Es war schwer zu werfen, während sie lag, aber schließlich konnte sie die Stiefelette in die Luft schleudern, so daß sie in einem Gebüsch ein Stück vom Balkon entfernt landete. Morel drehte sich nach dem Geräusch um, und sie nutzte ihre Chance, schwang die Beine über das Geländer und glitt auf den Balkon hinunter.

Aber er hatte sie gesehen. Ein Schuß traf die Balkonbrüstung. Sie kauerte sich in einer Ecke zusammen und versuchte, sich unsichtbar zu machen.

Da hörte sie das Geräusch. Sirenen in der Ferne, oder war das eine Halluzination? Nein, sie kamen näher. Es klang wie mehrere Wagen. Sie hörte ein Geräusch unter dem Balkon, hob vorsichtig den Kopf und sah Morel rennend zwischen die Bäume verschwinden, während gleichzeitig die Polizeiwagen mit heulenden Sirenen die Auffahrt heraufrollten.

Sie stand auf und trat an die Brüstung. Über sich hörte sie das Prasseln von Feuer und sah Flammen aus dem Fenster schlagen, durch das sie vor kurzem geklettert war.

– Ich bin hier, rief sie, an der Rückseite! Ich brauche Hilfe, um runterzukommen.

Eine halbe Stunde später saß Martine, in eine Decke gehüllt, in einem Polizeiwagen. Sie war lädiert, roch nach Rauch und hatte nur noch einen Schuh, war aber wunderbarerweise am Leben. Hinter ihr brannte Stéphane Bergers schöne Villa. Viele hatten den Rauch gesehen und die Feuerwehr alarmiert, die fast gleichzeitig mit den Polizeiwagen gekommen war.

Die Polizisten, die auf der Jagd nach Morel in den Wald gelaufen waren, waren unverrichteter Dinge zurückgekommen. Aber er war zur Fahndung ausgeschrieben und hatte keine Chance zu entkommen.

Beim Gedanken an Stéphane Berger spürte sie einen Stich im Herzen. Nach ihrer gemeinsamen Stunde fühlte sie auf eine Weise, die sie selbst nicht ganz verstand, daß sein Tod eine Lücke in ihrem Leben hinterlassen würde. Er war ein Schwindler und Opportunist, der sein Leben lang seine eigenen Interessen an die erste Stelle gesetzt und sich mit Menschen umgeben hatte, die zu Gewalt und Drohungen griffen, um diese Interessen zu fördern. Aber wenn sie an den siebzehnjährigen elternlosen Jungen dachte, der die Grauen des Krieges und die Hölle der Grube erlebt hatte, fiel es ihr schwer, ihn zu verurteilen. Er hatte zu allen Mitteln gegriffen, um reich zu werden und damit der Unsicherheit und Machtlosigkeit, die er als Kind und Heranwachsender erlebt hatte, zu entkommen. Und sie glaubte ihm, wenn er sagte, daß er nie jemanden getötet hatte.

Sie schüttelte sich. Saß sie hier und wurde sentimental wegen Stéphane Berger, wegen eines Betrügers und Wirtschaftsverbrechers, dessen Machenschaften jetzt die Arbeiter bei Berger Rebar aller Wahrscheinlichkeit nach arbeitslos machen würde?

Aber er hat zwei Töchter, dachte sie, zwei Mädchen, die ihn vermissen werden. Und er hat mir aus dem brennenden Haus geholfen, er hat mir das Leben gerettet.

Die Feuerwehrmänner bekamen den Brand allmählich in den Griff. Es waren keine offenen Flammen mehr zu sehen, aber gelbgrauer und beißender Rauch qualmte immer noch aus den Fenstern und von dem verbrannten Dach. Feuerwehrleute mit Rauchmasken waren ins Haus gegangen, und Martine wartete bebend auf deren Bericht. Sie hatte den Weg zu dem geheimen Raum beschrieben, genau erklärt, wie sie dorthin kommen würden.

Der Einsatzleiter der Feuerwehr stand ein paar Meter von ihr entfernt, und auch er wartete gespannt. Er war rothaarig und sommersprossig und sah aus, als wäre er nicht älter als fünfundzwanzig, hatte aber den Rettungseinsatz ruhig und kompetent geleitet.

Jetzt kamen die Feuerwehrleute wieder aus dem Haus. Sie kamen mit leeren Händen. Hatten sie den Körper nicht finden können? Oder war es nicht möglich gewesen, dorthin zu kommen?

Martine stand auf und ging, in die graue Decke gehüllt, zum Einsatzleiter. Sie hinkte ein wenig, mit nur einer hochhackigen Stiefelette an den Füßen, und sie versuchte, den Pfützen und den lehmigen Radspuren der Wagen auf dem Rasen auszuweichen.

– Komisch, sagte einer der Feuerwehrleute, wir haben nichts gefunden! Der Brand hatte auf der Treppe zum Obergeschoß angefangen, und er war vorsätzlich, das konnte ein Kind sehen. Jemand hatte einen Haufen Papier und Gerümpel auf die Treppe gelegt, und das Treppenhaus funktionierte wie ein Schornstein.

– Aber haben Sie den Raum über dem Wandschrank gefunden? fragte Martine.

– Ja, sagte der Feuerwehrmann, und es hatte in dem Wandschrank so gebrannt, daß die Decke eingestürzt ist. Das Feuer bekam ja Sauerstoff durch das Fenster, das Sie eingeschlagen haben.

– Und Berger? fragte sie, und ihr klopfte das Herz bis zum Hals.

Der Feuerwehrmann schüttelte den Kopf.

– Da war niemand. Er muß irgendwie rausgekommen sein. Es war kein Mensch da, weder tot noch lebendig.

KAPITEL 10

Dienstag, 27. September 1994
Villette / Granåker

Arnaud Morel wurde am Montag abend bei einer Geschwindigkeitskontrolle auf der Autobahn nach Brüssel undramatisch festgenommen. Er leistete keinen Widerstand, als die Gendarmen ihn anhielten, aber als er nach Villette gebracht wurde, gelang es ihm, eine Handvoll Schlaftabletten zu schlucken, die er in einer Dose in der Tasche bei sich gehabt hatte. Das wurde rasch entdeckt, und er wurde in das Saint-Sauveur-Krankenhaus in Villette gebracht. Er würde überleben, sagten die Ärzte.

Der Laptop, der in seinem Müll gefunden worden war, hatte tatsächlich Fabien Lenormand gehört, und obwohl Morel versucht hatte, ihn abzuwischen, waren ein paar Fingerabdrücke zurückgeblieben. Auch in Fabiens Auto hatte man Fingerabdrücke seines Mörders finden können, jetzt, wo die Techniker wußten, wonach sie suchen mußten.

Es bestanden auch gute Aussichten, ihn mit dem Mord an Birgitta Matsson in Verbindung zu bringen, nachdem das Gewehr, das er benutzt hatte, im Wald gefunden worden war, wo er versucht hatte, es unter einem Laubhaufen zu verstecken.

Nachdem sie sich von ihren Strapazen in Bergers brennendem Haus ein wenig erholt hatte, hatte Martine ein Krankenhaus aufgesucht, aber die Ärzte hatten an ihr keine Verletzung festgestellt. Sie hatte den giftigen Rauch nur kurze Zeit eingeatmet, so daß sie davon keinen Schaden genommen hatte, sagte der Arzt, der sie untersuchte, und empfahl, den Rest des Tages zu Hause auszuruhen. Thomas kam und holte sie ab, und sie setzten sich auf die Bank im Garten, eng beieinander, während sie erzählte, was passiert war.

Sie spürte einen dicken Klumpen Tränen im Hals, als sie von Stéphane Berger sprach. Sie fragte sich, wie er hatte rauskommen können, und sie wurde den Gedanken nicht los, daß er dafür gesorgt hatte, daß sie als erste durch das Fenster kletterte, damit Morel abgelenkt und auf sie schießen würde, so daß er ungestört fliehen konnte. Auch er mußte das Fenster benutzt haben, um das brennende Haus zu verlassen. Oder gab es einen anderen Weg aus dem Geheimraum, den er ihr nicht gezeigt hatte? Sie fühlte sich bizarrerweise von Berger verraten – sie hatte Sympathie für ihn empfunden, und er war bereit gewesen, sie zu opfern, um seine eigene Haut zu retten. Das hätte sie nicht wundern dürfen, aber sie fühlte sich unerklärlich enttäuscht.

Sie fragte sich, wo Berger abgeblieben war und was er mit den Bildern gemacht hatte, die er aus dem Haus mitgenommen hatte. Sie dachte an »Schnell jagt der Sturm unsere Jahre«, Eva Lidelius' Gemälde mit den zwei kleinen Mädchen, dem Skelett im Sand und dem drohenden Meer im Hintergrund. Sie wußte, daß die Mädchen auf dem Bild Sophie und Christine waren, aber wenn sie an das Bild dachte, waren es Annunziata und Annalisa Paolini, die sie sah, zwei kleine Mädchen, allein auf der Welt zwischen Tod und Katastrophen. Sie fragte sich, ob es das war, was Berger gesehen hatte, ob ihm deshalb so daran gelegen war, die Bilder mitzunehmen.

Nein, dachte sie, jetzt war sie wieder soweit und versuchte, etwas Gutes zu sehen, wo es nichts Gutes zu sehen gab.

Sie leitete am Dienstag die Arbeit mit der Voruntersuchung über Wirtschaftsverbrechen im Zusammenhang mit Berger Rebar ein. Die Razzien des Montags hatten reichlich Ertrag erbracht, besonders die Kartons mit Akten von Berger Rebar, die in einem Schrank in Mazzeris Putzfirma gefunden worden waren. Jacques Denisot und die anderen Polizisten von der Finanzabteilung rieben sich die Hände bei dem Gedanken, wie viele Anklagen man würde erheben können, wenn alle Goldkörner aus den Dokumenten herausgewaschen worden waren.

Berger Rebar schien plötzlich vor dem Konkurs zu stehen. Louis Victor war über Nacht verschwunden, und als sich sowohl der Eigentümer als auch der Betriebsleiter in Luft aufgelöst hatten, war die Arbeit eingestellt worden. Die Wirtschaftsprüfer der Gesellschaft hatten angefangen, eine Kontrollbilanz zu erstellen, und konnten schon nach einem halben Tag vorläufig feststellen, daß die Kasse leer und der größere Teil des Aktienkapitals verbraucht war. Forvil weigerte sich, Rohlinge für das Walzwerk zu liefern, weil das meiste darauf hindeutete, daß man nie für sie bezahlt werden würde. Gleichzeitig saßen Eigentümer und Geschäftsführung von Forvil in einer Krisensitzung und diskutierten, wie man mit dem Problem umgehen sollte, daß der Aufsichtsratsvorsitzende der Gesellschaft festgenommen worden war, verdächtigt des Mordes und des Mordversuchs.

Eine Gruppe unruhiger und untätiger Angestellter hing vor dem rußigen Ziegelgebäude von Berger Rebar herum, als Martine am späten Vormittag dorthin kam. Zu ihrem Erstaunen sah sie Nathalie Bonnaire zwischen ihnen stehen, Notizbuch und Stift gezückt, das Gesicht weiß wie die Blätter des Notizbuches, aber mit einem kampflustigen Funkeln in den braunen Augen.

Sie ging zu der kleinen Gruppe.

– Nathalie, sagte sie, sollten Sie nicht im Krankenhaus sein? Oder wenigstens zu Hause und ruhen?

Die Journalistin zuckte die Achseln.

– Ich wurde gestern aus dem Krankenhaus entlassen, sagte sie, und ich werde eine Weile nicht arbeiten. Ich bin nur hier, um mit den Leuten ein bißchen zu reden und ein paar Telefonnummern zu bekommen. Das hier ist Fabiens Story, und jetzt werde ich sie für ihn schreiben. Das ist das mindeste, was ich für Fabien tun kann.

Jean-Claude Becker und seine Gruppenleitung saßen in der Gewerkschaftsgeschäftsstelle und entwickelten eine Strategie, wie sie die Geschäftsführung von Forvil dazu bringen könnten, zumindest einige der Arbeiter, die nach dem anscheinend unvermeidlichen Konkurs von Berger Rebar ihre Jobs loswerden würden, wieder einzustellen. Als Martine hineinschaute, unterbrach Jean-Claude die Sitzung, um mit ihr zu sprechen.

– Merkwürdig, sagte er, als sie erzählt hatte, was sie erzählen konnte, Morel und ich hatten recht bei Berger, aber Morel ist der größere Schurke.

– Du bist Berger ein paarmal begegnet, sagte sie, wie fandest du ihn? Abgesehen davon, daß er ein Betrüger und Wirtschaftsverbrecher war und du nachgesehen hast, ob die Hand noch da war, nachdem du ihn begrüßt hattest?

Sie wußte selbst nicht ganz, warum sie fragte, aber vielleicht hatte es etwas mit ihren eigenen widersprüchlichen Gefühlen gegenüber Stéphane Berger zu tun.

– Ja, ich habe ja schon gesagt, daß er Charme hatte, sagte Jean-Claude zögernd, und ich schäme mich eigentlich, das zu sagen, aber obwohl ich sicher war, daß er ein Schurke war, hat der bei mir gewirkt. Er hatte etwas an sich, das ich beinah mochte. Ich hätte mit ihm gern ein Bier getrunken, wenn er sich nicht damit beschäftigt hätte, Unternehmen zu schließen und Leute zu betrügen. Aber wir leben in einer Zeit, die solchen wie Berger Raum bietet, Martine. Die Welt verändert sich. Mein Bruder, der Schweißer war, hat sich umschulen lassen und einen Job bei einer Bank gefunden, und ich glaube nicht, daß das schlecht ist. Ich selbst will hierbleiben, solange es geht, aber früher oder später werde ich gezwungen sein, wieder an die Universität zu gehen. Ehe du dich's versiehst, siehst du mich als Bankjuristen im Nadelstreifenanzug.

Er lächelte schief, aber mit einem Funken von Wehmut in den grauen Augen.

Am Nachmittag fuhr Martine zu Nunzia Paolinis Büro an der stillgelegten Grube in Foch-les-Eaux hinaus, um zu erzählen, daß vieles dafür sprach, daß Arnaud Morel hinter Giovanna und Tonio Paolinis Tod steckte. Der Mord war verjährt, deshalb hinderte sie nichts daran, darüber zu sprechen. Sie erzählte auch, daß Stéphane Berger Istvan Juhász war, und sah, wie sich die dunklen Augen der anderen Frau mit Tränen füllten.

Später bekam Martine Besuch von Daniel Lind, Sophies Sohn, den sie gern hatte. Bei sich hatte er eine junge Frau mit langen braunen Haaren und festem Blick aus blaugrünen Augen, die er als Maria Matsson, Tochter der toten Birgitta, vorstellte. Mit Daniel als Dolmetscher ging Martine zwei Stunden lang durch, was Birgitta Matsson zugestoßen war, und beantwortete die Fragen von deren Tochter.

– Das war so typisch Mama, sagte die junge Frau traurig, wenn ihr etwas zweifelhaft erschien, kam sie immer direkt zur Sache und ging ganz bis nach oben, um Antwort auf ihre Fragen zu bekommen.

– Es tut mir leid, daß ich sie nie kennengelernt habe, sagte Martine und meinte es auch, sie muß eine bemerkenswerte Frau gewesen sein.

– Das war sie, sagte Daniel und drückte verstohlen Marias Hand, aber ihre Tochter ist auch eine bemerkenswerte Frau, und von ihr wirst du vielleicht mehr sehen.

Marias Blick begegnete seinem, und ein Lächeln jagte eine Sekunde die Trauer aus ihrem Gesicht.

Nach dem Gespräch rief Thomas an und fragte, ob sie früh nach Hause kommen könne. Henri Gaumont hatte ihnen Karten für eine Galavorstellung in der Opéra de la Monnaie angeboten, die er nicht nutzen konnte.

– Versuch, rechtzeitig da zu sein, Martine, sagte Thomas, etwas Musik und Feststimmung würden dir guttun!

Sie kam rechtzeitig nach Hause, schaffte es ausnahmsweise, die Haare perfekt aufzustecken, und zog Tatias perlenbesticktes schwarzes Kleid an. Es paßte wie ein Handschuh.

Ein paar Stunden später sah sie ihr eigenes Bild in einem Spiegel im Foyer der Oper, glitzernd mit den Diamantohrgehängen und dem schönen Kleid, und meinte, sie sehe eine Fremde, eine glamouröse Fremde aus einer anderen Welt als der, in der sie selbst lebte. Aber sie nahm das Glas Champagner, das Thomas ihr reichte, lächelte ihn an und beschloß, die Lichter und die Musik zu genießen. Wir brauchen alle ein paar Stunden Schutz vor dem Sturm.

Sophie mußte in der Küche aufräumen und den Lunch für Greta machen, weil Anna-Karin und Ulla von der ambulanten Altenbetreuung mit nach Tallinn gereist waren und erst am Mittwoch zurückkommen würden.

– Es ist so gut, daß diese Mädchen einmal so etwas

machen können, sagte Greta, ich hoffe, sie haben richtig Spaß.

Nach dem Lunch nahm Sophie Greta mit auf einen Spaziergang zum Friedhof. Die neue Medikation war wirklich viel besser, und die Bischöfin wirkte ungewöhnlich munter. Martine hatte am Abend angerufen und erzählt, daß der Mord an Birgitta Matsson aufgeklärt war, und die Morgenzeitungen hatten die Nachricht auch gebracht. Greta, die geschlafen hatte, als Martine anrief, hatte vor Erleichterung Tränen in den Augen, als ihr klargeworden war, daß nicht Istvan alias Stéphane Berger der Mörder war.

– Ich soll dich grüßen, sagte Sophie, von Istvan, durch Martine. Sie saßen gestern eingesperrt zusammen in einem Raum, während der Mörder draußen herumstrich, und Istvan hat offenbar das eine oder andere erzählt.

Sie war unschlüssig gewesen, ob sie den Gruß ausrichten sollte oder ob es ihre Großmutter zu sehr aufregen würde, aber warum sollte es das?

– Also denkt er jedenfalls manchmal an uns, sagte Greta, ich fürchte, daß mich das irgendwie trotz allem freut.

Sie waren ans Familiengrab gekommen, wo der Bischof und sein Sohn ruhten, und blieben vor dem roten Granitstein stehen.

– Aber ich muß sagen, daß mich mein Gewissen belastet, fuhr sie fort, ich werde den Gedanken nicht los, daß Birgitta noch am Leben wäre, wenn ich nicht in all diesen Jahren über Istvan geschwiegen hätte. Ich wollte ihm so gern eine Chance geben, ich fand, daß er das verdient hatte, nach allem, was er durchgemacht hatte. Aber es ist nie gut, die Wahrheit zu verschweigen.

Sie hatten eine späte Rose gefunden, die einsam vor der Südwand des Pfarrhofs geglüht hatte, und sie zum Friedhof mitgenommen. Die Bischöfin legte sie vorsichtig auf das Grab ihres Mannes und ihres Sohnes.

– Erinnerst du dich an den Choral, den Aron so sehr mochte, sagte sie, »Schnell jagt der Sturm unsere Jahre«? Kannst du ihn mir vorsingen, Sophie?

Sophie nahm die Hand ihrer Großmutter und füllte die Lungen. Ihre Altstimme war klein, aber tonsicher, und auf dem stillen Friedhof klang sie ungewöhnlich stark, als sie Karlfeldts Choral sang.

»Schnell jagt der Sturm unsere Jahre
Wie Wolken übers Meer
Kaum fing es an, das Wunderbare,
verbleicht der Glanz schon sehr.
Dein Sommerblühen ist entschwunden,
hab Dank nun, daß du gabst
die Rose, die du noch gefunden,
zu legen auf ein Grab.«

Er hatte das Auto in einem Gehölz geparkt. Oben auf dem Hügel würde es zu sichtbar sein. Nicht daß das eine größere Rolle gespielt hätte, das Auto war sowieso nicht seines, und es war nicht als gestohlen gemeldet. Zumindest hoffte er das. Es war dunkel gewesen, als er in der Nacht zum Montag zur Villa gekommen war, um die Bilder und das Papier mit Morels Namenszug zu holen. Er hatte vorgehabt, es der Untersuchungsrichterin zu schicken, zusammen mit einem Brief, in dem er Morel als den Mörder bezeichnete. Zu seinem Erstaunen hatte er gesehen, daß hinter ein paar Fenstern Licht war, und im Haus hatte er in dem blauen Gästezimmer seinen Gärtner mit seiner Freundin im Bett überrascht. Fabrice war rotebeterot und voller Entschuldigungen gewesen, aber ihn selbst hatte es vor allem amüsiert. Außerdem hatte er schnell erkannt, daß er die Situation ausnutzen konnte. Er hatte dem Gärtner ein dickes Bündel Scheine für seinen alten Renault angeboten und später noch einmal soviel, wenn er niemandem erzählte, wo das Auto geblieben war. Fabrice hatte gezögert, aber die Freundin, Camille, hatte ein Funkeln in den Augen bekommen, das ihm sagte, daß ihr Geld viel bedeutete. Er kannte diesen Blick. Camille war eine Seelenverwandte, ein Pirat wie er selbst. Sie hatte Fabrice überredet, und er hatte bezahlt und das Auto weggefahren, zum Glück bevor die Polizisten kamen, um die Hausdurchsuchung durchzuführen. Sein eigener BMW stand ordentlich in der Garage, wo er hingehörte.

Er nahm das leichte Fahrrad heraus, das er ins Auto geladen hatte, und fuhr los. Er strampelte im niedrigsten Gang den Hang hinauf, munter pfeifend, als er daran dachte, daß er jetzt auf dem Fahrrad an den Ort zurückkehrte, den er vor fast vierzig Jahren auf dem Fahrrad verlassen hatte. Damals war das Fahrrad ein rostiger, plumper, alter Drahtesel gewesen, mit einer Kette, die ständig absprang. Jetzt hatte er ein Vélo Éclair, das avancierteste Modell mit zwölf Gängen, so leicht, daß man es unter dem Arm tragen konnte.

Nunzia Paolini wartete auf ihn oben auf der Anhöhe zwischen den rostigen Baracken. Er war beinah sicher gewesen, daß sie die Nachricht, die er auf ihrem Anrufbeantworter hinterlassen hatte, verstehen würde, aber es war dennoch eine Erleichterung zu sehen, daß er recht gehabt hatte. Er hatte eine Melodie gepfiffen, das ungarische Erntelied, das er ihr früher beigebracht hatte, und dann auf italienisch gesagt: *»Ci vediamo a casa alle otto«*, wir sehen uns um acht zu Hause. Wer rein zufällig ihren Anrufbeantworter abhören sollte, würde hoffentlich davon ausgehen, daß einer ihrer italienischen Freunde angerufen hatte.

Sie stand da, die Hände versenkt in den Taschen eines blauen Popelinemantels, der ziemlich schäbig aussah. Als sie ihn den Hang heraufkommen sah, kam sie ihm mit schnellen Schritten entgegen. Ihre Augen waren, wie er sie in Erinnerung hatte, groß und dunkel wie Stiefmütterchen in dem runden Gesicht, aber sie lächelte ihn nicht an.

– *Figlio di puttana! Ladrone!* rief sie im Italienischen der Kindheit, aber mit Worten, die sie wegen Giovanna nie hatte benutzen dürfen.

Er lächelte ein wenig.

– Sprich französisch, Nunzi, sagte er, genau wie er es gesagt hatte, als er sie das letzte Mal gesehen hatte, damals, als er verschlafen hatte und von der Baracke aus losgeradelt war, um nie zurückzukehren.

Aber sein Herz war nicht so verhärtet, daß er nicht begriffen hätte, warum sie so zornig auf ihn war. Die Familie Paolini war in dem letzten Jahr, in dem er dort gewohnt hatte, wie seine eigene Familie gewesen, und Annunziata mit den großen schwarzen Augen, dem warmen Herzen und dem klaren Intellekt war wie eine kleine Schwester für ihn gewesen, die er sehr gern hatte. Er hatte sie vermißt. Als er nach Schweden gekommen war, war die kleine Sophie Héger eine Art Ersatz geworden.

Jetzt hatte er ja seine eigenen Töchter. Sein Herz wurde warm, wenn er an Isabelle und Catherine dachte, so voller Leben und Neugier, aber gleichzeitig so ernst und klug, seine eigenen Mädchen, überhaupt nicht wie ihre hochmütige Mutter.

Manchmal hatte er davon geträumt, Annunziata und Sophie wieder zu begegnen und zu sehen, wie sie als Erwachsene geworden waren. Er hatte Sophies Karriere verfolgt, und einmal hatte er versucht, sie als Gast für eine Folge der

»Bullen« zu gewinnen. Sie hätte eine schwedische Prinzessin zu Besuch in Saint-Tropez spielen sollen, aber schließlich hatte ihr Agent nein gesagt. Er fragte sich immer noch, ob sie ihn wiedererkannt hätte.

Annunziata Paolini dagegen war kein internationaler Star, dessen Leben er in der Presse hätte verfolgen können, und obwohl er oft an sie und ihre Familie gedacht hatte, hatte er nie einen Finger gerührt, um herauszufinden, wie es ihnen nach Angelos Tod ergangen war. In seinem Inneren sagte eine unwillkommene kleine Stimme, daß er sie alle verraten hatte, und besonders die Frau, die jetzt mit flammenden Augen vor ihm stand, etwas zu füllig in ihrem ein paar Jahre zu alten Mantel.

– Wie konntest du, sagte Nunzia und sah ihm direkt in die Augen, wie konntest du?

Er hatte keine Antwort.

– Ich habe mein ganzes Leben dem Kampf um Gerechtigkeit gewidmet, für Papa und die anderen, die in der Grube gestorben sind, sagte sie, und die ganze Zeit hast du den Beweis dafür gehabt, daß die Grubengesellschaft sie in den Tod geschickt hat. Aber du hast sie wie ein widerwärtiger Judas für lumpiges Geld verkauft. Wie konntest du?

Die Worte, die er Martine Poirot gesagt hatte und die er für sich in Nächten, die manchmal kamen, zu wiederholen pflegte, Nächten, in denen ihm das Schlafen schwerfiel, klangen bedeutend weniger überzeugend, als sich Nunzias anklagender Blick wie glühende Kohlen in ihn bohrte.

– Aber ich war so jung, sagte er, ich war erst siebzehn.

Er sah in Nunzias dunklen Augen etwas, das wie Verachtung aussah.

– Ich war noch jünger, sagte sie hart, und ich war gezwungen, die ganze Verantwortung zu übernehmen. Erst starb mein Vater, und dann wurde meine Mutter verrückt, und Nali und ich kamen ins Kinderheim, und dann wurden Mama und Tonio totgefahren, und zumindest das wäre nicht passiert, wenn du dieses Papier nicht behalten hättest.

Einen sekundenschnellen Augenblick erinnerte er sich an Antonio, an die Lachgrübchen in seinen runden Wangen und wie der kleine Junge vor Entzücken quietschte, wenn er ihn auf seine Schultern hob.

Es gab einzelne Augenblicke, die kamen vielleicht einmal im Jahr oder noch seltener, in denen er sich fragte, ob er damals, als er von der brennenden Grube weggegangen war, wirklich die richtige Entscheidung getroffen hatte. Das waren Gedanken, die er meistens wegschieben konnte. Aber wenn er sich tatsächlich quälen wollte, stellte er sich vor, daß er das Papier zwar genommen hatte, damit aber an die Presse gegangen war, um Morel und die Grubengesellschaft vor der ganzen Welt zu entlarven, um es dann dem Staatsanwalt zu übergeben. Er wäre zum Helden geworden. Vielleicht hätte er große Proteste organisiert und wäre ein herausragender Gewerkschaftsführer geworden. Er erinnerte sich noch an die Stimmung an jenem Abend, als sie sich versammelt hatten, um gemeinsam zu protestieren und ihr kleines Schreiben zu formulieren. Aber es war ja gekommen, wie es gekommen war, und wenn er in seinen Gedanken so weit war, fiel ihm immer etwas Besseres ein. Normalerweise genügte es, eines seiner Lieblingsbilder anzuschauen, damit er begriff, daß er die richtige Entscheidung getroffen hatte.

Aber Giovanna war tot, und Tonio war tot, und die kleine Schwester seines Freundes Börje Janols, Birgitta, war tot, und er wurde das Gefühl nicht los, daß er daran mitschuldig war. Ausnahmsweise machte er keinen Versuch, die kleine pochende Stimme des Gewissens zum Schweigen zu bringen, was er sonst so gut konnte.

– Ich bitte um Verzeihung, Annunziata, sagte er leise, ich bin kein guter Mensch, fürchte ich, aber in diesem Augenblick meine ich es wirklich. Und Morel wird jetzt auf jeden Fall vor Gericht gestellt werden. Sicher bekommt er lebenslänglich.

Sie stand vor ihm wie ein Richter, stumm und unerbittlich in ihrem tristen Popelinemantel.

– Aber nicht deshalb wollte ich dich treffen, sagte er, ich wollte dich treffen, weil ich dir etwas geben wollte.

Er hatte das Bild in einem wattierten Futteral mit Schulterriemen auf dem Rücken getragen. Jetzt nahm er es ab und zog Eva Lidelius' Gemälde heraus. Er hatte es 1963 auf einer Ausstellung in Nizza gesehen, sofort gespürt, daß er es haben mußte, und es gekauft, obwohl er es sich zu dieser Zeit eigentlich nicht leisten konnte. Es war ein gutes Gefühl, daß er es mit im großen und ganzen ehrlich verdientem Geld gekauft hatte.

Nunzia betrachtete abwartend das Gemälde, das er vor ihr hochhielt. »Schnell jagt der Sturm unsere Jahre.« Er hatte sofort an die Schwestern Paolini gedacht, als er es gesehen hatte, Nunzi und Nali allein mit dem Sturm. Er hatte natürlich auch Sophie wiedererkannt, und es war wie zu einer Doppelbelichtung der Mädchen geworden, die er als seine kleinen Schwestern gesehen hatte. Sich von dem Bild zu trennen würde nicht leicht werden, aber es war eine Abbitte, die zu leisten er beschlossen hatte, als er jetzt fast vierzig Jahre danach erfahren hatte, was Giovanna und Tonio zugestoßen war.

– Es ist schrecklich, sagte Nunzia zögernd, aber es ist gut. Den Sturm im Rücken und den Tod neben sich, ja, ich erkenne mich wieder, so ist das Leben meistens.

– Es gehört dir, sagte er, ich will, daß du es hast.

– Ich will nicht etwas haben, das du mit deinem Blutgeld gekauft hast, sagte sie.

– Das hier habe ich für ehrlich verdientes Geld gekauft, sagte er, und ich habe es lieber als irgend etwas anderes, das ich besitze. Ich will, daß du es hast. Und das hier.

Er zog das Päckchen unter der leichten Collegejacke hervor, die er angezogen hatte, um während der Fahrradtour nicht allzusehr zu schwitzen. Das Bündel Geldscheine war dick, sehr dick, aber trotzdem nur ein kleiner Teil des Geldes, das er dabeihatte. Er hatte in größter Heimlichkeit einen großen Teil seiner Kunstsammlung verkauft, Bilder mit höherem finanziellem als gefühlsmäßigem Wert, so konnte er schnell einen erheblichen Teil seiner Aktiva zu einem Zeitpunkt liquidieren, wo er wußte, daß er bald Bargeld brauchen würde.

– Das hier ist für dein Museum, sagte er, du kannst es als meine Art von Buße betrachten, wenn du willst. Verwende das Geld, um ein Denkmal für Angelo und Roberto und all die anderen zu errichten, die an dem Tag damals gestorben sind, das Denkmal, das sie verdienen.

Sie sah auf den Boden, aber nach einer Weile streckte sie die Hände aus, um das Geld und das Bild entgegenzunehmen.

– Wegen Papa, sagte sie, seinetwegen bin ich bereit, sogar dein Geld anzunehmen.

Die Worte waren hart, aber selbst in dem grauen Dämmerlicht sah er, daß ihre Augen tränennaß waren. Er machte einen zögernden Schritt vorwärts und nahm sie in seine Arme, und einige Minuten standen sie an der Baracke, in der sie einmal vor langer Zeit gewohnt hatten, und hielten einander fest.

Dann sprang er aufs Fahrrad und begann, den Hang hinunterzustrampeln. Er drehte sich um und winkte ihr zu.

– Ciao, Annunziata, rief er, leb wohl und grüß Annalisa!

Er war bald zurück am Auto, jetzt mit einem Bild weniger im Gepäck. Noch ein paar irgendwann in der Zukunft zu verkaufen, konnte er sich vorstellen, aber von dem Bischofsbild aus Granåker würde er sich nie mehr trennen. Er hatte es früher einmal in Marseille verkauft, als er gerade dort angekommen war, in einem Antiquitätengeschäft in einer Seitenstraße, wo man nicht allzu viele Fragen danach stellte, woher Dinge kamen. Er hatte es sofort bereut und das Gemälde zurückgekauft, sobald er es sich leisten konnte. Das Bischofsbild war sein Maskottchen, und das würde er in sein neues Leben mitnehmen. Sein neuestes Leben, korrigierte er sich. Wie viele Male hatte er eigentlich von vorn angefangen? Das hier war das fünfte Mal, wenn man den frühen idiotischen Wegzug der Eltern aus Paris mitzählte. Aber ihm gefielen Aufbrüche, das Gefühl, Türen hinter sich zu schließen und vorwärts auf das Neue und Unbekannte zuzugehen. Er erinnerte sich an das berauschende Gefühl von Freiheit in dieser warmen Augustnacht vor langer Zeit, als er mit Arnaud Morels Geld in der Tasche auf den Güterzug gesprungen war, oder an diesem hellen schwedischen Maimorgen, als er das Motorrad nach Süden gelenkt hatte, den Kopf voller Träume von Abenteuern und samtschwarzen warmen Mittelmeernächten.

Er hatte sich entschlossen, die Autobahn Richtung Luxemburg zu nehmen und dann zur deutschen Grenze bei Trier zu fahren. Aber zuerst eine leichte Verkleidung, nicht daß sie nötig gewesen wäre, das Auto war Verkleidung genug. Aber er setzte eine Brille mit ungeschliffenem Glas und eine graue Perücke mit Seitenscheitel auf, was ihn wie einen kleinen Angestellten in einer Provinzbank aussehen ließ. Den Paß würde er frühestens an der österreichischen Grenze vorzeigen müssen. Er glaubte nicht, daß das ein Problem bereiten würde.

Er dachte an das Haus, das in Ungarn wartete und wohin er schon einige seiner Lieblingsgemälde und die besten Möbel aus dem Haus in Paris hatte überführen lassen. Er spürte, daß diesmal alles gutgehen würde.

Als er Villette hinter sich zurückgelassen hatte und auf die Autobahn Richtung Luxemburg gekommen war, war er so guter Laune, daß er anfing zu singen. Als er an das Bild dachte, das er Nunzia geschenkt hatte, und an das Bischofsbild, das er noch im Auto hatte, fiel ihm der Choral ein, den sie oft im Kirchenchor in Granåker gesungen hatten. Ihm hatte immer besonders die zweite Strophe gefallen, und jetzt stimmte er sie mit seinem schönen Bariton, der im Chor soviel Erfolg gehabt hatte, an:

»Du Macht von Wind und Feuer,
die unser Leben hegt,
die stets alles erneuert,
alles in Trümmer legt ...«

Ja, so war das Leben, dachte er, die unsichtbare Hand verschiebt die Figuren auf dem Spielbrett des Lebens, und alles wird in Trümmer gelegt, alles wird erneuert, während der ewige Kreislauf weitergeht.

NACHWORT

Morgens kurz nach acht Uhr brach am Mittwoch, dem 8. August 1956, in der Kohlengrube Bois du Cazier bei Charleroi im südlichen Belgien 975 Meter unter der Erde ein Feuer aus. Bald qualmten dicke Wolken aus schwarzem Rauch über dem Grubengelände. Der unglückverheißende Rauch ließ unruhige Angehörige herbeiströmen, und während sich eine wachsende Schar Frauen, Kinder und Rentner vor den verschlossenen Toren drängte, breitete sich die Nachricht von der Grubenkatastrophe im ganzen Land aus.

275 Männer waren an diesem Morgen in die Grube eingefahren. Sieben von ihnen gelang es, direkt nachdem das Feuer ausgebrochen war, nach oben zu kommen. Weitere sechs Grubenarbeiter konnten später im Laufe des Tages gerettet werden. Aber 262 Männer blieben unter der Erde zurück, nachdem die Förderkorbkabel abgebrannt waren und die Hitze und die giftigen Gase es den Rettungsarbeitern unmöglich gemacht hatten, auf dem gewöhnlichen Weg hinunterzukommen.

Die Rettungsarbeiten dauerten zwei Wochen an und wurden von ganz Belgien verfolgt. Das belgische Fernsehen hatte tägliche Direktsendungen von dem Drama in Bois du Cazier. Es war das erste Mal, daß ein nationales Ereignis auf diese Weise verfolgt wurde.

Doch die Anstrengungen waren vergeblich. Am 23. August kamen die Rettungsarbeiter mit dem unwiderruflichen Bescheid nach oben: *»Tutti cadaveri«* – alle sind tot.

Der Bescheid kam auf italienisch, weil die meisten Grubenarbeiter Italiener waren. Die Liste der 262 Toten enthält Namen aus allen Ecken Europas, weil die belgische Regierung, genau wie Nunzia Paolini im Buch erzählt, auf dem ganzen Kontinent nach Arbeitskräften für die Kohlengruben gesucht hatten nachdem die deutschen Kriegsgefangenen nach Hause geschickt worden waren. Dies waren Jahre, in denen ein zerstörter Kontinent aufgebaut werden sollte, Jahre, in denen das Wachstum explodierte wie in China in den letzten Jahren, Jahre, in denen in Europas Kohlengruben rund um die Uhr abgebaut wurde, um Energie für die expandierende Industrie zu erzeugen. Und deshalb forderte die Katastrophe in Bois du Cazier Opfer aus zwölf Nationen – 136 Italiener, 95 Belgier, acht Polen, sechs Griechen, fünf Deutsche, drei Ungarn, drei Algerier, zwei Franzosen, einen Engländer, einen Holländer, einen Russen und einen Ukrainer.

Die italienische Einwanderung war am größten, weil die Regierungen Italiens und Belgiens 1946 einen Vertrag geschlossen hatten, daß Italien im Austausch gegen billige Kohle 50 000 Arbeiter an die belgischen Gruben liefern sollte.

Belgien war nicht das einzige Land, das während dieser Jahre auf dem kriegsverheerten Kontinent nach Arbeitskräften jagte. Im Bergslagen meiner Kindheit gab es Familien aus vielen Ländern – Sudetendeutsche, Italiener, Ungarn. Schwedische Behörden schlossen 1947 einen Vertrag darüber, Italiener, Jugoslawen, Ungarn sowie Sudetendeutsche aus der britischen Besatzungszone in Deutschland zu rekrutieren, um den Arbeitskräftebedarf in schwedischen Industrien und Gruben zu decken. Auch der Flüchtlingsstrom aus Ungarn nach der Revolte 1956 wurde als Gelegenheit gesehen, Arbeitskräfte für schwedische Unternehmen zu rekrutieren.

Es wirkt wie eine ferne und sehr fremde Landschaft, dieses wachstumsexplodierende und arbeitskräftehungrige Europa, in dem nicht nur das Wachstum, sondern auch die Arbeitsbedingungen an das heutige China denken lassen. In den neunziger Jahren, in denen dieses Buch spielt, hatte sich alles verändert, sowohl im schwedischen Bergslagen als auch im europäischen Bergbaugebiet, das sich vom nördlichen Frankreich über Luxemburg bis zum südlichen Belgien erstreckte – geschlossene Gruben, zusammengestrichene und stillegungsbedrohte Eisenwerke, Arbeitslosigkeit statt Mangel an Arbeitskräften.

Die Katastrophe in Bois du Cazier war nicht das einzige große Grubenunglück in Belgien in den fünfziger Jahren. 1953 kamen 26 Grubenarbeiter, dreizehn Belgier und dreizehn Italiener, bei einer Grubengasexplosion in der Many-Grube in der Nähe von Liège um. Der Prozeß nach dem Unglück in Many zeigte, daß Unterhalt und Arbeitsschutz in der Grube katastrophal vernachlässigt worden waren, weil schon entschieden war, daß sie geschlossen werden sollte, und daß die Verantwortlichen ausdrückliche Warnungen davor, daß es in den Örtern Grubengas gebe, in den Wind geschlagen hatten.

Am 11. Juli 1956, weniger als einen Monat vor der Katastrophe in Bois du Cazier, kam das Urteil über die verantwortlichen Chefs und Direktoren vom Berufungsgericht in Liège. Das Gericht stellte fest, daß die Grubenarbeiter durch die Fahrlässigkeit der Direktion »während mehrerer Monate in Lebensgefahr gebracht worden waren«, und verurteilte die Angeklagten zwischen einem Jahr und drei Monaten Gefängnis auf Bewährung.

Als aber drei Jahre später der Prozeß wegen der Katastrophe in Bois du Cazier abgehalten wurde, wurden sämtliche Angeklagte vom Gericht in Charleroi freigesprochen, mit der Begründung, sie hätten alles in ihrer Macht Stehende getan, um nach der Katastrophe die eingeschlossenen Grubenarbeiter zu retten. Die vielen Mängel dabei, wie Arbeit und Arbeitsschutz organisiert waren, die während des Prozesses festgestellt worden waren, wurden ihnen nicht zur Last gelegt. (Die Informationen über die beiden Prozesse stammen aus dem Buch »Tutti cadaveri« von Marie Louise De Roeck, Julie Urbain und Paul Lootens.)

Wo die Katastrophe in Bois du Cazier einst geschah, befindet sich heute ein Museum, das die italienische Einwanderung und die Lebensverhältnisse der Arbeiter im belgischen Bergbau in den fünfziger Jahren zeigt. Bei einem Rundgang durch das Grubengelände kann man die Ereignisse um die Katastrophe 1956 verfolgen und Fernsehsendungen aus dieser Zeit sehen.

Die Grubenkatastrophe in diesem Buch ist jedoch keine Kopie eines wirklichen Ereignisses, auch wenn sie von Unglücken, die in den fünfziger Jahren stattgefunden haben, inspiriert ist. Das Villette-sur-Meuse des Buches ist eine Stadt, die es in Wirklichkeit nicht gibt. Alle Ereignisse und Personen im Buch sind fiktiv und eventuelle Ähnlichkeiten mit wirklichen Ereignissen und Personen unbeabsichtigt.

Viele Menschen haben mir bei diesem Buch geholfen, und ich will die Gelegenheit nutzen, zumindest einigen von ihnen zu danken. Berta Bernardo Mendez hat auf meine Fragen geantwortet, wie ein Untersuchungsrichter arbeitet. Wenn Martine Poirot etwas richtig macht, ist es ihr zu verdanken, während eventuelle Fehler meine eigenen sind.

Koen Heinen, Anders Werme und David Thonen haben auf meine Fragen nach Prahmverkehr, Schleusen und Löschung von Eisenerz an belgischen Wasserstraßen geantwortet, und auch hier bin ich die Verantwortliche für eventuelle Irrtümer. Birgit Nilses hat ein »Macbeth«-Zitat in den Dialekt von Rättvik übersetzt und mich in den Gegenden herumgeführt, die im Buch Hanaberget und Granåker heißen. Ein besonders warmer Dank an meine Familie, Henrik, Helena und Magnus, die bei der Arbeit mit den Büchern über Martine Poirot unermüdlich mitgeholfen haben – Henrik mit Lesen, Ermunterung und guten Ratschlägen, Magnus mit Diskussionen über die Erzählstruktur und Helena mit Informationen über alles von niederländischer Aussprache bis zu Goth Music von 1994.

DIE PERSONEN

Martine Poirot	*Untersuchungsrichterin in Villette-sur-Meuse*
Thomas Héger	*ihr Mann, Professor für Geschichte*
Philippe Poirot	*Martines Bruder*
Sophie Lind	*Thomas' Schwester, Regisseurin und Schauspielerin*
Julie Wastia	*Martines Rechtspflegerin*
Christian de Jonge	*Kriminalkommissar am Justizpalast von Villette*
Annick Dardenne	*Kriminalinspektorin dort*
Serge Boissard	*Kriminalinspektor dort*
Etienne Vandenberghe	*Chefstaatsanwalt am Justizpalast von Villette*
Clara Carvalho	*Staatsanwältin am Justizpalast von Villette*
Alice Verhoeven	*Professorin und Gerichtsmedizinerin*
Dominic di Bartolo	*wegen Krankheit beurlaubter Verwaltungschef am Justizpalast von Villette*
Jean-Paul Debacker	*Kommissar bei der kommunalen Polizei von Villette*
Corinne Galland	*Kontaktinspektorin bei der kommunalen Polizei von Villette*
Tony Deblauwe	*Besitzer des Restaurants »Die Blinde Gerechtigkeit« in Villette*
Jean-Claude Becker	*Gewerkschaftsvorsitzender am Stahlunternehmen Forvil*
Michel Pirot	*stellvertretender geschäftsführender Direktor bei Forvil*

Arnaud Morel	*Aufsichtsratsvorsitzender bei Forvil*
Stéphane Berger	*Geschäftsmann, Eigentümer des Feinwalzwerks Berger Rebar*
Louis Victor	*Betriebsleiter von Berger Rebar*
Caroline Dubois	*seine Sekretärin*
Nathalie Bonnaire	*Journalistin an der Gazette du Villette*
Fabien Lenormand	*ihr Cousin, freiberuflicher Journalist*
Guy Dolhet	*pensionierter Politiker*
Dino Mazzeri	*Eigentümer von Mazzeris Putz & Reinemachen*
Alfredo, Gianni Mazzeri	*Angestellte ihres Bruders Dino*
Justin Willemart	*Rechtsanwalt*
Nunzia Paolini	*vom Dienst freigestellte Lehrerin, Museumsgründerin*
Annalisa Paolini	*stellvertretende Bürgermeisterin von Villette*
Jean-Louis Lemaire	*Vorsitzender eines parlamentarischen Ausschusses*
Denise van Espen	*Antiquitätenhändlerin in Brüssel*
Henri Gaumont	*französischer Oberstleutnant*
Greta Lidelius	*Bischöfinwitwe, Thomas' und Sophies Großmutter*
Daniel Lind	*Sophies Sohn, Umweltbeamter an der Provinzialregierung in Falun*
Birgitta Matsson	*Kommunalrat von Hammarås*
Maria Matsson	*ihre Tochter*
Saris Christer Matsson	*Lederschneider, früher verheiratet mit Birgitta*

Don Winslow
Tage der Toten
Roman
Aus dem Englischen von
Chris Hirte
st 4200. 689 Seiten

Mit großem Tatendrang hat sich der US-Drogenfahnder Art Keller darangemacht, in die Strukturen der mexikanischen Drogenmafia einzudringen – mit Erfolg. So viel Erfolg, dass die Drogendepots reihenweise auffliegen und die Narcotraficantes die Jagd auf ihn eröffnen.
Nachdem sein Mitarbeiter von den Gangstern zu Tode gefoltert wurde, schwört Art Keller Rache und startet einen gnadenlosen, blutigen Feldzug gegen die Drogenbarone. Zu spät bemerkt er, dass er sich damit neue Feinde macht – und die sitzen in Washington.
Was als ›Iran-Contra-Affäre‹ in die Geschichte einging, erlebt Keller als gigantisches Drogen-, Geldwäsche- und Waffengeschäft. Vor die Wahl gestellt, seiner Regierung zu dienen oder seinem Gewissen zu folgen, trifft er eine einsame Entscheidung – und stößt dabei auf unverhoffte Verbündete.

»Das Buch des Jahrzehnts.« *Lee Child*

»Vom ersten, herzzerreißenden Satz an war ich süchtig nach diesem Buch.« *Ken Bruen*

»Winslow ist einfach der Hammer.« *James Ellroy*

NF 997/1/11.10

Christian Dorph / Simon Pasternak
Der deutsche Freund
Kriminalroman
Aus dem Dänischen von Ulrich Sonnenberg
Deutsche Erstausgabe
st 4089. 463 Seiten

Kopenhagen, Sonntag, 28. Oktober 1979: Der Großunternehmer Keld Borch liegt tot in der Sauna des Kopenhagener Men's Club. Eine Spur führt die Ermittler um Ole Larsen in das Netzwerk eines geheimen Männerbundes und in höchste politische Kreise. Eine dramatische Verfolgungsjagd beginnt, von Kopenhagen nach Ostberlin und von Ostberlin nach Danzig, und endet mit einer Begegnung mit einem Totgeglaubten in der dänischen Provinz.

»Ein grandioser Plot, fern jeder politischen Korrektheit.«
Politiken

»Harte und raffinierte Spannungsliteratur der dänischen Krimimeister.« *Extra Bladet*

NF 975/1/8.10

Maurizio de Giovanni
Der Winter des
Commissario Ricciardi
Kriminalroman
Aus dem Italienischen von
Marianne Schneider
Deutsche Erstausgabe
st 4102. 246 Seiten

Neapel, Anfang der dreißiger Jahre. Commissario Ricciardi, ein intelligenter, melancholischer Einzelgänger aus reichem Elternhaus, besitzt eine Gabe, die sein Schicksal bestimmt: Er hört die letzten Gedanken von Ermordeten, sieht sie im Augenblick ihres Todes. So auch, als Arnaldo Vezzi, der Star der Opernszene, der Lieblingstenor des Duce, ermordet aufgefunden wird … Ein geheimnisvoller und abgründiger Kriminalroman – der erste Teil der vier Jahreszeiten des charismatischen, melancholischen Commissario Ricciardi.

»Schluss. Vier Stunden, die wie im Flug vergangen sind, und man schämt sich der aufsteigenden Tränen, die einem den Hals zudrücken, während eine bestürzende Zärtlichkeit im Herzen um sich greift. Aber es ist doch nur ein Roman, sagt man sich und kann sich nicht erklären, warum *Der Winter des Commissario Ricciardi* einen dermaßen mitgenommen hat. Nur ein Kriminalroman …« *Roma*

»Wie Simenon und der ›persönlichere‹ Chandler.«
La Repubblica

NF 976/1/8.10

Adrian Hyland
Outback Bastard
Ein Emily-Tempest-Krimi
Aus dem australischen Englisch
von Peter Torberg
Deutsche Erstausgabe
st 4110. 364 Seiten

Emily Tempest, Weltenbummlerin, kehrt an den Ort ihrer Kindheit zurück: Moonlight Downs tief im Outback Australiens. Doch die Aborigines-Gemeinschaft, die sie vor vielen Jahren verließ, hat sich verändert. Als innerhalb von Stunden nach ihrer Ankunft ein alter Freund ermordet wird, beginnt sie Fragen zu stellen, die ihr Leben gefährden. Aber Emily ist schon als kleines Mädchen keinem Ärger aus dem Weg gegangen …
Rache der Geister oder Kampf um Landrechte? Eigentlich wollte Emily Tempest zu sich selbst finden, doch plötzlich sucht sie einen Mörder. Der Beginn einer Serie um die schlagfertige Emily Tempest.

»Unputdownable. Ein Krimi mit Suchtgarantie.«
Sydney Morning Herald

»Dieses Debüt ist ein Knaller. So souverän und stilsicher, dass selbst erfahrene Autoren vor Neid erblassen.« *Vogue*

»Mordsmäßig gut, von der ersten Seite bis zu seinem rasanten Ende.« *Boston Globe*

»Wunderschön geschrieben.« *Publishers Weekly*

NF 977/1/8.10

Kathryn Miller Haines
Miss Winters Hang zum Risiko
Rosie Winters erster Fall
Kriminalroman
Aus dem Amerikanischen von
Kirsten Riesselmann
Deutsche Erstausgabe
st 4090. 484 Seiten

Um die Miete bezahlen zu können, bräuchte Rosie Winter – großes Talent und große Klappe – dringend mal wieder ein Engagement. Aber im Kriegsjahr 1943 sind die guten Rollen am Broadway schwer zu kriegen, und für die schlechten hat Rosie leider viel zu viel Temperament. So hält sie sich mit einem Job im Detektivbüro von Jim McCain über Wasser. Bis ihr eines Nachmittags die Leiche ihres Bosses in die Arme fällt.

»Schauplatz New York City: Haines erweckt in ihrem stilsicheren Debüt die Zeit des Zweiten Weltkriegs zum Leben. Hochamüsant und witzig mit einer unerwarteten und bösen Wendung im letzten Akt.« *Publisher's Weekly*

»Keck und schwungvoll.« *Kirkus Review*

NF 978/1/8.10

Rosa Ribas
Kalter Main
Kriminalroman
Aus dem Spanischen von
Kirsten Brandt
Deutsche Erstausgabe
st 4088. 368 Seiten

Hochwasser in Frankfurt, und in den Fluten des Mains treibt ein Toter – ermordet, wie sich schnell herausstellt. Hauptkommissarin Cornelia Weber übernimmt den Fall, und die Ermittlungen bringen nicht nur so manche dunkle Seiten des Mordopfers, eines seit Jahrzehnten in Frankfurt lebenden Spaniers, ans Licht, sondern lassen auch Webers eigene Vergangenheit wiederaufleben ... Zwischen Bankentürmen und Bahnhofsviertel – der erste Fall der eigenwilligen Frankfurter Kommissarin Cornelia Weber.

»Spannend bis zum Schluss.« *Ecos*

NF 979/1/8.10

Don Winslow
Frankie Machine
Kriminalroman
Aus dem Amerikanischen von
Chris Hirte
st 4121. 365 Seiten

Alle mögen Frank, den Mann vom Angelladen. Nur wenige kennen ihn als Frankie Machine, den legendären Mafiakiller …

Frank Macchiano ist ein geschiedener Kleinunternehmer, ein leidenschaftlicher Liebhaber und eine feste Stütze des Strandlebens von San Diego – der Mann vom Angelladen, den alle mögen und der immer noch gerne surft, obwohl er nicht mehr der Jüngste ist. Er ist auch ein Mafiakiller im Ruhestand: Frankie Machine, bekannt für gnadenlose Effizienz. Er hat das Geschäft hinter sich gelassen, und so soll es auch bleiben. Doch dann holt ihn die Vergangenheit ein: Jemand will ihn töten, und Frankie Machine muß ihn zuerst finden. Das Problem: Die Liste der Verdächtigen ist länger als die kalifornische Küste …

»*Frankie Machine* hat Herz, Action und Biss. Und einen Helden, den man lieben muss.« *Focus*

»*Frankie Machine* ist ein wahnsinnig fesselnder Thriller, voller Tempo, Action und Überraschungen. Kein Wunder, dass die Verfilmung bald in die Kinos kommt.« *krimi-couch.de*

»Wenn Robert De Niro auf seine alten Tage noch einmal das Surfen lernt, dann für dieses Buch …« *die tageszeitung*

NF 945/1/7.10

Don Winslow
Pacific Private
Kriminalroman
Aus dem Amerikanischen von
Conny Lösch
Deutsche Erstausgabe
st 4096. 395 Seiten

Boone Daniels lebt, um zu surfen. Nebenbei übernimmt er als Privatdetektiv ein paar Jobs, doch nie so viel, um nicht rechtzeitig bei Tagesanbruch am Strand zu sein. Doch gerade als Riesenbrecher auf Pacific Beach, Kalifornien zurollen, wie sie nur alle paar Jahre vorkommen, wird er von einer attraktiven Anwältin in einen Fall verwickelt, der auch ein dunkles Kapitel seiner Vergangenheit betrifft.
Während die einen auf die perfekte Welle warten, floriert im südkalifornischen Surferparadies der Kinderhandel – der Beginn einer Serie um den surfenden Privatdetektiv Boone Daniels.

»Der vielleicht beste Sommerkrimi aller Zeiten.«
San Francisco Chronicle

»*Pacific Private* ist wie eine Monsterwelle, die kommt und alles mit sich reißt. Nichts wird mehr so sein wie vorher.«
3sat Kulturzeit

»Tragisch, komisch und auch noch brillant geschrieben: ein Kracher!« *TV Movie*

NF 908/1/7.10

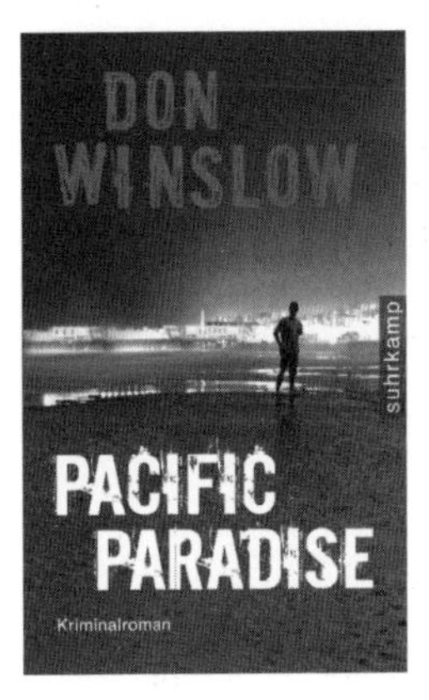

Don Winslow
Pacific Paradise
Kriminalroman
Aus dem Amerikanischen von
Conny Lösch
st 4172. 386 Seiten

Pacific Beach, Kalifornien. Immer bei Sonnenaufgang treffen sich die Profis der Dawn Patrol, um die ersten Wellen zu reiten. Boone Daniels, unterforderter Privatdetektiv und passionierter Surfer, läßt keinen Morgen ausfallen. Meist bleibt er auch zur zweiten Schicht, der Gentlemen's Hour, wenn sich die Veteranos treffen, die nichts zu tun haben oder genug Geld auf der hohen Kante.
Während sie über das Wasser schippern und auf die nächste Welle warten, bittet ein alter Freund Boone, seine Frau zu überwachen – ein Auftrag, den Boone lieber nicht annehmen würde. Kurz darauf erfährt er, daß der Profisurfer K2 aus Hawaii kaltblütig erschlagen wurde: Es scheint, die Lokalmatadoren verteidigen ihren Strand mit brutaler Gewalt. Und mit einem Mal sieht sich Boone in einen komplizierten Fall verwickelt und – schlimmer noch – gegen die eigenen Freunde ermitteln, während das Wasser um ihn herum immer tiefer und tödlicher wird …

»Boone Daniels ist der coolste Detektiv des Jahres.« *Focus*

»Südflorida hat Carl Hiaasen, Südkalifornien hat Don Winslow.« *The Mirror*

NF 973/1/7.10